KB170778

동화의 환상과 현실

지은이 **이지호**

진주교육대학교에서 어린이문학을 가르치면서 평론을 합니다. 지은 책으로는《글쓰기와 글쓰기교육》,《동화의 힘, 비평의 힘》,《옛이야기와 어린이문학》,《동시와 어린이시》등이 있고, 엮은 책으로는《엄마 옆에 꼬옥 붙어 잤어요》(동시 선집),《숙제 다 했니?》(어린이시 선집) 등이 있습니다.

열린어린이 책 마을 11
동화의 환상과 현실
이지호 지음

초판 1쇄 인쇄 2017년 9월 21일
초판 1쇄 발행 2017년 9월 28일

펴낸이 김덕균
편집 김원숙, 박고은 디자인 박재원
관리 권문혁 출판신고 제 2014-000075호
주소 서울시 마포구 월드컵북로 5가길 17 3층
전화 02) 326-1284 전송 02) 325-9941
ⓒ 이지호, 2017

ISBN 979-11-5676-084-9 93800
값 18,500원

* 이 책은 저작권법에 따라 보호받는 저작물이므로 무단 전재와 복제를 금하며, 이 책 내용의 전부 또는 일부를 재사용하려면 반드시 열린어린이의 서면 동의를 받아야 합니다.

열린어린이 책 마을

11

동화의
환상과
현실

◆ 이지호 지음 ◆

열린어린이

동화의 또 다른 환상과 현실

평론을 한 편 써서 한 잡지에 보냈습니다. 그런데 여느 때와 달리 그 잡지의 편집장님은 가타부타 아무런 말이 없었습니다. 잡지가 발행되는 계절까지 그냥 기다렸습니다. 역시 예감대로였습니다. 그 평론은 그 잡지에 실리지 않았습니다. 이런 일이 처음이라 참 민망했습니다. 그 잡지의 편집장님도 저처럼 민망했을 거라는 생각이 문득 들었습니다. 알고 지낸지 꽤 된 사이였거든요. 그래서 메일을 썼습니다. 아마 이런 내용이었을 겁니다. '원고가 넘쳤나 봅니다. 근데, 그 글은 평론보다 논문으로 내는 게 좋을 것 같습니다.' 물론 다른 잡지를 염두에 두고 쓴 메일이었지요.

같은 평론을 이 잡지 저 잡지에 거푸 보내는 경험을 하게 될 줄은 몰랐습니다. 두 번째 잡지는 문학적인 코드를 염두에 두고 골랐습니다. 첫 번째 잡지는 저랑 인간적인 코드가 맞았거든요. 이번 편집장님은 전화로만 알던 사이였는데, 목소리만큼이나 화끈했습니다. 제 평론을 받자마자 바로 답을 주었습니다. 내용은, 생각이 다르다는, 간단한 것이었습니다. 잡지와 달리, 편집장님은 저랑 문학적 코드가 맞지 않았던 모양입니다.

한군데만 더 보내기로 했습니다. 다들 그러잖아요. 삼세번, 삼세판이라고. 이번에는 제가 사는 지방에서 발행하는 잡지를 점찍었습니다. 같은 동네 산다고 챙겨 줄지도 모르잖아요. 아니나 다를까, 이 잡지의 편집장님은 제 평론에 대한 의견을 여러 편집위원에게 물어보는 성의를 베풀어 주었습니다. 이것만 해도 고맙지요. 그러나 결과는 마찬가지였습니다.

　말이 씨가 된 걸까요, 학회지를 두드리지 않으면 안 되게 되었습니다. 전 학회지를 별로 좋아하지 않습니다. 기껏 실어 봤자 읽는 사람이 몇 안 되거든요. 그래도 어쩌겠습니까. 이것저것 가릴 형편이 아닌 것을요. 평론을 부랴부랴 논문으로 가다듬었습니다. 보내 놓고 아차 했습니다. 잡지마다 퇴짜를 놓은 글을 학회지가 받아 준다? 이거, 좀, 웃기잖아요. 그러나 웃기는 일은 생기지 않았습니다. 심사의 요지가 지금도 생생합니다. '이해 불가'라는 말로 '게재 불가'를 통보받았거든요.

　이렇게, 그 글은 평론으로도 논문으로도 다 거부당했습니다. 그런데 반전이 있었습니다. 그 반전의 결과물이 이 책입니다.《동화의 환상과 현실》은, 모르긴 해도, 그 글이 잡지나 학회지에 실렸다면 기획조차 되지 않았을 것입니다. 책의 기획이 끝난 뒤, 그 글의 논문 버전이 어떤 학회지에 실리는 또 다른 반전도 있었습니다. 이런 것, 어떻게 보면, 환상 같은 일이지요. 물론 엄연한 현실이고요. 동화는 이렇게 작품 밖에서까지 우리를 환상과 현실을 넘나들게 합니다. 참, 그 글이 무엇인지, 굳이 밝히지 않겠습니다. 차례만 봐도 그 글을 쉽게 짐작할 수 있을 테니까요.

이지호

차례

2부　동화 읽기의 즐거움 또는 괴로움

1부

동화 장르의
정착과 확장

동화냐 장르냐

들어가며

어린이문학의 서사 장르 층위에서 논의할 것은 셋이다. 동화, 소설 그리고 옛이야기가 바로 그것이다. 그런데 이 셋은 장르적 경계가 그렇게 또렷한 것이 아니다. 동화가 소설을 포괄하기도 하고 옛이야기를 지칭하기도 한다. 문제는 이와 같은 포괄과 지칭이 그때그때 달라진다는 것이다. 달리 말하면, 동화의 고유 자질에 대한 이해가 그때그때 달라진다는 것이다. 사정이 이러하니, 동화에 대한 장르론적 접근이 간단할 리 없다.

다음을 보라.

(가)소설과 다른 점으로 동화는 추상적이요 공상적인 요소를 가지며 서술에 있어서도 줄거리에 치중하면서 산문시적인 표현을 하며 디테일의 묘사는 거의 없다. 소설이 치밀한 묘사와 정확하고 과학적인 계산 아래 씌어지는 데 반하여, 동화는 함축성 있는 단순한 묘사로서 그 내용에서도 공상

적, 초자연적인 세계를 그릴 수 있는 것은 하나의 특징이라 할 것이다.[1]

　(나)이원수 선생님의 말씀을 듣다 보면, 동화와 소설 사이에 생활동화가 끼여 있는 모습이 그려지지요. 동화-생활동화-소설, 이런 모습이 되겠는데요. 그런데 그 생활동화가 감동을 주는 작품이라면 동화나 소년소설로 승화된 모습을 하고 있겠지요. 이래서 여전히 생활동화로만 불려지는 수준의 작품이라면 동화로도 실패하고, 소설로도 실패한 문학이라 해야겠지요.[2]

　(다)이원수와 이오덕의 차이는 이러하다. 곧 이원수가 아동문학의 '산문'을 '동화'와 '소년소설'로 분류했다면, 이오덕은 아동문학의 '동화'를 '공상동화'와 '생활동화'로 분류했다. 여기서 이오덕의 '동화'가 이원수의 '산문'에 대응하는 것이라면, 이오덕의 '공상동화'는 이원수의 '동화'에, 그리고 이오덕의 '생활동화'는 이원수의 '소년소설'에 대응한다. 이원수의 장르론이 좀 더 보편성을 띠고 있다면, 이오덕의 장르론은 한국의 상황을 더욱 예각적으로 반영하는 것이라고 할 수 있다.[3]

　(가)는 이원수가 1960년대 중반에 《교육자료》에 연재했던 글의 한 대목이다. 이 글은 우리나라 동화 장르론의 연원이 된 글이라 할 만하다. 인용문에 따르면, 동화의 장르적 특성으로 들 수 있는 것은 '추상적이고 공상적인 요소', '줄거리 치중', '산문시적인 표현', '함축성 있는 단순한 묘

1. 이원수, 《아동문학입문》, 소년한길, 2001, 30쪽.
2. 이재복, 《판타지 동화 세계》, 사계절, 2001, 107쪽.
3. 원종찬, 〈동화와 판타지〉, 《동화와 어린이》, 창비, 2004, 97쪽.

사' 등이다.

이 가운데 고개가 갸웃거려지는 것도 있는데, 그중의 하나가 '공상적인 요소'다. (다)의 공상동화에는 당연히 '공상적인 요소'가 있을 것이다. 그런데 그것은 동화의 '공상적인 요소'와 같은 것일까 다른 것일까. 또 '산문시적인 표현'이라는 것도 고개가 갸웃거려진다. 일단 그 의미가 잘 잡히지 않는다. 산문시란 산문처럼 보이는 시니, '산문시적인 표현'은 산문처럼 보이게 하는 시적 표현이라 해야 할지도 모르겠다. 그런데 그런 표현이 있을 수 있는 것일까.

(나)와 (다)는 (가)를 설명하거나 보완하는 글인 듯한데, (가)와 마찬가지로 잘 알아들을 수 없다. (나)는 생활동화가 동화와 소설 사이에 끼어 있다고도 했고, 생활동화가 동화 또는 소설로 승화되기도 하지만 생활동화에 그대로 머물러 있다고도 했다. 그런데 이런 말은 참 난감하다. 언어의 형식 논리상, 생활동화는 동화의 일종이어야 한다. 동화가 되기도 하고 소설이 되기도 한다는 것은 있을 수 없다.

(다)에 의하면, 이원수의 산문·동화·소설은 각각 이오덕의 동화·공상동화·생활동화에 해당한다. 동화가 공상동화와 대응하고 소설이 생활동화와 대응한다? 도무지 갈피를 잡을 수 없다. 어쨌든, 동화의 개념은 논자에 따라서 서로 다르게 정의되기도 하는 모양이다. 아니면, 동화에 관한 용어가 논자에 따라서 서로 다른 의미로 사용되는 것인지도 모른다. 어느 쪽이든, 두 사람이 만나 이야기를 나눈다면 주석이 필요할 것 같다.

우리는 방금 (가), (나), (다)를 통해서 우리나라 동화 장르론의 일단에 접했다. 동화와 소설의 관련 양상에 관한 짧은 글이었지만, 담고 있는 정보가 얽히고설켜 있어 읽기가 만만치 않았다. 그런데 동화 장르론의 또 다른 일단도 있다. 그것은 동화와 옛이야기의 관련 양상에 관한 논의다. 이 논의 또한 꽤 복잡할 것이다. 일본의 '童話(동화)'와 서양의 'fairy tale(요정담)'을 넘나들어야 할 논의니까.

원인 없는 결과는 없는 법이다. 동화 장르론이 이렇게 복잡하고 어지러운 데는 그만한 이유가 있을 것이다. 아무래도 동화 장르론의 내력을 되짚어 봐야 할 것 같다. 이렇게, 동화 장르론은 그 맛보기조차 우리한테 쉽게 허용하지 않는다.

중요한 것은 동화 장르론의 역사와 전통이 아니라 그것의 현재적 의미와 가치다. 동화 장르론의 핵심을 이루는 것 가운데는 현재적 의미와 가치를 상실한 것도 분명 존재할 것이다. 이런 것은 과감하게 정비해야 한다. 어쩌면, 동화의 개념을 재정의해야 할지도 모른다. 동화의 장르 표지를 제시하는 데 도움이 된다면, 그래서 동화와 동화 아닌 것을 구별하는 데 도움이 된다면, 재정의하는 것을 마다할 이유가 없다.

'동화'라는 용어 또는 장르의 내력

우리는 어린이문학의 서사 장르를 지칭할 때 보통 '동화'라 한다. 이 동화라는 용어 또는 장르를 일본에서 수입한 것임을 모르는 사람은 거의 없을 것이다. 그런데 이것이 근대의 산물이 아니라 에도 시대의 산물이라는 것을 아는 사람 또한 거의 없을 것이다. 다음은 동화에 대한 간단한 사전적 설명이다.

*동화(童話) : 일반적으로 아동을 독자 대상으로 하는 문학성이 있는 독서물을 가리키는데, 대개 저학년 아동에게 적합한 단편을 일컫는다. 이 말에 앞서서, 메이지(明治) 중기에 이와야 사자나미(巖谷小波)는 어린이에게 적합한 독서물을 가리킬 때 '오또기바나시(お伽噺)'라는 말을 사용했다. 그것은 중세의 '오또기조오시(お伽草子)'에서 이끌어 낸 말이었다. 사

자나미는 1891년 그의 작품《고가네마루(こがね丸)》를 출판할 때 '소년문학'이라는 말을 썼는데, 이것은 독일어 Jugentschrift에서 착안한 것이었다. 이 또한 문학용어로 사용되었다. 그런데 그가 주필로서《소년세계》를 편집할 무렵에 이미 '소년소설', '입지소설', '모험소설'이라는 이름의 글꼭지를 만들었기 때문에 '소년문학'이라는 이름에 만족할 수 없었다. 그래서 새롭게 '오또기바나시(お伽噺)'라는 말을 만들었다. 이 말은 다이쇼(大正) 시대에 이르러 '동화'라는 말로 대체될 때까지 널리 쓰이게 되었다.

'동화'라는 말은 이미 에도(江戸) 시대의 작가와 학자가 썼던 것이다. 산또오 교덴(山東京伝)은 '童話'를 '무까시바나시(むかしばなし)'로 훈독하고, 그것에 관한 연구서인《동화고(童話考)》를 '도오와꼬오(とうわこう)'로 음독하였다. 다끼자와 바긴(滝沢馬琴)도《연석잡지(燕石襍志)》에서 '童話'라는 말을 '와라베모노가따리(わらべものがたり)'로 읽고 있다. 구로자와 오오만(黒沢翁満)에게는《동화 장편(童話長編)》이라는 책이 있다. 이들에 이미 쓰이고 있던 '동화'라는 말을 새롭게 살려내어 '오또기바나시(お伽噺)'보다 문학성과 근대성을 더 잘 나타낼 수 있었던 것이다.

'오또기바나시'는 설화적인 것이고, 그것도 대부분 구연과 결부되는 면이 많은 것이다. 다이쇼 중기에 성행했던 '들려주는 동화'를 '창작된 동화'와 구별하기 위해서 '구연동화', '실연동화'라는 말을 쓰기 시작했다. 한편, '동화'라는 말의 보급에는 스즈끼 미에기찌(鈴木三重吉)의《빨간 새(赤い鳥)》의 영향이 컸다. 1918년 창간 당초에는 옛이야기적인 내용을 가진 작품을 '동화'라 하여, '동화'와 '창작동화'를 구별하였지만, 그 뒤에는 모두 '동화'라 하였다.

덧붙여 말하면, 오가와 미메이(小川未明)는 '동화 선언'으로 알려진 〈오늘 이후를 동화 작가에게〉라는 글에서 '동화문학'이라는 말을 사용하여 '동화'라는 말에 만족할 수 없는 심경을 드러내었고, 또 '동화문학'은 어른이 읽어 주는 쪽이 어린이로서는 이해하기가 쉬운 '특이한 시형(詩型)'이라고 생각했다. 더군다나 '동화'는 '오또기바나시'와 비슷한 속성이 있기 때문에 '동화문학'이라는 말을 사용했던 것이지만 이것이 일반화되지는 않았다.(이하 생략)[4]

근대 이전의 산문문학이란 요즘 말로 두루뭉술하게 표현하면 '옛이야기'가 된다. 일본 사람은 '옛이야기'를 한자로는 '昔話(석화)'라 쓰고 그것을 '무까시바나시(むかしばなし)'로 읽는다. 재미있는 것은 '동화'도 예전에는 '무까시바나시(むかしばなし)'로 읽었다는 사실이다. 이러한 형편에서는, '동화'와 '옛이야기'의 혼동은 필연적이다.

두루 아는 바와 같이, 일본의 근대 어린이문학은 이와야 사자나미의 '오또기바나시'에서 비롯되었다. 그런데 그것은 '도꾸가와 시대의 게사구(戱作)[5] 또는 오도쯔(小咄)[6]의 발상과 모럴을 아주 짙게 간직한 공상물'이었다. 그래서 그 작품들을 '공상 이야기의 명치(明治)적 형태'라고도 말한다.[7] '오또기바나시'를 대체하게 된 용어가 '동화'라는 것도 결코 우연이 아니었다.

오늘날은 '童話'를 '도오와(どうわ)'로 읽는다. 용어의 발음으로나마, 독자적인 장르로서의 동화-옛이야기가 아닌 창작 동화를 가리킨다-의 존재를 환기시키려는 것이리라. 그러나 동화에 드리워진 옛이야기의 그림자를 완전히 걷어내는 것은 결코 쉬운 일이 아니다. 창작동화든 뭐든

---

4. 日本兒童文學學會, 《兒童文學事典》, 東京書籍, 1988, 512쪽.
5. 18세기 후반부터 에도에서 유행했던 통속소설 등의 읽을거리.
6. 보통은 '고바나시(こばなし)'로 읽는다. 웃음을 주는 이야기.
7. 카미 쇼오이찌로오, 〈일본의 아동문학〉, 《현대일본아동문학론》, 김요섭 편집, 보진재, 1974, 17-18쪽 참고.

동화의 장르 표지로 곧잘 공상성을 내세우는 것을 보면 짐작할 수 있는 일이다.

일본에서 'fairy tale'의 역어로 '童話'를 선택한 것은 어떻게 보면 지극히 당연한 것이었다. 다음을 보라. 영어권 어린이문학사전이 'fairy tale'을 설명한 내용의 일부다.

*fairy tale : 현실 세계에서는 불가능할 것 같은 사건으로 짜놓은 먼 옛날의 서사물. 종종 마법이 등장하고 요정이 출현한다. 그러나 초자연성이 항상 그것의 특징이 되는 것은 아니다. 흔히 주인공이 되는 것은 사람이다. 말하는 동물과 마찬가지로 거인, 난장이, 마녀, 도깨비는, 종종 중요한 역할을 한다. (…이하 생략…)[8]

이것을 읽다 보면, 마치 '童話'에 대한 일본의 어린이문학사전 풀이를 읽는 듯하다. 두 용어의 내포적 의미가 이렇게 유사할 수 있다니, 놀랍기만 하다.

이 글을 읽는 사람들은 이미 눈치를 차렸을 것이다. 이원수의 동화 장르론은 일본의 동화 장르론과 별반 다르지 않다는 것을. 이원수가 동화의 장르 표지로 제시한 '공상성'과 '산문시적 표현'만 해도 그렇다. 방금 우리가 살펴본 일본의 어린이문학사전에서도 똑같이 언급하고 있는 것들이다. 직설적으로 말하면, 이원수의 동화 장르론은 독자적인 가치를 인정받을 수 없는 것이다.

세키 히데오(關英雄)는 그의 《아동문학론》(신평론사, 1955)에서, "동화

---

8. Humphrey Carpenter and Mari Prichard, *The Oxford Companion to Children's Literature*, Oxford Univ. Press, 1984, p.177; 1999 개정.

라는 형식은 (…중략…) 개개의 인물 조형과 디테일의 진실보다도 소박하게 요약된 미적 표현 가운데서 인간 일반의 보편적 진실을 보다 중요시하는 것으로, 시에 가까운 산문"[9]이라 한 바 있다. 세키 히데오의 말이나 이원수의 말이나 그게 그거다.

실감할 수 있을 것이다. 동화 공부의 선결 조건이 일본어 공부라는 것을. 일본의 근대 어린이문학을 들먹이지 않고는 동화 장르에 대해서 입도 벙긋하기 어려운 것, 이것이 우리의 현실이다.

동화의 재정의, 그 필요성과 가능성

흔히들 동화의 장르 표지로 제시하는 '공상성'과 '시성(詩性)'의 경우를 보자. 이것의 의미와 가치는 오직 일본 동화 장르론의 역사와 전통 속에서만 인정된다. 동화라는 용어를 아예 쓰지 않는 경우나, 동화라는 용어를 쓴다 하더라도 그 개념을 일본 동화 장르론의 역사와 전통과 무관하게 정의하는 경우에는, '공상성'과 '시성'은 그냥 잊어버려도 좋은 것이다.

'공상성'은 새삼 거론할 것도 못 된다. 일본의 동화 장르론에서는 '공상적인 요소가 있는 이야기'를 동화라 전제하고, '공상성'을 동화의 표지로 삼았기 때문이다. 옛이야기 중에는 fairy tale(요정담)처럼 공상적 요소가 뚜렷한 것도 있지만 그렇지 않은 것도 있다. 그리고 창작 동화 중에는 《고양이 학교》처럼 공상성이 짙은 것도 있지만 《몽실 언니》처럼 공상성과 거리가 먼 것도 있다. 그런데도 공상성을 동화의 일반적인 장르 표지로 내세울 수 있을까.

다음으로 살펴볼 것은 '산문시적인 표현' 또는 '시형(詩型)'이라는 것

---

9. 이재철, 《아동문학개론》, 서문당, 1992, 중판, 142쪽에서 재인용.

이다. 이것을 동화 장르의 주요 표지로 거론한 사람은 독일의 낭만파 시인 노발리스의 다음과 같은 말을 전거로 삼았다. "일체의 시적인 것은 동화적이라야 한다."[10] 그런데 인용된 것만 보면, 노발리스의 말은 지금 이 자리의 논의에 어울리지 않는다. 혹시 인용 과정에서 말의 주술이 서로 뒤바뀐 것은 아닐까.

우리가 알고 있는 것 중에서 동화의 '산문시적인 표현' 또는 '시형'과 관련지을 수 있는 것은 야콥 그림의 말이다. 야콥 그림은 아예 옛이야기는 시적이라고 말하기도 했다. 물론 이때의 '옛이야기'는 '동화'와 통하는 것이다. 그런데 그림의 말은 상대적인 관점에서 이해하지 않으면 안 되는 말이다. 그의 말을 정확히 옮기면 이렇다. '요정담(fairy tale)은 더 시적이고, 전설(legend)은 더 역사적이다.'[11] 즉, 요정담은 전설에 비해서 시적이라는 것이고 전설은 요정담에 비해서 역사적이라는 것이다. 이미 말했지만, 요정담은 '동화'로 번역되었다.

어쩌면, 옛이야기의 구술 측면에서 이 문제를 설명할 수 있을지도 모르겠다. 주지하는 바와 같이 옛이야기는 종종 구술의 편의를 위해 반복·대구·대조 등의 표현을 구사하기도 하고 외적으로 음악성이 드러나는 형식을 갖추기도 했다. 이를 두고, '산문시적인 표현'이니 '시형'이니 한 것은 아닐까.

정리하는 셈 치고, 지금까지 논의한 바를 되짚어 보자. 어떤가. 아마도, 여전히 답답할 것이다. 무엇보다도, '동화'가 뭔지 헷갈리는 게 문제다. 옛이야기를 가리켰다 창작 동화를 가리켰다, 그때그때 다르다. 이러한 동화

---

10. 松村武雄,《童話及兒童の研究》, 培風館, 1922, 383쪽. 여기서는, 이재철, 위의 책, 143쪽에서 재인용.

11. Jack Zipes(ed.), *The Oxford Companion to Fairy Tales*, Oxford Univ. Press, 2000, p. 167: 2005 개정.

장르론으로 우리는 과연 무엇을 할 수 있을까. 동화의 내적 자질 규명? 어림도 없다. 동화의 체계적 정리 및 분류? 언감생심이다. 그렇다면 이러한 동화 장르론은 결코 동화를 위한 장르론이라 할 수 없다. 굳이 이름을 붙여야 한다면, 장르론, 그것도 일본의 동화 장르론 그 자체를 위한 장르론이라고나 할까. 이제 우리는 우리 자신한테 진지하게 물어야 한다. 동화냐, 장르냐.

선택지는 셋이다. 하나는 지금처럼 일본의 동화 장르론을 우리의 동화 장르론으로 받아들이는 것이다. 그러려면 일본의 근대 어린이문학을 속속들이 꿰고 있어야 한다. 그런데 정작 힘든 것은 따로 있다. 그것은 일본의 동화 장르론을 답습하지 않으면 안 되는 이유를 우리 자신한테 설득력 있게 제시해야 하는 일이다.

다른 하나는 동화라는 용어는 물론이고 장르까지 아예 버리는 것이다. 사실, 동화라는 것이 반드시 있어야 하는 것은 아니다. 다들 알다시피, 서양에는 동화에 해당하는 용어 자체가 아예 없다. 말이 없다는 것은 그 말과 관련된 관념이 없다는 것이다. 즉, 영어권에는 우리가 '동화'라는 말로 머릿속에 떠올릴 수 있는 그 어떤 관념이 아예 없다는 것이다. 그들이 따지고 싶어 하는 것은 어린이가 즐길 수 있는 서사인가 아닌가 하는 것이지 '동화'인가 아닌가 하는 것이 아니다.

마지막 하나는 동화를 재정의하는 것이다. 어쨌든, 우리는 짧지 않은 세월 동안 동화라는 이름으로 또 동화라는 장르로 어린이문학의 서사를 즐겼다. 완전한 결별이 말처럼 그렇게 간단한 일이 아니다. 동화가 환기시키는 부정적 속성을 제거할 수만 있다면 동화라는 용어와 장르도 쓸 만한 것이다.

물론 동화의 재정의는 그동안 우리가 겪었던 혼란과 혼돈을 깨끗하게 해소하는 방향으로 이루어져야 한다. 또 지금 여기의 서사 장르 상황을 정확하게 반영하는 방향으로 이루어져야 한다. 무엇보다도, 동화의 간단하고도 명료한 개념, 단순하고도 체계적인 분류를 기대할 수 있는 방향으로 이루어져야 한다. 한마디로 말해서, 동화에 대한 관심을 장르 그 자체에서 작품 그 자체로 돌리게 하는 동화의 재정의가 이루어져야 한다.

문학에 관한 정의 가운데 흥미로운 것이 하나 있다. "문학은 문학사와 동일시될 수 없으며, 스스로 문학이라고 가르치는 것이 바로 문학"이라는, 프랑스 문예학자 롤랑 바르트의 정의가 그것이다.[12] 이러한 정의가 썩 잘 어울리는 것이 있는데, 그것이 바로 어린이문학이다.

어린이문학사를 보면, 어린이문학은 더도 덜도 말고 오직 어린이가 자신의 문학으로 선언한 문학이었음을 단박에 알 수 있다. 즉, 어린이문학은 어린이가 자신의 문학으로 선언한 것이 어떠한 것인지를 어른에게 가르쳐 준 문학이었던 것이다. 동화도 같은 방식으로 정의할 수 있을 것 같다. '어린이가 자신의 이야기문학으로 선언한 이야기문학, 그것이 곧 동화다.' 이렇게 말이다.

릴리안 스미드 또한 이와 비슷한 취지의 말을 한 바 있다. "이러한 이야기-스미드의 표현대로 하면, 어린이문학 중에서 항성과 같은 존재로 된 책을 가리킨다(인용자)-는 어린이들을 목표로 씌어진 것은 아니다. 어느 것이든 모두 어린이들이 자기들의 것으로 해 온 책이며, 아직까지도 그 속에서 기쁨을 발견하는 책이다."[13]라고.

'동화'를 '어린이가 자신의 이야기문학으로 선언한 이야기문학'이라고 정의하는 것은 새삼스러운 것이 아니다. 이것은 그동안 현장 비평에서 즐겨 사용해 왔던 '어린이가 즐길 수 있는 이야기문학'이나 '어린이를 위한

---

12. S. Doubrovsky 외 편저, 《문학의 교육》, 윤희원 옮김, 하우, 1996, 74쪽 참고.
13. L. H. 스미드, 《아동문학론》, 박화목 역, 새문사, 1979, 33쪽; 1987 개정.

이야기문학'과 통하는 것이다. 다만 새로운 정의에서는 가치 판단의 주체가 어린이임을 분명히 밝히고 있을 뿐이다. 어린이가 즐길 수 있는 것인지 아닌지 또는 어린이를 위한 것인지 아닌지를, 도대체 누가 판단하느냐 하는 문제에서 어린이의 손을 들어 준 것이다.

이제 동화는 적어도 개념상으로는 소설과 완전히 분리된다. 어린이가 자신의 이야기문학으로 선언한 이야기문학은 전부 동화가 될 것이고 그렇지 않은 이야기문학은 전부 소설이 될 것이기 때문이다. 다른 한편으로, 동화는 옛이야기와도 분리된다. 옛이야기 또한 어린이가 자신의 이야기문학으로 선언한 것이어서 어린이문학의 서사 장르의 지위를 누린다. 다만, 옛이야기는 구비 전승의 말문학이라는 점에서 개인 창작의 글문학인 동화와 분리되는 것뿐이다.

동화의 재정의는 동화의 하위 장르의 분류도 고려한 것이어야 한다. 모호하거나 중첩되는 분류는 원천적으로 배제하는 것이어야 한다. 이 글에서는 '현실동화'와 '환상동화'를 제안한다. 현실세계에서 일어날 법한 이야기를 그리는 것이 현실동화이고, 환상세계에서 일어날 법한 이야기를 그리는 것이 환상동화다.

동화와 소설의 거리

어린이는 그냥 어린이로 살아가는 것이 아니라, 하루하루 어른으로 자라 간다. 그리고 어린이는 저 혼자 살아가는 것이 아니다. 어린이는 어른과 함께 살아가지 않으면 생존 자체가 위태로워진다. 그래서 어린이는 본능적으로 어른에 대해서 알고 싶어 한다. 이러한 까닭에, 동화는 어린이와 관련된 주제는 물론 어른과 관련된 주제 그리고 어린이와 어른의 소통과 관련된 주제까지 포괄하여야 한다. 동화에서 다루지 못할 주제란 있을 수 없다.

성·폭력·죽음과 같은 것도 동화의 훌륭한 주제가 될 수 있다. 아니, 오히려 이러한 것에 대한 동화적 성찰은 끊임없이 지속되어야 한다. 어린이라 할지라도 성·폭력·죽음의 문제와 언제든지 마주칠 수 있기 때문이다. 그러나 그것에 대한 문제 의식은 어린이의 삶을 풍요롭게 하는 데 기여하는 것이어야 한다.

경우에 따라서는 성·폭력·죽음을 단지 소재로 삼는 데 그칠 수 있다. 성·폭력·죽음을 통해서 다른 무엇을 이야기할 수도 있다는 것이다. 《단추전쟁》[14]은 이에 관한 지침서로 삼을 만한 동화다. 작가는 성과 폭력 그리고 약탈을 거침없이 이야기하지만, 독자가 읽는 것은 어린이의 음탕함·잔인함·야비함이 아니라 그 속에 감추어져 있는 거침없음·거짓 없음·어처구니없음이다.

주제에서 정작 문제가 되는 것은 그것의 기능과 양상이다. 예컨대, 어른의 몫을 어린이에게 떠넘기는, 그래서 결과적으로 어린이를 억압하는 기능을 수행하는 주제는 동화의 주제로 적합하지 않다. 어른이 하나같이 외면하는 전통 문화를 어린이더러 계승하라고 다그치는 작품을 보자. 어린이는 이러한 작품의 주제가 어린이 자신을 얼마나 크게 억압하는지 잘 눈치채지 못한다. 그래서 더더욱 위험한 것이다.

동화의 구성은 옛이야기의 그것과 유사하다. 이것은 결코 우연의 일치가 아니다. 옛이야기는 말에 의존하므로 기억에 유리한 구성 방법을 모색할 수밖에 없는데, 이해 능력이 떨어지는 어린이를 독자로 상정하는 동화에서 그 구성 방법을 차용했던 것이다.

동화의 구성 방법으로 제시되는 것은 다음과 같은 것들이다. 첫째, 사

---

14. 루이 페르고 지음, 클로드 라푸엥트 그림, 정혜용 옮김, 낮은산, 2004.

건을 이야기의 중심에 둔다. 물론 작중 인물의 형상화에도 신경을 쓴다. 그러나 그것을 말로 직접 설명하거나 묘사하는 것은 가급적 피한다. 그 대신, 사건에 대한 작중 인물의 대응 방식을 통해 성격이나 심리를 간접적으로 드러낸다.

둘째, 사건은 인과 관계와 기승전결이 뚜렷하게 드러나도록 순차적으로 짠다. 이유는 간단하다. 어린이 독자가 사건의 흐름을 놓치지 않게 하기 위함이다.

셋째, 배경에 대한 동화 작가의 관심은 적은 편이다. 사건을 전개하는 데 꼭 필요한 시공간적 정보만 알려 주는 것이 보통이다. 소설에서는 배경을 통해서 인물이나 사건에 관한 그 무엇을 암시하기도 하지만, 동화에서 이런 구성 방법은 잘 사용하지 않는다. 사건을 쫓아다니는 데 마음을 온통 쏟는 어린이에게 배경 해석을 요구해 봤자 그 결과가 별무신통하기 때문이다.

넷째, 주 사건을 보조하는 부 사건을 끌어들이기는 하지만, 주 사건에 대립하거나 혼란을 줄 수 있는 부 사건은 아예 제외한다. 둘 이상의 주 사건을 병치시키는 것도 꺼리는 경향이 있다.

다섯째, 전지적 작가 시점 또는 1인칭 주인공 시점을 주로 사용한다. 동화에서 금기시하는 것은 1인칭 관찰자 시점이다. 1인칭 관찰자 시점의 작품 속 화자는 말 그대로 자신이 보고 들은 것만 독자에게 전달할 수 있다. 그런데 그 정보조차도 전적으로 신뢰할 수 있는 것이 아니다. 작중 인물이 잘못 보고 잘못 들은 것일 수도 있다.

동화 작가는 기본 낱말로 이루어진 짧은 문장으로 작품을 써야 한다는 이야기가 있다. 물론 그것이 틀린 이야기는 아니다. 어린이가 읽기의 어려움 때문에 고통을 받아서는 안 되기 때문이다. 그런데 기본 낱말로 이루어진 짧은 문장으로 쓴 동화가 반드시 읽기 쉬운 동화가 되는 것은 아니다. 다음을 보라.

담 모퉁이에 혼자 기동이가 있습니다. 기동이가 혼자 섰는 앞을 노마하고 영이가 지나갑니다. 아주 정답게 어깨동무를 하고 갑니다. 담 모퉁이에 혼자 기동이를 두고 둘이서만 갑니다. 기동이는 혼자서 아주 쓸쓸해졌습니다. 그래서 기동이는 입을 열어 물었습니다.

"너희들 둘이서 어디 가니?"

(…중략…)

"으응, 너희들 노마 집 가는구나."

그러나 노마는 조금도 기동이에게 자기가 가는 곳을 알리고 싶지 않았습니다. 영이도 그렇게 알리고 싶지 않았습니다. 둘이서만 알고 둘이서만 정답게 어깨동무를 하고 가고 싶었습니다.

그래서 노마 집 앞에서 노마는 돌아섰습니다. 영이도 그렇게 돌아섰습니다. 오던 길을 돌아서 골목 밖으로 나갑니다. 둘이서만 알고 둘이서만 아주 정답게 어깨동무를 하고 갑니다. 기동이는 혼자서 아주 쓸쓸해졌습니다.[15]

《너하고 안 놀아》에 실려 있는 짧은 이야기들은 하나같이 매우 뛰어난 동화로 평가받고 있다. 그런데 정작 어린이는 어른만큼 그렇게 재미있어 하지도 않고 감동하지도 않는다. 왜 그럴까.

첫 번째 까닭은 이 이야기가 심리 동화라는 데서 찾을 수 있다. 《너하고 안 놀아》는 실려 있는 작품 수만큼이나 다양한 사건을 다루고 있다. 그러나 그 사건은 제기된 문제의 해결이 아니라 어린이의 심리 포착에 초점

---

15. 현덕 글, 송진헌 그림, 〈둘이서만 알고〉, 《너하고 안 놀아》, 원종찬 엮음, 창비, 1995, 77-78쪽.

을 맞추고 있다. 그래서 《너하고 안 놀아》는 '동화 형식으로 쓴 어린이의 심리 보고서'라 할 만하다.

이 자리에서 인용한 〈둘이서만 알고〉 또한 예외가 아니다. 노마와 영이는 함께 노마네 집으로 놀러 가던 길이었다. 그런데 도중에 만난 기동이가 어디 가느냐고 묻는다. 기동이가 모르는 비밀이 자신들에게 생겼음을 확인한 순간, 노마와 영이는 둘만의 짝꿍 의식을 갖게 되고 그 짝꿍 의식을 강화하기 위해 비밀을 유지하기로 작정한다.

기동이는 기동이대로 더욱 궁금증이 커져 노마와 영이를 따라간다. 기동이에게 비밀을 들키고 싶지 않은 노마와 영이는 노마네 집 앞에서 돌아선다. 이제 노마와 영이, 그리고 기동이 사이에 본격적인 심리전이 벌어진다.

노마와 영이는 생각하지도 않았던 이발소 앞에도 가고 반찬 가게 앞에도 간다. 그러다 이 심리전은 어이없게 막을 내린다. 반찬 가게 앞에서 노마 어머니와 영이 어머니가 배를 고르고 있었기 때문이다. 노마와 영이는 기동이와의 심리전에서 이기기 위해서 맛있는 배를 포기할 수는 없었던 것이다. 그래서 어린이다.

우리 어른은 이 동화에서 어린이의 심리를 적나라하게 들여다보는 즐거움을 누릴 수 있다. 그러나 어린이에게는 이 동화는 참 싱겁다. 자신이 이미 잘 알고 있는 어린이의 심리를 동화를 통해서 다시 한 번 확인하는 것에 지나지 않기 때문이다. 그것은 어린이를 탐구하고자 하는 어른에게나 의미있는 것이다.

《너하고 안 놀아》에 대해 어린이가 거리감을 느끼는 두 번째 까닭은 문체의 따분함에서 찾을 수 있다. 보다시피 〈둘이서만 알고〉는 겹겹의 반복 의미 구조로 짜여 있다. 이것은 《너하고 안 놀아》에 실려 있는 모든 작품에서 찾아볼 수 있는 것이다. 물론 겹겹의 반복 의미 구조는 작중 인물

사이의 심리적 조화와 대립을 유도하고 강화하기 위해서 의도적으로 채택한 것이다. 그런데 어린이로서는 이러한 표현의 의미 효과를 발견하기가 결코 쉽지 않다. 그렇다면 결과가 부정적일 게 뻔하다. 어린이는 같은 말을 되풀이해서 듣는 따분함만 느낄 뿐이다.

《너하고 안 놀아》는 연극으로 보여 주면, 특히 작중 인물과 비슷한 나이의 어린이가 참 즐거워한다고 한다. 참으로 흥미로운 사실이다. 똑같은 작중 인물을 똑같은 반복 의미 구조로 표현하더라도, 글로 표현한 것은 어른이 좋아하고 행위로 표현한 것은 저연령의 어린이가 좋아한다니 말이다.

지금까지 《너하고 안 놀아》를 통해서 기본 낱말로 이루어진 짧은 문장이라고 해서 반드시 읽기가 쉬운 것이 아님을 확인했다. 반대의 경우는 어떨까.

머리로, 발로, 손으로, 팔꿈치로, 무릎으로, 허리로, 이빨로, 받고, 소리 지르고, 펄펄 뛰어오르고, 따귀를 올려붙이고, 두들겨 패고, 주먹질을 하고, 물어뜯으면서, 르브라크는 맹렬하게 버둥거렸고, 요놈들은 때려눕히고, 저놈들은 물어뜯고, 이놈 눈을 밤탱이를 만들고, 저놈 따귀를 올려붙이고, 세 번째 놈은 두들겨 패며, 여기 딱, 저기 툭, 또 다른 아이를 퍽, 그러다가 그럭저럭, 겉옷 소매 반을 찢어 놓으며, 마침내 적의 패거리로부터 빠져나오는가 싶자 곧바로 롱쥬베른느 쪽을 향하여 맹렬한 속도로 뛰어갔는데, 배신자 같은 놈 미그 라 륀느가 발을 거는 바람에, 코는 두더지 굴에 박고, 두 팔은 앞으로 쭉 뻗고, 입은 헤 벌린 채, 길게 넘어져 버렸다.[16]

---

16. 루이 페르고 지음, 클로드 라푸엥트 그림, 《단추전쟁》, 정혜용 옮김, 낮은산, 2004, 58쪽.

이것은 한 문장이다. 그런데도 술술 읽힌다. 길이도 길고 문장 구조도 단순하지 않지만, 주인공의 행위를 순차적으로 묘사했기 때문이다. 이 문장은 나름의 매력이 있다. 르브라크의 행위를 한 문장에 담음으로써 그것이 짧은 시간에 연속적으로 이루어졌던 것임을 독자에게 바로 알려 줄 수 있다.

문장의 길이와 구조를 선택할 때는 좀 더 신중하여야 한다. 이미 살펴본 바와 같이, 짧고 단순한 구조의 문장이라고 해서 반드시 쉬운 것도 아니고 길고 복잡한 구조의 문장이라고 해서 반드시 어려운 것도 아니기 때문이다. 한편, 동화에서는 어린이가 전혀 알 것 같지 않은 어려운 낱말도 굳이 피할 것은 없다. 물론 이런 경우에는 어린이가 문맥을 통해서 모르는 낱말의 뜻을 짐작할 수 있도록 세심하게 배려하여야 한다.

《달님 안녕》[17]은 동화다. 이를 의심할 사람은 아무도 없다. 《난장이가 쏘아 올린 작은 공》[18]이 소설임을 아무도 의심하지 않는다. 그러나 동화와 소설의 경계선에 놓여 있는 작품, 예컨대 《몽실 언니》[19]나 《아홉살 인생》[20]은 장르적 정체성을 늘 의심받는다. 이런 논란은 앞으로 더욱 심해질 것으로 전망된다. 그것은 동화의 적극적인 영역 확장 때문이다.

동화의 영역 확장은 어린이의 조숙성에 기인한다. 바로 이 순간의 어린이는 100년 전의 어린이는 말할 것도 없고 50년 전의 어린이와 10년 전의 어린이에 비해서도 인지적·정의적·신체적 발달 상태가 크게 차이 난다. 그러나 어린이로 묶여 있는 시기는 10년 전이나 50년 전이나 100년 전이나 마찬가지다. 그 결과, 어린이가 즐길 수 있는 동화의 폭과 깊이가

17. 하야시 아키코, 이명준 옮김, 한림출판사, 2001.
18. 조세희, 이성과힘, 2000.
19. 권정생 글, 이철수 그림, 창비, 2000.
20. 위기철, 청년사, 2001.

훨씬 넓어지고 깊어졌다.

〈사랑손님과 어머니〉는 예전에 고등학교 문학 교과서에 실렸다. 그런데 지금은 중학교 2학년 국어 교과서에 실려 있다. 혹시나 해서 인터넷을 뒤져 보았더니, 이 작품에 대한 초등학생의 독후감도 적지 않았다.

어린이가 즐겨 읽는 동화 가운데는 〈사랑손님과 어머니〉는 갖다 붙일수 없을 정도로 어려운 동화도 있다. 한 예로, 《구덩이》[21]를 들 수 있다. 이동화에는 몇 개의 사건이 뒤엉켜 있는데, 그것 또한 순차적으로 제시되는 것이 아니다. 이 동화는 장면 단위의 상황을 설명할 때도 비슷한 방식을취한다. 언제나 결과를 먼저 보여 주고 그 원인은 나중에 밝힌다. 그러나 작가는 작품의 끝에 이르러 마침내 그 모든 사건을 하나의 유기적 사건으로 통합해 낸다. 《구덩이》에 이르면 동화와 소설은 적어도 창작 기법의측면에서는 더 이상 구분하기가 곤란해진다.

어린이가 읽을 만한 책이 절대적으로 부족했던 시절에는 어린이는 어른문학을 기웃거릴 수밖에 없었다. 그래서 《천로역정》, 《돈키호테》, 《걸리버 여행기》, 《로빈슨 크루소》 등과 같은 작품이 그래서 어린이문학의 영역으로 끌려 들어왔다. 그러나 이와 같은 작품은 어린이가 처음부터 끝까지 몰입할 수 있는 것이 아니었다. 어린이가 이해하기가 어렵거나 이해하고 싶지 않은 내용도 포함하고 있기 때문이다.

이런 경우에 어린이는 곧잘 '띄엄띄엄 읽기'를 한다. 김밥에서 입에 맞는 햄만 빼먹는 것처럼, 자신의 취향에 맞는 대목만 찾아서 읽는다는 것이다. 이러한 작품은 그것보다 비교 우위를 점하는 작품이 나타날 때는 외면당할 수도 있다. 위에서 언급한 작품들만 해도 그렇다. 어린이가 읽을 책이 넘쳐나는 오늘날에는 옛날처럼 그렇게 많이 읽히지는 않는다. 이

---

21. 루이스 쌔커, 김영선 옮김, 창비, 2007.

를 일러, 어린이문학으로 차용했던 것을 어른문학으로 되돌려주는 것이라고 말할 수도 있다. 동화와 소설의 경계선상에 놓여 있는 작품이라고 할 만한 것이 바로 이러한 작품이다.

그 경계선을 허무는 작업도 이루어졌다. 어른의 문학을 어린이의 문학으로 개작하는 작업이 그것이다. 앞에서 언급한 그 불후의 명작들은 하나같이 어린이용 판본을 가지고 있는데, 그 판본은 어른문학과 어린이문학의 거리를 좁히는 역할을 충실하게 수행했다고 평가할 수도 있다.

《우리들의 일그러진 영웅》[22]의 작가는 어린이용 판본을 따로 내놓으면서 다음과 같은 머리말을 남겼다.

> 작가가 글을 쓸 때에는 읽을 사람을 머리 속에서 미리 정한다. 이른바 '독자의 상정'이라는 것이다. 그런데 《우리들의 일그러진 영웅》을 쓸 때, 필자가 머리 속에서 정하고 있던 독자는 어린이가 아니었다. 그럼에도 이 글의 일부가 초등학교 교과서에 실리면서 어린이 독자를 갖게 되었다. 기쁜 마음 한켠에 어린이용으로 다시 써야 온당하다는 마음을 늘 가지고 있었다. 어린이들에게 맞게 문장 구조를 손보고 낱말을 바꾸었지만 그래도 마음이 놓이지 않는다. 부디 바르게 이해되어 자라는 정신에게 글 읽는 재미와 교훈을 아울러 줄 수 있기를 바랄 따름이다.

작가는 어린이가 소설을 읽는 것이 안타까웠던 모양이다. 그래서 어른용 판본은 그대로 남겨둔 채 어린이용 판본을 따로 내놓았다. 어린이용 판본은 어른용 판본에 들어 있던 것을 빼거나 바꾸고, 어른용 판본에 들어 있지 않던 것을 새로 넣는 방법으로 만들 것이다. 그런데 어린이가 자

---

22. 이문열, 문학사상사, 1987

신의 이야기문학으로 선언하는 데 도움을 주고자 하는 어른의 노력이 꼭 바람직한 것은 아니다. 어린이의 입장에서 보면 원작의 개선이 아닌 개악인 경우도 있을 수 있다는 것이다.

이 점에서 볼 때, 특히 어린이의 수준에 맞도록 표현을 고쳤다는 작가의 언급이 마음에 걸린다. 릴리안 스미드가 소개한 다음과 같은 에피소드를 기억하고 있기 때문이다. 클리프턴 패디먼이라는 사람이 핸드릭 반 룬의 원고를 보고 '어린이들이 알지 못할 것 같은, 어지간히 길고 어려운 문장'을 저자에게 지적한 일이 있었다. 그러자 반 룬은 '나는 그것을 일부러 넣은 거야.'라고 말할 뿐이었다. 패디먼은 나중에야 그가 말한 의미를 알았다고 술회했다.[23]

동화에서는 주제의 얽히고설킴의 양상도 매우 중요하게 고려하여야 한다. 그것은 어린이의 향유 가능성을 좌우하는 결정적인 요인이기 때문이다.《우리들의 일그러진 영웅》에서는 주제의 복잡함과 흐릿함이 어린이의 향유를 가로막는 장벽으로 작용한다. 이어령은 이 작품에 대해서, "악에 대한 단세포적인 저항도, 선에 대한 맹목적인 신도도 될 수 없는 양립적인 (한병태의) 갈등이 이 작품의 리얼리티를 형성한다."고 말한 바 있다.

독재자인 엄석대, 그에게 도전했다가 실패한 뒤에 오히려 복종하기를 자원하는 한병태, 그리고 엄석대를 둘러싼 모든 권력 관계를 순식간에 무화시키는 영웅적인 담임 선생님, 이들과 그밖의 작중 인물의 얽히고설킨 관계를 차근차근 풀어 헤쳐야만 작가가 상정한 주제에 도달할 수 있다.

어린이는 이 작품에서 주제를 찾기도 어렵지만 어쩌다가 주제를 찾았다 해도 그것을 내면화시키기는 더더욱 어렵다. 한병태의 갈등은 가치 중

---

23. L. H. 스미드, 앞의 책, 15쪽 참고.

립적 또는 가치 양립적인 갈등이기 때문이다. 이러한 갈등은 어린이에게 는 흐릿한 것이거나 혼란스러운 것으로 인식될 수밖에 없는 것이다.

《우리들의 일그러진 영웅》은 1987년에 제11회 이상문학상을 수상했 다. 이러한 사실은 이 작품이 소설의 전형으로 평가받았음을 말해 주는 것이다. 그런데 바로 그 작품이 초등학교의 교과서에 실리게 되었다. 6차 교육 과정기에 이어서 7차 교육 과정기에도 거푸 실렸다. 그러나 초등학 교 교과서에 실렸다고 해서 소설이 동화가 되는 것은 아니다. 어린이가 자신의 이야기문학으로 선언한 소설은 바로 동화가 되지만 어른이 어린 이의 이야기문학으로 내준 소설은 언제 동화가 될지 기약할 수 없다. 소 설의 어린이용 판본이 동화인 것은 아니라는 말이다.

나오며

'동화' 하면, 누구나 바로 떠올리게 되는 것이 '어린이'와 '이야기'다. 이를 열쇳말로 하여 동화의 개념을 정의할 수도 있다. 이 글에서 제안한 '동화는 어린이가 자신의 이야기문학으로 선언한 이야기문학이다.'도 그 렇게 정의한 것 중의 하나라 할 수 있다. 이와 같은 범박한 정의로도 못할 게 없다. 동화의 장르적 특성도 제시할 수 있을 뿐만 아니라 그것을 바탕 으로 동화·옛이야기·소설의 경계를 분명하게 획정할 수 있다. 그 내용도 간단하고 명료하고 평이해서 누구나 부담없이 다가갈 수 있다. 동화의 장 르론은 이런 것이면 되는 것이다.

이와 같은 방식으로 동화의 개념을 정의하는 것은 문학사적 전통에 어 긋나는 것이 아닌가 하고 거리를 두려는 사람도 없지 않을 것이다. 사실 을 말하자면, 이 글에서 선보인 동화의 재정의는 동화 장르론의 역사와 전통에 따른 것이었다.

동화의 정의는 언제나 전제에 의한 정의였다. 동화를 공상적인 요소가 있는 이야기로 규정한 것 또한 전제에 의한 정의였다. 서양에서는 아예 동화에 관한 그 어떤 전제를 두지 않았다. 그래서 서양에는 동화라는 용어도 동화라는 장르도 없다. 이 글 또한 전제에 의한 정의를 제안했다. 무엇보다도 먼저, 공상성과 시성을 전제하지 않는다는 것을 전제했다. 다음으로, 동화는 어린이의 것이므로 어린이가 선택한 것을 동화라 하기로 전제했다. 이것이면 충분했다.

중요한 것은 전제의 이러저러함이나 있고 없음이 아니다. 그 전제로 무엇을 하느냐가 중요하다. 그 장르 자체의 성립과 존속을 위한 전제도 있는 것이고 그 장르에 속하는 작품의 정리와 분류를 위한 전제도 있는 것이다.

한 가지 더 덧붙이고 싶은 것은 문학사적 전통 중에는 문학사적 전통을 극복하고자 하는 전통도 있다는 것이다. 어차피 문학사란 문학 변천사다. 문학에서 없던 것이 새로 생겨나고 있던 것이 바뀌거나 사라지지 않았다면 문학사는 애당초 쓰일 수도 없다. 동화의 개념을 재정의하는 것에 대해서 두려움이나 거부감을 가질 필요가 전혀 없다. 일본에는 동화라는 용어는 물론이고 동화라는 장르 자체를 아예 폐기하자는 움직임도 있었다.[24]

---

24. 소오다이 동화회(早大童話會) 신인들이 동화를 부정하고 앞으로의 아동문학은 소년소설이 아니면 안 된다고 선언했다. 종래, 아동문학이라고 하면 동화를 의미할 만큼 동화가 주류가 된 아동문학의 세계이기 때문에 이 선언이 큰 반향을 일으킨 것은 불을 보기보다 분명한 일이다.(다까야마 쯔야시, 〈동화인가 소설인가〉, 《현대일본아동문학론》, 김요섭 편집, 보진재, 1974, 102쪽)

환상동화의 조건

서론

동화는 크게 현실동화와 환상동화로 나눌 수 있다. 현실동화는 우리가 살고 있는 바로 이 세상에서 일어날 법한 사건을 이야기로 꾸민 동화이고, 환상동화는 이 세상이 아닌 딴 세상에서나 일어날 법한 사건을 이야기로 꾸민 동화이다. 현실동화는 현실세계에 관한 동화이고 환상동화는 현실세계가 아닌 딴 세계, 즉 환상세계에 관한 동화라는 것이다.[1]

---

1. 형식 또는 기법의 측면에서 동화의 하위 장르를 분류하는 방식은 논자에 따라서 다르다. 기본이 되는 것은 '생활동화'와 '공상동화'를 제안한 이오덕의 분류일 것이다.(이오덕, 〈아동문학과 서민성〉, 《시정신과 유희정신》, 창비, 1977, 134쪽 참고; 굴렁쇠, 2005 재출간, 369쪽 참고) 그런데 이오덕은 환상성의 장편동화는 '판타지동화'라 하기도 했다.(이오덕, 〈판타지와 리얼리티〉, 《어린이를 지키는 문학》, 백산서당, 1984, 105쪽 참고) 한편, 이재복은 '생활동화'는 '사실동화'로, '공상동화'는 '판타지동화'로 바꾸어 불러야 한다는 제안을 한 바 있다.(이재복, 《판타지 동화 세계》, 사계절, 2001, 103쪽 참고) 원종찬은 이오덕의 분류 방식을 독자의 연령에 따라서 세분했다. 즉, 낮은 연령의 어린이 독자를 위한 이야기는 '생활동화'와 '공상동화'로, 높은 연령의 어린이 독자를 위한 이야기는 '소년소설'과 '판타지(소설)'로 분류했다.(원종찬, 〈동화와 판타

현실세계에 관한 동화는 기본적으로 현실세계를 모방하는 동화일 수밖에 없다. 그러나 환상세계에 관한 동화는 모방하려야 모방할 대상이 없다. 따라서 환상동화는 그 나름의 고유한 환상세계를 새로 창조하지 않으면 안 된다. 그런데 인간의 창조란 언제나 '어떤 있음'을 '또 다른 어떤 있음'으로 바꾸는 것에 지나지 않는다. 즉, 환상세계는 현실세계를 자르고 붙이고 비틀고 부풀리고 오그라뜨리고 뒤집고 비틀어서 창조한다는 것이다. 이것이 바로 전도다.[2]

현실세계의 전도, 그것이 바로 환상이다. 이때의 환상은 사유 방법으로서의 환상을 가리키는 것이다. 그러나 우리는 종종 환상의 결과물도 환상이라 하기도 한다. 의미가 혼동될 염려가 있을 때는 환상의 결과물은 환상물로 지칭하는 것이 좋겠다.

환상으로 창안한 세계, 즉 환상세계에서 일어나는 사건·사물·현상과 관련된 이야기를 모두 환상동화라 하면, 환상동화의 범주는 꽤 넓어진다. 환상동화의 범주가 지나치게 넓어지면 환상동화와 현실동화의 경계 획정에 어려움을 겪게 될 수도 있다.

동물이 사람처럼 말하고 행동하는 동화를 예로 들어 보기로 한다. 앞

지),《동화와 어린이》, 창비, 2004) 김상욱은 '리얼리즘동화'와 '판타지'라는 장르 이름을 곧잘 사용했는데(김상욱,《숲에서 어린이에게 길을 묻다》, 창비, 2002), 이는 각각 '생활동화'와 '공상동화'에 대응하는 것이다. 한편, 환상동화라는 용어 대신에 어린이환상소설이라는 용어를 사용하는 사람도 있다.(복거일,《복거일의 세계환상소설사전》, 김영사, 2002, 36쪽 참고) 이것은 소설 대신에 동화라는 용어를 사용하는 어린이문학의 전통과 어긋난다. 어쨌든, 이 각각의 장르 이름은 동화의 하위 장르를 분류하는 문제의식의 차이에서 비롯된 것임은 말할 것도 없다. 나는 이와 같은 선행의 분류 방식에 전혀 동의하지 않는다. 동화의 정의 또는 분류에서 동화의 공상성을 전제로 내세웠다든가, 소설에 동화와 같은 지위를 부여했다든가, 체계 자체에 논리성이 결여되어 있다든가 해서이다. '현실동화'와 '환상동화'라는 장르 이름을 사용하는 것도 그 때문이다.
2. 잭슨은 "환상은 초자연적인 영역을 창조하는 것이 아니라 낯선 어떤 것, '다른' 어떤 것으로 전도된 자연적 세계를 제시한다."고 말한 바 있다.(로지 잭슨,《환상성-전복의 문학》, 서강여성문학연구회 옮김, 문학동네, 2001, 29쪽)

의 정의에 따르면 이 동화는 환상동화라 하여야 한다. 그런데 동물이 사람처럼 말하고 행동하는 것을 제외한 나머지 모두가 현실세계의 자연 이법과 인간 이법의 지배를 철저하게 받는다고 해 보자. 그래도 그 동물 이야기를 환상동화라 해야 할까. 그 동물은 동물의 탈을 쓴 사람이라 해도 조금도 어색하지 않은데 말이다. 사실, 이런 동화는 환상동화라 하기도 난감하고 환상동화가 아니라 하기도 난감하다. 그래서 이 글에서는 환상동화를 넓은 의미의 환상동화와 좁은 의미의 환상동화로 구분하기로 한다.

넓은 의미의 환상동화는 환상(환상물·환상세계)으로 간주할 수 있는 그 어떤 것을 포함하고 있는 동화다. 이에 반하여, 좁은 의미의 환상동화는 환상(환상물·환상세계)이 갈등의 원인이 되는 동화다. 다시 말해서, 환상(환상물·환상세계) 그 자체로 인한 문제 제기로 이야기가 꾸려지는 동화, 즉 환상의 서사성을 갖춘 동화가 환상동화다.

환상(환상물·환상세계)으로 문제 해결을 꾀하는 동화도 환상동화라 할 수 있겠지만 '제대로 된 환상동화'라 할 수는 없다. 그런데 환상(환상물·환상세계)으로 문제 해결을 꾀하는 동화라 하더라도, 주인공이 자신의 지혜와 용기로 그 환상(환상물·환상세계)을 성취하느냐 성취하지 못하느냐에 서사의 초점을 맞춘다면 평가는 달라진다. 이 또한 '진정한 환상동화'라 할 수 있다.

당연한 말이겠지만, 환상동화는 환상성을 갖추어야 한다. 현실세계를 전도하는 환상의 논리 체계를 보여 주든지, 그에 따라 생성된 환상물 또는 환상세계를 보여 주든지 하여야 한다. 그리고 환상동화는 환상에 의해서 제기된 문제를 해결하는 서사에 의지하여야 한다. 환상동화도 서사문학이다. 다만, 환상으로 인해서 갈등이 생기고 문제가 생기는 서사문학일 뿐이다.

여기에 환상동화의 또 다른 장르적 성격을 추가할 수 있다. 그것은 어린이 친연성이다. 환상의 어린이 친연성에는 환상 그 자체의 어린이 친연성뿐만 아니라 환상에 의한 서사의 어린이 친연성도 포함된다. 환상동화 역시 어린이를 위한 동화여야 한다.

그러면, 환상동화의 이 세 가지 장르적 성격을 구체적인 작품을 통해서 좀 더 자세하게 살펴보기로 하자.

환상성

1. 초현실성 또는 비현실성

현실세계는 자연 이법과 인간 이법에 의해서 이중으로 통제된다. 자연 이법은 자연의 구성 요소 사이에 질서를 부여하고, 인간 이법은 인간과 인간의 관계에 질서를 부여한다. 그런데 우리는 곧잘 자연 이법 또는 인간 이법이 현실세계의 그것과 다른 어떤 세계를 상상한다. 이러한 세계가 바로 환상세계다. 환상세계에는 초현실세계도 있고 비현실세계도 있다. 자연 법칙이 현실세계의 그것과 다른 세계가 초현실세계이고, 인간 법칙이 현실세계의 그것과 다른 세계가 비현실세계이다.

환상동화를 창작하는 것은 자연 또는 인간에 관한 새로운 법칙을 창안하는 것, 즉 초현실성 또는 비현실성을 구현하는 것이라고 말할 수도 있다. 환상성의 첫 번째 요건으로 초현실성 또는 비현실성을 드는 것은 너무나 당연하다.

초현실성은 누구라도 쉽게 판단할 수 있고 또 그 판단은 누구에게나 쉽게 신뢰받을 수 있다. 초현실성의 판단 준거가 되는 현실세계의 자연 이법은 자명한 것이기 때문이다. 자연 현상이라는 것은 때와 곳에 따라서 달라지는 것이 아니고 또 그것으로부터 이끌어내는 자연 이법이라는 것도 사람에 따라서 달라지는 것이 아니다. 그런데도 어떤 사건·사물·현상의 초현실성 여부를 쉽게 판단하지 못하는 경우가 있다. 이에 관한 예는 잠시 후에 들어 보기로 하겠다.

비현실성에 대한 판단은 초현실성에 대한 판단보다 더 까다롭다. 비현실성의 판단 준거가 되는 것은 현실세계의 인간 이법인데, 인간 이법에 대한 합의가 쉽지 않기 때문이다. 개인마다 삶의 방식이 다르고 사회마다 삶의 방식을 통제하는 제도와 관습이 다르다. 물론 삶의 다양성을 포섭할 수 있는 보편적인 인간 이법은 존재할 것이다. 그러나 그것에 대한 이해가 사람마다 다르다는 것이 또 문제가 된다. 환상성의 근거를 비현실성에서 마련하고자 할 때는 초현실성에서 마련할 때보다 좀 더 세심한 주의가 요구된다.

《내 이름은 삐삐 롱스타킹》[3]을 보자. 주인공은 이제 아홉 살인 말괄량이 삐삐인데, 힘이 장사다. 말도 번쩍 들어 올릴 수 있다. 이것은 초현실적인 것인가 아닌가.《내 이름은 삐삐 롱스타킹》의 작중 세계는 우리가 살고 있는 현실세계의 중력 법칙이 왜곡되어 적용되는가 아닌가. 이에 대해서 '예·아니오'로 딱 부러지게 대답하기는 쉽지 않다. 물론 이 현실세계의 아홉 살배기가 말을 들어 올릴 가능성은 거의 없다. 그렇지만 '절대로 없다'고 단정할 수도 없지 않은가.

말이 나온 김에,《내 이름은 삐삐 롱스타킹》의 초현실성을 인정한다 하더라도 이를 환상동화로 규정하는 데 어려움이 있다는 말을 덧붙인다.

삐삐의 놀라운 힘은 분명 서사의 흐름에 영향을 끼친다. 삐삐가 그 힘을 이용해서 자신을 고아원으로 데리고 가려고 찾아온 경찰관 아저씨를 내쫓거나 금화를 훔치려고 집에 숨어든 도둑 아저씨를 혼내 주기도 하기

---

3. 아스트리드 린드그렌 글, 롤프 레티시 그림, 햇살과나무꾼 옮김, 시공주니어, 2000; 2017, 개정.

때문이다. 그러나 이와 같은 사건은 에피소드에 지나지 않는다. 다시 말해서, 삐삐의 놀라운 힘이 서사 전체를 끌고 가는 동인으로 작용하는 것은 아니라는 것이다.

환상동화는 환상으로 문제를 제기하는 동화다. 그런데 삐삐의 놀라운 힘은 삐삐에 관한 근본적인 문제를 제기하는 수단으로 쓰이는 것이 아니다. 기껏해야 삐삐한테 그때그때 닥치는 이런 저런 사소한 문제를 해결하는 수단으로 쓰일 뿐이다. 《내 이름은 삐삐 롱스타킹》의 서사 전체를 끌고 가는 문제적 상황은 오히려 삐삐의 현실적 조건에서 마련된다.

삐삐의 엄마는 삐삐가 아주 어렸을 때 죽었다. 삐삐는 선장인 아빠와 함께 항해를 했는데, 폭풍우가 몰아치던 어느 날, 아빠는 바람에 날려 바다 속으로 사라져 버렸다. 삐삐는 굳게 믿었다. 엄마는 하늘나라의 천사가 되었고, 아빠는 바다를 헤엄쳐 다니다가 식인종 섬에 도착해서 식인종의 왕이 되었다고. 아빠가 바닷속으로 사라지자 삐삐는 금화가 가득 든 커다란 여행 가방을 들고 아빠의 배에서 내린다. 그 이후 삐삐는 뒤죽박죽 별장에서 원숭이와 말과 함께 살아간다.

삐삐의 삶이 우리한테 낯설긴 해도 이 현실세계에서 절대로 있을 수 없는 삶은 아니다. 《내 이름은 삐삐 롱스타킹》의 주된 이야기선은 삐삐의 이와 같은 삶의 조건에서 만들어졌다. 이 동화를 두고, "현실과 환상의 경계를 뒤뚱뒤뚱 넘나든다"[4]라고 말한 사람도 있다. 그렇게 말할 만하지 않은가.

환상동화가 초현실성 또는 비현실성을 확보하는 방법, 즉 환상의 구체적인 사유 방법에 대해서 좀 더 생각해 보기로 한다. 이미 말한 바 있듯이, 사유 방법으로서의 환상은 현실세계의 물리 법칙·화학 법칙·생물 법

---

4. 김서정,《멋진 판타지》, 굴렁쇠, 2002, 140쪽.

칙 등을 뒤틀거나 개인과 사회의 윤리·도덕·관습·제도 등을 뒤바꾸는 전도를 가리킨다. 사람이 하늘을 날 수 있다든지 공부 못하는 아이들만 상급 학교로 진학하게 된다든지 하는 것이 바로 이 전도의 결과다.

현실세계의 자연 이법과 인간 이법이 그 나름의 내적 논리를 갖고 있듯이 전도된 자연 이법과 인간 이법, 즉 환상세계의 자연 이법과 인간 이법도 그 나름의 내적 논리를 갖고 있어야 한다. 환상의 내적 논리가 탄탄하면 탄탄할수록, 환상의 서사 구조는 더욱 튼실해지고, 이에 대한 독자의 신뢰와 몰입은 더욱 강화된다.

환상의 내적 논리는 다양한 층위에서 짤 수 있다. 작중 인물 모두 하늘을 날게 할 수도 있고 특정한 작중 인물만 하늘을 날게 할 수도 있다. 또 하늘을 나는 작중 인물은 겨드랑이에 날개를 달고 태어난 특별한 인물이거나 마법 학교에서 하늘을 나는 주문을 배운 평범한 인물로 설정할 수도 있다. 그런가 하면, 하늘을 날 때 정신적·육체적 에너지가 크게 소모되게 할 수도 있고 그 어떤 에너지도 전혀 소모되지 않게 할 수도 있다. 이뿐이겠는가. 또 다른 층위의 또 다른 내적 논리를 얼마든지 만들어 낼 수 있을 것이다. 이것은 전적으로 작가한테 맡겨진다.

환상의 내적 논리는 참신할수록 좋다. 그런데 더 좋은 것은 환상의 서사를 참신하게 만들어 주는 환상의 내적 논리다. 환상동화는 환상을 보여 주는 동화가 아니라 환상을 실마리로 하여 이야기를 들려주는 동화이기 때문이다. 환상의 내적 논리가 그 자체로는 상투적인 것이지만 그것으로 빚어 낸 문제적 상황은 참신할 수가 있다. 이러한 환상의 내적 논리 또한 멋진 것이라 하지 않을 수 없다.

2. 명료성

환상성은 새로운 자연 이법이나 새로운 인간 이법에서 획득된다. 그런데 '이법'이라는 이름을 붙일 수 있는 것이라면 그것은 언제 어디서나 그리고 누구한테나 같은 뜻으로 해석될 수 있는 것이어야 한다. 즉, 환상 또는 환상의 논리는 그 의미가 명료하여야 한다.

마법이란 언어가 가지고 있는 초자연적 힘이라 할 수 있다. 그런데 언어 자체가 모호하다면 그 언어가 지시하는 바 또한 모호할 것이다. 언어가 명료하지 않은 마법의 초자연적 힘은 허공을 떠돌다 스러질 수밖에 없다. 《고양이학교》[5]에 나오는 '마술 노래'라는 것이 이에 관한 좋은 예가 된다. '마술 노래'에는 "왼쪽 뒷다리로 1과 4분의 3번 긁으면 몸이 큰 바위만 하게 되지."라는 구절이 들어 있다. 동화 속의 주인공들은 1과 4분의 3번을 잘도 긁는다. 그러나 그것은 결코 가능한 일이 아니다.[6] 또 다른 마술을 동원하지 않으면 안 되는 것이다.[7]

또 다른 예를 보자. 픱이라는 이름을 가진 벌레가 있다. 이 벌레는 글자를 먹고 사는데, 이 벌레가 글자를 먹으면 그 글자가 가리키는 사물이 이 세상에서 사라진다. 이것은 언어와 언어의 지시 대상을 동일시하는 주술적 사고에 바탕을 둔 환상의 논리를 보여 준다.

그런데 이 동화가 이야기의 전제로 설정한 환상에는 두 가지 문제가 있다. 첫째, 글자를 먹는다는 것이 뜻하는 바가 모호하다. 글자는 종이에 잉크로 쓸 수도 있고 땅 위에 모래를 뿌려서 쓸 수도 있고 나무에 칼로 새겨서 쓸 수도 있고 빛과 그림자를 이용해 영사막에 쓸 수도 있다.

이 각각의 경우를 모두 포괄하려면, 벌레가 글자를 먹는다는 것의 정

---

5. 김진경, 문학동네어린이, 2002.
6. 이것은 《해리 포터와 마법사의 돌》(조앤 K. 롤링, 김혜원 옮김, 문학수첩, 1999)에 나오는 7과 1/2 플랫폼과는 성격이 다른 것이다. '7과 1/2 플랫폼'은 단지 사물을 지칭하는 이름일 뿐이고 '1과 4분의 3번 긁기'는 실제의 행위인 것이다.
7. 이지호, 〈《고양이 학교》, 그 환상의 논리와 서사 문법〉, 《동화의 힘, 비평의 힘》, 주니어김영사, 2004, 106쪽 참고.

의를 다음과 같이 내려야 한다. '벌레가 글자를 자신의 뱃속으로 들어가게 하기 위해서 다른 무엇인가를 어디론가 사라지게 하거나 어디에선가 가져와야 한다.' 벌레가 과연 이렇게까지 해서 글자를 먹을 수 있는 것일까. 글자는 추상적인 기호에 지나지 않는 것인데, 이를 '먹는다'라는 구체적인 행위의 대상으로 삼았기 때문에 이런 문제가 생기는 것이다.

둘째, 글자를 먹으면 글자가 지시하는 사물이 없어진다는 것이 뜻하는 바가 모호하다. 핍을 우연히 손에 넣게 된 러너에게는 바비라는 친구가 있다. 바비 또한 핍의 비밀을 안다. 어느 날 바비는 자신을 괴롭히는 마커스 드론 선생님을 없애 버리려고 러너 몰래 핍에게 '마커스 드론'이라는 글자를 먹게 한다.

드론 선생님의 몸이 마치 수백만 조각으로 이루어진 듯, 사방으로 흐물흐물 흩어지기 시작했습니다. 눈도 양옆으로 옮아 가고 입도 오른쪽으로 돌아갔습니다.[8]

위에 인용한 대목은 핍이 '마커스 드론'이라는 글자를 먹는 도중에 드론 선생님에게 일어나는 변화를 보여 주는 것이다. 그런데 이것은 논리적이지 못하다. '마커스 드론'의 '마커스 드'까지 먹었다고 했을 때, 그 '마커스 드'가 '드론' 선생님을 지시한다고 볼 수 없기 때문이다.

어쨌든, 뒤늦게 바비의 속내를 알게 된 러너가 바비를 말린다. 바비도 마침내 제 뜻을 꺾는다. 러너는 '마커스 드론'이라는 글자 뒤에 '의 신선한 제안'을 덧붙이는 방법으로 드론 선생님을 구하려고 한다. 그런데 핍

---

8. 메리 어메이토 지음, 이형진 그림, 《학교를 삼킨 글짜 벌레》, 황애경 옮김, 디자인하우스, 2001, 158쪽; 《글자벌레의 신비한 마술》, 중앙출판사, 2008, 재출간.

이 '의'자를 씹어 먹는 동안에도 드론 선생님은 '몸이 말미잘처럼 물결을 일으'키긴 하지만 완전히 사라지지는 않았다고 작가는 말한다. 픕은 '신' 이란 글자까지 먹고는 배가 아파서 그 뒤의 글자를 더 이상 먹지 못한다. 그러자 드론 선생님은 제 모습을 되찾지만 드론 선생님의 신이 흐물거리 다가 사라져 버린다. 이 또한 논리적이지 못함은 말할 것도 없다.

더 심각한 것은 그러한 비논리적 환상으로는 어떠한 문제도 제기할 수 없다는 것이다. 즉, 그럴 듯한 이야기를 꾸려낼 수 없다는 것이다. 픕이 글 자를 먹으면 그것이 지시하는 사물이 사라지는 것도 문제라면 문제다. 그 러나 그 문제는 문제다운 문제가 아니다. 왜냐 하면, 픕이 글자를 먹어서 생기는 문제는 픕이 먹은 글자 뒤에 또 다른 글자를 써넣어서 픕에게 먹 이기만 하면 간단하게 해결될 문제이기 때문이다.

《학교를 삼킨 글짜벌레》는 참으로 기발한 환상을 창안했다. 그런데 그 것의 내포적 의미를 명료하게 규정해 두지 않았기 때문에 작가가 필요에 따라서 자의적으로 그 의미를 해석할 수 있는 여지가 생겼다. 이 동화의 환상에 의한 문제 제기나 환상 논리에 의한 재귀적 문제 해결이 어거지로 느껴지는 것은 당연한 일이다.

예컨대, 러너가 픕의 마술을 두려워하게 되자 픕 스스로 자신의 마술 을 없애는 방법을 일러 준다. 그것은 픕이 '픕의 마술'이라는 글자를 스스 로 먹는 것이었다. 픕이 '픕의 마술'에서 '픕'을 먹는 순간 픕은 사라져야 할까, 아니면 그냥 흐물거리기만 해야 할까. 앞의 경우라면 이야기의 끝 을 맺을 수 없고 뒤의 경우라면 이야기의 바탕이 되는 환상의 명료성이 사라진다.

환상의 명료성 여부를 이야기 자체에서는 판단하기 곤란한 경우도 있 다. 우리의 옛이야기 〈젊어지는 샘물〉이 그러한 환상을 보여 준다. 어떤 할아버지가 산에 나무하러 갔다가 우연히 신기한 샘물을 발견하게 된다.

그 샘물은 젊어지게 하는 샘물이었다. 그런데 '젊어지다'의 뜻이 그다지 명료하지 못하다. 그 샘물을 적당히 마신 할아버지는 젊은 청년이 되었다. 그런데 할머니는 욕심을 부려서 샘물을 많이 마셨기 때문에 아기가 되어 버렸다.

샘물의 양과 젊어지는 정도를 비례 관계로 설정한 것까지는 좋았다. 그렇게 하지 않았다면, 이것은 별로 흥미 있는 환상이 되지 못했을 것이다. 문제는 젊어지는 것의 극한이 분명치 않다는 것이다. 만약에 할머니가 욕심을 더 많이 부렸다면 어떤 결과가 나타났을까. 아기보다 더 '젊어진' 태아나 수정란이 되기도 한다는 것일까.

3. 제약성

젊어지는 샘물과 비슷하면서도 다른 것이 트리갭의 샘물이다. 《트리갭의 샘물》[9]에 나오는 트리갭의 샘물은 마시면 일단 늙지 않는다. 그리고 절대로 죽지 않는다. 높은 나무에서 떨어져도 목이 부러지는 법이 없고 총알이 심장을 뚫고 지나가도 자국도 안 남는다. 둘의 차이는 또 있다. 젊어지는 샘물은 마시는 샘물의 양으로 마법의 효과를 조절할 수 있지만, 트리갭의 샘물은 한 방울만 마셔도 마법의 효과가 완벽하게 나타난다. 다시 말하면, 트리갭의 샘물은 그 효과를 통제할 수 있는 방법이 전혀 없는 마법을 부리는 환상물이라는 것이다.

환상이 그 자체로 완벽한 것이라면, 그래서 환상 그 자체에서 환상을 제어할 수 있는 방법을 찾을 수 없는 것이라면, 환상은 말 그대로 한갓 헛된 것에 지나지 않게 된다. 거기에서는 그 어떤 현실적 의미도 이끌어 낼 수 없기 때문이다. 그래서 환상성의 또 다른 기본 요건으로 제약성을 제

---

9. 나탈리 배비트 글, 이현주 그림 최순희 옮김, 대교출판, 2002; 2006, 개정.

안할 수 있다.

《아들이 된 아버지》에서는 마법의 돌이 환상의 문제를 일으킨다. 아들 덕은 겨울 방학이 끝나자 기숙학교로 돌아가야만 했다. 아버지 폴 씨에게 이번 학기만 끝나면 기숙학교를 그만두면 안 되겠느냐고 물었다가 꾸중만 들었다. 그런데 야단을 맞고 훌쩍이는 덕을 달랜다고 폴 씨가 한 말이 화근이었다.

> 폴 씨는 문제의 마법 돌멩이를 쥔 채, 푹신한 의자에 다시 한 번 고쳐 앉으면서 말했다.
>
> "그래. 애들은 멋도 모르고 빨리 어른이 되고 싶어 하지만, 나처럼 나이를 먹게 되면, 어린이 시절이 그립고, 할 수만 있다면 도로 어린애가 되고 싶어진단다."
>
> 여기까지 말했을 때 폴 씨는 어쩐지 몸이 약간 떨리는 것 같고 손발이 자릿자릿 저려 오는 것 같았다. 의자도 갑자기 커지는 것 같지 않은가. 폴 씨는 놀랐으나 '기분 탓이겠지' 하고 다시 말을 계속했다.
>
> "나는 다시 어린애가 되어서 학교에 다니고 싶어. 그러나 너와 바바라가 어른이 될 때까지 먹여 살려야 하기 때문에⋯⋯."
>
> "하하하!"
>
> 덕의 입에서 갑자기 웃음이 터져 나왔다.[10]

폴 씨는 말이 채 끝내기도 전에 어린애가 되어 버렸다. 덕이 웃은 것은 그 때문이었다. 그러나 그것도 잠시, 사태의 심각성을 깨달은 두 사람은 폴 씨가 손에 쥐고 있던 돌이 이런 소동의 원인임을 알아차렸다. 그 돌은

---

10. 토마스 앤스티 글, 김지윤 그림, 《아들이 된 아버지》, 조기룡 옮김, 내인생의책, 2002, 15-16쪽.

덕의 외삼촌이 인도에서 가져와 덕에게 선물로 준 것이었다.

폴 씨는 마법의 돌을 손에 쥐고 다시 소원을 빌었다. 5분 전의 자기로 되돌아가게 해 달라고. 그러나 아무 소용이 없었다. 그 마법의 돌은 한 사람 앞에 한 가지씩의 소원만 들어주는 것이었기 때문이다. 폴 씨는 덕에게 마법의 돌을 건네주면서 자신을 옛날의 아버지로 돌아가게 빌어 달라고 부탁한다.

덕은 아버지가 옛날로 돌아가게 되면 자기는 기숙학교로 돌아가야 한다는 사실을 아버지로부터 확인하게 되자 자기가 아버지가 되기로 마음 먹는다. 결국 아버지는 아들이 되어 아들의 기숙학교로 떠나게 되고 아들은 아버지가 되어 아버지의 사업을 떠맡게 된다.

이 동화의 환상은 마법의 돌에서 비롯된 것이지만 그 환상이 서사의 문제를 제기할 수 있었던 것은 그것의 제약성 때문이었다. 폴 씨가 아들 덕의 삶을 살게 된 것도 덕이 아버지 폴 씨의 삶을 살게 된 것은 소원을 한 번밖에 빌 수 없었기 때문이다.

물론 이 환상에 내재되어 있는 논리를 활용하면 이 문제는 얼마든지 해결할 수 있다. 다른 누군가가 이 마법의 돌을 손에 쥐고 이 두 사람을 원래대로 돌려놓아 달라는 소원을 빌기만 하면 되는 것이다. 이 동화의 묘미는 이 해결책이 겉보기와 달리 쉽게 마련되지 않는다는 데 있다. 덕이 그랬듯이, 다른 누군가도 딴 사람이 아닌 자기 자신을 위한 소원을 빌 수 있는 것이다. 폴 씨가 원래의 모습을 되찾으려면 오로지 폴 씨를 위해서 그 귀한 소원을 쓸 수 있는 그 누군가를 찾아서 그 마법의 돌을 손에 쥐어 주어야 한다.

그러나 《아들이 된 아버지》는 결말을 너무 싱겁게 처리했다. 이 모든 것이 한바탕 꿈이라 하고 말았다. 작가는 그것으로도 독자한테 교훈을 줄 수 있다고 생각했던 모양이다. 환상의 현실적 의미는 환상 논리에 의한 환상의 해소 그 자체에서 찾아야 하는 것이다. 작가가 이 점을 분명하게 인식했더라면, 이 동화는 독자가 마지막 페이지까지 그 재미를 충분히 즐기면서 고차원적인 교훈을 얻을 수 있는 동화로 거듭날 수 있었을 텐데. 참 아쉽다.

환상의 제약성을 상징적으로 보여 주는 것이 바로 그리스 신화에 나오는 아킬레스의 발뒤꿈치다. 아킬레스의 약점은 아킬레스 자신한테는 불행이었지만, 우리처럼 이야기를 좋아하는 사람들한테는 행운이었다.

바다의 여신 테티스는 아들 아킬레스를 불사신으로 만들려고 그의 몸을 저승의 강 스틱스에 담갔다. 그런데 테티스는 그녀가 잡고 있던 아킬레스의 발뒤꿈치까지 강물에 담글 생각은 하지 못했다. 아킬레스가 트로이 전쟁의 영웅이 될 수 있었던 것은 역설적이게도 그가 불사신이 아니었기 때문이다.

완전무결하고 전지전능한 신은 결코 신화의 주인공이 되지 못한다. 문제가 될 게 있을 리 없고 설사 문제가 될 만한 게 생긴다 하더라도 너무나 간단하게 해결할 수 있기 때문이다. 환상도 마찬가지다. 아킬레스의 발뒤꿈치 같은 것이 있어야 한다. 그러한 환상이라야 '문제 제기-문제 해결'의 환상의 서사를 구성할 수 있기 때문이다.

환상의 서사성

1. 문제적 상황성[11]

---

11. 환상의 서사에 관한 논의의 핵심 개념인 '문제적 상황성'과 '재귀성'은 《옛이야기와 어린이 문학》(이지호, 집문당, 2006)에서 원용한 것이다. 즉, 옛이야기의 이야기 구조를 설명할 때 사용했던 '욕망의 문제적 상황'과 '문제적 상황의 재귀적 해소'에서, '욕망'을 '환상'으로 대체하여 환상의 이야기 구조를 설명할 때 사용한다. '환상'은 욕망의 대상이면서 '욕망'의 충족 수단일

환상의 서사는 환상에서 문제를 제기한다. 달리 말하면, 환상동화는 이야기의 전제를 환상에서 마련한다는 것이다. 독자는 이 전제가 되는 환상에 대해서는 그 어떤 의심도 품어서는 안 된다. 그것은 묵계이기 때문이다.[12] 그런데 환상의 전제로부터 이끌어 낸 문제는 주인공을 위기에 빠뜨림과 동시에 주인공에게 기회를 제공하는 것이어야 한다. 위기가 곧 기회이고 기회가 곧 위기인 상황을 이 글에서는 '문제적 상황'이라 일컬을 터인데, 이것은 환상의 서사의 한 특성으로 간주될 것이다.

사실, 모든 상황은 문제적 상황이다. 위기는 기회의 또 다른 모습이고 기회는 위기의 또 다른 모습이기 때문이다. 어떻게 보면, 환상은 이러한 것을 좀 더 극적으로 보여 주는 것이라 말할 수 있다.

《반지의 제왕》[13]의 절대 반지는 반지의 주인에게 사악한 힘을 주지만 결국은 반지의 주인을 그 사악한 힘의 노예로 만들어 버린다. 우리 옛이야기의 요술 맷돌은 그것을 손에 넣은 사람을 부자로 만들어 주기도 하지만 돈에 깔려 죽게도 한다. 절대 반지와 요술 맷돌 덕분에 우리는 모든 사건·사물·현상에는 양면성이 있다는 것을 실감할 수 있다.

환상에 의한 문제적 상황 설정은 그 자체가 환상에 의한 문제 제기에 해당한다. 제약성이 있는 환상(환상물·환상세계)은 그 자체가 바로 문제적 상황이 된다. 얼마를 마시느냐에 따라서 행복과 불행이 갈리는 젊어지는 샘물 같은 것이 바로 그런 것이다.

제약성이 없는 환상, 예컨대 트리갭의 샘물 같은 것은 그 자체가 바로

수 있다는 점을 고려했다.

12. 환상동화의 독자가 갖추어야 할 미덕 가운데 하나가 '불신의 유보(suspension of disbelief)' 다.(K. H. Latrobe, C. S. Brodie, M, White, *The Children's Literature Dictionary*, Neal-Schuman Publishers, 2002, p.165 참고) 이것은 이야기의 전제로서의 초현실성에 대한 독자의 적대적인 태도를 경계하기 위한 문학적 관습이다.

13. 존 로날드 로웰 톨킨, 김번 외 옮김, 씨앗을뿌리는사람, 2002.

문제적 상황이 되지는 않는다. 물론 문제적 상황의 빌미는 될 수 있다. 트리갭의 샘물을 팔아서 돈을 벌려다가 돈을 노린 악당한테 죽임을 당하는 상황을 생각해 볼 수 있다는 것이다. 그러나 이 상황에서는 트리갭의 샘물이 절대적으로 필요한 것은 아니다. 가치가 꽤 나가는 귀한 보물이기만 하면 무엇이든 상관없다. 그래서 이 문제적 상황은 진정한 의미에서의 환상의 문제적 상황이라 말할 수 없는 것이다.

환상의 문제적 상황은 환상으로 극복하여야 한다. 다시 말해서, 환상이 제기한 문제는 환상의 범주에서 해결하여야 한다는 것이다. 현실의 범주에서 해결할 수 있다 하더라도 그래서는 안 된다. 환상을 끌어들인 보람이 없어지기 때문이다. 당연히 재미도 없어진다.

산신령이 나타나 세 가지 소원을 들어주겠다는데, 이 세상을 누구의 도움도 받지 않고 제 힘으로 살아가겠다고 오래 전부터 마음을 단단히 먹은 나무꾼은 아예 관심도 보이지 않는다고 해 보자. 산신령만 맥이 빠지는 것이 아니다. 지켜보는 우리도 맥이 빠진다. 이런 것은 환상의 서사로는 영 아니올시다.

우리 옛이야기 중에 동물의 말을 알아듣게 해 주는 보자기에 관한 이야기가 있다. 용궁의 보물인 이 보자기를 손에 넣은 사람은 동물의 말을 통해서 다른 사람한테 도움을 줄 수 있는 정보를 얻는다. 좋은 일만 있었던 것은 아니다. 자신이 몰랐으면 더 좋았을 아내의 부정에 관한 정보도 얻게 된다. 화가 난 주인공은 머리에 쓰고 있던 요술 보자기를 벗어 마당에 던져 버린다. 용궁의 사자가 이때다 싶어 요술 보자기를 얼른 주워간다. 어떤가, 싱겁지 않은가.

요술 보자기는 두 번에 걸쳐 주인공한테 문제를 제기한다. 첫 번째 문제는 행복을 가져다주기도 하고 불행을 가져다주기도 하는 요술 보자기를 어떻게 사용할 것인가 하는 문제다. 이야기 속의 주인공은 이 문제를 회피한다. 그래서 두 번째 문제에 봉착하게 된다. 그것은 요술 보자기로부터 어떻게 벗어날 것인가 하는 문제다. 이 문제를 매력적인 것으로 만들려면 요술 보자기로부터 벗어나려고 하면 할수록 요술 보자기에 더 깊이 얽혀 들게 해야 한다.

예컨대, 주인이 요술 보자기를 외진 곳에 버리고 왔더니 요술 보자기가 스스로 되돌아왔을 뿐만 아니라, 그 힘이 더 강해져서 주인이 머리에 쓰지 않았는데도 주인한테 온갖 동물의 말을 들려준다는 식으로 짜는 것이다. 이 경우의 문제 해결 방법은 하나뿐이다. 그것은 요술 보자기의 힘을 역이용하여 요술 보자기의 원래 주인을 찾아서 그로 하여금 스스로 요술 보자기를 거둬 가게 하는 것이다. 이러한 것이 환상동화를 성공으로 이끄는 공식이다.

환상의 문제를 환상의 범주에서 해결하는 방법으로 가장 먼저 생각할 수 있는 것은 환상이 제기한 문제를 해결해 줄 또 다른 환상을 찾는 것이다. 이러한 예는 〈잠자는 숲속의 공주〉[14]에서 볼 수 있다.

옛날 어느 나라에 오랫동안 기다리던 아기 공주가 태어났다. 왕은 그 나라에 있는 일곱 요정을 아기 공주의 세례식에 초대했다. 그런데 그 나라에는 요정이 한 사람이 더 있었다. 그 요정은 늙었을 뿐만 아니라 너무나 오랫동안 바깥나들이를 하지 않아서 사람들에게 잊혔던 것이다. 그 늙은 요정은 스스로 찾아왔다. 그리고 저주를 내렸다. 아기 공주는 장차 물레에 찔려서 죽을 것이라고.

일곱 요정 가운데 가장 젊은 요정은 아직 공주에게 축복을 내리지 않은 상태였다. 이상한 낌새를 눈치 채고 일부러 숨어 있었던 것이다. 이 젊

---

14. 샤를 페로 글, 구스타브 도레 그림, 《장화 신은 고양이와 10편의 옛이야기》, 김경은 옮김, 논장, 2001.

은 요정은 늙은 요정의 저주를 완화시킨다. 물레에 손이 찔리면 백 년 동안 잠만 자게 되고, 백 년이 지나면 어느 왕자가 공주를 깨우러 오는 것으로 바꿔 놓았다.

과연 공주는 늙은 요정의 저주대로 물레에 찔린다. 젊은 요정은 잠에 든 공주를 보호하려고 공주가 잠든 성에 있는 모든 것을 잠들게 만든다. 그리고 성 주변을 가시나무로 덮어 버린다. 결국 늙은 요정이 제기한 문제는 젊은 요정이 제기한 새로운 문제로 대체되었다고 말할 수 있다.

여기서 한 가지 가정을 해 보자. 젊은 요정의 마법이 늙은 요정의 마법보다 훨씬 더 강하다면 이야기는 어떻게 전개될까. 당연히, 늙은 요정의 저주는 아예 힘을 잃어버릴 것이다. 이야기는 그걸로 끝이 날 것이다.

이래서 마법과 같은 환상에 의지해서 주어진 문제를 해결하는 서사는 환상의 서사라 하는 것이 아니라 운명의 서사라 하는 것이다. 주인공의 행복과 불행이 어떤 환상을 만나느냐에 따라 결정되기 때문이다.

인간의 의지와 노력과 무관하게 인간의 운명이 신에 의해서 결정되는 이야기가 바로 운명의 서사의 대표적인 예가 되는데, 여기에서는 종교적 색채가 두드러질 수밖에 없다. 왜냐 하면, 주인공이 할 수 있는 일이라고는 기도밖에 없기 때문이다. 환상문학이 기도문학이어서는 안 되지 않을까.

2. 재귀성

환상의 서사의 두 번째 특성은 '재귀성'이다. 환상이 제기한 문제는 환상 그 자체에 내재되어 있는 논리로 해결할 수밖에 없기 때문에 환상적 서사는 '재귀성'을 띤다고 말하는 것이다.

환상은 일종의 전제라 할 수 있다. 전제가 있으면 결론도 있게 마련이다. 환상의 전제에서 이끌어낼 수 있는 환상의 결론, 바로 그것이 환상의 문제에 대한 환상의 해답이 된다. 환상의 서사의 이러한 특성 덕분에 현실세계의 독자 또한 환상세계에 관한 이야기를 즐길 수 있는 것이다.

우리는 이미 이와 같은 문제 해결 방법을 접한 바 있다. 글자벌레 핍의 문제를 해결하는 것은 핍더러 '핍의 마술'이라는 글자를 먹게 하는 것이었고, 〈삼년고개〉의 문제를 해결하는 것은 바로 그 삼년고개에서 수없이 넘어지게 하는 것이었다.

한 번 넘어지면 삼 년밖에 살지 못하는 고개, 그 고개는 정녕 죽음의 고개였다. 그러나 그것에 내재되어 있는 환상의 논리를 보면 그 고개는 불사의 고개라 할 수밖에 없다. 백 번 넘어지고 천 번 넘어지고 수도 없이 넘어지면 영원히 살게 되는 고개니까 말이다.

환상의 논리에 의한 환상의 해소가 말처럼 그리 쉬운 것은 아니다. 모호한 언어와 엉성한 추론이 곧잘 발목을 잡는다. 핍의 문제 해결 방법에 내재되어 있는 결함은 이미 지적한 바 있으니, 여기에서는 〈삼년고개〉의 경우만 살피기로 하자.

먼저, '한 번 넘어지면 삼 년밖에 못 산다.'의 '한 번'을 유심히 보자. 이것은 '일단'의 뜻으로 읽어야 한다. 즉, 앞의 명제는 한 번이든 두 번이든 일단 넘어지기만 하면 삼 년밖에 못 산다고 해석하여야 한다는 것이다. 그러나 옛이야기 속의 소년은 이를 '1회'의 뜻으로 해석하여 이웃집 할아버지가 심리적인 안정을 되찾게 했다. 그 뜻이 명료하지 않은 환상은 이렇게 힘없이 무너진다. 결국 〈삼년고개〉가 보여 주는 것은 애매어의 오류를 활용한 말장난이었던 것이다.

제대로 된 재귀적 방법은 어떤 것일까. 《웃음을 팔아 버린 꼬마 백만장자 팀 탈러》를 보자. 이 동화는 악마에게 웃음을 판 소년 팀 탈러가 그 웃음을 되찾는 과정을 이야기로 꾸민 것이다. 다음은 악마와 팀 탈러 사이에 이루어진 계약의 내용이다.

1. 이 계약은 L. 마악 씨와 팀 탈러 씨가 ---년 ---월 ---일에 체결한 것으로 각각 두 개의 사본에 쌍방이 서명한다.

2. 이로써 팀 탈러 씨는 L. 마악 씨에게 자기의 웃음을 마음대로 사용하도록 양도한다.

3. 웃음에 대한 대가로 L. 마악 씨는 팀 탈러 씨에게 어떤 내기라도 이기게 해 줄 의무가 있다. 단, 이것은 제한 없이 모든 내기에 해당된다.

4. 쌍방은 이 계약에 대한 비밀을 지킬 의무가 있다.

5. 만약 한쪽이 제삼자에게 이 계약 내용을 누설하여 제4항의 의무를 어길 경우, 상대방은 ①웃음을 혹은 ②내기에 이길 능력을 계속 누리는 반면, 의무를 어긴 쪽은 ①웃음을 혹은 ②내기에 이길 능력을 완전히 잃게 된다.

6. 팀 탈러 씨가 내기에 질 경우, L. 마악 씨는 팀 탈러 씨에게 웃음을 되돌려줄 의무가 있다. 물론 팀 탈러 씨는 그럴 경우 앞으로 내기에 이길 능력도 잃게 된다.

7. 이 계약은 쌍방이 두 장의 사본에 서명하는 순간부터 그 효력을 발생한다.

장소 ---- ---년 ---월 ---일[15]

팀 탈러는 자신이 큰 실수를 했다는 것을 웃음을 잃자마다 금방 깨닫는다. '웃어야 할 때 웃을 수 있어야 사람이라 할 수 있다.'는 것을 웃을 수 있을 때는 전혀 몰랐던 것이다. 팀 탈러는 계약을 파기하고 싶어 했다. 악마가 이를 예상하지 못했을 리 없다. 그래서 그는 계약 내용에 계약을 지속시킬 수 있는 조건을 포함시켜 놓았다. 설사 그렇다고 하더라도 팀 탈

---

15. 제임스 크뤼스, 《웃음을 팔아 버린 꼬마 백만장자 팀 탈러》 정미경 옮김, 논장, 2003; 《팀 탈러 팔아 버린 웃음》, 2016 개정.

러가 기댈 수 있는 것은 계약 내용뿐이었다. 계약 내용을 위반하지 않으면서 계약을 파기시킬 방법은 오로지 계약서에서만 찾을 수 있기 때문이었다.

팀 탈러는 내기를 이용할 수밖에 없다. 악마는 계약 조건상 팀 탈러가 그 어떤 내기에서도 이길 수 있도록 해 주어야 하기 때문이다. 문제는 팀 탈러가 악마를 꼼짝 못하게 할 수 있는 내기를 걸 상대를 구하기가 쉽지 않다는 것이다. 팀 탈러가 먼저 자신과 악마의 계약에 대한 비밀을 털어놓지 않는 한 누구도 팀 탈러가 원하는 방식의 내기를 하지 않을 것이기 때문이다.

악마는 팀 탈러의 웃음을 사기 오래 전에 크레쉬미르라는 어린이한테 백만 마르크어치의 주식을 주고 그의 눈을 산 적이 있었다. 그런데 악마는 교활하게도 그 주식의 값이 떨어지게 만들어 버렸다. 어른이 된 크레쉬미르는 악마를 찾아 나섰다. 그리고 경마장에서 악마가 팀 탈러에게 접근하는 것을 발견했다. 그때부터 크레쉬미르는 팀 탈러의 뒤를 쫓았다. 마침내 팀 탈러와 같은 배를 타고 같은 일을 하게 되었다. 크레쉬미르는 자신의 경험을 바탕으로 해서 팀 탈러와 악마의 계약 내용을 추리해 나간다.

이 동화의 결말은 이른바 해피 엔딩이다. 크레쉬미르와 또 다른 친구 덕분이다. 팀 탈러의 비밀 계약 내용을 거의 다 알게 된 크레쉬미르는 자신이 거꾸로 팀 탈러에게 내기를 건다. "난, 네가 네 웃음을 되찾지 못한다고 내기를 걸겠어, 팀. 일 페니히를 걸고!" 팀 탈러가 그 내기를 받는다. "그럼 난, 내 웃음을 되찾는다고 내기를 걸겠어요. 일 페니히를 걸고요."

여기서 한 가지 질문. 악마는 사악한 힘으로 자신이 원하는 것은 모두 얻을 수 있는데, 왜 그렇게 번거로운 방법으로 팀 탈러의 웃음을 얻으려고 했을까. 답은 간단하다. 그렇게 하지 않으면 이야기가 성립하지 않기 때문이다.

환상이든 환상의 서사든 어떤 제약을 두지 않으면 현실세계에서 살고 있는 독자한테 의미 있는 이야기를 들려줄 수 없다. 팀 탈러와 악마의 계약이 제약투성이인 것도 같은 맥락으로 이해하여야 한다. 그러한 제약이 없었다면 팀 탈러는 그 계약을 결코 파기할 수 없었을 것이다. 환상의 제약성, 그것이 환상 서사의 재귀성을 가능케 한다.

한편, 크레쉬미르의 등장은 적잖이 아쉽다. 작가가 문제 해결을 쉽게 하기 위해서 우연적 요소를 끌어들인 것처럼 보이기 때문이다.

현실세계에 틈입한 환상의 사건·사물·현상은 그 자체가 현실세계의 골칫거리가 될 수 있다. 이 문제를 궁극적으로 해결하는 방법은 바로 그 환상의 사건·사물·현상을 해소하는 것이다.

《웃음을 팔아 버린 꼬마 백만장자 팀 탈러》에서는 악마의 계약서를 파기하는 것으로 환상을 해소했다. 악마의 계약서가 아니라 악마 자체를 파괴하는 것으로 환상의 해소도 꾀할 수 있을 것이다. 이와 같은 방식의 재귀적 문제 해결을 보여 주는 이야기도 있다. 〈세 가지 소원〉이 바로 그러한 이야기다. 환상으로 환상을 아예 없었던 것으로 만들어 버리는 이야기다.

한 부부가 있었는데, 사내는 나무를 하고 마누라는 방아품을 팔러 다녔다. 어느 날 사내는 나무를 하러 가서 나무 그늘에 앉아 신세타령을 하다가 잠이 들었는데, 산신령이 꿈에 나타나서 세 가지 소원을 들어 주겠다고 했다. 잠에서 깬 사내는 빈 지게를 지고 집으로 돌아왔다. 그런데 마누라가 없었다. 마누라는 통 오지 않았다. 기다리다가 배가 고파서 '빵이나 하나 나와라.' 하고 말했다. 물론 빵이 하나 나왔다. 그때 마누라가 돌아왔다. 사내는 마누라에게 빵의 사연을 자랑스럽게 말했다. 그런데 마누라가 듣고 보니 분하기가 이를 데 없어서, '에이, 그놈의 빵 그냥 영감의 코에 갖다 붙었으면 좋겠다.' 하고 말했다. 역시 말대로 되었다. 그런데 코에 빵이 붙어 있는 영감을 할멈이 보니, 도저히 데리고 살 수가 없을 것 같았다. 할 수 없이, '저거나 떨어지게 해 주소서.'라고 말하여 세 번째 소원을 써 버렸다.[16]

산신령이 우리한테 소원을 들어주겠다고 한다면, 우리는 어떤 소원을 말하게 될까. 아마도, 소원을 말하기가 쉽지 않을 것이다.

그 어떤 소원도 막상 이뤄지면 보잘것없는 것으로 보이지 않을까. 그보다 더 나은 소원을 말하지 못한 것을 자책하게 되지 않을까. 마침내 자신의 어리석음과 조급함 때문에 화병이 나지 않을까. 〈세 가지 소원〉의 작가가 내린 결론은 이렇다. '자신의 욕망을 모두 충족 시킬 수 있는 소원은 있을 수 없다.'

이 부부는 결국 세 가지 소원을 세 가지 소원을 없애는 데 썼다. 작가의 판단에 따르면, 그것은 소원을 쓰는 가장 훌륭한 방법이었다.

흥미로운 것은 〈세 가지 소원〉의 문제 제기와 문제 해결은 산신령이 들어주겠다는 소원이 세 가지나 되었기 때문에 가능했다는 것이다. 만일 산신령이 소원을 딱 한 가지만 들어준다고 했다면, 이 이야기는 최고의 선택에 관한 철학적 성찰의 이야기로 전환되었을 것이다.

세 가지 소원의 소원 하나하나에는 아킬레스의 발꿈치라 할 만한 것이 없다. 무엇이든 요구할 수 있는 소원이고 무조건적으로 응답을 받을 수 있는 소원이다. 그런데 앞의 소원은 뒤의 소원에 의해서 효력을 잃을 수 있다. 〈세 가지 소원〉의 아킬레스의 발꿈치는 개별적인 환상과 또 다른 개별적인 환상 사이에 있었던 것이다. 〈세 가지 소원〉 또한 제약성이 없

16. 한국정신문화연구원,《한국구비문학대계 1-5》, 303-304쪽 요약.

는 환상은 그 어떤 경우에도 의미 있는 환상의 서사를 만들 수 없음을 보여 준다.

3. 현실성

환상의 서사에 대한 독자의 경험은 독자의 현실적 삶에 도움이 되어야 한다. 환상동화를 읽는 독자는 지금까지 현실세계에서 살아왔고 또 앞으로도 현실세계에서 살아가야 한다. 이러한 독자에게는 현실의 문제를 직접적으로 거론하는 현실동화도 유용하고 현실의 문제를 에둘러서 다루거나 과장해서 다루는 환상동화도 유용하다.

환상의 서사가 현실적인 의미를 갖는 것은 그것이 진실을 담고 있기 때문이다. 우슐라 K. 르귄은 이렇게 말한다. "환상은 실제가 아니다. 그러나 그것은 진실이다. 어린이도 알고 어른도 안다. 그러나 바로 그 때문에 많은 어른이 환상을 두려워한다. 환상의 진실이 거짓된 모든 것에 대하여 문제를 제기하고 심지어 위협을 가하기도 한다는 것을 어른은 잘 아는 것이다."[17]

환상동화의 현실적 의미는 세 가지 층위에서 구현된다. 하나는 환상 그 자체의 층위인데, 이것은 환상세계의 층위라고도 말할 수 있다. 환상세계 그 자체에 대한 상상은 현실세계에 대한 인식의 폭과 깊이를 확대하고 심화시킬 수 있기 때문에 그것의 현실적 의미를 결코 과소평가해서는 안 된다. 특별한 경우라 할 수 있지만, 어린이한테는 환상 바로 그 자체가 또 다른 현실일 수도 있다.

환상세계 그 자체에 대한 상상은 다시 두 가지로 나눌 수 있다. 환상세계의 좌표와 관련한 상상과 환상세계의 자연 또는 인간과 관련한 상상이다.

---

17. Ursula K. Le Guin, *The Language of the Night*, G. P. Putnam's Sons, 1979, p.44

《사자왕 형제의 모험》[18]은 환상세계의 좌표가 흥미로운 것이다. 이 동화의 무대는 '낭기열라'다. 이 '낭기열라'는 현실세계에서 죽은 사람만이 들어갈 수 있다. 그런데 '낭기열라'에서 죽으면 또 다른 환상세계인 '낭길리마'로 들어간다. 결국 이 동화는 환상세계에 들고 나는 방법을 통해서 죽음 이후의 세계와 죽음 이후의 또 다른 죽음 이후의 세계에 대한 철학적 성찰을 감행하고 있는 셈이다. 이 또한 현실세계에서 살다가 죽어야 할 독자에게는 중요한 의미를 지닌다.

환상세계의 자연 또는 인간 그 자체가 현실적 의미를 지니는 것으로는 《반지의 제왕》을 들 수 있을 것인데, 다양한 종족의 다양한 삶의 방식은 현실세계를 살아가는 우리들에게 시사하는 바가 적지 않다.

환상동화의 현실성은 환상적 서사의 층위에서도 구현할 수 있다. 사실, 이것이 현실성의 핵심을 이룬다. 이미 말한 바 있는 환상세계의 층위나 다음에 말하게 될 주제 의식의 층위에서 현실적 의미를 구현하는 것은 제한적일 수밖에 없기 때문이다. 그러나 환상적 서사의 문제적 상황성과 재귀성은 환상동화의 현실적 의미를 적나라하게 보여 준다.

환상세계의 주민들이 맞닥뜨리는 것은 언제나 위기 아니면 기회인 상황이다. 그러나 그들은 안다. 위기는 기회를 내포하고 있고 기회는 위기를 온축하고 있다는 것을. 그들은 위기를 기회로 전환시키려고 노력했고 기회가 위기로 전락하는 것을 막으려고 했다. 그리고 위기와 기회 그 자체에서 원하던 것을 이루는 방법을 찾았다.

현실세계에서도 문제적 상황은 곳곳에 널려 있다. 그러나 환상세계처럼 그러한 상황이 극적으로 펼쳐지지는 않는다. 그래서 머리로는 알고 있어도 몸으로는 잘 느끼지 못한다. 이를 일깨워 줄 수 있는 것이 바로 환상

---

18. 린드그렌 장편동화, 일론 비클란드 그림, 김경희 옮김, 창비, 2010.

의 서사다.

환상세계는 현실세계의 전도를 통해서 창안한다고 했다. 그런데 그 전도는 현실세계의 이면적 진실을 드러내기 위한 전도다. 작은 것은 확대하고 큰 것은 축소하는 과장의 전도고, 흩어진 것은 모으고 이질적인 것은 골라내는 집적의 전도고, 가려진 것은 드러내고 갇힌 것은 풀어내는 전복의 전도다.

환상세계는 현실세계와 완전히 다른 엉뚱한 세계가 아니라 현실세계의 또 다른 모습의 세계다. 환상세계의 주민 또한 마찬가지다. 현실세계의 주민의 또 다른 모습의 주민일 뿐이다. 사정이 이러하기 때문에, 환상동화의 주제 의식이 현실세계의 문제를 겨냥한다고 해서 이상할 것이 하나도 없다.

우리가 지금까지 거론한 환상동화는 대부분 그 주제 의식이 직접적으로 현실세계를 조명하고 있다. 《위대한 마법사 오즈》[19]도 그러한 예로 들 수 있는 동화다.

회오리바람에 날려서 오즈의 나라에 떨어지게 된 도로시. 그녀는 집으로 되돌아가기 위해서는 위대한 마법사 오즈를 찾아가지 않으면 안 된다는 것을 알고 먼 여행을 시작한다. 도로시는 여행 도중에 '두뇌'가 없는 허수아비, '심장'이 없는 양철나무꾼 그리고 '용기'가 없는 겁쟁이사자를 만나 동행하게 된다. 그들은 오즈를 만나면 각각 '지혜'와 '열정' 그리고 '용기'를 얻을 수 있을 거라고 믿었다.

마침내 도로시 일행은 오즈를 만난다. 그러나 오즈는 누구에게도 도움이 되지 않았다. 오즈가 줄 수 있는 것은 아무것도 없었다. 그는 사기꾼이었던 것이다. 그러나 도로시 일행은 필요로 하는 건 이미 가지고 있었다.

---

19. L. 프랭크 바움, 최인자 옮김, 문학세계사, 2000.

심지어 도로시조차도 집으로 돌아갈 수 있는 은구두를 이미 신고 있었다.

그러면 도로시 일행의 여행은 쓸데없는 것이었을까. 아니다. 그 여행이 있었기에 허수아비는 지혜를 펼쳐 보일 수 있었고, 양철 나무꾼은 열정을 보여 줄 수 있었고, 겁쟁이 사자는 용기를 내 볼 수 있었고, 도로시는 집에 돌아갈 수 있었을 뿐만 아니라 고향을 아름답게 가꿀 지혜와 열정 그리고 용기를 가질 수 있었다.

당연히, 오즈와의 만남도 도로시 일행에게 큰 의미가 있었다. 오즈는 도로시 일행이 원했던 것은 주지 못했다. 그러나 그것은 원할 필요도 없는 것이었다. 그대신 원하지 않았지만 원할 만한 가치가 충분한 것을 주었다. 그것은 바로 자신에 대한 믿음이었다. 《위대한 마법사 오즈》의 현실적 의미는 이에 그치지 않는다. 명작이라 할 때는 다 이유가 있는 것이다.

어린이 친연성

환상동화의 어린이 친연성은 '환상' 측면의 어린이 친연성과 '동화' 측면의 어린이 친연성으로 나눌 수 있다. 여기서는 앞엣것만 논의하기로 한다. 뒤엣것은 환상동화가 아닌 동화 일반의 어린이 친연성을 살피는 자리에서 논의하는 것이 더 적절하기 때문이다.

환상의 어린이 친연성은 세 가지 측면에서 살펴보는 것이 좋을 듯하다. 환상세계 그 자체의 어린이 친연성, 환상세계에서 주인공으로 활약하는 작중 인물의 어린이 친연성 그리고 그 주인공이 엮어 내는 사건의 어린이 친연성이 바로 그것이다.

환상동화에서 가장 흔히 접할 수 있는 환상세계는 꿈의 세계다. 꿈의 세계는 어린이가 일상적으로 경험할 수 있는 환상세계이기 때문에 어린이 친연성이 매우 높은 환상세계라 할 만하다. 이러한 환상세계를 창안한 환상동화로 첫손에 꼽을 수 있는 것이 바로《이상한 나라의 앨리스》[20]다. 그런데 꿈의 세계는 워낙 자주 환상동화의 환상세계로 채택되었기 때문에 식상한 감이 없지 않다. 어린이 친연성이 너무나 강하기 때문에 오히려 어린이 친연성이 약화된, 그러한 역설이 여기에서도 성립한다.

꿈의 세계를 환상세계로 채택할 때는 편의적인 발상에 대한 유혹을 뿌리쳐야 한다. 꿈이란 잠이 들면 빠져들 수 있고 잠이 깨면 빠져나올 수 있다. 이를 이용하면, 작가는 꿈의 세계에서 펼쳐지는 환상의 서사를 아주 간단한 방법으로 조작할 수 있다. 우리는 이미《아들이 된 아버지》에서 그 폐단을 살펴본 바 있다. 그리고 꿈의 세계에서 겪은 일은 부질없는 일 또는 얼토당토않은 일로 치부하는 것이 보통이다. 이 때문에 꿈의 세계를 환상세계로 설정한 동화에서는 환상의 진실성 또는 현실성을 확보하기 위한 특별한 노력이 요구된다.

드물긴 하지만, 환상동화 가운데는 죽음의 세계에서 환상세계를 마련하는 것도 있다. 이미 거론한 바 있는《사자왕 형제의 모험》이 그러하다. 그러나 죽어야만 갈 수 있는 환상세계는 어린이에게는 끔찍한 환상세계라 할 수 있다. 특히 그 환상세계가 긍정적으로 그려질 때가 그러하다. 자칫하면 어린이 독자가 죽음을 가볍게 여길 수도 있고 매력적인 것으로 여길 수도 있기 때문이다.

한편 현실세계와 환상세계의 연결 통로로 죽음을 제시하는 환상동화도 있다. '나니아 나라' 시리즈의 환상세계는 결코 죽음의 세계가 아니다. 그 시리즈는 환상세계로 들어가는 다양한 방법을 보여 주는데, 그 가운데 하나가 바로 죽음이다.《마지막 전투》[21]에서는 주인공이 열차 사고로 죽

---

20. 루이스 캐롤 글, 존 테니얼 그림, 손영미 옮김, 시공주니어, 2001.
21. C. S. 루이스 글, 폴린 베인즈 그림, 햇살과나무꾼 옮김, 시공주니어, 2001.

어서 환상세계로 들어간다. 이러한 발상은 '나니아 나라' 시리즈가 죽음과 부활이라는 기독교적 세계관을 바탕에 깔고 있기 때문에 채택할 수 있었던 것이다. 이 환상동화 또한 죽음을 신비화할 수 있기 때문에 어린이 친연성 측면에서 문제가 될 수 있다.

다음으로 어린이 친연성이 높은 작중 인물에 대해서 생각해 보자. 어린이가 좋아하는 작중 인물은 어린이, 의인화된 동물, 그리고 사람이나 동물 행세를 하는 사물이다. 이들 모두를 한꺼번에 주인공으로 채택한 환상동화가 바로 '오즈의 마법사' 시리즈다. 도로시는 어린이고 사자는 의인화된 동물이고 허수아비와 양철나무꾼은 인성이 부여된 사물이다.

그러나 누구를 작중 인물로 내세우느냐가 중요한 것이 아니라 그 누구를 어떻게 형상화하느냐가 중요하다. 동화의 작중 인물은 직접적인 설명이나 묘사로 형상화할 수도 있지만 사건 속의 행동으로 형상화할 수도 있다. 전자보다 후자가 독자한테 더 강렬한 인상을 준다.

'돌리틀 선생님' 시리즈의 주인공은 중년의 의사이고 '메리 포핀스' 시리즈의 주인공은 노처녀 가정부지만, 그들은 오랫동안 꾸준히 어린이의 사랑을 받아왔다. 결국 환상동화의 작중 인물의 어린이 친연성은 환상의 서사 속에서 그가 맡은 역할과 기능이 매력적인가 아닌가에 따라 결정된다고 하겠다.

마지막으로 언급할 것은 어린이 친연성이 높은 환상의 서사다. 그러나 이에 대해선 역으로 접근하기로 한다. 즉, 어린이 친연성이 떨어지는 환상의 서사가 어떤 것인가를 살펴보겠다는 것이다.

토도로프는 "환상이란 자연의 법칙밖에는 모르는 사람이 분명 초자연적 양상을 가진 사건에 직면해서 체험하는 망설임인 것이다."[22]라고 말한

---

22. 츠베탄 토도로프, 《덧없는 행복-루소론 환상문학 서설》, 이기우 옮김, 한국문화사, 1996, 124

바 있다. 이와 같은 환상관에 따른다면, 현실세계에서 일어날 법한 사건인지 아니면 결코 일어날 수 없는 사건인지를 두고, 독자가 섣불리 판단할 수 없도록 하는 문학적 장치를 마련하기만 하면 환상의 이야기로 자리매김될 수 있다.

그런데 어린이는 어른과 달리 현실과 환상 사이에서 망설임을 보이지 않는다. 어린이는 적어도 상상 속에서는 현실세계와 초현실세계를 자유자재로 넘나드는 삶을 살고 있기 때문이다. 이러한 어린이에게는 환상 그 자체에 관한 이야기로 끝내는 이야기는 생뚱맞은 이야기로 간주되기가 십상이다. 따라서 독자의 망설임을 강요하는 경이의 이야기나 괴기의 이야기는 환상소설로는 제격일지 몰라도 환상동화로는 적절하지 않다. 환상 그 자체에 대한 어린이의 관용을 어린이의 무지로 간주하여 환상을 안이하게 처리하는 동화는 어린이로부터 철저하게 외면당할 것이다.

결론

환상동화의 장르적 성격과 동화의 장르적 성격 사이에 혼동이 적지 않다. 이에 대한 빌미를 제공한 것이 이원수의 소론이다.

소설과 다른 점으로 동화는 추상적이요 공상적인 요소를 가지며 서술에 있어서도 줄거리에 치중하면서 산문시적인 표현을 하며 디테일의 묘사는 거의 없다. 소설이 치밀한 묘사와 정확하고 과학적인 계산 아래 씌어지는 데 반하여, 동화는 함축성 있는 단순한 묘사로서 그 내용에서도 공상적, 초

쪽: 2005 개정.

자연적인 세계를 그릴 수 있는 것은 하나의 특징이라 할 것이다.[23]

이원수의 소론에서 가장 중요한 것은 동화의 산문시적 표현과 공상적 내용이다. 동화의 표현이 산문시의 그것과 유사한지 아닌지도 확인해 볼 필요는 있으나, 이 글의 몫은 아닌 듯하다. 여기에서는 동화의 공상성, 즉 환상성에만 관심을 가져 보자.

두루 아는 바와 같이, 동화의 뿌리는 옛이야기다. 옛이야기는 대개 '옛날 옛적에'로 시작한다. 그리고 그 '옛날'은 대개 환상세계라 할 만하다. 그러나 꼭 그런 것은 아니다. 옛이야기 속의 '옛날'은 역사상의 과거 시점을 가리키기도 하고 심지어 당대나 당대와 아주 가까운 과거 시점을 가리키기도 한다. 역사적 사실에서 취재한 옛이야기나 일제 치하 때 채록된 옛이야기의 경우가 그러하다.

이러한 사실은 옛이야기는 설사 '옛날 옛적에'로 시작한다 하더라도 그 '옛날'의 성격에 따라서 환상적 옛이야기와 현실적 옛이야기로 나눌 수 있음을 말해 준다. 훈장 선생님을 속이는 글방 도령에 관한 옛이야기나 주인을 골탕 먹이는 꾀보 머슴에 관한 옛이야기 같은 것이 바로 현실적 옛이야기이다.

옛이야기만 그런 것이 아니다. 오늘날의 창작 동화도 현실동화와 환상동화로 선명하게 나눌 수 있다. 흔히, 유년동화는 환상성이 두드러진다는 예단을 서슴지 않는다. 그러나 유년 동화에서도 현실동화는 얼마든지 찾아낼 수 있다. 이러한 지적은 동화의 환상성을 부인하는 것이 아니라 환상성을 동화의 주된 성격으로 규정하는 것을 부인하는 것이다.

옛이야기나 오늘날의 창작 동화에 현실동화가 있기 때문에 동화의 장

---

23. 이원수,《아동문학 입문》, 소년한길, 2001, 30쪽.

르적 성격에 현실성을 끼워 넣으려는 것이 아니다. 동화는 본질적으로 어린이의 현실적 삶을 풍요롭게 하는 데 기여해야 하기 때문에 그것의 장르적 성격을 환상성으로 제한하는 것을 반대하는 것이다.

이 글은 환상동화의 장르적 성격을 규명하는 것을 목표로 했다. 논의의 결과, 그것은 일차적으로 환상성과 환상의 서사성 그리고 환상의 어린이 친연성으로 드러났다. 그리고 환상성은 다시 초현실성 또는 비현실성, 명료성, 제약성으로 구체화되고, 환상적 서사성은 문제적 상황성, 재귀성, 현실성으로 구체화되었다. 이러한 작업은 환상동화와 현실동화를 변별하기 위한 것임은 말할 것도 없다.

환상세계와 사이비세계

현실세계의 베끼기·본뜨기·뒤틀기

동화 속의 허구세계는 현실세계를 본뜨거나 뒤튼 것이다. 현실세계를 본뜬다는 것은 현실세계의 자연 이법과 인간 이법에 입각하여 허구세계를 창안한다는 것이다. 이와 같은 창작 방법에 기대고 있는 동화가 바로 현실동화다.

현실동화의 건너편에 있는 것이 환상동화다. 환상동화는 현실세계와는 다른 그 어떤 새로운 세계, 즉 환상세계를 창안하는 데 일단 초점을 맞춘다. 그러나 하늘 아래 새로운 것이란 있을 수 없다. 환상세계도 예외일 수 없다. 실제로 환상세계를 지배하는 대부분의 자연 이법과 사람 이법은 현실세계의 그것과 동일하다. 다만, 그 가운데 일부가 현실세계의 그것과 다를 뿐이다. 그리고 그 일부조차도 현실세계의 그것을 자르거나 붙이거나 더하거나 빼거나 뒤집거나 비튼 것이다.

현실세계의 본뜨기 또는 뒤틀기는 현실세계의 의미를 찾기 위한 노력이다. 어떤 것은 바라보기만 하여도 그것의 의미를 바로 알아차릴 수 있다. 이러한 것은 본뜨기도 필요 없다. 있는 그대로 베끼는 것으로도 충분하기 때문이다. 그러나 현실세계 사물·사건·현상의 대부분은 서로 엉켜 있기 때문에 그것의 의미가 잘 드러나지 않을 뿐만 아니라 왜곡되기가 십상이다. 이러한 것은 의미의 핵심이 도드라지도록 손질할 필요가 있다. 그것이 본뜨기다. 옛이야기에서 곧잘 시도하는 단순화는 본뜨기의 좋은 예가 된다.

'옛날 옛날에, 어느 마을에 돈은 많지만 자식이 없는 할아버지 할머니 부부가 살았습니다.' 이러한 것은 옛이야기에서 아주 흔히 볼 수 있는 서두다. 그런데 그 부부가 과연 많은 것은 돈뿐이고 없는 것은 자식뿐이었을까. 또 그 부부에 대해서 이야기할 것이 돈과 자식밖에 없었을까. 그렇지는 않았을 것이다.

그런데도 부부에 대한 소개를 이렇게 단순하게 처리한 것은 경제성뿐만 아니라 정확성을 고려했기 때문이다. 물론 그 정도의 정보만 있으면 그 부부가 앞으로 겪게 될 사건을 이해하는 데 지장이 없다는 전제 하에서 말이다. 이 옛이야기의 이야기꾼은 현실세계에서 실제로 존재했던 어떤 부부를 모델로 하였을 것이다. 그러나 그 부부와 그 부부가 경험한 바를 있는 그대로 베낀 것이 아니다. 단지 그 틀을 본떴을 뿐이다.

이왕 옛이야기를 끌어들였으니, 한 번 더 써 먹자. 옛이야기가 단순화만큼이나 즐겨 채택하는 이야기 기법이 있는데, 그것은 왜곡이다. 왜곡은 다양한 방식으로 이루어지지만, 그것을 대표할 만한 것은 자연 이법을 뒤틀어 놓는 것이다. 흥미로운 것은 이와 같은 왜곡이 오히려 현실세계의 의미를 더 선명하게 드러낸다는 것이다.

다음은 〈손님을 꺼리다가 망한 부자〉라는 옛이야기를 요약한 것이다.

한 부자가 있었는데, 손님이 너무 많이 찾아오는 것이 귀찮았다. 어느 날 중이 시주를 얻으러 왔다. 안주인이 그를 불러들여서 손님이 오지 않게 하는 방도를 가르쳐 주면 달라는 대로 주겠다고 했다. 그러자 중이 저 앞에 보이는 바위를 쓰러뜨리면 된다고 했다. 이 말을 들은 부자는 사람을 불러 바위를 옮기게 했다. 사흘만에 바위를 한 발자국 옮기게 되었는데, 갑자기 맑은 하늘에 천둥이 울고 벼락이 쳤다. 그 뒤, 그 부자는 망했다.

바위의 위치가 재물의 들고남을 결정한다? 이것은 우리의 현실 감각으로는 수용하기 어려운 것이다. 그런데 우리가 이 옛이야기에서 주목하게 되는 것은 초현실적인 사건 그 자체가 아니라 그것이 껴안고 있는 현실적인 상황 인식에 관한 것이다. 부잣집에 손님이 많은 것은 당연한 일이다. 그런데 부잣집 안주인은 재물과 손님의 상관관계를 알지 못했다. 이러한 무지가 어떠한 결과를 가져오는지, 이 옛이야기는 극적인 방법으로 우리에게 가르쳐 준다.

산모퉁이를 돌아가는 길에는 으레 볼록 반사경이 서 있다. 그것은 분명 길을 왜곡한다. 그러나 곡선으로 휘감아 나가는 길을 한꺼번에 보여 주기 위해서는 그렇게 왜곡할 수밖에 없는 것이다. 돋보기나 졸보기도 그렇다. 사물을 실제와 다르게 뒤틀어 놓기에 우리는 시원찮은 눈으로도 사물을 제대로 볼 수 있는 것이다. 동화에서 현실세계를 뒤트는 까닭이 바로 여기에 있다. 현실세계를 베끼는 것으로도 본뜨는 것으로도 그 의미를 찾아내기가 어려우면 뒤틀기라도 해야 하는 것이다.

환상세계

우리가 현실세계에서 살아간다는 것은 자연에 기대어 다른 사람과 더불어 살아간다는 것이다. 그런데 자연은 자연대로 사람은 사람대로 그 나름의 질서를 유지할 수 있는 법칙이나 약속을 필요로 한다. 그것이 바로 자연 이법이고 사람 이법이다.

자연 이법은 자연에 내재되어 있고 사람 또한 자연의 일부다. 그래서 사람이 자연 이법을 거스르는 것은 원천적으로 불가능하다. 우리는 사람 이법으로부터도 자유로울 수 없다. 그것은 사람과 사람의 관계에 관한 사회적 합의이긴 하지만, 그래서 의도적으로 깨뜨리는 것이 불가능한 것은 아니지만, 굳이 깨뜨려야 할 까닭도 없는 것이다.

그러나 허구세계에서는 자연 이법과 사람 이법을 뒤트는 것이 얼마든지 가능하다. 또 그럴 필요도 있다. 동화에서는 허구세계 속의 뒤틀린 현실세계를 환상세계라 일컫는다.

환상세계는 초현실세계와 비현실세계로 나누어 생각할 수도 있다. 초현실세계란 그것을 지배하는 자연 이법이 현실세계의 그것과 다른 세계이고, 비현실세계란 그것을 지배하는 사람 이법이 현실세계의 그것과 다른 세계이다. 환상세계가 하나의 자족적인 세계로 자리를 잡느냐 못 잡느냐 하는 것은 전적으로 그것의 내적 통합 논리에 달려 있다.

초현실세계의 경우, 내적 통합 논리를 확보한 사례를 찾기란 어렵지 않다. 환상동화의 명작으로 평가되는 작품은 대부분 그런 사례가 될 수 있기 때문이다. 다음을 보라.

꼬마 당나귀 실베스터가 동물 마을에서 엄마 아빠와 오순도순 살고 있었습니다. 실베스터는 이상한 모양과 색을 가진 조약돌을 모으는 것을 아주 좋아했어요.

어느 비가 오는 토요일이었어요. 실베스터는 시냇가에서 놀다가 별난 조약돌을 하나 주웠어요. 공기돌처럼 동그랗고 매끌매끌한 이 조약돌은 마치 타는 듯한 빨간색이었습니다. 조약돌을 손에 쥐고 살펴보던 실베스터는 가슴이 마구 설레었습니다. 그런데 조금 흥분한 탓인지 몸에 떨어지는 빗방울이 새삼스레 차갑게 느껴졌습니다. 그래서 실베스터는 "비가 그쳤으면 좋겠네."라고 말했습니다.

그런데 이게 웬일입니까. 갑자기 비가 그치는 것이 아니겠어요. 보통 때처럼 빗발이 점차 가늘어지다 그친 것이 아니라, 뚝 그친 것입니다. 빗방울과 검은 구름은 온데간데없고, 해가 밝게 빛나고 있었어요. 언제 비가 왔더

나는 듯이, 주변이 조금도 젖어 있지 않았습니다.[1]

꼬마 당나귀 실베스터가 주운 조약돌은 소원을 들어주는 요술 조약돌이다. 그런데 그 요술 조약돌은 그것을 손에 쥔 동물이 말하거나 생각하는 소원만 들어준다. 이와 같은 요술 조약돌은 현실세계 속의 제한된 시공간만을 초현실세계로 전환하는 구실을 한다. 따라서 환상세계 내적 통합 논리도 요술 조약돌과 관계된 것에만 적용된다. 요술 조약돌의 등장은 이야기의 시작일 뿐이다. 이것은 환상동화가 자연 이법의 뒤틀림 그 자체를 이야깃거리로 삼는 것이 아니라 그것을 전제로 하여 이야깃거리를 마련하는 것임을 보여 준다.

다시 동화로 돌아가자. 요술 조약돌로 엄마 아빠를 놀래 주려고 집으로 가던 실베스터는 굶주린 사자를 만나는 바람에 그 자신이 놀라게 되고, 얼떨결에 자신이 바위로 변했으면 좋겠다고 말한다. 물론 실베스터는 자신이 말한 대로 바위가 되어 버렸다. 그리고 요술 조약돌을 놓치고 말았다. 바위가 조약돌을 쥐고 있을 수는 없는 것이니까.

이제 이야기선은 분명해졌다. 이 동화는 다음과 같은 조건을 만족시키면서 실베스터를 꼬마 당나귀로 되돌려 놓아야 한다. 첫째, 실베스터를 바위로 변하게 한 바로 그 요술 조약돌로 실베스터를 꼬마 당나귀로 되돌려 놓아야 한다. 둘째, 바위가 실베스터임을 아는 동물이 하나도 없기 때문에, 실베스터 그 자신이 그 일을 스스로 하여야 한다. 셋째, 그러기 위해서는 누군가가 그 요술 조약돌을 바위 위에 올려놓아야 한다. 넷째, 그것은 우연히 이루어지는 것이어서는 안 된다. 첫째와 둘째 그리고 셋째는 환상세계 내

---

1. 윌리엄 스타이그 글·그림, 《당나귀 실베스터와 요술 조약돌》, 이상경 옮김, 다산기획, 1994, 5-9쪽.

적 통합 논리를 훼손하지 않기 위한 조건이고, 넷째는 환상동화의 현실적 의미를 구현하기 위한 조건이다.

실베스터의 부모는 한 달 동안이나 실베스터를 찾아 나섰지만 아무 소용이 없었다. 그리고 몇 번의 계절이 바뀌었다. 어느 봄날, 아빠는 아들을 잃은 슬픔에 잠겨 있는 엄마를 위로하기 위해서 소풍을 가기로 한다. 우연히도, 엄마 아빠는 실베스터가 변한 바위가 있는 곳으로 오게 된다. 이야기를 이렇게 전개할 수밖에 없다는 것이 참 아쉽다. 그러나 어쩌랴. 실베스터가 사자와 마주친 장소는 우연이 아니면 찾을 수 없는 것을.

실베스터의 부모는 실베스터가 변한 바위를 식탁으로 삼았다. 엄마가 음식을 차리는 동안, 아빠는 바위 주변을 서성거렸다. 그러다 붉은 조약돌을 발견한다. 실베스터가 보면 좋아할 거라면서 그것을 집어 바위 위에 올려놓는다. 물론 그 붉은 조약돌은 요술 조약돌이었다.

이 동화는 환상에 의해서 제기된 문제를 그것의 내적 논리에 따라서 깨끗하게 해결한 멋진 환상동화다. 그러나 그러한 문제 해결의 근원에는 자식에 대한 부모의 사랑이 짙게 깔려 있다. 이것이 이 동화가 우리한테 감동적으로 다가오는 까닭이다.

초현실세계의 경우와는 달리, 비현실세계의 경우에는 내적 통합 논리를 체계적으로 구축한 작품을 찾기가 쉽지 않다. 어쩔 수 없이, 실패한 사례를 들 수밖에 없다. 다음을 읽으면서 '거꾸로나라'에 대해서 함께 생각해 보자.

길은 몹시 북적거렸다. 서류 가방을 들고 신사 모자를 쓴 사내아이들이 눈에 띄었다. 최신 유행 옷을 입고 돌아다니면서 쇼핑하느라고 바쁜 여자아이들도 보였다. 어디를 보나 아이들뿐이었다.

"실례!"

콘라트는 막 자동차에 올라타려는 사내아이를 붙잡았다.

"여기엔 어른은 하나도 없니?"

"있지. 하지만 어른들은 아직 학교에 있어."

아이는 차에 올라타더니 콘라트를 향해 고개를 끄덕이며 말했다.

"지금 얼른 증권 거래소에 가야 하거든."

아이의 말이 채 끝나기도 전에 차는 벌써 모퉁이를 돌아 나가고 있었다.[2]

'거꾸로나라'라 하지만 정작 거꾸로 된 것은 어른과 아이의 역할뿐이다. 어른은 학교에 가고 아이는 회사에 가거나 쇼핑을 한다. 이 작품 속의 환상 세계는 우리의 현실세계를 지배하는 수많은 자연 이법과 사람 이법 가운데 단 한 가지 어른과 아이의 역할만 뒤바뀐 비현실세계이다. 어른과 아이의 역할 바꾸기는 흥미로운 발상이긴 하지만 그것과 관련된 모든 사건과 현상을 통제할 수 있는 내적 통합 논리를 마련하는 것이 거의 불가능한 무모한 발상이기도 하다.

어른이 학교에 가는 까닭은 부모 노릇을 잘못했기 때문이었다. 선생님은 자신의 아들 딸과 그 또래의 아이들이다. 교육 방법은 '당한 대로 갚아주기'다. (아이들이나 생각할 수 있는 교육 방법이다.) 아이들은 자신이 부모에게 당한 것과 똑같은 방법으로 자신의 부모에게 벌을 준다. 이것만 가지고도, 이 작품이 앞뒤가 전혀 맞지 않는 이야기를 하고 있다는 것을 알 수가 있다.

이 작품에서도 어른이 아이를 낳아서 기르는 것으로 되어 있다. 어른이 부모 노릇을 한다는 것은 어른 노릇을 한다는 것을 뜻한다. 그런데 어느 순간 어른은 교육을 받는 아이 노릇을 해야 한다. 그것도 부모 노릇에 관한 교

---

2. 에리히 캐스트너 글, 호르스트 렘케 그림, 《5월 35일》, 김서정 옮김, 시공주니어, 2002, 91-92쪽.

육을 받는 아이 노릇을 말이다. 아이가 회사에 다니고 쇼핑을 한다는 것도 전혀 말이 안 된다. 어른에게 보살핌을 받는 아이가 어른 노릇을 한다니, 있을 수 없는 일이다.

초현실세계를 창안하는 것도 보통 일이 아니다. 초현실세계를 창안하려면 현실세계의 자연 이법을 하나 또는 그 이상 뒤틀어 놓아야 한다. 여기까지는 일도 아니다. 그 다음이 문제다. 시간이 거꾸로 흐르는 초현실세계를 생각해 보자. 거기에도 사람이 살고 있을 터, 그들은 어떻게 살아갈까. 답이 쉽게 떠오르지 않을 것이다. 그런데 비현실세계를 창안하는 것은 그것보다 더 어렵다. 사람 이법이란 것은 오랜 세월 동안 갈고 닦은 것이어서 그것을 뒤트는 것이 본질적으로 어렵다. 게다가 문화적 상대주의를 적용하면 웬만한 것은 현실세계로 환원된다. 사람이 사람만 잡아먹고 사는 사회를 생각해 보자. 그 사회는 사람 이법을 의도적으로 위반한 사회인가 아니면 사람 이법이 우리와 다른 특수한 사회인가.

환상동화의 허구세계는 대부분이 초현실세계다. 일리 있는 선택이다. 한편, 비현실세계와 초현실세계가 뒤섞여 있는 환상동화도 있다. 앞에서 살펴본 《5월 35일》이 그러한 작품에 해당한다.

사이비세계

현실세계와 전혀 딴판인 세계인데도 결코 환상세계로 간주할 수 없는 또 다른 세계가 있다. 그것이 바로 사이비세계다. 사이비세계는 현실동화에도 있고 환상동화에도 있다.

작가가 현실세계의 자연 이법과 사람 이법만 본뜨고 그 둘의 내적 통합 논리를 뒤틀어 놓게 되면, 독자가 맞닥뜨리게 되는 허구세계는 사이비 현실세계다. 이와는 반대로, 작가가 현실세계의 자연 이법 또는 사람 이법은 뒤틀어 놓고, 뒤틀린 자연 이법과 사람 이법을 추스를 새로운 내적 통합 논리를 창안하는 데 게으름을 부린다면, 독자가 경험하게 되는 허구세계는 사이비 환상세계다.

사이비 환상세계의 예는 《5월 35일》에서 확인한 바 있으므로, 여기에서는 사이비 현실세계의 예를 살펴보기로 하겠다.

논의의 대상으로 잡은 것은 〈학교에 간 할머니〉다. 초등학교 1학년 학생인 손녀 선미가 독감에 걸리자, 할머니가 손녀를 대신하여 학교에 간다는 것이 이 동화의 서두에서 설정해 놓은 이야기 상황이다. 물론 작가가 이러한 이야기 상황에서 궁극적으로 말하고자 하는 것은 할머니와 손녀의 역지사지를 통한 상호 이해다. 그러나 독자는 작가가 의도한 메시지를 수용할 겨를이 없다. 이야기 상황에 대한 이해가 쉽게 이루어지지 않기 때문이다.

다음을 보라. 할머니가 선미를 대신하여 학교에 가려고 집을 나서는 장면이다.

> 할머니는 집을 나섰어요. 다른 꼬마 애들이 쳐다보았어요. 누군가 뒤에서 같이 가자고 하길래 돌아보았더니 바로 선미 짝꿍인 준호였어요. 그 애가 가까이 와 보더니 깜짝 놀라며
> "할머니잖아요?"
> 하고 말했어요. 할머니는 별일 아닌 듯 살풋 웃으며 대답했어요.
> "방금 전까지도 내가 할머니였지만 지금은 백선미야. 알겠지?"
> "……"
> 둘은 언제나처럼 손을 꼭 쥐고 걸어갑니다.[3]

---

3. 채인선 동화집, 원유미 그림, 〈학교에 간 할머니〉, 《전봇대 아저씨》, 창비, 1997, 59쪽.

할머니와 선미는 키도 비슷하고 얼굴도 닮았다. 동글동글한 눈과 큰 입은 아주 똑같았다. 게다가 할머니는 선미의 옷을 입고 선미의 하얀 스타킹을 신고 선미의 가방을 둘러메고 선미의 신주머니를 챙겨들고 있었다. 선미의 짝꿍인 준호가 할머니의 뒷모습을 보고 선미로 착각한 것도 무리가 아니다. 그러나 할머니는 마법의 힘을 사용해 선미로 변신한 것이 아니었다. 할머니는 여전히 할머니였다. 준호가 할머니를 알아본 것도 그 때문이다.

문제는 그 다음이다. 할머니의 말 한 마디에 준호는 할머니를 할머니가 아닌 선미로 받아들인다. 선미와 그랬던 것처럼 할머니와 손을 꼭 쥐고 학교로 걸어간다. 그런데 준호만 그러는 것이 아니었다. 선생님도 똑같았다. 할머니가 '원래는 백선미 할머니였어요. 하지만 지금은 백선미예요.'라고 말하자, 할머니를 할머니로 보던 방금까지의 태도를 싹 바꾸어 천연덕스럽게 선미로 대우한다.

과연 이런 일이 있을 수 있을까. 현실세계에서는 절대로 있을 수 없는 일이다. 그렇다면 이 동화는 환상동화일까.

환상동화라면 자연 이법 또는 사람 이법이 하나 이상 뒤틀려 있어야 한다. 사람 이법이 뒤틀려 있을 가능성은 전혀 없다. 이 동화는 《5월 35일》과는 달리 모든 할머니와 모든 손녀의 역할을 바꾸어 놓은 것이 아니기 때문이다. 그렇다면, 자연 이법 쪽은 어떤가. 할머니는 선미로 변신한 것도 아니었고, 준호나 선생님의 마음을 주문을 외어 조종한 것도 아니었다.

우리는 준호나 선생님의 태도 변화는 그냥 저절로 이루어진 것으로 단정할 수밖에 없다. 이 동화의 허구세계는 사이비 현실세계였던 것이다.

옛이야기와 서사 장르 체계

들어가며

예로부터 입에서 입으로 전해 내려오는 이야기를 설화라 했다. 이 설화 가운데 어떤 것은 개인 작가가 어린이의 읽을거리로 가다듬기도 했는데, 어린이문학에서는 이 특별한 서사물을 여러 가지 이름으로 불러 왔다. 저본의 이름을 그대로 따서 '설화'라 하기도 했고 이름을 새로 지어 '동화'라 하기도 했고, 일상적인 이름을 붙여서 '옛이야기'라 하기도 했다.

그 특별한 서사물을 또 다시 '설화'라 한 데는 그 나름의 이유가 있었다. '어린이를 위하여 설화를 가다듬어 쓴 글' 그 자체를 아예 저본 설화의 새로운 각편, 즉 일종의 문헌 설화로 간주할 수 있다는 것이다.

물론 그 특별한 서사물의 작가 의식은 어린이 지향성을 강하게 드러낸다는 점에서 일반적인 문헌 설화의 작가 의식과 크게 구별된다. 그 둘의 문학적 자질 또한 다를 수밖에 없다. 이런 점에서 그 특별한 서사물을 '설화'라 하는 것을 못마땅하게 여길 수도 있다. 그 특별한 서사물을 '설화'

와 같은 의미 맥락에서 '민담' 또는 '민화'라 하기도 했다.

그 특별한 서사물의 또 다른 이름은 '동화'였다. '고래동화', '고전동화', '구전동화', '구비동화', '민족동화', '조선동화', '전설동화', '전래동화' 등으로 부르기도 했는데, 이들 모두 '동화'라는 이름에서 파생된 이름임은 말할 것도 없다. '설화'를 바탕으로 삼고 있는 그 특별한 서사물을 '동화'라는 새로운 용어로 지칭하는 것을 정당화할 수 있는 경우는 한 가지밖에 없다. 그 특별한 서사물이 구비문학으로서의 '설화'와 구별되는 작가 의식 또는 문학적 자질을 확보하고 있음을 입증하는 경우다.

어린이문학의 전개 과정에서 '동화'는 그 개념이 점점 확장되었다. 설화에 뿌리를 두고 있지 않은 이야기문학도 어린이가 즐길 수 있는 것이기만 하면 '동화'라 일컫게 되었다. 이리하여 '동화'는 '설화' 그 자체를 다시 가다듬어 쓴 '전래동화'와 '설화'와 직접적인 관련성을 보이지 않는 '창작동화'를 모두 아우르게 되었다. 그 결과, '어린이를 위하여 설화를 가다듬어 쓴 그 특별한 서사물'을 '동화'라 콕 집어 말하는 것도 어색해져 버렸다.

가능하다면, 그 특별한 서사물을 '설화'나 '동화'가 아닌 다른 이름으로 부르는 것이 좋다. 용어의 혼란을 일부러 감수할 필요는 없는 것이다. 이 글에서는 그에 합당한 장르 또는 장르 이름으로 '옛이야기'를 제안한다. '옛이야기'는 '옛날이야기'와 함께 '옛날에 있었던 이야기', '옛날부터 전해 내려오는 이야기', '옛날 옛적에-로 시작하는 이야기'를 지칭할 때 사용하는 일상 용어이지만, 일상 용어라 할지라도 그 개념을 분명하게 정의한다면 문학용어로 쓸 수 있는 것이다. '옛이야기'라는 용어를 제안한다는 것은 '옛이야기'라는 서사 장르를 제안한다는 것과 같은 것이다. 이 제안에 힘을 실어 주기 위해서는 옛이야기와 인접한 다른 서사 장르도 재정립할 필요가 있다.

이 글의 논의 순서는 다음과 같다. 먼저, '옛날 옛적' 형식의 이야기, 즉 옛이야기와 관련한 용어의 변화 과정을 살펴볼 것이다. 여기에서 장르 용어는 결국 선택의 문제라는 것, 그리고 그 선택은 주체적인 것이 비주체적인 것보다 낫고, 합리적인 것이 비합리적인 것보다 낫고, 현실적인 것이 비현실적인 것보다 낫다는 것을 확인하게 될 것이다.

다음에는 설화와 옛이야기 그리고 동화의 장르적 거리를 밝힐 것이다. 이것은 옛이야기를 동화와 변별되는 독립된 장르로 설정하는 것을 정당화하기 위한 것임은 말할 것도 없다.

마지막으로, 옛이야기와 동화의 장르적 거리를 염두에 두고 어린이문학의 서사 장르 체계를 탐색해 볼 것이다. 이 과정에서 옛이야기가 서사 장르 체계를 단순화하고 명료화할 수 있는 용어임이 드러나게 될 것이다.

김환희는 동화, 요정담, 메르헨, 옛이야기는 '뒤엉킨 용어'라 했다.[1] 그러나 나는 생각이 다르다. 동화, 요정담, 메르헨은 뒤엉킨 용어일지 모르지만 옛이야기는 그렇지 않다는 것이다. 옛이야기는, 서사 장르 용어로서는, 그 개념조차 엄밀하게 정의된 적이 없는데, 얽히고설킬 게 있을 리 없다. 옛이야기는 희망이 될 수 있다.

옛이야기 관련 용어 : '이약이'에서 '옛이야기'까지

우리 근대 어린이문학사에서 옛이야기를 가리킬 때 처음으로 쓴 말은 '이약이'였다. 최남선은 《소년》(1908), 《붉은 져고리》(1913), 《아이들보이》(1913-1914) 등 여러 잡지를 창간했는데, 거기에는 '이약이'라는 이름으

---

1. 김환희, 〈뒤엉킨 용어의 실타래 : 동화, 요정담, 메르헨, 옛이야기의 경계선〉, 《창비어린이》, 14호, 2006.

로 여러 장르의 서사물이 실렸다. '이약이'는 우화, 신화, 전설, 민담, 고담, 기이담, 사담(史談), 역사적 인물담, 비문학적 지식 단화(短話) 등을 일컫는 말이었다.[2] 그러니까 '이약이'는 장르 의식의 산물은 아니었던 것이다.

그 '이약이'로 지칭된 옛이야기는, 〈고든 마음의 갑흠〉(《붉은 져고리》 10호), 〈흥부 놀부〉(《아이들보이》 2-3호), 〈심청〉(《아이들보이》 4호), 〈새 선비〉(《아이들보이》, 7-8호), 〈옷나거라 쏙싹〉(《아이들보이》 9호) 〈나무군으로 신선〉(《아이들보이》 10-12호) 등이다. 〈고든 마음의 갑흠〉은 구전설화 '금도끼 은도끼'를, 〈흥부 놀부〉와 〈심청〉은 고전소설을, 〈새 선비〉는 문헌설화를, 〈옷나거라 쏙싹〉은 구전설화 '도깨비 방망이'를, 〈나무군으로 신선〉은 구전설화 '나무꾼과 선녀'를 바탕으로 한 옛이야기다.[3] 우리는 여기에서 《아이들보이》가 옛이야기 정착 과정에서 마중물 노릇을 했다는 것을 알 수 있다.

'이약이'에 이어서 옛이야기를 가리키는 말로 썼던 것은 '동화'였다. 우리나라에서 '동화'라는 말을 처음으로 쓰기 시작한 것은 1910년대로 알려져 있다. 그런데 그 무렵에는, 〈꽃에 관한 동화〉(《소년》 2권 5호, 1909. 5.)나 《매일신보》의 '동화'란에 실려 있는 〈리약이 됴화하다가 랑픽〉(1915. 4. 15.), 〈龍의 試驗〉(1916. 1. 1.)에서 알 수 있듯이, 어린이문학의 장르 개념으로 쓴 것은 아니었다.[4] 어린이를 위한 서사물 일반, 그것도 교육적 의도가 두드러지는 서사물을 가리키는 말이 동화였던 것이다.

우리나라에서 동화를 어린이문학의 장르 개념으로 처음 쓴 사람은 방정환이었다. 그는 동화를 다음과 같이 정의했다.

---

2. 김용희, 〈한국 창작동화의 형성 과정과 구성 원리 연구〉, 경희대 박사 논문, 2008, 1쪽 참고.
3. 구인서, 〈1910년대 아이들 독서물 연구〉, 연세대 석사 논문, 2009, 48-49쪽 참고.
4. 위의 글, 49쪽 참고.

童話의 童은 兒童이란 童이요 話는 說話이니 童話라는 것은 兒童의 說話 또는 兒童을 爲하야의 說話이다. 從來에 우리 民間에서는 흔히 兒童에게 들려주는 이약이를 〈옛날이약이〉라하나 그것은 童話는 特히 時代와 處所의 拘束을 밧지아니하고 大槪 그 初頭가 〈옛날 옛적〉으로 始作되는 故로 童話라면 〈옛날이약이〉로 알기 쉽게 된 까닭이나 決코 옛날이야기만이 童話가 아닌즉 다만 〈이약이〉라고 하는 것이 可合할 것이다.[5]

동화는 아동의 설화, 아동을 위한 설화라 했다. 여기서 말하는 '설화'는 장르 개념의 설화를 가리키는 것이 아니라 단순히 '이야기'를 가리킨다. 그러니까 '어린이를 위한 이야기' 일반을 동화로 정의한 것이다. 그런데 '옛날 옛적'으로 시작하는 옛날이야기만 동화라 할 것이 아니라 했고, 동화를 '이약이'라 해도 된다고 했다. 이것은 세 가지 의미를 함축하고 있는 진술이다. 당시에는 동화라 하면 일단 옛이야기를 가리키는 것으로 이해했다는 것, 그러나 동화의 개념은 이미 어린이를 위한 이야기 일반으로 확대되었다는 것, 그리고 '이약이'를 어린이문학의 서사 장르 용어로 쓰기도 했다는 것이 그것이다.

같은 글에서 방정환은 동화를 다시 셋으로 분류했다. 하나가 '고래동화'다. 이를 '구전동화'라 하기도 했다. 다른 하나는 '번역동화'고, 마지막 하나는 '창작동화'다. 아래에 인용한 것을 보라. 방정환의 창작동화관은 오늘날의 그것과 그다지 다를 것이 없다.

古代로부터 다만한 說話-한이약이로만 取扱되어 오던 童話는 近世

---

5. 방정환, 〈새로 開拓되는 童話에 關하야〉, 《개벽》 31호, 1923. 1, 19쪽.

에 니르러 〈童話는 兒童性을 닐치아니한 藝術家가 다시 兒童의 마음에 돌아와서 어떤 感激 혹은現實生活의 反省에서 생긴 理想-을 童話의 獨特한 表現方式을 빌어 讀者에게 呼訴하는 것이다〉고 생각하게까지 進步되어 왔다.[6]

방정환은 고대로부터 내려오던 동화가 아닌 새로운 동화가 근세에 이르러 나타나게 되었다고 했다. 그것은 예술가의 감격 혹은 현실 생활의 반성에서 생긴 이상을 '동화의 독특한 표현 방식', 즉 고래동화 특유의 표현 방식을 빌려 독자에게 호소하는 것이었는데, 이를 고래동화와 구별하여 창작동화라 했다.[7]

다들 아는 바와 같이, 방정환의 동화론은 일본의 영향을 받은 것이었다.[8] 잠시, 일본에서 이루어졌던 동화의 개념 형성 과정을 살펴보기로 한다. 다음은 〈〈童話〉という呼び名〉[9]에서 간추린 것이다.

'동요(童謠)'라는 말은 고대 중국에도 있고 고대 일본에도 있었다. 그러나 이것의 대어(對語)로 사용되는 '동화(童話)'는 어디에도 보이지 않는다.

---

6. 위의 글, 20쪽.
7. 방정환의 다음 진술은 '창작동화'를 전제한 것이다. "우리 동화로의 창작이 보이지 않는 것은 좀 섭섭한 일이나 그렇다고 낙심할 것은 없는 것이다. 다른 문학과 같이 동화도 한때의 수입기는 필연으로 있을 것이고, 처음으로 팽이를 잡은 우리는 아직 창작에 급급하는 이보다도 일면으로의 고래동화를 캐어 내고 일면으로는 외국 동화를 수입하여 동화의 세상을 넓혀 가고 재료를 풍부하게 하기에 노력하는 것이 순서일 것 같기도 하다."(위의 글)
8. 〈새로 開拓되는 童話에 關하야〉만 해도 일본의 몇몇 아동문학론을 거의 그대로 수용한 것이라 한다.(이정현, 〈방정환의 동화론 '새로 開拓되는 童話에 關하야'에 대한 고찰-일본 타이쇼시대 동화이론과의 영향 관계〉, 《아동청소년문학연구》 3집, 한국아동청소년문학학회, 2008.
9. 藤田圭雄, 〈〈童話〉という呼び名〉, 日本文學硏究資料刊行會編, 《日本文學硏究資料叢書 兒童文學》, 有精堂出版, 昭和 52.

《대언해 大言海》[10]에는 '오토기바나시おとぎばなし(御伽噺)'와 같다고 되어 있다. 에도 시대에 〈동화고 童話考〉, 〈동화 장편 童話長編〉이라는 글이 나왔지만, 여기서 말하는 '동화'는 '와라베노모노가타리わらべのものがたり'를 가리킨다. 와라베노모노가타리는 집에서 아이들한테 들려주던 민간 설화를 뜻한다.

메이지 시대에 《서양동화》(1874), 《수신동화》(1899)가 출판되었다. 《수신동화》는 고래의 '무카시바나시(昔噺)'를 주로 하고, 이것에 약간의 그림(Grimm) 동화를 가미했던 것이다. 당시에는 옛날이야기 혹은 전설, 구비(口碑)의 것을, 문학적으로 취급할 때는 '오토기바니시お伽噺'라 하고, 교육적으로 묘사한 경우에는 '동화'라 했다는 견해도 있다.

메이지 시대 말기와 다이쇼 시대 초기에 '동화'에 관한 연구가 활발하게 이루어졌다. 그러나 이들 연구에서 취급한 '동화'는 《수신동화》에 가까운 것이었다. 교육에 주안점을 두지 않은 것은 '오토기바니시' 또는 '소년 문학'이라 불렀다. 마츠모토 코오지로(松本孝次郎)는 '동화를 주는 목적'을, 좋은 일본어를 가르치고, 지식과 흥미를 주고, 상상 작용을 기르고, 아동의 정서를 발달시키고, 도덕상의 진리를 알게 하고, 문학상의 취미를 기르는 것이라 했는데, 이때의 '동화' 또한 교육적인 읽을거리의 성격이 강하다.

'동화'라는 말을 아동문학과 결부시켰던 것은 스즈키 미에키치(鈴木三重吉)의 《세계동화집》(1917)이 처음이다. 이것은 오래전부터 써 오던 동화라는 말을 서양의 옛날이야기를 번역하는 과정에서 어린이문학과 결부시키게 되었음을 의미한다. 그 서양의 옛날이야기라는 것이 메르헨

---

10. 1891년에 발간한 일본 최초의 국어사전 《言海》의 증보판. 1932-1937년에 걸쳐 발간되었다.

(märchen)이고 페어리 테일(fairy tale)이다. 이리하여 동화는 한쪽으로는 일본의 와라베노모노가타리·오토기바나시로 이어지고 다른 한쪽으로는 서양의 메르헨·페어리 테일로 이어지게 되었다. 동화의 특성으로 흔히 이야기하는 공상성이니 시적 산문이니 하는 것의 연원이 여기에 있었던 것이다.

이러한 것을 방정환이 몰랐을 리 없다. 그런데 방정환의 동화론에는 이에 대한 언급이 없다. 동화는 '어린이를 위한 이야기'라는 것, 그 동화는 고래동화, 번역동화, 창작동화로 나눌 수 있다는 것, 그것이 다다. 이를 두고 일본의 동화론에 대한 방정환의 이해가 부족했다는 지적도 있는 듯하다. 반대로 의도적으로 피했다고 생각할 수도 있을 것 같다. 어쨌든, 방정환의 글에서는 동화 개념의 핵심으로 여기는 공상성·시적 산문 같은 것은 찾아볼 수가 없다.

어쨌든, 1920년대는 동화라 하면, 방정환이 지적한 것처럼 '옛날이야기'를 떠올리는 사람이 많았던 모양이다. 1930년대의 창작동화조차도 '옛날 옛적' 형식에 의존하거나 옛이야기의 분위기를 풍기는 것이 적지 않았다.

동아일보가 1931년 12월에 내보낸 신춘문예 공고문은 이러한 경향을 차단하는 데 큰 역할을 한 것으로 보인다. 응모 동화의 조건을 '아동의 실생활에서 취재하야 쉽게 재미있게 쓴 것'으로 제한했던 것이다.[11] 그 결과, 응모 동화의 4할은 생활난 계급적 불평을 주로 한 사회주의 경향을 가진 것이고, 3할은 씨족적 영웅심과 불평을 주로 한 것, 민족애를 주로 한 것이 2할이고, 기타가 1할이었다. 선자는 이런 동화라면 차라리 '아동

---

11. '신춘문예' 공고문,《동아일보》, 1931. 12. 4.

소설'이라 함이 합당하다고 했다.[12] 1931-1932년이면 일본에서조차 프로 아동문학의 생활동화 운동이 본격화되기 이전이다. 그런데 동아일보 신춘문예에는 벌써 그 기운이 감지된다.

1930년대 초반, 동화가 공상적인 내용 일변도로 흐르는 것에 대한 문제 제기가 이루어진 결과, 동화는 공상적인 것과 생활적인 것으로 분화하게 된다. 이것은 장르 이름에도 영향을 끼친다. 생활적인 동화를 아동소설이라 하여 공상적인 동화와 구별하고, 옛이야기에도 전래·민족·조선·구비 등의 접두사를 붙여서 이를 공상적인 내용을 가진 창작동화와 구별한다.

이와 같은 장르 의식의 변화는 이구조의 평론에서도 읽을 수 있다. 이구조는 먼저 어린이문학의 서사 장르인 '동화(광의)를 유년소설, 동화, 소년소설, 옛날이야기로 4분하는 종래의 견해는 개념의 혼동으로 인한 구분 원리의 파악이 오류였다'고 비판한 다음, 그 자신의 서사 장르 체계를 제시했는데, 그것을 표로 만들면 다음과 같이 된다.[13]

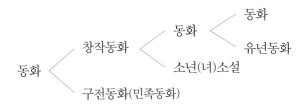

이구조 또한 어린이를 위한 서사로 바꾸어 쓴 설화를 오랜 관행대로 '동화'라는 이름으로 불렀다. 물론 '동화' 앞에 '구전'이나 '민족'과 같은

---

12. 〈新春文藝童話選後言(1)〉, 《동아일보》, 1932. 1. 23.
13. 이구조, 〈동화의 기초공사〉, 동아일보, 1940. 5. 26.

특정의 접두사를 붙이긴 했다. 동화를 '아이들에게 들려주는 이야기' 또는 '(아이들이) 들을 이야기'로 두루뭉술하게 정의한 것[14]도 이러한 분위기와 무관하지 않다 할 것이다. 어쨌든 이구조 이래로, 동화는 어린이를 위한 서사물의 통칭이 되었고, 그것은 새로 지은 동화와 예전의 설화를 가다듬어 쓴 동화를 아우르게 되었다.

해방 이후부터 지금까지 '옛날 옛적' 형식의 이야기를 대표하는 이름으로 자리 잡은 것은 전래동화라는 용어였다. 박영만의 《조선전래동화집》(학예사, 1940)의 영향 때문인지도 모른다. 전래동화라는 말은 그 이전에도 쓰였지만, 책의 제목으로 쓴 것은 이때가 처음이다. 이 책은 신문의 신간 소개란에도 실렸으니, 전래동화라는 말의 전파에 일정 정도는 기여했을 것이다. 전래동화는 그 이전의 동화가 가지고 있던 개념을 그대로 물려받았다. '공상적인 이야기, 시적인 이야기' 같은 것이 그것이다.

동화라는 용어가 전래동화라는 용어로 바뀌면서 오히려 더 부각된 개념이 있었는데, 그것은 구전성이다. '전래'가 '구전'을 연상시켰던 것이다. 실제로, 손동인은 "전래동화사의 문학사적 고찰은 민간설화인 민담의 문학사적 고찰과 동일하다."[15]고 했고, 조동일은 "어른들이 들려주고 아이들이 듣고 좋아하는 민담은 수용자를 기준으로 해서 규정하면 아동문학이다. 이를 확인하기 위해서 전래동화라고 일컫는다."[16]고 하여 전래동화를 설화(민담)와 동일시하였다. 이런 입장을 취하면 구전설화를 재화한 이야기의 소속이 문제가 된다. 전래동화(설화)라 할 것인지 창작동화라 할 것

14. '동화'는 들을 이야기, '아동소설(소년소설)'은 읽을 이야기, '동요'는 '부를 노래', '동시'는 '읽을 노래'라 하여 어린이의 언어 활동의 차이로 장르를 구분하기도 했다.(〈新春文藝童話選後言(3)〉, 동아일보, 1932. 1. 26.)

15. 손동인, 〈한국전래동화사연구〉, 《한국아동문학연구》 1권 1호, 한국아동문학회, 1990, 12쪽.

16. 조동일, 《한국문학통사》 4판 5권, 지식산업사, 2005, 589쪽.

인지 판단하기가 쉽지 않다.

한편, 최운식·김기창은 동화를 전래동화와 창작동화로 나눈 다음, 전래동화를 다시 정착동화와 구전동화로 나누었다.[17] 여기서는 정착동화의 정체가 문제가 된다. 재화한 이야기를 가리키는지 문헌설화를 가리키는지 알 수가 없다.

근대 이전의 어린이문학의 서사 장르를 논의할 때는 설화라는 용어만 사용해도 아무런 문제가 없다. 오로지 그것뿐이었으니까. 그런데 개인 작가가 문학 활동의 주축으로 활동하게 된 근대 이후에는 사정이 그리 간단치 않다. 구전설화, 문헌설화, 재화한 이야기, 창작동화를 동등하게 취급할 수는 없는 일이고, 그렇다고 차별을 둘 수도 없는 일이기 때문이다. 또 그들 상호 간의 장르적 거리를 규명하는 것도 만만치 않다.

1990년대 이후 옛이야기라는 용어가 조금씩 전래동화라는 용어를 대신하기 시작했다. 동화라는 용어가 득세하던 시기에도 전래동화라는 용어가 대세였던 시기에도 옛이야기라는 용어가 완전히 자취를 감췄던 것은 아니다. 옛이야기라는 용어가 그렇게 명맥을 유지할 수 있었던 것은 일반 명사로도 쓰였기 때문인 듯하다. 그렇지만 최근처럼 하나의 흐름을 이룬 적은 없었다. 옛이야기라는 용어는 하루가 다르게 세를 넓혀 갔고, 언제부턴가는 전래동화라는 용어와 대등하게 경쟁하기 시작했다.

옛이야기라는 용어의 재등장과 급속한 확산을 설명하기는 쉽지 않다. 그러나 다음과 같은 요인이 복합적으로 영향을 미쳤을 가능성이 있다.

첫째, 우리 용어에 대한 재인식이다. 1990년대 들어, 아동을 어린이로 아동문학을 어린이문학으로 고쳐 부르는 경향이 생겼다. 이것은 물론 어린이의 재발견과 관련이 있는 것이다. 그러나 쉽고 고운 우리말로 어린이

---

17. 최운식·김기창, 《전래동화교육론》, 집문당, 1988, 31쪽 참고.

를 위하는 문학을 하는 것이 진정한 어린이문학을 하는 것이라는, 우리말에 대한 새로운 자각과도 결코 무관하다 할 수 없는 것이다.

이런 시각에서 보면, 전래동화라는 용어는 그냥 지나치기 어려운 용어다. 동화라는 용어는 비록 외국에서 들여온 말이긴 하지만 그것을 대체할 만한 적당한 우리말이 없으니 그것을 그대로 쓸 수밖에 없었다. 그러나 전래동화라는 용어는 달랐다. 동화라는 말을 우리한테 수출한 일본에서도 잘 쓰지 않는 말이고, 또 우리한테는 이를 대체할 만한 말이 있었다.

둘째, '옛이야기 들려주기'에 대한 이해와 공감의 확산이다. 해방 이전에 '동화회'의 구연 활동이 문학 용어인 동화라는 말을 대중화시켰다면, 옛이야기 들려주기와 관련한 이론화 작업과 실천 활동이 일상어로 쓰던 옛이야기라는 말을 문학 용어로 끌어올렸다고 말할 수 있다.

셋째, 설화에 기반을 둔 이야기와 그에 관련한 창작 그림책의 출현이다. 1990년대는 창작 그림책이 활발하게 출판되었는데, 그중의 하나가 설화를 이야기의 원천으로 삼은 그림책이었다. 그런데 이 그림책의 타이틀로 삼을 만한 것이 마땅치 않았다. 전래동화는 오랜 세월 동안 글로 읽는 동화의 하위 장르로 간주되었고, 또 그 자체의 완결된 서사 구조를 가진 독립적인 문학 작품을 가리키는 것으로 인식되었다. 그러나 옛이야기는 그 개념이 열려 있었다. 예로부터 전해 내려오던 것을 그림책에 쓸 글로 가다듬어서 옛이야기라 하여도 전혀 어색하지 않았다. 오늘날 '옛이야기 그림책'은 있어도 '전래동화 그림책'이 없는 것은 이 때문이다.

넷째, 동화와 소설 용어상의 통합 추세다. 원종찬에 따르면, 적어도 용어에 있어서는, 1970-1980년대는 동화가 소설을 대신해 갔고, 1990년대-현재는 동화만 남고 소설이 거의 사라졌다.[18] 동화와 소설은 내용과

---

18. 원종찬, 〈해방 이후 아동문학 서사 장르 용어에 대한 고찰〉, 《아동문학의 장르와 용어의 재검

형식에서 상당한 차이를 보인다. 그런데도 동화라는 용어가 소설이라는 용어를 집어삼켰다. 동화와 전래동화는 용어 자체의 유사성이 아주 두드러진다. 전래동화라는 용어가 살아남을 가능성은 거의 없다 하겠다.

어린이문학의 서사 장르 체계

어린이문학의 전통적인 서사 장르 체계는 다음과 같다.

이 도표는 서사를 일단 동화와 소설로 나누고 있다. 즉, 환상적인 이야기는 동화로, 현실적인 이야기는 소설이라 한 것이다. 그리고 이 도표는 동화를 다시 전래동화와 창작동화로 나누고 있는데, 이 둘의 분류 기준은 설화와의 거리다. 저본으로 삼은 설화의 이야기 구조에 상당한 정도로 기대고 있는 것은 전래동화라 하였고, 그렇지 않은 것은 창작동화라 하였다.

이 도표의 가장 큰 문제는 서사 장르 체계를 인위적으로 짜 맞추었다는 것이다. 동화를 환상적인 이야기로, 소설을 현실적인 이야기로 규정하여 서사 장르의 두 축으로 삼은 것은 연역적인 형식 논리의 조작에 따른 것이다.

동화, 즉 전래동화가 그 기원을 설화에 두고 있다는 것은 주지의 사실

토(2)》, 한국아동청소년문학학회, 2009.

이다. 그런데 설화에 모두 환상적인 이야기만 있는 것은 아니다. 현실적인 이야기도 설화에서 얼마든지 찾을 수 있다. 그런데도 이 도표는 환상성을 전래동화의 표지로 삼는다. 우리가 지금 갖고 있는 전래동화가 모두 환상적인 이야기라 하더라도 환상성을 전래동화의 표지로 삼아서는 안 된다. 왜냐하면, 우리는 언제든지 현실적인 내용을 가진 설화를 전래동화로 개작할 수 있기 때문이다.

발생적인 측면에서 보면, 전래동화가 소설에 앞선다. 이것이 함축하는 의미는 다음과 같다. 과거의 어린이는 환상적인 이야기만 즐겼는데 오늘날의 어린이는 현실적인 이야기까지 즐기게 되었다거나, 과거의 작가는 환상적인 이야기만 만들었는데 오늘날의 작가는 현실적인 이야기까지 만들게 되었다는 것이다. 이를 어찌 수긍할 수 있겠는가. 현실성에 대한 자각이 없으면 환상성에 대한 탐색도 있을 수 없는 법이다.

이미 말한 바 있지만, 전래동화와 창작동화를 동화로 아우른 것도 연역적인 형식 논리의 조작에 따른 것이다. 엄밀히 말하면, 이 도표는 동화 속에다 설화와 직접적인 관련성이 전혀 없는 이야기를 창작동화라 하여 끼워 넣은 것이다. 그 창작동화는 환상적인 이야기여야만 했다. 그래야 '전래동화(설화에 기대고 있는 환상적인 이야기)-창작동화(설화에 기대지 않는 환상적인 이야기)-소설(현실적인 이야기)'로 서사 장르의 형식 체계가 완성되기 때문이다.

이와 같은 형식 체계를 갖추기 위해서 감수해야 할 것도 있었다. 그것은 동화 자체의 파탄이다. 원래 동화는 환상성을 갖춘 설화에 기원을 둔 것이었다. 전래동화의 '동화'에는 그러한 의미가 온전하게 보존되어 있다. 그러나 창작동화의 '동화'에는 '설화'는 떨어져 나가고 단지 '환상성'만 남아 있다.

위의 도표가 가지고 있는 또 다른 문제점은 '판타지'의 자리가 애매하다는 것이다. 내용상으로는 판타지를 창작동화라는 용어로 아우를 수 있을지 모르겠다. 그러나 창작동화라는 용어에서 판타지의 개념을 읽어 내기는 거의 불가능하다. 그렇다고 해서 서사의 하위 장르를 '동화-소설-판타지'로 설정하는 것도 말이 안 된다. 동화의 하위 장르인 창작동화가 판타지와 내용상으로 중복될 수 있기 때문이다.

　장르 용어의 교체는 장르 체계의 교체로 이어진다. 위의 장르 체계에서 전래동화를 옛이야기로 바꾸고, 그것의 개념을 '옛 어른이 즐겼던 이야기를 오늘날의 어린이가 즐길 수 있게 재구조화한 이야기'로 정의한다면, 어린이문학의 서사 장르 체계는 다음과 같이 바뀌게 된다.

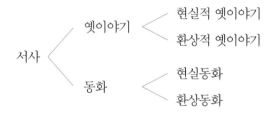

　어린이를 위한 서사를 일단 옛이야기와 동화로 나눈다. 설화의 이야기 구조에 기대는 이야기(옛이야기)가 있다면 그렇지 않은 이야기(동화)도 있는 것이다. 이 분리를 통해서 옛이야기를 동화로 부르던 관습은 완전히 폐기된다. 그리고 옛이야기와 동화를 다시 각각 현실적인 이야기와 환상적인 이야기로 나눈다. 이 분리를 통해서는 동화에서 '환상성'을 떠올리던 관습이 제거된다. 이와 같은 서사 체계에서는 소설이 들어설 자리가 있을 수 없다. 판타지 또한 별도의 자리를 마련할 필요가 없다. 현실동화는 소설을 포괄하고 환상동화는 판타지를 포괄할 것이기 때문이다.

　현실동화는 어린이의 실생활을 소재로 하는 이야기를 가리키는 것이 아니라 어린이의 실생활이 영위되는 현실세계에서 일어날 법한 일을 소재로 하는 이야기를 가리킨다. 어린이 자신의 삶이 아닌 것도 현실동화로 다룰 수 있다는 것이다. 따라서 현실동화는 기존의 생활동화와 바꾸어 쓸 수 있는 용어가 아니다. 어린이를 위한 서사란 어린이의 삶에서 이끌어 낸 이야기가 아니라 어린이의 삶에서 이해하고 공감하고 감동할 수 있는 이야기를 뜻한다. 현실동화가 현실세계에서 일어날 법한 일을 이야기로 꾸민 것이라면, 환상동화는 현실세계와 거리가 먼 세계, 즉 초현실세계 또는 비현실세계에서나 일어날 법한 일을 이야기로 꾸민 것이다.

나오며

이미 살펴본 바와 같이, 우리의 서사 장르 용어는 우리 자신의 선택에 따른 것이었다. '이약이' 대신 '동화'를 선택하고, '어린이를 위한 이야기' 대신 '공상적이고 시적인 이야기'를 '동화'의 개념으로 선택한 것은 우리 자신이었다. 굳이 그러지 않아도 되는데 우리는 그렇게 했다. 그리고 세월이 흘렀다.

지금은 '동화'의 개념을 방정환 시대로 되돌리려고 하고 있다. '옛날 옛적' 형식의 이야기도 그 이름을 '동화'에서 '전래동화'로 바꾸었고, 이제 '옛이야기'로 바꾸려고 하고 있다.

장르 용어의 선택이 아무렇게나 이루어지는 것은 물론 아닐 것이다. 문학 내적 논리에 따르는 경우도 있을 것이고 문학 외적 요인의 압박에 따르는 경우도 있을 것이다. 역사와 전통을 존중하는 경우도 있을 것이고 대중의 요청을 중시하는 경우도 있을 것이다. 이 가운데 가장 중요한 것은 대중성이다. 특히, 어린이문학의 경우에는 더욱 그렇다.

어린이문학을 흔히 어린이'도' 즐기는 문학으로 이해한다. 이 세상 사람 모두가 함께 이야기할 수 있는 것이 어린이문학이라는 것이다. 이것은 어린이문학은 쉬워야 한다는 것을 의미한다. 어린이문학이 깊이가 있어서는 안 된다는 뜻이 결코 아니다. 끝도 없이 깊어도 좋지만 그 시작은 얕은 것이어야 한다는 것이다. 그래서 얕은 곳에서 물장구치는 사람도 있고, 깊은 곳에서 다이빙 하는 사람도 있는 것이 어린이문학이어야 한다는 것이다. 필요에 따라서 따로 또는 같이 할 수 있는 것이 어린이문학이어야 한다는 것이다.

그런데 우리 어린이문학은 너무 어렵다. 서너 살 먹은 어린애도 쉽게 읽을 수 있는 것이 동화책인데, 그 책에 실려 있는 작품의 장르를 두고 이야기를 나눌 때는 어른이라 할지라도 절로 어깨가 움츠러든다. 그럴 수밖에 없는 것이, 동화가 무엇인지 말하려면 오토기바나시가 거치적거리고 메르헨과 페어리 테일이 가로막고 나서기 때문이다. 이 모두가 지난날 우리가 동화라는 용어, 그리고 그것의 일본식 개념을 우리 것으로 받아들인 데 따른 업보임은 말할 것도 없다.

독자 대중은 자신이 감당할 수 없는 것은 포기하거나 감당할 수 있는 것으로 바꾸어 버린다. 작가는 독자를 따르게 마련이다. 어린이문학의 장르 용어가 그런 와중에 있다. 최근, 어린이문학의 서정 장르를 '어린이시'라 하고 서사 장르를 '어린이소설'이라 하자는 어느 비평가의 제안을 들은 바 있다.[19] 이 글의 제안과는 거리가 있지만, 대중성을 염두에 둔 장르 체계화 노력이라는 점은 높게 평가하고 싶다.

---

19. 김이구, 〈어린이문학 장르 용어를 새롭게 짚어본다〉, 창비어린이 27호, 2009.

동화의 어린이 형상화 방법

서론

동화는 대개 어린이를 주인공으로 하여 이야기를 꾸려 나간다. 어른이 주인공인 동화가 없는 것은 아니다. 그러나 그것이 동화에서 차지하는 비중은 어린이가 주인공인 동화에 비할 바가 못 된다. 어린이 독자의 역할 모델이나 반면교사 노릇을 할 수 있는 주인공으로는 아무래도 어린이가 제격이다.

작가가 주인공으로 내세운 어린이는, 당연한 말이지만, 독자의 눈에도 어린이로 보이는 인물이어야 한다. 어린이 주인공은 어린이답게 형상화되어야 한다는 것이다. 그런데 동화의 어린이 형상화의 준거가 되는 어린이의 개념과 범주가 그렇게 선명한 것이 아니다.

어린이는 일단 생물학적으로 그 개념을 정의하고 또 정의된 개념에 따라서 그 범주를 획정할 수 있다. 생물학적 관점에서 마련한 표지를 '생물학적 표지'라 하자. 어린이의 표지 가운데 우리가 가장 쉽게 합의할 수 있는 것이 바로 이 생물학적 표지다. 이론의 여지가 크지 않기 때문이다.

생물학적 측면에서 어른과 어린이의 가장 두드러진 차이는 생식 능력의 유무에서 찾을 수 있다. 어른은 아이를 낳을 수 있지만, 어린이는 아이를 낳을 수 없으니까. 우리말 '어른'은 '남녀가 성적으로 결합하다'는 뜻을 지닌 '얼다'에서 나온 말이다. 즉, 우리말 '어른'은 그 자체에 어른의 생물학적 표지를 내포하고 있다.

그러나 생물학적 표지만으로 어린이의 개념을 정의하고 그 범주를 획정할 수는 없다. 예컨대, 아기를 낳았다고 해서 다 어른이라 할 수 없다는 것이다. 진정한 어른이라면 아기를 스스로 키울 수도 있어야 한다. 아기를 키운다는 것은 아기를 먹이고 입히고 재우고 가르친다는 것인데, 이것은 일정한 재화를 필요로 한다. 재화를 생산하는 '일'을 하느냐 아니면 재화를 생산하는 것과 무관한 '놀이'를 하느냐를 두고 어른과 어린이를 구별할 수 있는 것도 이 때문이다. 이에서 알 수 있듯이, 사회학적 관점에서도 어린이와 어른의 표지를 마련할 수 있다.

일본어에 '이치닝마에(一人前)', '한닝마에(半人前)'라는 말이 있다. 글자 그대로의 뜻은 '한 사람 몫', '한 사람 몫의 반'이지만, 각각 어른과 어린이를 가리키기도 한다.[1] 그렇다면, 이 말을 어른과 어린이의 사회학적 분류 표지로 삼을 수도 있을 것이다.

사회학적 표지를 간단하게 확인할 수 있는 것이 있는데, 그것은 법률이다. 법률은 행위 주체와 처분 대상을 나이로 제한을 하는데, 그 나이의 상한선 또는 하한선은 어른과 어린이의 경계를 획정하는 근거가 되기도 한다.

다음을 보라.

---

1. 이지호, 〈어린이문학의 이데올로기〉,《한국초등국어교육》21집, 한국초등국어교육학회, 2002.

연령	주요 권리 능력	관련 법 조문
5세 이상	대통령령에 의해 취학 가능	초·중등교육법 제13조 제2항
6세 이상	취학 가능	초·중등교육법 제13조 제1항
14세 이상	형사상 책임 능력 있음(처벌 가능)	형법 제9조
15세 미만	취업 제한(노동부장관의 취직 인허증 소지자는 제외)	근로기준법 제62조 제1항
16세 이상	부모의 동의로 약혼·혼인 가능(여자) 원동기 장치 자전거 운전 면허	민법 제801조, 제807조 도로교통법 제82조
17세 이상	주민등록증 발급 유효한 단독 유언 가능	주민등록법 시행령 제32조 민법 제1061조
18세 이상	자동차 운전 면허 취득 부모의 동의로 약혼·혼인 가능(남자) 경범죄의 범칙자 인정 제1 국민역 편입 육해공군 현역병 지원 입대 가능 도덕상 또는 보건상 유해·위험 사업 종사 가능	도로교통법 제82조 민법 제801, 제807조 경범죄 처벌법 제5조 2항 병역법 제8조 제1항 병역법 제20조 제1항 근로기준법 63조
19세 이상	징병 검사(병역 의무자) 대통령 및 국회의원 선거권 청소년 유해업소의 출입과 취업 가능, 술과 담배 구입 가능	병역법 제11조 공직선거법 제15조 청소년 보호법 제2조
20세 이상	부모 동의 없이 약혼·혼인 가능 양자 입양 가능 교도소 수용 대상자 재산의 소유와 처분 가능 조례의 제정이나 개폐 청구를 위한 연서 가능	민법 제801, 제807조 민법 제866조 행형법 제2조 제1항 민법 제6조 지방자치법 제10조 2항

이 도표에서 알 수 있듯이, 어른과 어린이의 사회학적 표지는 매우 다양하게 설정할 수 있다. 이 도표는 또 다른 사실을 일러 주는데, 그것은 사회학적 표지에 따라서 어른과 어린이의 경계 나이가 달라진다는 것이다. 그 경계 나이도 고정불변의 것이 아니다. 사회 구성원의 합의만 이루어지면 법률의 개정을 통해서 언제든지 얼마든지 바꿀 수 있다.

중요한 것은 어른과 어린이의 경계 나이 그 자체가 아니다. 우리는 생식 능력의 유무를 어른과 어린이의 생물학적 경계 표지로 삼은 바 있다. 그런데 이 경계 표지로는 고정 불변의 경계 나이를 설정할 수 없다. 생식 능력은 개인은 물론이고 사회에 따라서도 편차가 크기 때문이다.[2] 이로 미루어 본다면, 사회학적 표지 또한 표지 그 자체에 의미를 두는 것이 옳을 듯하다.

어린이의 생물학적 표지와 사회학적 표지는 '없음'의 표지다. 어린이한테는 없고 어른한테는 있는 것, 또는 어린이는 할 수 없는데 어른은 할 수 있는 것, 바로 그것이 어린이의 표지다. 이러한 표지는 어린이에 대한 그릇된 선입견을 심어 줄 수 있다. 즉, 어린이는 결핍된 존재, 미성숙의 존재, 불완전한 존재 등과 같은 부정적인 이미지를 지닌 존재로 인식하게 할 수 있다는 것이다. 그러면, 어린이한테는 있고 어른한테는 없는 것, 어린이는 할 수 있는데 어른은 할 수 없는 것, 과연 그러한 것은 무엇일까.

영원한 어린이로 일컬어지는 피터 팬은 하늘을 날 수 있었다. 피터 팬과 요정의 도움을 받은 웬디와 그의 형제들 또한 하늘을 날 수 있었다. 그러나 어느 날부터 웬디와 그의 형제들은 더 이상 하늘을 날 수 없게 된다. 어른이 되었기 때문이다.

빨간머리 앤은 잠시도 입을 다물고 있지 않는 수다쟁이였다. 그러던 앤이 어느 날부터 말수가 눈에 띄게 줄어들었다. 숙녀가 된 것이다.

삐노끼오는 거짓말쟁이였다. 거짓말을 하면 코가 늘어나는 벌을 받는데, 벌을 받고 있는 중에도 거짓말을 멈출 수 없었다. 그 삐노끼오도 마침내 거짓말을 하지 않게 되었다. 그런데 거짓말을 하지 않는 삐노끼오는 독자한테는 낯설기만 하다. 삐노끼오 같지 않게 느껴진다는 것이다. 삐노

---

2. 옛이야기의 주인공은 대개 열다섯 살이 되면 혼인도 하고 아이도 낳고 머슴을 살아 새경을 받는 일도 하고 집을 나서서 홀로서기도 하고 벼슬도 한다.(이지호, 《옛이야기와 어린이문학》, 집문당, 2006; 최기숙, 《어린이 이야기, 그 거세된 꿈》, 책세상, 2001) 열다섯 살이면 어른이라 할 만했다. 그런데 오늘날에는 열다섯 살을 어른과 어린이의 경계 나이로 삼을 수 없다. 중학교 재학 중인 어정쩡한 나이이기 때문이다.

끼오가 거짓말을 버리는 순간 그의 모험도 끝이 난다.

이와 같은 동화 속의 어린이는 '날 수 있음', '말이 많음' 그리고 '거짓말을 잘함'과 같은 '있음'의 표지로 그 자신이 어린이임을 독자한테 강력하게 각인시킨다. 사실, 이러한 표지는 비현실적이거나 과장되거나 비도덕적이어서 동화가 아니면 제안하기도 쉽지 않고 검증하기도 쉽지 않고 공감을 얻기도 쉽지 않다. 그러나 작가의 문학적 상상력으로 포착한, 그래서 미학적 표지라 할 수 있는 이러한 어린이 표지는 어린이의 본질과 특성을 밝히는 데 큰 도움이 된다.

우리는 이미 어린이의 정체성을 규명하는 데 그 나름의 성과를 보인 많은 동화를 알고 있다. 그리고 그 성과는 곧잘 어린이에 관한 과학적 연구의 성과에 비견된다는 것도 잘 알고 있다.[3] 이러한 성과는 어린이에 대한 작가의 관찰·상상·추론의 결과임은 말할 것도 없다. 작가의 어린이 형상화는 어린이에 관한 작가 나름의 미학적 표지의 제안이라 할 수 있다. 동화가 종종 어린이 탐구 보고서 노릇을 하게 되는 것도 이 같은 이유에서이다.

어린이 형상화의 초점

소설의 인물을 분류하는 방법은 여러 가지가 있는데, 그중의 하나가 전형적 인물과 개성적 인물로 나누는 것이다. 전형적 인물이 어느 한 집단이나 계층을 대표하는 성격의 인물이라면, 개성적 인물은 개인 특유의

---

3. 다음과 같은 견해가 이에 속한다. "뛰어난 그림책 작가의 통찰력과 직관력은 아직 심리학 연구가 미치지 못한 곳까지 다다른 부분도 있으며, 그 작가들이 어린이를 개별적으로 다루는 눈이나, 주제를 이끌어 가는 방법은 현대 발달이론을 위해 유효할 것이다."(히로코 사사키, 〈머리말〉, 《그림책의 심리학》, 고향옥·이경옥 옮김, 우리교육, 2004)

성격이 도드라지는 인물이다. 전형적 성격과 개성적 성격을 한 인물에서 구현할 수도 있다.

다음 인용문은 소설에서는 전형적이면서도 개성적인 인물을 창안하는 것이 가장 바람직한 일이지만, 그러한 일이 결코 쉬운 일이 아님을 말해 주고 있다.

> 가장 좋은 인물 설정은 전형적이면서도 개성적인 인물, 다시 말해서 그 사회 그 계층을 대표하는 공통성을 지닌 인물이면서도 동시에 독창적이고 특이성을 지닌 인물이어야 한다. 그러나 실제에 있어서는 이 양자가 서로 대조적인 성격이 되기 쉬우므로, 지나치게 개성적이어서 전형성을 잃는다든지, 너무나 전형적이어서 개성이 희박하다든지 하는 결과에 이를 수도 있음을 경계해야 할 것이다.[4]

동화의 경우는 어떠할까. 동화의 어린이 주인공은 일단 어린이다워야 한다. 물론 어린이답지 않은 어린이를 주인공으로 설정하는 동화도 있을 수 있다. 이러한 동화도 어린이의 형상화와 관련한 공부를 하지 않을 수 없다. 어린이답지 않은 어린이를 그리려면 먼저 어린이다운 어린이를 그려야 하기 때문이다.

어린이다운 어린이란 곧 어린이의 전형성을 획득한 어린이다. 전형적 인물은 특정의 집단이나 계층을 대표할 수 있는 인물을 가리킨다. 어린이를 염두에 두면서도 특정의 집단이나 계층을 고려할 수 있는 것일까. 예컨대, 중산층 가정의 어린이의 전형 또는 서민층 가정의 어린이의 전형 같은 것은 생각할 수 있는 것일까. 결론부터 말하면, 그러한 전형성은 동

---

4. 구인환·구창환, 《문학개론》, 삼영사, 2판, 2002, 280-281쪽.

화에서는 상상하기 어렵다.

이제 그 까닭을 생각해 보자. 어린이는 자신을 돌보는 어른이 소속된 집단이나 계층에 자연스럽게 편입된다. 그리고 그 집단이나 계층의 세계관·인생관·가치관 등 그 무리의 이데올로기에 알게 모르게 젖어들게 된다. 그러다 보면, 다른 집단이나 계층에 소속된 다른 어린이와 차이를 드러내기도 한다. 우리가 부잣집 도련님의 전형 또는 머슴살이 하는 집 아이의 전형 같은 것을 생각할 수도 있는 것은 이 때문이다. 이러한 인물도 동화의 주인공으로 삼을 수는 있다. 그러나 동화의 탐구 대상으로 삼을 것은 아니다.

동화는 어린이를 위한 이야기문학이다. 어린이를 위하는 방법 중에 가장 기본적인 것은 어린이다운 어린이의 삶을 제시하는 것이다. 그것은 어른의 삶을 준비하는 삶이긴 해도 어른의 삶을 그대로 따라하는 삶은 아니어야 한다. 그런데 특정 집단이나 특정 계층의 이데올로기는 본질적으로 어른의 것이지 어린이의 것이 아니다. 당연한 말이지만, 어른의 이데올로기에 물든 어린이의 삶은 어린이가 추구할 만한 것 못 된다. 이러한 까닭에, 동화에서는 어른의 대척 지점에서 어린이의 전형을 찾지, 특정 집단이나 특정 계층에 속한 어른의 이데올로기를 염두에 두고 어린이의 전형을 찾지 않는다.

어린이의 전형을 탐색하려는 작가는 무엇보다도 먼저 어린이에 관한 객관적 정보를 많이 확보하여야 한다. 어린이 관련 학문의 연구 성과를 살피기도 해야 할 것이고, 필요하다면 어린이를 직접 관찰하기도 해야 할 것이다. 그러나 작가가 어린이의 전형을 탐색하는 데 가장 많이 기대야 할 것은 다름 아닌 그 자신의 문학적 상상이다. 문학적 상상은 때로는 과학적 연구보다 더 큰 힘을 발휘하기도 한다.

어린이에 대한 과학적 연구는 증거와 논증으로 신뢰성을 확보하지만,

어린이에 대한 문학적 상상은 이해와 공감으로 신뢰성을 확보한다. 문학 작품마다 어린이의 전형을 창안하려고 애쓰지만 모두 소기의 성과를 거두는 것은 아니다. 독자의 이해와 공감을 얻을 수 있는 작가의 탐색, 그것이 어찌 쉽고 간단한 일이겠는가.

방정환의 〈만년샤쓰〉를 보자. 이 동화는 어린이문학 연구자 13인을 대상으로 한 설문[5]에서 11인이 우리나라 동화의 정전으로 삼을 만한 작품으로 꼽았다. 그런데 그들이 이 작품을 정전으로 선정한 까닭은 간단했다. 권혁준의 다음과 같은 말은 그 11인의 생각을 압축적으로 보여준다.

(〈만년샤쓰〉의 주인공) 창남이는 현실에서 보기 어려운 인물이기는 하지만 어려운 시대 상황을 낙천적으로 극복하며, 순수한 마음으로 이웃을 돕는 인물이어서 오늘의 독자들에게도 감동을 주기에 충분하다.

결국, 〈만년샤쓰〉가 이 시대의 정전이 될 수 있었던 것은 '창남'이라는 순수하고 따뜻한 마음을 가진 어린이를 동화의 주인공으로 형상화하는 데 성공했기 때문이라는 것이다. 이에 대한 비판이 없는 것은 아니다. 다음과 같은 논의가 그러하다.

나는 창남이가 불편하다. 그 착한 마음이 안쓰럽다. 창남이의 착한 마음 때문에 오히려 창남이를 걱정해야 하니 불편하고, 창남이의 착한 마음이 내 안의 착한 마음에 울림을 주지 못하니 안타깝다. 창남이의 착한 마음이 성인군자의 그것처럼 어마어마해서 오히려 무시무시하기까지 한 것이다.[6]

---

5. 〈아동문학 정전 논의의 첫걸음〉, 《창비어린이》, 통권 35호, 창비, 2011.
6. 이지호, 〈어린이시가 감동적인 까닭〉, 《어린이시》, 11호, 어린이시교육연구회, 2012. 1.

창남이에 대한 이러한 불편함은 그의 선행이 그의 형편에서 크게 벗어난 것이기 때문이다. 눈먼 어머니와 단 둘이 찢어지게 가난하게 살면서도, 화재를 당한 이웃한테 집에 있는 옷가지를 다 줘 버린다. 자기 집도 반이나 타 버렸는데도 말이다.

창남이에 대한 이와 같은 대립적인 평가는 일차적으로 창남이의 비현실성에 기인한다. 창남이의 비현실성은 창남이를 긍정적으로 바라보는 쪽에서도 인정하는 바다. 그런데 '현실에서 보기 어려운 인물'인데도 "오늘의 독자들에게도 감동을 주기에 충분하다."고 말할 수 있었던 것은 무엇 때문일까. 그것은 창남이한테서 어린이의 이상적인 전형을 보았기 때문이다. 즉, 창남이는 현실세계에서 찾아보기 어려운 어린이이긴 하지만 어린이가 궁극적으로 지향하여야 할 모델이라는 것이다.

그러나 반대쪽의 생각은 다르다. 창남이는 어른이 이상적으로 생각하는 어린이일 뿐, 현실의 어린이로서는 감당할 수도 없고 또 감당하게 해서도 안 되는 어린이라는 것이다. 다시 말해서, 창남이는 결코 어린이의 전형으로 제시할 만한 모델이 아니라는 것이다.

창남이를 긍정적으로 보든 부정적으로 보든 창남이한테서 창남이가 소속된 집단이나 계층의 문제를 지적하고 나서는 이는 없다. 그것은 원천적으로 어른의 영역에 속하기 때문이다. 어린이가 주어진 환경에 휘둘리지 않고 그 자신의 어린이다움을 가꾸어가는 것 또는 주어진 환경에 굴복하여 내면의 어린이다움을 잃어버리는 것, 오직 이것만이 동화가 관심을 두어야 하는 것이고 또 관심을 둘 수밖에 없는 것이다.

한편 〈만년샤쓰〉는 개성적 인물과 전형적 인물의 상관관계를 보여 준다는 점에서도 주목할 만하다. 창남이를 긍정적으로 평가하는 입장에서 보면, 창남이는 개성이 뚜렷한 어린이다. 창남이는 그가 소속된 집단이나 계층의 어린이가 흔히 선택하는 삶과는 전혀 다른 삶을 살아간다. 그렇다면, 창남이의 전형성은 그의 개성에서 획득된 것이다. 다시 말하면, 창남이는 개성적 인물이었기에 전형적 인물이 될 수 있었다는 것이다.

이와 관련해서 창남이에 대해서 부정적인 입장을 취하는 쪽의 견해도 들어볼 필요가 있다. 창남이가 독특한 성격을 지닌 인물임을 부인하지 않으면서도 창남이를 어린이의 한 전형으로 인정하기를 거부하고 있기 때문이다. 그러나 이것은 개성과 전형성의 상관관계를 부정하는 것이 아니다.

창남이는 여느 어린이와 다른 독특한 성격의 소유자인 것은 분명하다. 그런데 창남이가 선택한 삶은 진정으로 어린이를 위하는 어른이라면 어린이한테 권할 수 있는 삶이 아니다. 달리 말하면, 창남이의 독특한 성격은 창남이의 삶에 긍정적으로 작용하지 않는다는 것이다.

개성이란 독특한 성격임이 분명하다. 그러나 독특한 성격이 곧 개성이 되는 것은 아니다. 어린이다운 어린이로 만들어 주는 독특한 성격, 그것이 아니면 어린이의 개성이라 해서는 안 된다. 적어도 동화에서는.

우리는 이 글의 서론에서 동화의 어린이 형상화는 어린이다운 어린이의 미학적 표지의 창안을 겨냥한다고 말한 바 있다. 미학적 표지란 다른 게 아니다. 그것은 개성이다. 그것도 그냥 개성이 아니다. 전형성을 획득할 수 있는 개성이다.

형상화의 방법

1. 모사

동화 속의 어린이, 즉 허구세계의 어린이는 기본적으로 현실세계의 어린이를 모방한 것이다. 가장 적극적인 모방은 마치 사진을 찍듯이 대상을 있는 그대로 똑같이 그리는 세밀화에서 볼 수 있는 모방이다. 이러한 모방을 '모사'라 일컫기로 하자.

모사는 현실세계의 어린이를 허구세계로 그대로 옮겨 놓는 것이다. 그런데 완전한 모사란 있을 수 없다. 완전한 모사란 모방해야 할 대상의 세부 요소를 하나도 빠짐없이 모두 언어화하는 것인데, 이것은 사람의 힘으로 할 수 있는 일도 아니지만 할 필요도 없는 일이다. 어린이의 모든 것을 있는 그대로 모사한다고 해서 어린이의 전형성을 확인할 수 있는 것이 아니기 때문이다.

〈맨발 벗고 갑니다〉의 영이와 기동이를 보라. 작가는 영이와 기동이를 모사하고 있지만, 영이와 기동이의 모든 것을 다 모사하지는 않는다. 어린이의 전형성을 확인할 수 있는 것들만 선택적으로 모사한다. 그래서 모사에서는 모사의 초점 선택이 중요하다.

이 모사를 동화의 창작 기법으로 적극적으로 활용한 작가가 바로 현덕이다. 현덕의 〈맨발 벗고 갑니다〉는 다음과 같이 시작한다.

맨발 벗고 살살 영이는 다리를 건너갑니다. 다리는 외나무다리, 다리 아랜 물이 철철, 영이는 살살 맨발 벗고 건너갑니다. 그저 건너고 싶어 건너는 것입니다. 그러니까 영이는 무섭지 않습니다.

다리 건너는 언덕길, 길바닥엔 왕모래가 따끔따끔, 그래도 영이는 살살 맨발 벗고 갑니다. 그저 가고 싶어 가는 것입니다. 그러니까 영이는 아프지 않습니다. 살살 영이는 그림자 보며 갑니다.

버드나무 앞에 왔습니다. 게서 영이는 기동이를 만났습니다. 기동이는 묻습니다.

---

7. 현덕, 《너하고 안 놀아》, 원종찬 엮음, 창비, 1995. 앞으로, 이 책에서 인용할 때는 본문에 인용 쪽수만 밝히기로 한다.

"영이 너 어디 가니?"

그래도 영이는 살살 그림자만 보며 갑니다.

"영이 너 어디 가?"

기동이는 영이를 따라옵니다. 그러니까 영이는 가는 데가 있는 듯싶었습니다. 아주 바쁜 걸음으로 맨발 벗고 갑니다.(37-38쪽)

영이는 맨발로 길을 걸어간다. 그저 걷고 싶어 걷는다. 다리도 건너고 언덕길도 오른다. 오로지 자신의 그림자만 보고 걷는다. 그래서 버드나무 앞까지 왔다. 기동이가 묻는다. 어디 가느냐고. 영이는 대답을 하지 않을 뿐만 아니라 오히려 걸음을 더 빨리 한다. 마치 급히 가야 할 데가 있기나 한 것처럼.

인용문에 이어지는 내용은 다음과 같다. 기동이는 궁금증이 난다. 그래서 영이 뒤를 따른다. 영이는 우물도 지나고 언덕도 넘는다. 마침내 고추밭 앞에 이른다. 기동이가 다시 묻는데, 물음을 바꾼다. 고추 따러 왔느냐고. 영이는 여전히 말없이 그림자만 보며 바삐 걷는다. 호박밭도 지나치고, 돼지 우릿간도 지나친다. 그럴 때마다 기동이는, 호박 따러 가는지 돼지 보러 가는지 묻는다. 영이는 아무 말도 하지 않고 그림자만 보며 갈 뿐이다.

마침내, 기동이가 두 손을 든다. 영이 앞을 가로막고 자신의 물음에 답하기를 강요한다. 이것은 항복 선언이나 다름없다.

마침내 기동이는 영이 앞을 가로막습니다. 두 팔을 벌리고 기동이는

"어디 가는지 가르쳐 주지 않으면 못 가, 못 가."

그러니까 영이는 아주 가는 데가 있는 듯싶었습니다. 영이는 지금 아주 썩 좋은 곳을 가는 길인데 기동이가 못 가게 막는 것만 같습니다. 그래서

영이는 소리를 높여 아이 아이 아이……(40쪽)

이 동화를 읽는 사람이면 여러 가지 의문을 가지게 된다. 하나는 영이가 왜 길을 걷고 걷고 또 걷냐는 것이다. 다른 하나는 영이가 어디 가는지를 기동이가 왜 그렇게 궁금해 할까 하는 것이고, 또 다른 하나는 영이는 왜 기동이의 물음에 아무 대답도 하지 않고 오히려 걸음을 빨리 할까 하는 것이다. 마지막 하나는 기동이가 가로막았을 때 영이는 왜 소리를 질렀을까 하는 것이다.

이 동화는 우리의 이러한 의문을 직접 해결해 주지는 않는다. 그런데 이러한 불친절이 그다지 밉지 않다. 그것은 우리에게 보물찾기의 즐거움을 주려는, 작가의 계획된 불친절이기 때문이다.

영이가 맨발로 걷기 시작한 데는 특별한 이유가 없다. 다리를 건너야 하는데, 혹시 빠질지도 몰라서 맨발로, 그것도 살살 걸었던 것뿐이다. 맨발로 걸으니 그것도 재미가 있었다. 그래서 다리를 건너고도 계속 맨발로 '살살' 걷는다. 그런데 기동이의 등장으로 영이의 놀이는 그 성격이 확 달라진다. 기동이가 어디 가느냐고 묻자 영이는 마치 어디 가는 것처럼 군다. '살살 걷던 걸음'도 '바쁜 걸음'으로 바뀐다.

기동이는 그냥 인사말을 했을 뿐이다. 영이가 어디 간다고 말했으면 그것으로 그만이었을지도 모른다. 그런데 영이가 아무 말도 하지 않는다. 땅만 내려다보며 바삐 걷는다. 기동이는 점점 안달이 난다. 영이를 사로잡고 있는 게 무엇인지 너무 궁금하다. 그래서 기동이는 영이를 따라가며 또 묻는다. 영이는 여전히 말이 없다. 기동이가 궁금증을 이기지 못해서 따라가며 묻는다. 이제 영이로서도 어쩔 수 없다. 설사 대답을 하고 싶어도 대답을 할 수 없는 처지가 되어 버렸다. 끝까지 시치미를 뗄 수밖에 없다.

처음에 영이의 걷기는 영이 혼자만의 놀이였다. 그런데 이제는 아니다. 영이가 어디 가는지 기동이는 알아내어야 하고 영이는 그것을 끝까지 숨겨야 하는, 둘이 승부를 가려야 하는 게임이 되어 버렸다. 이 게임은 일종의 심리전이다. 마음이 흔들리는 쪽이 지게 되어 있다. 마침내 기동이가 두 팔을 벌리고 영이를 가로막는다. 그러자, 영이는 비명 같은 소리를 지른다. 그 소리는 두 가지 의미를 지닌다. 기동이는 질책의 소리로 들었을 것이다. 갈 길이 바쁜 사람을 왜 가로막느냐는. 영이한테 그것은 기쁨의 환호성이었다. 게임에서 이겼다는.

맨발로 걷기 놀이를 하는 영이, 궁금한 것은 어떻게든 알아내어야 직성이 풀리는 기동이, 그리고 기동이의 궁금증을 이용하여 빠른 걷기 놀이를 하는 영이. 이러한 기동이와 영이는 우리 주변에서 흔히 볼 수 있는 평범한 어린이다. 그래서 기동이와 영이는 전형적 인물이라 할 수 있다. 그러나 개성적 인물이라 할 수는 없다. 현실세계에는 수없이 많은 영이와 기동이가 존재하고 있고, 〈맨발 벗고 갑니다〉는 그 수많은 영이와 기동이 중의 한 쌍을 보여 주기 때문이다.

여기에서 알 수 있듯이, 개성적 인물이 아니더라도 전형적 인물이 될 수 있다. 그리고 그러한 전형적 어린이도 동화의 주인공이 될 수 있다.

현덕은 현실세계의 어린이를 모사하는 방법으로 이러한 전형적 인물을 세밀하게 형상화했다. 현덕의 동화를 '동화로 쓴 어린이 보고서'라 일컬을 수 있는 것도 이 때문이다. 현덕의 동화에서 개성이 넘치는 인물들이 엮어 내는 감칠 맛 나는 사건·사고를 좀처럼 볼 수 없는 것도 같은 맥락으로 설명할 수 있다. 안타깝지만 어쩌겠는가. 개성적 인물은 그의 관심사가 아니었던 것을.

2. 과장

동화의 어린이 주인공은 예외 없이 모두 현실세계의 어린이에 그 근거를 둔다. 그러므로 모방을 창작 기법의 근간으로 삼는 것은 당연하다 하겠다. 그런데 모방에는 세밀화 기법의 모사만 있는 것은 아니다. 대상은 일단 윤곽만 그리고 대상을 바로 그 대상으로 보이게 하는 요체-이를 '대상의 눈'이라 하자-를 붙잡아 그것을 도드라지게 드러내는 카툰 기법의 모방, 즉 '과장'도 있다.

대상의 눈을 통해서 대상의 특징이 선명하게 각인되도록 형상화하려면 대상의 눈을 의도적으로 과장할 수밖에 없다. 그러나 이것은 대상의 왜곡과는 거리가 멀다. 카툰이 그러하듯이, 대상의 눈을 과장하는 것은 대상을 일그러뜨리는 데 목적이 있는 것이 아니기 때문이다. 과장은 대상을 돋보기로 확대해서 보여 주는 형상화 기법인데, 평범한 어린이를 개성적 어린이로 격상시키는 효과를 발휘한다. 사실, 어린이는 모두 그 나름의 개성을 가지고 있다. 다만, 이런 저런 이유로 그것이 다른 것에 가려 버려서 다른 사람의 눈에 잘 띄지 않는 것뿐이다. 이를 찾아내어 드러내고자 하는 것이 과장이다.

《빨간 머리 앤》을 보자. 다음은 빨간 머리 앤이 앞으로 함께 살게 될 초록 지붕 집의 매슈 아저씨를 첫대면하는 장면이다.[8]

다행히도 매슈는 먼저 말을 걸어야 하는 곤혹스러움에서는 구원을 받았다. 여자아이는 매슈가 자기에게 다가온다는 걸 확신하자마자, 볕에 그을린 야윈 손으로 낡아 빠진 구식 여행 가방을 들고 일어나 매슈에게 손을 내밀었다.

---

8. 이 '만남' 대목은 이지호, 《《빨간 머리 앤》의 매력》에 거의 그대로 기대고 있다.

아이는 유난히 낭랑하고 듣기 좋은 목소리로 말했다.

"초록 지붕 집의 매슈 커스버트 아저씨죠? 만나서 정말 반가워요. 혹시 아저씨가 데리러 오지 않을까봐 걱정하면서, 아저씨가 오실 수 없는 갖가지 상황을 상상하고 있었어요. 만약 오늘 밤에 아저씨가 데리러 오지 않는다면, 기찻길을 따라 내려가 저 모퉁이에 잇는 커다란 양벚나무 위에서 밤을 지낼 생각이었어요. 저는 하나도 무섭지 않아요. 하얀 벚꽃이 활짝 핀 나무에서 달빛을 받으며 잠자는 것도 멋진 일이잖아요? 대리석으로 꾸민 홀에서 묵는다고 상상할 수도 있을 거예요. 그렇죠? 그리고 아저씨가 오늘 밤에 못 오신다고 해도 내일 아침에는 틀림없이 오실 거라고 생각했어요."[9]

매슈 아저씨는 원래 말이 없는 사람이다. 그런데 고아원에서 보낸 아이가 기대했던 사내아이가 아니라 상상조차 하지 않았던 여자아이라는 것을 알고 당황하고 있으니 더욱 말이 없어질 수밖에. 다행히, 매슈 아저씨의 상대는 누구에게나 스스럼없이 말을 걸 수 있는 앤이었다. 그런데 앤의 말을 보라. 수다도 이런 수다가 없다. 처음 만난 사람한테, 그것도 자신을 데려가 보살펴 줄 중년의 남자한테, 숨이나 쉬며 말을 할까 하는 의심이 들 정도로 쉴 새 없이 떠들어 댄다.

앤의 수다는 몇 가지 특징이 있다. 첫 번째로 들 수 있는 것은 끊임없이 화제를 발전시킨다는 것이다. 이것은 물론 수다의 일반적인 특징이기도 하다.

위의 인용문을 다시 보자. '매슈 아저씨가 오지 않을까봐 걱정함 → 올

---

9. 루시 모드 몽고메리, 《빨간 머리 앤》, 김경미 옮김, 시공주니어, 2002, 24쪽. 앞으로, 이 책에서 인용할 때는 본문에 인용 쪽수만 밝히기로 한다.

수 없는 다양한 상황을 상상함 → 아저씨가 오지 않으면 양벚나무 위에서 밤을 보낼 생각을 함 → 꽃이 핀 양벚나무 위에서 달빛을 받고 잠자는 것은 대리석으로 꾸민 홀에서 잠자는 것만큼이나 멋진 일이라 상상함 → 아저씨가 오늘은 못 오더라도 내일 아침에는 꼭 올 거라고 생각함.'

보통의 아이라면 중년의 남자와 첫대면하는 자리에서는 앤의 첫 번째 화제인 '매슈 아저씨가 오지 않을까봐 걱정함'에 관한 말조차 쉽게 꺼내지 못했을 것이다.

다음으로 들 수 있는 것은, 앤의 수다는 상상과 연상에 의한 화제의 확장이라는 것이다. 이것은 앤의 수다가 한없이 길어질 수 있음을 의미한다. 사실의 나열이나 사실에 관한 해석으로도 물론 수다를 떨 수 있다. 그러나 그런 수다는 금방 바닥을 드러낸다. 이에 반해서, 풍부한 상상력과 탁월한 연상력으로 풀어놓는 앤의 수다는 끝없이 이어진다.

마지막으로, 앤의 수다는 듣는 이를 즐겁게 한다. 이미 지적한 바와 같이, 앤의 수다는 앤의 상상과 연상으로 화제가 끊임없이 발전한다. 그런데 화제만 다채로운 것이 아니라 그 내용이 기발하고 참신하다. 더욱이 앤은 세상을 아름답게 볼 뿐만 아니라 남들이 추한 것으로 보았던 것조차도 아름답게 보이게 할 수 있는 낭만적인 기질과 재주를 타고난지라, 앤의 수다를 듣는 사람은 자신도 모르게 앤처럼 꿈꾸는 듯한 기분을 느끼게 된다. 앤은 또한 성격이 긍정적이고 낙천적이다. 그래서 앤의 수다는 듣는 사람을 편안하게 만들고 기분 좋게 만든다. 무뚝뚝하기 짝이 없는 매슈 아저씨가 앤의 수다에 빠져들어 '스스로도 놀랄 정도로 즐거워하고 있었'던 것도 놀랄 일이 아니다.

그러나 앤과 같은 여자아이는 이 세상에 존재하지 않는다. 이렇게 단정적으로 말할 수 있는 것은 수다와 관련된 앤의 능력이 모든 면에서 완벽하기 때문이다. 그런데도 우리는 앤을 어색하게 느끼지 않는다. 왜냐하면, 수다와 관련된 것만 제외하면 앤은 평범한 일반 어린이와 다를 바가 없기 때문이다.

수다스러운 여자아이는 이 세상에 널렸다. 그러나 우리는 앤이 나타나기 전에는 수다가 여자아이의 특성일 수 있음을 분명하게 의식하지 못했다. 수다가 여자아이를 매력적으로 만들어 줄 수 있다는 것은 의식하고 있었던 사람은 더욱더 드물었다. 이 모든 것을 바꾸어 놓은 것은 앤이고 그러한 앤을 우리가 만날 수 있었던 것은 말할 것도 없이 동화 작가 몽고메리 덕분이었다. 즉, 몽고메리는 과장을 통하여 앤을 수다쟁이 여자아이의 한 전형으로 형상화하는 데 성공했다는 것이다.

3. 환원

우리는 지금까지 어린이 형상화의 두 가지 방법을 살펴보았다. 하나는 현실세계의 어린이를 가급적이면 똑같이 모방하는 것이고(모사), 다른 하나는 현실세계의 어린이를 모방하긴 하되, 그 어린이의 특성 가운데 어느 하나를 부풀려서 모방하는 것이다(과장).

여기서 잠시 모사와 과장의 접점에 대해서 생각해 보기로 하자. 현실세계의 어린이 가운데는 그 특성이 비현실적으로 보일 만큼 유별난 어린이가 있다. 이러한 어린이를 모사한 것과 평범한 어린이를 과장한 것은 무엇이 어떻게 다를까. 형상화된 인물 자체만 보면 이 둘을 구별한다는 것은 거의 불가능하다. 그러나 모사는 모사 그 자체로 완결되지만 과장은 환원이라는 또 다른 뒤처리 과정을 거치게 된다. 과장이 현실세계의 어린이를 비현실적인 존재로 만드는 것이라면, 환원은 그 비현실적인 존재를 현실적인 존재로 되돌려 놓는 것이다.

〈만년샤쓰〉의 창남이를 보자. 창남이는 현실성이 상당히 떨어지는 어린이 주인공이다. 아주 드물기는 하지만 현실세계에도 창남이와 비슷한 성향의 어린이가 있을 수 있다. 어쩌면 〈만년샤쓰〉의 작가 방정환은 이러한 실존 인물을 모델로 하여 창남이를 형상화했을지도 모른다. 그렇다 하더라도 독자는 창남이를 비현실적인 인물로 느낄 수밖에 없다. 이것은 창남이 때문이기도 하지만 작가 때문이기도 하다.

독자의 눈에는 창남이가 비현실적인 어린이로 보인다. 그런데 창남이에 대한 서술 태도로 보면, 작가는 전혀 그렇게 생각하는 것 같지가 않다. 이 순간, 독자는 작가에 대한 믿음을 거둬들이게 된다. 덩달아 창남이에 대한 믿음 또한 거둬들이게 된다.

《빨간 머리 앤》은 〈만년샤쓰〉와 전혀 다른 전략을 구사한다. 즉, 작가는 여러 가지 방법으로 앤이 현실세계에서 좀처럼 보기 어려운 매우 독특한 아이라는 것을 독자한테 환기시킨다. 다음을 보라. 이것은 앤이 매슈 아저씨와 함께 처음으로 초록 지붕 집으로 가는 도중에 한 말이다.

"흐음, 그렇다면 나중에 꼭 알아봐야겠군요. 나중에 알아봐야 할 온갖 일들을 생각하는 것도 멋진 일 아녜요? 제가 살아 있다는 사실이 기쁘게 느껴지거든요. 정말 재미있는 세상이잖아요. 만일 우리가 세상의 모든 일을 다 안다면 재미가 반도 안 될 거예요, 그렇죠? 그렇게 되면 상상할 거리도 없겠죠? 그런데 제가 말이 너무 많나요? 사람들은 항상 저더러 그렇대요. 아저씨도 제가 말하지 않는 게 더 좋은가요? 그러시다면 입을 다물게요. 저는 아무리 어려운 일이라도 마음만 먹으면 그만둘 수 있어요."(28쪽)

밑줄 친 앤의 말처럼, 앤을 데리고 살기로 한, 매슈 아저씨의 여동생인 마릴라 아주머니는 앤의 수다스러움에 대해서 수없이 잔소리를 한다. 다음과 같은 잔소리는 그중의 하나다. "앤, 시계를 보니 10분이나 얘기를 했구나. 그만큼 입을 다물고 있을 수 있는지 어디 한번 보자꾸나."(130쪽)

그런데 앤의 비현실성은 그의 수다스러움 그 자체에 있는 것이 아니다. 앞에서 말한 바 있듯이, 앤의 수다는 누구나 매료될 만큼 참신하고 기발하다는 것, 그리고 이와 같은 독특한 수다를 어린 여자아이가 마음만 먹으면 언제든지 10분이든 20분이든 떠들어댈 수 있다는 것, 그것이 비현실적이라는 것이다.

작가는 앤 자신의 입을 빌거나 앤의 주변인물의 입을 빌어서 앤의 지나치게 말 많음에 대해서 독자한테 이야기한다. 앤의 비현실성에 대한 독자의 문제 제기를 원천 봉쇄하기 위해서 작가가 먼저 그에 대한 문제 제기를 하는 것이다. 이러한 선수 치기는 독자로부터 작가에 대한 믿음을 이끌어낼 수 있다.

작가에 대한 독자의 믿음은 앤에 대한 믿음으로 이어진다. 독자가 앤을 비현실적인 인물로 볼 수 있다는 것을 작가가 너무나 잘 알면서도 독자한테 앤을 소개하는 것은 앤과 같은 어린이가 현실세계에 실제로 존재하기 때문이라고 독자가 믿는다는 것이다.

이미 말한 바와 같이, 《빨간 머리 앤》은 과장에 의한 인물 형상화를 꾀했다. 그리고 과장의 효과를 극대화하기 위한 문학적 장치도 마련했다. 앤을 맞으러 기차역으로 나간 매슈 아저씨는 앤과 대조적으로 말이 거의 없는 사람이었고, 앤이 매슈 아저씨와 함께 살게 된 마릴라 아주머니는 말 많은 아이를 별로 좋아하지 않는 사람이었다.[10]

그런데 작중 인물을 과장하면 과장할수록 그의 리얼리티는 점점 더 약해진다. 작가는 앤과 앤의 주변인물을 통해서 앤이 비현실적인 면이 있는

---

10. 다음은 앤의 첫인상에 대한 마릴라 아주머니의 말이다. "아아, 저애는 진짜 말을 빨리 하더군요. 그 점은 당장에 알아보겠더라고요. 하지만 장점은 아니죠. 난 말 많은 아이를 좋아하지 않아요."(48쪽)

어린이임을 지적했다. 이것은 타자의 비판을 피하기 위한 자아 비판이라 할 만하다. 그러나 이것으로 앤의 비현실성에 대한 독자의 의구심을 모두 누그러뜨릴 수는 없었다. 그래서 《빨간 머리 앤》은 또 다른 장치를 마련했다. 그것은 과장한 것을 원래대로 되돌려 놓는 것이다. 과장의 목적은 이미 충분히 달성한 터, 문제가 될 것은 없었다.

앤은 15살이 되자 많이 달라진다. 그 변화에 대해서 마릴라 아주머니가 이렇게 물었다. "옛날만큼 수다를 떨지 않는구나, 앤. 거창한 말은 절반도 하지 않고. 어떻게 된 거니?"(342쪽) 다음은 이에 대한 앤의 대답이다.

"저도 모르겠어요. 별로 말을 많이 하고 싶지가 않아요. 좋고 예쁜 생각은 보물처럼 가슴에 담아 두는 것이 더 좋아요. 사람들이 그런 생각을 웃어 넘겨 버리거나 이상하게 여기는 것이 싫어요. 그리고 어쩐지 이젠 거창한 말은 쓰고 싶지가 않아요. 제가 그렇게 원하긴 했지만, 이제는 거창한 말을 해도 될 만큼 컸다는 게 참 애석해요. 그렇죠? 어떤 면에서는 큰다는 게 즐거운 일이지만 제가 기대했던 그런 즐거움은 아니에요, 마릴라 아주머니. 배워야 할 것도 많고 할 일도 많고 생각할 것도 많아서 거창한 말을 쓸 여유가 없어요. 게다가 스테이시 선생님은 짧은 말이 더 강하고 낫다고 하셨어요. 수필을 쓸 때는 될 수 있는 대로 간단하게 쓰라고 하세요. 처음엔 그게 어려웠어요. 전 제가 생각할 수 있는 좋고 거창한 말들은 모두 써넣는 습관이 있고, 또 그런 말들이 자꾸만 생각났거든요. 하지만 짧은 말에 익숙해지고 보니 그게 훨씬 낫다는 걸 알게 되었어요."(342-343쪽)

한마디로, 나이가 드니까 수다도 거창한 말도 하고 싶지 않다는 것이다. 앤은 그 까닭도 자세하게 말한다. 어릴 때와 달리, 다른 사람의 평가도 의식하게 되고, 자기 할 일을 챙겨야 하니, 시간을 들여서 거창한 말을 상상해내고 그것으로 수다를 떠는 일에 재미를 느낄 수 없더라는 것이다. 어른의 말인 짧은 말에 익숙해지고, 그래서 짧은 말의 장점도 알게 된 것도 수다를 버리게 된 한 원인이 되었다고 앤은 말한다.

우리는 이 지점에서, 그러니까 앤이 어린이에서 어른으로 넘어가는 시점에서, 개성이 넘치는 특별한 인물에서 어디에서나 볼 수 있는 평범한 인물로 환원되고 있음을 알 수 있다. 마침내 독자는 안도하게 된다. 거창한 말로 수다를 떨어 대는 여자아이는 앤의 어린 시절 한때의 모습에 지나지 않음을 확인할 수 있었기 때문이다.

어린이든 어른이든 언제 어디서나 한결같은 모습을 보이는 것은 아니다. 어느 한때, 어느 한곳, 어느 한 장면에서는 그 자신만의 독특한 모습을 드러낸다. 앤의 경우에는 바로 그 어느 한때가 어린 시절이었던 것이다.

과장은 인물의 개성을 드러내는 한편 인물의 비현실성을 환기시킨다. 이 과장의 문제점을 보완하기 위한 인물 형상화 전략이 바로 환원이다. 환원은 말 그대로 작중 인물을 평범한 인물로 되돌리는 것이다. 그리하여 작중 인물의 특별한 성격이나 행동은 작중 인물의 비현실성에서 비롯된 것이 아니고, 작중 인물의 내면에 잠재되어 있던 것이 특별한 상황에서 활성화된 것에 지나지 않는다는 것을 독자한테 보여 주는 것이다. 즉, 작가는 과장을 통해서 인물의 개성을 구축하고, 환원을 통해서 그 개성을 전형성으로 일반화한다는 것이다.

이러한 환원은 《빨간 머리 앤》에서만 볼 수 있는 것이 아니다. 개성적이면서 전형적인 어린이를 형상화하는 데 성공한 동화에서는 흔히 찾아볼 수 있는 것이다.

삐노끼오를 보라. 수없이 잘못을 저지르고 또 수없이 잘못을 뉘우치는 삐노끼오. 그는 분명 과장된 어린이 주인공이다. 그러던 그가 당나귀가 되는 호된 벌을 받고는 진심으로 뉘우치고 착한 어린이가 된다. 이 또한 과장이다. 그런데 작가는 이 과장 속에 교묘한 환원 장치를 은근슬쩍 끼워 놓았다. 그것은 삐노끼오를 꼭두각시에서 진짜 어린이로 바꾸어 놓는 것이다. 꼭두각시 삐노끼오를 통해서 어린이의 개성을 보여 주고, 진짜 어린이 삐노끼오를 통해서 꼭두각시 삐노끼오의 개성이 어린이의 한때의 특성임을 보여 준다. 작가는 이러한 환원을 통해서 꼭두각시 삐노끼오 또한 어린이의 한 전형임을 독자한테 각인시킬 수 있었다.

한편, 《피터 팬》은 한 작품에서 환원의 있고 없음이 어린이의 개성 또는 전형성의 형상화에 어떠한 영향을 끼치는지 잘 보여 주는 작품이라는 점에서 눈여겨볼 만하다.

다들 아는 바와 같이, 웬디와 그의 일행은 피터 팬을 따라서 네버랜드로 날아간다. 그런데 웬디와 그의 일행은 네버랜드에서 돌아오지만 피터 팬은 거기에 그대로 남는다. 즉, 웬디와 그의 일행은 평범한 어린이로 환원되지만, 피터 팬은 특별한 어린이로 과장된 채 그 속성을 그대로 유지한다는 것이다. 이 결과, 웬디와 그의 일행은 개성적이면서도 전형적인 어린이로 인식되지만, 피터 팬은 개성적인 어린이도 아니고 전형적인 어린이도 아닌 어정쩡한 어린이로 인식된다. 그는 '영원히 어린이로만 살아야 하는 비극적인 어린이'일 뿐이다.

결론

흔히들 동화의 요체는 이야기 그 자체에 있다고 말한다. 동화의 모태라 할 수 있는 옛이야기를 보면 이를 잘 알 수 있다고 말한다. '옛날 옛적에 어떤 사람이' 이 말 한마디로 배경과 인물 설정을 끝내고 곧장 사건을 펼쳐내는 것이 옛이야기라는 것이고, 동화 또한 옛이야기의 그러한 전통을 이어받았다는 것이다.

동화가 옛이야기의 이야기 전통을 이어받은 것은 엄연한 사실이다. 동화의 배경과 인물 설정이 옛이야기보다는 강화되었다고는 하지만 소설의 그것에 비할 바가 아닌 데서 알 수 있듯이, 동화도 옛이야기처럼 사건의 구성에 중점을 두는 것이다. 그런데 옛이야기가 배경과 인물 묘사를 간략하게 처리하는 데는 그만한 까닭이 있었다. 옛이야기는 특정의 시공간이나 특정의 인물과 무관한 사건, 즉 일반적이고 보편적인 사건을 이야기화하는 데 주안점을 두었기 때문이다. 옛이야기가 인물의 형상화에 소홀했다는 것은 올바른 지적이 아니다.

사건은 저절로 전개되는 것이 아니다. 인물의 성격에 따라서 사건이 엮이고 얽히고 풀리는 양상이 달라진다. 따라서 사건을 통해서도 인물의 형상화는 얼마든지 가능하다. 다만, 옛이야기가 사건의 주체로 설정한 인물이 전형적 인물이다 보니 인물보다는 사건이 더 도드라져 보이는 것뿐이다.

동화 또한 사건을 통해서 인물을 형상화한다. 그리고 동화 또한 옛이야기와 마찬가지로 어린이의 전형성 탐색에 깊은 관심을 보인다. 그러나 옛이야기와 똑같은 방법으로 어린이의 전형성을 탐색할 수는 없다. 겉으로 금방 확인할 수 있는 어린이의 전형성은 옛이야기에서 충분히 다루어졌다. 물론 오늘날에도 어린이의 전형성 그 자체를 직접 겨냥하는 동화를 생각할 수 있다. 그런데 그러한 동화는, 〈맨발 벗고 갑니다〉에서 확인한 바 있듯이, '동화로 쓴 어린이 보고서'의 성격을 띨 수밖에 없다. 겉으로 드러난 어린이의 전형성을 옛이야기와 다른 방법으로 형상화하려면 어린이가 주체적으로 이끌어가는 사건을 치밀하고 섬세하게 관찰하는 수밖에 없는데, 이것은 어린이에 관한 과학적 연구의 접근 방식과 그다지 구별되지 않는 것이다.

동화는 옛이야기와 달라야 한다. 그렇다고 해서 어린이의 전형성을 탐색하는 것, 그것을 포기할 수는 없다. 동화 그 자체의 존재 이유를 부정할 수 없다는 것이다. 옛이야기가 겉으로 드러난 전형성을 탐색했으니, 동화는 속으로 감추어진 전형성을 탐색하는 수밖에 없다. 속으로 감추어진 전형성은 누구도 전형성으로 인식하지 못하는 낯선 것이다. 그래서 이것을 처음으로 접하는 사람은 개성으로 인식한다.

개성을 통하여 전형성으로 접근하는 것, 그것이 바로 동화의 인물 형상화 방법이다. 개성으로 보이지만 결국 전형성으로 판가름 나는 것, 그것이 바로 동화 작가만이 구성할 수 있는 어린이의 새로운 미학적 표지다.

동화의 지평 확장을 위한
옛이야기 미학의 수용

들어가며

최근 들어 옛이야기에 기대어 동화의 새로운 길을 모색하려는 시도가 심심찮게 이루어지고 있다. 그런데 그러한 노력은 옛이야기의 모티프를 차용하거나 기법이나 형식을 모방하는 데 그치는 듯하다. 물론 그것도 그 나름의 의미와 가치는 있다. 그러나 그것은 우리가 옛이야기에서 계승해야 할 것 중에서 지극히 작은 것이라는 것도 알아야 한다.

옛이야기의 모티프·기법·형식 등을 옛이야기의 살에 비유한다면, 옛이야기의 이야기 구조는 옛이야기의 뼈에 비유할 만하다. 그런데 옛이야기는 말 그대로 이야기 구조, 특히 사건 중심 이야기 구조의 보고다. 옛이야기가 이와 같은 이야기 구조에 특화된 데는 이유가 있다.

옛이야기는 들려주고 들어 주는 이야기다. 이런 이야기를 향유하거나 전승·전파에 관여하려면 전적으로 기억에 의지해야 한다. 기억하기 좋은 것은 사건이다. 사건 자체의 계기성과 인과성 때문이다. 그런데 사건 하나로 이루어진 이야기는 별로 없다. 몇 개의 사건이 겹치고 얽히게 마련이다. 이런 것은 질서를 잡아야 한다. 그래야 기억하기가 쉽다. 옛이야기는 수많은 시행착오를 통해서 이를 터득했다.

옛이야기는 이야기 구조화 작업을 인류의 역사만큼이나 오랜 세월 동안 해 왔다. 옛이야기에는 사람이 생각할 수 있는 모든 이야기 구조가 다 들어 있다고 해도 과언이 아니다.

동화도 기본적으로 사건 중심의 이야기 구조를 지향한다. 이것은 독자인 어린이의 사유 양식 또는 행동 양식과 밀접하게 관련된다. 어린이는 생각하고 나서 행동하는 것이 아니라 행동하고 나서 생각한다. 어린이는 생각과 행동이 분리되는 것이 아니라 생각이 곧 행동이고 행동이 곧 생각이다. 어린이는 생각조차도 머리가 아닌 몸으로 한다. 이런 어린이를 독자로 상정하는 동화 작가라면 당연히 사건 중심의 이야기 구조에 매달리게 된다. 물론 이에 관한 정보를 얻으려고 옛이야기를 뒤지는 수고쯤은 절대로 아끼지 않는다.

옛이야기의 살과 뼈를 가정했다면, 그것을 살아 움직이게 하는 옛이야기의 정신도 가정해야 한다. 옛이야기의 정신이라 할 만한 것이 바로 옛이야기의 미학이다. 옛이야기의 미학이라는 것이, 말 그대로 옛이야기가 가장 아름답게 생각하는 것 또는 옛이야기가 가장 귀하게 생각하는 것이라면, 그것에 딱 맞는 것은 바로 옛어른의 욕망이다.

하고 싶고 가지고 싶고 되고 싶은 것은 많고 많으나 할 수 있고 가질 수 있고 될 수 있는 것은 하나도 없다시피 한 사람이 바로 옛어른이었다. 그 옛어른의 욕망을 허구적으로나마 충족시키려고 향유했던 것은 다름 아닌 옛이야기였다. 옛이야기의 미학은 한마디로 말해서 욕망의 미학이라 할 만한 것이었다.

그러나 옛이야기의 욕망 미학이 아무리 대단한 것이라 하더라도 그것을 액면 그대로 동화에서 수용할 수는 없는 일이다. 옛이야기 미학의 동화적 변용을 꾀하지 않을 수 없다. 그것은 옛이야기의 욕망 미학을 동화의 욕망 미학으로 승화시키는 작업이라 할 수도 있다. 욕망의 문제는 옛어른에게만 중요했던 것이 아니다. 요즘 어린이한테도 더할 나위 없이 중요하다. 동화 작가가 욕망 미학의 이야기 구조에 관심을 갖는 것은 당연한 일이다. 이 글은 이에 관한 옛이야기의 축적된 정보를 살펴볼 것인데, 이것만 해도 우리는 옛이야기의 창조적 계승에 한 발을 내디뎠다고 말할 수 있다.

옛이야기 미학의 동화적 변용을 시도하는 사람의 입장에서는 옛이야기 부정론이 껄끄럽지 않을 수 없다. 옛이야기가 어린이한테 해가 된다면 옛이야기는 계승할 것이 아니라 폐기해야 하기 때문이다. 이에 대한 정지 작업을 하지 않을 수 없다. 옛이야기 미학의 동화적 변용을 논의하기 전에 옛이야기 긍정론과 부정론을 먼저 검토하는 까닭이 여기에 있다.

옛이야기 긍정론과 부정론의 시사점

1. 옛이야기 긍정론과 부정론의 실체

브루노 베텔하임은 "어린이문학 전체를 통틀어 옛이야기만큼 어린이와 어른 모두에게 충족감을 주는 것은 없다."고 단정한다.[1] 베텔하임은 그 까닭을 여러 가지로 설명한다. 그러나 요점은 다음의 말에 집약되어 있다. 옛이야기는 '어린이의 심리와 감정을 깊이 이해하고' 있는 내용을 담고 있을 뿐만 아니라 '어린이가 완전히 이해할 수 있는 독특한 형식'으로 짜여 있다는 것이다.

---

1. 브루노 베텔하임 지음, 《옛이야기의 매력1》, 김옥순·주옥 옮김, 시공주니어, 1998, 15쪽.

이와는 반대로, 마리아 니콜라예바는 "아동문학사가들이 첫 번째로 저지른 가장 큰 실수는 아동문학의 역사를 전래동화에서 시작한 일이다."라고 말한다.[2] 옛이야기가 결코 어린이문학이 될 수 없음을 이렇게 우회적으로 표현하고 있는 것이다. 그런데 그 까닭을 설명하는 말이 너무 소략하다. 구전 전래동화는 폭력과 아동 학대를 다루는 이야기가 많고 또 구전 문화에 속하는 이야기이기 때문에 어린이문학에 편입시킬 수 없다는 것이 니콜라예바가 한 말의 전부다.

베텔하임의 말처럼, 옛이야기는 어린이도 쉽게 이해할 수 있는 형식으로 짜여 있다. 우리는 그것을 이미 우연의 일치로 설명한 바 있다. 옛이야기는 말의 이야기문학이라서 기억하기 쉬운 형식을 갖추지 않을 수 없었다. 그런데 어른이 기억하기 쉬운 형식은 어린이가 이해하기에도 쉬운 형식이다. 옛이야기가 적어도 형식의 측면에서는 어린이가 전혀 부담을 갖지 않게 된 까닭이 바로 여기에 있었다.

그러나 옛이야기가 어린이의 심리와 감정을 깊이 이해하는 내용을 담고 있다는 베텔하임의 주장은 그의 정신분석학적인 입장을 감안하더라도 우리로서는 고개를 갸우뚱거릴 수밖에 없다. 옛이야기는 옛 어른이 즐겼던 이야기라서 옛 어른의 심리와 감정에 부합하는 내용을 다룰 수밖에 없었기 때문이다.

니콜라예바는 어린이문학에서 옛이야기를 배제하여야 한다면서 두 가지 사실을 지적했다. 하나가 옛이야기의 구술성이었고 다른 하나가 그것의 폭력성과 아동 학대성이다. 앞엣것은 도무지 말이 안 되는 것이다. 어린이문학 또한 말의 문학과 글의 문학을 아우르고 있기 때문이다. 그러나 뒤엣것은 모두 공감하는 바이다.

---

2. 마리아 니콜라예바 지음, 《용의 아이들》, 김서정 옮김, 문학과지성사, 1998, 31쪽.

니콜라예바는 빠뜨렸지만, 옛이야기는 그것의 음란성과 위계성 그리고 성차별성 때문에도 많은 사람의 공격을 받는다. 물론 옛이야기로서는 어쩔 수 없는 측면이 있다. 어른, 그것도 옛 어른의 욕망을 이야기할 수밖에 없었던 것이 옛이야기이기 때문이다. 그런데 이러한 공격적인 비판에 대응할 수 있는 방법을 다름 아닌 옛이야기 바로 그 자체에서 찾을 수 있다는 점을 니콜라예바는 간과했다.

그림 형제가 독일의 옛이야기를 수집하여 책으로 펴내면서 그 제목을 《어린이와 가정을 위한 옛이야기》라 하였다. 그러나 그림 형제는 그 책에 실린 옛이야기를 거듭 거듭 손질할 수밖에 없었다. 책의 제목과는 달리 그 옛이야기는 결코 어린이에게 적합한 이야기가 아니라는 비판에 끊임없이 시달렸기 때문이다.

《알고 보면 무시무시한 그림 동화》[3]라는 책이 있다. 지은이에 따르면, 이 책은 《어린이와 가정을 위한 옛이야기》 초판본의 잔혹하고 거친 표현 방법을 그대로 살리면서 그 안에 감추어져 있는 심층 심리와 그것의 진정한 의미를 학자들의 해석을 참고하여 철저하게 파헤친 것이라 한다. 이 책은 제목 그대로 어린이가 무시무시한 이야기로 느낄 수밖에 없는 이야기로 가득 채워져 있다. 〈백설공주〉만 하더라도 경악할 만하다.

다음은 〈백설공주〉의 내용을 요약한 것이다.

백설공주는 친아버지인 왕과 사랑을 나눈다. 이를 알게 된 왕비는 질투심 때문에 사냥꾼더러 백설공주를 죽이게 하였다. 그러나 백설공주는 사냥꾼의 동정심 덕분에 가까스로 살아나서 일곱 난쟁이의 집으로 찾아든다. 백설공주는 거기서 집안일만 하는 것이 아니었다. 일곱 난쟁이와 돌아

---

3. Kiryu Misao 지음, 이정환 역, 서울문화사, 1999, 개정.

가면서 잠자리도 같이 했다. 아버지와의 근친상간이 그것조차 자연스럽게 여기게 만들었던 것이다.

한편, 사냥꾼이 가져온 산돼지의 간을 백설공주의 간으로 알고 먹었던 왕비는 백설공주가 죽은 것으로 여겼다. 그러나 거울이 백설공주가 살아 있음을 알려 주자 이번에는 자신이 직접 나선다. 딸의 복수가 겁이 났던지라 자신이 완벽하게 처리해야겠다고 생각했던 것이다. 왕비는 세 번의 시도 끝에 백설공주를 죽이는 데 성공한다. 일곱 난쟁이는 백성공주의 시체를 유리관에 넣어 보관했다.

어느 날 이웃 나라의 왕자가 사냥을 하다가 길을 잃고 일곱 난쟁이의 집에 들르게 되었는데, 그는 거기서 유리관에 누워 있는 백설공주를 보게 되었다. 왕자는 백설공주를 손에 넣고 싶었다. 왕자는 병적인 시체 애호가였다. 성적 불능자라서 살아 있는 여자를 사랑할 수 없었던 것이다. 장례 문제로 고심하던 일곱 난쟁이는 백설공주를 왕자에게 넘겨주었다.

하루는 왕자의 시종이 왕자가 없는 틈을 타서 유리관을 열고 백설공주의 몸을 들어 올렸다. 그 순간 등 뒤로 들리는 발소리에 놀라서 시체를 떨어뜨렸는데, 이때 공주의 목에 걸려 있던 독 묻은 사과 조각이 툭 튀어나왔다. 백설공주는 살아났다.

왕자와 결혼한 백설공주는 복수를 하고 싶었다. 그래서 무도회를 열어서 어머니인 왕비를 초대했다. 왕비는 기꺼이 초대에 응했다. 이웃나라의 새 왕비가 자신보다 더 아름다운 사람이라고 거울이 말했기 때문이다. 왕비는 이웃나라에 도착하자마자 붙잡혀 재판을 받았다. 백설공주는 왕비를 고문하라고 명령했다. 불에 새빨갛게 달궈진 쇠구두를 신은 왕비는 정신 없이 뛰다가 마침내 힘없이 쓰러지고 말았다.

초판본 〈백설공주〉에 대한 우리의 상식적인 의문-자신의 친딸을 쫓아

내고 죽이려고까지 한 왕비와, 아름답긴 하지만 그래 봤자 시체에 지나지 않는 백설공주를 첫눈에 사랑하게 되는 이웃나라 왕자에 대한 평범한 독자의 궁금증-에 대한 해답을 상상력으로 마련해 본 이 이야기는 옛이야기가 어린이문학으로서 얼마나 부적절한 것인지를 보여 주는 데는 부족함이 전혀 없다.

그러나 오늘날에도 그림 형제의 옛이야기는 여전히 어린이의 사랑을 받는다. 물론《어린이와 가정을 위한 옛이야기》최종판은 초판본과 많이 다르다. 그리고 최종판에 실려 있는 200여 편의 옛이야기 중에서 오늘날의 어린이책에 포함되는 옛이야기는 12편 정도에 지나지 않는다.[4]

누군가는 이를 내세워 옛이야기가 어린이문학일 수 없음을 주장하기도 한다. 그러나 이와 정반대로 주장할 수 있는 또 다른 이유를 우리는 가지고 있다. 첫째, 옛이야기는 전파와 전승 과정에서 수많은 변이형을 생산하게 되는데, 어린이문학으로 채택되는 옛이야기는 그 변이형 가운데 일부일 뿐이라는 사실이다. 이것은 그림 형제의 개작을 정당화한다.

그림 형제의 개작은 순수한 창작일 수도 있고 단지 또 다른 변이형으로의 교체일 수도 있다. 그러나 어느 쪽이든 상관이 없다. 왜냐하면, 그림 형제가 활동했던 19세기 초반은 옛이야기의 전파와 전승이 여전히 활발하게 이루어지던 시기라서 순수한 창작과 또 다른 변이형으로의 교체를 구분하는 것이 무의미하기 때문이다.

둘째, 어린이문학의 어떤 하위 장르에서도 모든 작품이 책으로 출판되지는 않는다는 사실이다. 이런 점을 염두에 둔다면, 그림 형제의 옛이야기가 200여 편 가운데 12편이나 그것도 아주 오랜 세월 동안 명작 동화의 이름을 붙인 어린이책으로 출판되었다는 것은 매우 놀라운 현상이다.

---

4. 셸던 캐시던,《마녀는 죽었다》, 조무석 외 옮김, 숙명여대출판국, 2002, 12쪽 참고.

2. 옛이야기 긍정론과 부정론의 상관관계

옛이야기는 옛 어른을 위한 이야기였고 오랜 세월의 짓누름도 견뎌 낸 적층문학이었다. 이 두 가지 특성은 밀접한 상관관계가 있다. 여기서 말하는 옛 어른은 특정 시대의 특정의 옛 어른을 가리키는 것이 아니고 세대를 달리하는 수많은 옛 어른을 통칭하는 것이기 때문이다.

옛이야기의 문학성은 오랜 세월 동안 수많은 사람의 시행착오를 거쳐서 확보되었다. 그 시행착오의 유물이 바로 옛이야기의 유형과 각편(또는 변이형)이다. 우리가 알고 있는 특정의 옛이야기는 어느 한 유형에 속하는 어느 한 각편일 뿐이다. 그리고 그 각편은 그 유형의 옛이야기 가운데 가장 세련된 옛이야기로 평가받은 것일 가능성이 꽤 높다. 물론 모두가 그런 것은 아니다. 어떤 유형의 옛이야기에서는 각편마다 그 고유의 의미와 가치를 지닐 수도 있기 때문이다. 옛이야기는 이야기의 실험장이라 할 만하다. 옛이야기의 수많은 유형과 수많은 각편은 인류가 구성할 수 있는 이야기의 총체라 할 만하다는 것이다.

옛이야기의 문학성은 옛이야기 긍정론의 토대가 된다. 어린이는 문학성이 있는 어른문학에 마음을 뺏기는 경우는 있어도 문학성이 없는 어린이문학에 마음을 주는 경우는 없다. 그런데 문학성에서 승부를 걸 것이라면 제재나 주제를 가릴 까닭이 없다. 더욱이 옛이야기는 옛 어른을 위한 이야기가 아니었던가. 옛 어른 또한 요즘 어른과 마찬가지로 성·돈·힘을 욕망의 대상으로 삼았다. 이를 이야기로 엮어 가려면 음란성·폭력성·억압성·위계성의 혐의를 받는 것을 두려워해서는 안 될 것이다. 어쩌면 그러한 것을 오히려 적극적으로 구사하여야 할지도 모른다. 그것은 이야기에 재미를 더해 줄 것이기 때문이다. 이런 점에서 볼 때, 옛이야기 긍정론과 부정론은 동전의 양면과 같은 것이라고 말할 수 있다.

〈나무꾼과 선녀〉 유형에 속하는 옛이야기 몇몇을 살펴보기로 한다. 어떤 연구자가 조사한 바에 따르면, 〈나무꾼과 선녀〉 유형 옛이야기에는 140여 편의 각편이 있다.[5] 그 연구자는 〈나무꾼과 선녀〉 유형 옛이야기를 다시 여섯 가지의 하위 유형으로 분류했는데, 그 가운데 기본형이라 할 만한 것이 '선녀 승천형'이다. 나무꾼과 결혼한 선녀가 나무꾼을 버려둔 채 아이들만 데리고 하늘로 올라가는 것으로 마무리되는 이야기다.

다른 하위 유형은 '선녀 승천형'에서 새로운 삽화를 덧붙이는 방식으로 이야기를 점점 확장해 나간 것이다. '나무꾼 승천형'은 사슴의 도움으로 나무꾼이 하늘로 올라가 선녀와 재회하여 행복하게 살았다는 이야기이고, '나무꾼 천상 시련 극복형'은 나무꾼이 하늘에서 여러 가지 시련을 극복하고 처자와 함께 행복하게 살았다는 이야기이고, '나무꾼 지상 회귀형'은 나무꾼이 지상에 두고 온 가족이 그리워 내려왔다가 금기를 어겨서 죽거나 수탉으로 환생하였다는 이야기이고, '나무꾼 시신 승천형'은 지상에서 죽은 나무꾼의 시신을 선녀가 아들을 시켜 천상으로 옮겨서 장사를 지냈다는 이야기이고, '나무꾼과 선녀 동반 하강형'은 하늘에서 살던 나무꾼 가족이 다시 지상으로 내려와 행복하게 살았다는 이야기이다.

〈나무꾼과 선녀〉 유형 옛이야기를 비판하는 목소리는 대개 그 서두 부분을 문제로 삼는다. 그 요점은 다음과 같다. (가)먹이 사슬의 관계에 놓여 있는 포수와 사슴 사이에서, 나무꾼이 사슴의 목숨을 구하기 위해서 포수를 굶주리게 하는 것은 편파적이다. (나)사슴이 자신의 보은을 위해서 제삼자인 선녀의 운명을 유린하는 방법을 일러 주는 것은 비도덕적이다. (다)나무꾼이 선녀의 의사와 상관없이 날개옷을 빌미로 결혼을 강요하는 것은 여성 억압적이다.

---

5. 배원룡,《나무꾼과 선녀 설화 연구》, 집문당, 1993. 이 글에서 활용하는 '나무꾼과 선녀' 유형 옛이야기에 관한 자료는 모두 이 책에서 끌어온 것임을 미리 밝혀 둔다.

(가)는 별로 문제가 되지 않는다. 약자에 대한 동정심은 그 자체로 정당성을 획득할 수 있기 때문이다. 그러나 (나)와 (다)는 다르다. 그것만 떼 놓고 보면 어린이에게 나쁜 영향을 줄 수 있는 비교육적인 것이기 때문이다.

'선녀 승천형'은 어린이문학의 입장에서 볼 때 가장 권장할 만한 이야기 유형으로 보인다. 사슴은 나무꾼에게 선녀와 결혼할 수 있는 위계를 일러 주었고, 나무꾼은 그 위계를 실행에 옮겼다. 그 결과, 선녀는 원치 않는 결혼을 하여야 했고 또 그만큼 불행해졌다. 이에 대한 어린이문학적 대응은 선녀 또한 위계를 써서 가능한 최대의 원상회복을 꾀하는 것이다. 결혼과 출산까지 없었던 일로 할 수는 없지만 결혼 상태를 깨뜨릴 수는 있을 것이다. 과연, 우리의 선녀는 나무꾼에게 거짓말을 하여 날개옷을 얻은 후에 아이들만 데리고 하늘로 올라가 버린다.

'선녀 승천형'보다 더 적극적인 방법으로 선녀가 나무꾼에게 대응하는 것도 있다. '나무꾼 추락형'이라 할 만한 것이 바로 그것이다. (배원룡은 이를 '나무꾼 승천형'에 포함시켰다.) 선녀가 하늘로 올라가 버리자, 나무꾼은 다시 사슴을 찾아가서 도움을 청한다. 사슴은 하늘에서 물을 길으려고 내려보내는 두레박을 타고 하늘로 올라가라고 일러 준다. 그런데 두레박을 타고 하늘로 올라가던 나무꾼은 두레박과 함께 떨어져 그 자리에서 죽는다. 하늘에서 지켜보던 선녀가 두레박의 줄을 끊어 버렸던 것이다.

'나무꾼 추락형'이 함축하고 있는 의미는 '선녀 승천형'의 그것보다 훨씬 복합적이다. 겉으로 보면, 나무꾼은 선녀의 보복에 의해서 죽음을 맞이한 것이 된다. 그러나 그 속을 들여다보면 이와는 다른 뜻을 찾아낼 수 있다. 즉, 나무꾼은 자신의 분별없는 욕망의 덫에 치였다는 것이다.

하늘로 올라가 버린 선녀와 재결합하기 위해서는 일단 하늘을 침범해야 하고 선녀를 또 다시 제압할 수 있는 방편을 마련하여야 한다. 이것은 땅의 주민인 나무꾼이 마음에 품을 만한 욕망이 결코 아닌 것이다. 옛이야기는 우리의 모든 욕망을 긍정한다. 그러나 그 욕망에 대한 책임은 철저하게 묻는다. 나무꾼은 죽음은 그래서 당연한 것이다.

'선녀 승천형'과 '나무꾼 추락형'의 결말은 (나)와 (다)의 문제 제기에 대한 응답으로는 꽤 그럴 듯한 것이었다. 사실, 이와 같은 결말이 있음으로 해서 (나)와 (다)의 가치가 돋보이게 되었다. 우리는 여기서 옛이야기 부정론의 실마리가 될 법한 것이 옛이야기 긍정론의 실마리로 자리매김 될 수 있음을 확인할 수 있다. 그러나 나머지 유형에서는 (나)와 (다)는 그 비교육적 성격이 끝까지 그대로 유지되기 때문에 옛이야기 부정론의 빌미가 된다.

'나무꾼 승천형'은 얼토당토않다. 나무꾼을 버리고 하늘로 올라간 선녀가 하늘로 올라온 나무꾼을 반겼단다. 이와 같은 이야기 전개는 인물의 일관성을 완전히 무시한 것이다.

'나무꾼 천상 시련 극복형'은 한술 더 뜬다. 이 유형에 속하는 어떤 각 편에서는 나무꾼이 옥황상제와 목 베기 시합을 한다. 그런데 선녀는 나무꾼을 돕는다. 결과는 참담하다. 목이 떨어져서 죽는 것은 옥황상제였던 것이다.

'나무꾼 시신 승천형'에서는 서사 논리가 일관성을 상실했다. 나무꾼은 이미 통과 제의를 거쳐서 하늘나라의 주민으로 거듭난 터였다. 그런데도 새로운 금기를 부여받았을 뿐만 아니라, 그 금기까지 위반하여 하늘로 올라가지 못하는 일을 겪게 만든다. 어색한 장면은 계속된다. 살아 있을 때는 하늘로 올라가지 못했던 나무꾼이 시신이 되어서는 아주 손쉽게 하늘로 올라간다.

서사 논리의 일관성이 결여된 것은 '나무꾼과 선녀 동반 하강형'도 마찬가지이다. 나무꾼이 싫어서 하늘로 올라갔던 선녀가 나무꾼과 함께 살기 위해서 땅으로 내려왔으니 말이다.

우리는 '나무꾼과 선녀' 유형의 옛이야기에서 다음과 같은 사실을 알수 있었다. 옛이야기라고 해서 모두 문학성을 획득한 것은 아니라는 것, 옛이야기는 각편에 따라서 문학성의 획득 정도가 상당히 다르다는 것, 문학성을 획득한 옛이야기에서는 옛이야기 부정론의 근거가 되는 내용 요소도 옛이야기 긍정론의 근거로 탈바꿈 시킬 수 있다는 것이다.

3. 옛이야기 긍정론과 부정론의 동화 창작 방법론적 함의

옛이야기는 옛 어른이 즐겼던 이야기라서 옛 어른의 욕망인 성·돈·힘을 이야깃거리로 다룰 수밖에 없었고, 그 결과 음란성·폭력성·위계성의 혐의를 받을 수밖에 없는 내용 요소를 포함하게 되었다.

그뿐이 아니다. 옛 어른이 삶을 영위했던 시대에는 세계의 중심에 남자 어른이 있었다. 옛이야기도 그 시대상을 반영할 수밖에 없는 일이다. 그 결과, 옛이야기는 성차별성과 어린이 억압성까지 이야기 속에 내포하게 되었다.

이와 같은 것은 분명 옛이야기 부정론의 빌미가 될 수 있다. 그런데도 옛이야기 긍정론이 힘을 잃지 않는 데는 그만한 까닭이 있다. 욕망의 촉발과 충족 그 자체를 삶의 위기이자 기회로 간주하는 욕망의 미학 때문이다.

옛이야기는 일단 옛 어른의 모든 욕망을 긍정한다. 욕망을 촉발시키는 것도 긍정하고 촉발된 욕망을 충족시키는 것도 긍정한다. 옛이야기 부정론의 빌미는 바로 이 지점에서 생성된다.

그러나 옛이야기는 옛 어른에게 욕망 주체로서의 책임을 철저하게 묻는다. 욕망 때문에 행복해질 수도 있지만 불행해질 수도 있음을 이야기속에서 충분히 깨닫게 만든다는 것이다. 이것은 욕망 주체와 욕망 대상의 대결 과정에서 구체화된다. 옛이야기 긍정론은 이 지점에서 활기를 띤다.

우리는 여기에서 옛이야기 긍정론과 부정론에서 공통적으로 배울 수 있는 동화 창작 방법을 생각해 볼 수 있다. 그것은, 옛이야기가 옛 어른의 욕망을 이야깃거리로 삼았듯이, 동화는 요즘 어린이의 욕망을 이야깃거리로 삼아야 한다는 것이다. (물론 요즘 어른의 욕망 또한 이야깃거리로 삼을 수 있다. 단, 그것은 요즘 어린이가 수용할 수 있고 수용할 가치가 있는 것이어야 한다.)

이를 위해서는 무엇보다도 먼저 어린이의 진정한 욕망이 무엇인지를 깊이 있게 탐색하여야 한다. 이때, 그것의 부정적인 측면을 미리 염려하는 것은 옳지 못하다. 동화에서도 옛이야기와 마찬가지로 어린이의 모든 욕망을 긍정하여야 한다는 것이다. 그렇지 않으면 동화가 어린이의 욕망을 오히려 억압한다는 비난을 받게 될 것이다.

어린이의 모든 욕망을 긍정하게 되면 어린이와 관련한 다양한 문제 제기가 가능해진다. 그러나 문제 해결은 욕망 주체와 욕망 대상의 대결에 맡겨야 한다. 즉, 작가가 인위적으로 개입해서는 안 된다는 것이다. 작가의 할 일은 한 가지밖에 없다. 충족되게 되어 있는 욕망은 충족되게 하여야 할 것이고 충족될 수 없게 되어 있는 욕망은 충족되지 않게 하는 것이다. 어린이 독자는 이렇게 배려하는 것이다.

이와 같은 열린 문제 제기와 닫힌 문제 해결을 지향하는 동화라야, 어린이 독자가 자신의 욕망과 관련한 문제적 상황을 작중 인물을 통해서 대리 체험하는 것이 가능해진다. 동화가 옛이야기에서 배울 수 있는 것은, 그리고 배워야 할 것은 이렇게 근본적인 것이다.

옛이야기 미학의 동화적 변용

1. 어린이의 욕망 탐색

옛이야기의 미학은 욕망의 미학이라 할 만하다. 욕망에 대해서 이야기한 것이 어찌 옛이야기뿐이겠는가. 그런데도 옛이야기를 특별히 지목하여 욕망의 미학을 운운하는 데는 다음과 같은 까닭이 있기 때문이다. 첫째, 옛이야기는 옛 어른의 모든 욕망을 존중했다. 둘째, 옛이야기는 욕망충족을 위한 옛 어른의 모든 수단과 방법을 정당화했다. 셋째, 옛이야기는 옛 어른에게 자기 욕망에 대한 책임을 철저하게 물었다. (이러한 명제는 상세한 뒷받침 논의가 필요한 것이다. 그러나 여기에서는 그냥 건너뛸 수밖에 없다. 이미 다른 글에서 충분히 다룬 바 있기 때문이다.)[6]

동화가 옛이야기에서 가장 먼저 배워야 할 것이 바로 이 욕망의 미학이다. 물론 옛이야기의 미학을 동화에 그대로 적용할 수 있을지는 따로 따져 볼 일이다. 옛이야기에서 말하는 욕망은 옛 어른, 곧 어른의 욕망이기 때문이다. 과연, 동화 또한 어린이의 모든 욕망을 존중하여야 하는 것일까. 정말, 동화 또한 욕망 충족을 위한 어린이의 모든 수단과 방법을 정당화하여야 하는 것일까. 이런 의문을 제기할 수 있다. 이에 대한 나의 답은 '그렇다'이다.

동화는 어린이를 위한 이야기라 하였다. 그런데 어른은 어린이가 원하는 방식으로 어린이를 위하는 것이 아니라 어른 자신이 원하는 방식으로 어린이를 위한다. 어린이가 원하는 것이 어린이 자신에게 해로운 것이 될 수 있다는 이유 때문이다. 그러나 그런 논리에 기댄다면 반대 의견도 쉽

---

6. 옛이야기의 '욕망과 욕망의 문제적 상황'과 관련한 이런저런 논의는 이지호, 《옛이야기와 어린이문학》, 집문당, 2006, 참고.

게 피력할 수 있다. 어른이 원하는 방식대로 어린이를 위하는 것이 반드시 어린이에게 이로우리라는 법도 없지 않은가, 하고 말이다.

이러한 딜레마를 해결할 수 있는 방법이 있다. 그것은 어린이 스스로 자신을 위할 수 있게 어른이 도와주는 것이다. 다시 말해서, 어린이가 자기 욕망의 진정한 주체로 바로 설 수 있도록 어른이 한 걸음 뒤로 물러서서 지켜봐 주는 것이다. 어린이의 욕망 또는 어린이의 욕망 충족 노력이 어린이 자신을 해치게 되는 경우도 있을 수 있다. 그러나 그것이 문제가 되지 않는다. 우리가 이야기하고 있는 것은 동화 속의 허구 세계를 전제로 한 것이기 때문이다.

동화 속의 어린이가 자기 욕망의 진정한 주체가 된다면, 자기 욕망이 자신에게 위기를 초래할 수도 있고 기회를 안겨 줄 수도 있다는 것을 금방 알게 된다. 물론 그러한 작중 인물을 지켜보는 어린이 독자 또한 그러한 사실을 금방 알게 된다. 우리도 여기에서 알게 되는 것이 있다. 작가가 동화를 통해서 어린이의 욕망 그 자체를 통제하려고 하거나 그 욕망의 충족 여부에 영향을 끼치려고 애를 쓰는 것은 무의미한 일이라는 것이다. 작가가 힘을 기울여야 할 것은 따로 있다. 그것은 욕망이 위기이자 기회로 작용하는 이야기 구조를 생성하는 것이다.

아직도 많은 동화는 어린이의 욕망을 이야기하기보다는 어린이에 대한 어른의 욕망을 이야기한다. 흥미롭게도, 어린이에 대한 어른의 욕망을 이야기하는 동화의 원형을 우리는 지혜로운 어린이가 주인공으로 활약하는 옛이야기에서 찾을 수 있다. 옛이야기 속의 지혜로운 어린이는 이 세상의 그 어떤 어른보다도 더 지혜롭다. 당연히, 그러한 어린이는 현실의 어린이와는 거리가 멀다. 어린이에 대한 어른의 욕망, 즉 어른보다 더 어른스러운 어린이를 이상적인 어린이로 제시하려는 옛 어른의 욕망에서 태어난 관념적인 어린이니, 그럴 수밖에 없는 것이다.

물론 옛이야기에서는 그러한 어린이의 욕망은 빠짐없이 모두 가볍게 충족된다. 그 어린이의 욕망은 그 어린이에 대한 어른의 욕망을 함축하고 있기 때문이다. 이는 결코 동화가 지향할 바가 못 된다. 옛이야기를 통해서 동화의 지평을 확대하고자 할 때 경계하여야 할 것이 바로 이것이다.

《밥데기 죽데기》는 옛이야기의 분위기를 잔뜩 풍기는 동화다. 백일 동안 기도하여 사람으로 변신한 늑대 할머니, 삶은 달걀을 똥통에 담갔다가 깨끗한 개울물에 담가서 사람으로 태어나게 한 밥데기와 죽데기, 그리고 늑대 할머니와 비슷한 방법으로 사람이 되었다는 황새 아저씨. 이와 같은 작중 인물의 환상성이 옛이야기를 환기시켜 주지만, 옛이야기 특유의 치밀한 이야기 논리는 찾아보기 어려운 동화다.

늑대 할머니는 자신의 남편과 아이들을 죽인 포수에게 원수를 갚기 위해서 밥데기와 죽데기를 만들어 내었다. "할머니 원수를 왜 우리가 갚아야 하는 거예요?"[8] 이것은 동화 속의 밥데기와 죽데기의 항변이지만 이 작품의 메시지에 대한 독자의 항변이기도 하다. 그러나 밥데기와 죽데기의 항변은 금세 힘을 잃어버린다. "내 원수는 너희 원수도 되고 이 세상 모든 짐승들의 원수도 되는 거"[9]라는 데 더 이상 무슨 말을 하겠는가.

《밥데기 죽데기》는 밥데기와 죽데기의 욕망은 가볍게 무시한다. 그들의 욕망은 오로지 늑대 할머니를 비롯한 이 세상 모든 생명체의 욕망과 부합할 때 비로소 의미 있는 욕망이 된단다. 작가의 이런 발상은 우리에게는 끔찍한 것이지만 그 자신한테는 자연스러웠던 모양이다. 그렇지 않고서야, 어린이의 탄생까지도 어른의 욕망을 충족시키는 수단과 방법의

---

7. 권정생, 바오로딸, 1999.
8. 위의 책, 19쪽.
9. 위의 책, 20쪽.

측면에서 그 의미를 부여했겠는가.

밥데기와 죽데기가 욕망 주체로서의 어린이의 지위를 스스로 포기하는 순간, 《밥데기 죽데기》를 읽는 어린이 독자는 늑대 할머니의 가면을 쓴 어른 작가의 욕망에 그대로 노출된다. 어린이와 어른 함께 주인공으로 활약하는 작품에서 어린이가 어린이의 정체성을 상실하게 되면, 어린이와 어른의 대립 관계는 저절로 소멸할 수밖에 없다. 그러한 동화에서는 작가의 메시지는 도드라지지만 그 메시지를 담아내는 개별 사건 또는 개별 사건 상호 간의 이야기 논리는 그만큼 엉성해진다.

《밥데기 죽데기》는 늑대와 포수의 원한 관계를 실마리로 하여 우리 민족의 수난사를 종횡으로 들춘다. 늑대를 죽인 포수에 대한 이야기가 그 포수에게 사냥을 강요했던 일본군과 미군에 대한 이야기로 넘어가더니, 그들과 결코 무관하지 않을 6·25 전쟁 이야기로 향한다. 그리고 다시 포수를 매개로 하여 일본군과 미군의 또 다른 피해자인 원자탄 피폭자와 정신대 할머니에 관한 이야기로 뻗어간다. 이쯤 되면, 남북 분단까지 화제로 오르지 않을 수 없다.

《밥데기 죽데기》는 170쪽 분량의 장편동화다. 쪽수가 그리 많다 할 수 없다. 그런데 담고 있는 이야기는 하나같이 굵직굵직하다. 설명이나 주장을 주조로 삼지 않을 수 없다. 구체적 형상화라는 것이 실종될 수밖에 없는 운명을 타고난 동화라 하지 않을 수 없다.

이 동화의 끝은 남북통일과 그것을 통한 세계 평화에 대한 염원으로 채워져 있다. 그런데 그것은 이 동화의 처음만큼이나 희화적인 것이다. 늑대 할머니는 마지막 생명을 살라서 똥을 금가루 같고 꽃가루 같은 생명 가루로 만든다. 그것은 달걀에서 병아리가 태어나게 하고, 남북을 갈라놓은 철조망이 녹아내리게 하고, 남북을 서로 겨누고 있던 갖가지 무기까지 녹아내리게 하였다. 이것은 작가의 꿈일 뿐이다. 《밥데기 죽데기》의 메시지는 이처럼 곧잘 꿈으로 몸 바꿈을 하기도 한다. 그러나 그것은 이야기의 씨앗이 될 수는 있을지언정 이야기의 열매가 될 수는 없는 것이다.

동화의 지평을 확대하기 위한 선결 과제로 어린이의 욕망 탐색을 제안하는 것은 쉬운 일이다. 그러나 정작 어린이의 욕망이 무엇인지 또 어떠한 것인지를 말하기는 참 난감하다. 어린이의 욕망에 대해서 우리가 아는 바가 그다지 많지 않기 때문이리라. 그렇다고 해서 어린이의 욕망과 관련한 어린이 심리학 또는 어린이 철학의 연구 성과를 마냥 기다리고 있을 수만은 없다. 우리 나름의 문학적 해결 방법을 모색하여야 한다.

어린이의 욕망과 어른의 욕망, 이 둘을 선명하게 구별하는 것은 사실상 불가능하다. 범주의 차이보다는 정도의 차이가 더 두드러질 것이기 때문이다. 예컨대, 어린이는 일도 놀이처럼 하고 어른은 놀이도 일처럼 하는 경향이 있다. 그렇다고 해서 어린이가 일에 대한 욕망이 전혀 없다 할 수 없고 어른이 놀이에 대한 욕망이 전혀 없다 할 수 없다. 그렇다면, 작가는 어린이 고유의 욕망은 그것대로 탐색하고 어른의 욕망을 어린이가 수용할 수 있는 방법도 탐색할 필요가 있다. 어린이가 주체적으로 제어할 수 있는 욕망이라면 그것이 어린이 고유의 욕망이든 어른의 욕망이든 문제가 되지 않기 때문이다.

2. 욕망의 문제적 상황 설정 및 그 재귀적 해소

《마당을 나온 암탉》[10]이 옛이야기의 영향을 받았다는 증거는 아무 데도 없다. 그러나 이 작품만큼 옛이야기의 미학을 제대로 구현하고 있는 것도 드물다. 우리는 그 까닭을 욕망의 문제적 상황 설정과 그 재귀적 해소라는 측면에서 간명하게 설명할 수 있다.

---

10. 황선미 글, 김환영 그림, 사계절, 2000.

이 작품의 주인공은 이름이 잎싹인 암탉이다. 잎싹은 자신의 알을 품어서 병아리를 까고 싶어 한다. 일반적인 경우라면 이것은 지극히 평범한 욕망이 된다. 그러나 잎싹은 알을 낳을 수는 있지만 품어서 병아리를 깔 수는 없는 형편에 처해 있는 양계장의 난용종 닭이다. 그래서 그 욕망은 웬만해서는 충족시킬 수 없는 아주 특별한 욕망이 된다.

욕망은 충족 가능한 것일 때 그 욕망 주체에게 생기를 불어넣는다. 그러나 충족 불가능한 욕망은 오히려 그 욕망 주체를 병들게 한다. 그래서 욕망은 욕망 주체에게는 삶을 고양시킬 수 있는 기회가 되기도 하고 삶을 저상시킬 수 있는 위기가 되기도 한다고 말하는 것이다. 이처럼 욕망은 위기이자 기회인 상황을 구성하게 되는데, 우리는 이를 욕망의 문제적 상황이라 일컫는다. 옛이야기는 이와 같은 문제적 상황을 통해서 옛 어른에게 자기 욕망에 대한 책임을 물었다.

옛이야기는 대개 욕망의 문제적 상황에서 이야기를 구성한다. 〈젊어지는 샘물〉은 젊어지고자 하는 욕망 때문에 아예 아기가 되어 버린 할머니를 보여 주고, 〈혹부리영감〉은 혹을 떼려는 욕망 때문에 오히려 혹을 하나 더 붙이는 할아버지를 보여 주고, 〈이상한 맷돌〉은 부자가 되려는 욕망 때문에 맷돌에서 쏟아져 나온 돈더미에 깔려 죽는 사내를 보여 준다.

그러나 우리는 이미 잘 알고 있다. 〈젊어지는 샘물〉의 할아버지는 훤칠한 젊은 청년이 되었고, 〈혹부리영감〉의 첫 번째 영감은 혹도 떼었을 뿐만 아니라 도깨비 방망이까지 손에 넣었고, 〈이상한 맷돌〉의 또 다른 사내는 평생 돈 걱정 없이 잘 살게 되었다는 것을.

모든 옛이야기가 이처럼 위기이자 기회인 문제적 상황을 구성하는 것은 물론 아니다. 욕망의 충족 여부를 타고난 운명으로 결정하는 것도 적지 않다. 이와 같은 욕망의 운명적 상황은 이야기 자체의 내적 논리를 아무 소용이 없도록 만드는 것이므로 동화에서는 적극적으로 회피하여야 한다.

《해를 삼킨 아이들》[11]은 11편의 연작 동화인데, 주인공들이 서로 인척 관계로 묶여 있다. 누군가는 이 동화를 옛이야기와 역사를 함께 패러디한 동화라 하였다. 이 동화에서 옛이야기와 역사의 흔적은 쉽게 찾을 수 있다. 주인공의 이름을 옛이야기의 주인공에서 따다 썼고, 이야깃거리를 역사적 사실에서 끌어왔다. 그러나 그뿐이다. 그런데도 이 동화에 대해서 패러디 운운할 수 있는 것인지, 나로서는 잘 판단이 서지 않는다.

그런데《해를 삼킨 아이들》의 연작 동화는 그 주인공이 하나 같이 운명적 상황 속에 놓여 있다는 특징을 지니고 있다. 즉, 그들은 그렇게 하도록(또는 그렇게 되도록) 되어 있기 때문에 그렇게 하는(또는 그렇게 되는) 것으로 보인다는 것이다.

첫 번째 동화 〈애기장수 큰이〉는 힘이 장사인 큰이가 임금에게 산삼을 바치려고 서울로 갔다가 서양 사람과 일본 군인을 혼내 주었다는 이야기다. 맨손으로 총을 이기는 것이 가능할까, 하는 독자의 의문에 작가는 이렇게 답하는 듯하다. 힘이 장사니까.

이쯤 되면 이 동화에 대해서 이야기의 내적 논리를 문제 삼는 것 자체가 우스워진다. 그런데 그렇게 해서라도 서양 사람과 일본 군인을 혼내 주고 싶었던 까닭이 무엇일까. 궁금해진다. 어쨌든, 작가는 작중 상황을 인위적으로 조작했다. 옛이야기에도 이런 것이 있긴 하다. 문제적 상황이 아닌 운명적 상황에 의존하는 옛이야기도 있다는 것이다.

다시《마당을 나온 암탉》으로 돌아가자. 잎싹은 자신의 욕망을 충족시키기 위해서 일단 양계장을 벗어나야 했다. 그러나 그렇게 될 가능성은 거의 없었다. 잎싹은 낙담했다. 그리고 입맛을 잃었다. 알을 낳고 싶은 마음도 없어졌다. 자신의 알을 낳아서 품고 싶다는 욕망 때문에 알을 낳고

---

11. 김기정 글, 김환영 그림, 창비, 2004.

싶은 욕망조차 잃어버리게 되었던 것이다. 그러다가 잎싹은 아예 알을 낳지 못하게 되었다.

알을 낳지 못하는 암탉은 양계장에서는 아무 쓸모가 없는 법. 잎싹은 마침내 폐계로 처리되었다. 위기가 기회로, 기회가 다시 위기로 넘어가는 순간이었다. 양계장에서 빠져나올 수 있었으니 기회였고, 잎싹을 기다리는 것은 도살이었으니 위기였다. 이 위기는 다시 한 번 기회로 바뀐다. 잎싹이 병들었다고 생각한 양계장 주인이 그를 쓰레기장에 버렸던 것이다. 살고 싶지 않아 굶었기에 살아날 수 있었던 것이다.

잎싹은 자신의 알을 품고 싶어 했다. 그러려면 양계장의 철장에서 나와야 했다. 그런데 양계장의 철장을 벗어나려면 알을 낳을 수 없어야 했다. 잎싹은 결국 그렇게 되었다. 알을 낳을 수는 있지만 품을 수 없었던 철장 속의 잎싹. 그리고 알을 품을 수는 있지만 알을 낳을 수는 없게 된 철장 밖의 잎싹. 어느 잎싹이 행복할까. 이 질문은 잎싹의 욕망이 잎싹을 행복하게 만들었나 아니면 불행하게 만들었나 하는 질문과도 통한다. 그러나 여기에서 우리는 어떤 대답도 할 수 없다. 잎싹은 얻은 만큼 잃었고 잃은 만큼 얻었으니 말이다.

잎싹은 마침내 자기 욕망의 진정한 주체로 거듭날 수 있었다. 그는 새로운 욕망을 가졌고, 그 새로운 욕망은 그 자신을 좀 더 성숙하게 만들었다. 그것은, 자신의 알이 아닌, 자기 종족의 알이 아닌, 청둥오리의 알을 어미를 대신하여 품어 주겠다는 욕망이었다. 새끼에 대한 내리사랑의 욕망이 종족의 벽을 넘어서는 순간이었다.

잎싹의 욕망은 여기에 그치지 않았다. 굶주린 새끼의 배를 채워 주라고 족제비에게 자신의 목숨을 내놓기까지 했다. 이것은 새끼에 대한 내리사랑의 욕망이 종족의 벽을 넘어서게 되면 삶과 죽음의 벽까지도 가볍게 넘어설 수 있음을 보여 준다.

《마당을 나온 암탉》은 욕망에 의한 문제적 상황을 설정하면서 이야기를 시작하고 그 문제적 상황을 해소하면서 이야기를 매듭지었다. 이것은 옛이야기의 이야기 방식과 그 맥을 같이 하는 것이다.

문제적 상황이라는 것은 위기일 수도 있고 기회일 수도 있는 상황이라 한 바 있다. 위기일 수도 있고 기회일 수도 있는 것이라면, 위기였던 것도 기회로 전환될 수 있고 기회였던 것도 위기로 반전될 수 있는 것이다. 이러한 까닭에, 문제적 상황은 스스로 그 상황을 해소할 수 있는 장치를 그 안에 감추어 두고 있다고 말할 수 있다. 우리는 이를 가리켜 문제적 상황의 재귀적 해소라 일컫는다.

모든 문제적 상황이 재귀적으로 해소될 수 있는 것은 아니다. 욕망 주체의 역량이 관건이 된다. 위기에서 기회의 싹을 찾아낼 수 없는 주인공이라면 또 기회에서 위기의 뿌리를 잘라낼 수 없는 주인공이라면 문제적 상황은 그대로 유지될 수밖에 없다. 옛이야기는 이를 통하여 욕망 주체에게 자신의 욕망에 대한 책임을 묻는다. 이것이 바로 옛이야기 특유의 교훈 구성 전략이다.

옛이야기 미학의 동화적 변용에서 기대하는 것은 세 가지다. 하나는 어린이를 독립적이고 자율적인 욕망 주체로 자리매김하는 것이고, 다른 하나는 어린이의 진정한 욕망을 포착하는 것이고, 마지막 하나는 어린이의 성장을 꾀할 수 있는 욕망의 이야기 구조를 창안하는 것이다. 이 셋은 맞물려 있어 취사 선택할 수 있는 것이 아니다. 역으로 생각하면 오히려 다행이다. 하나를 제대로 구현하면 나머지 둘은 저절로 구현될 테니까.

3. 말의 표현 방식 활용

우리는, 옛이야기가 옛 어른의 욕망을 존중하는 데 착안하여 동화 또한 어린이의 욕망을 존중하여야 한다는 제안을 하였다. 그것은 어린이의 고유 욕망을 탐색하거나 어른의 욕망을 어린이가 주체적으로 내면화하는 방향에서 구체화될 수 있음도 함께 밝혔다.

그리고 옛이야기가 욕망의 문제적 상황과 그것의 재귀적 해소를 통해서 이야기의 내용이 되는 사건을 구성한다는 데 주목하였다. 이와 함께 옛이야기는 욕망의 문제적 상황을 통해서 욕망 주체의 자기 책임성을 철저하게 환기시킨다는 것도 강조한 바 있다. 욕망 그 자체를 직접 통제하지 않으면서도 욕망과 관련한 교훈을 독자에게 충분하게 전달할 수 있는 이야기 전략은 동화가 매력을 느낄 만한 것이다.

옛이야기에서 마지막으로 배울 만한 것은 말의 표현 방식이다. 옛이야기는 말로 이야기를 들려주고, 동화는 글로 이야기를 읽게 한다. 다 알고 있듯이, 말은 음성으로 전달하고 글은 문자로 전달한다. 음성과 문자는 그 성질이 서로 달라서 그것을 부리는 방법도 서로 다를 수밖에 없다. 이 때문에 말과 글은 그 고유의 표현 방식을 발전시키게 되었다. 동화가 따라야 하는 것은 글의 표현 방식이다. 그러나 때로는 말의 표현 방식을 활용하여 표현의 지평을 확장할 필요도 있다.

말의 표현 방식을 활용하는 첫 번째 방식은 글투를 말투로 바꾸는 것이다. 그런데 글의 문학 장르인 동화가 말투의 표현 방식에 지나치게 의존하면 오히려 역효과를 볼 수 있으니 주의하여야 한다. 다음을 보라.

젊었을 때, 나는 구례에서도 큰 산을 두 개나 넘어야 허는 산골에 살았어. 마을 어귀에는 섬진강 큰 물줄기가 흐르고 있었제. 지금도 그 산이며 강이 눈에 선허구먼.

옛날에는 애기를 낳아도, 어려서 많이 죽었어야. 병에 걸려 죽기도 허고, 배를 곯다 죽기도 허고, 어떤 때는 짐승한티 물려 가기도 혔제.

인용글은 《강마을에 한번 와 볼라요?》[12]의 첫머리다. 보다시피, 이것은 전라도 사투리를 진하게 쓰는 어른의 말투로 되어 있다. 이 동화는 이 말투로 동화를 처음부터 끝까지 이끌어간다. 쪽수로는 그 길이가 170쪽에 이른다. 작중 인물이기도 한 서술자의 말이 이렇다.

작가가 전라도 사투리를 쓰는 어른을 서술자로 내세운 데는 그만한 까닭이 있었을 것이다. 구수한 입담을 선보이고 싶었을 수도 있고, 토속적인 분위기를 자아내고 싶었을 수도 있다. 그런데 어린이 독자로서는 그러한 언어적 효과를 즐길 여유가 없다. 서술자의 말투 자체를 감당하는 것만 해도 힘겹기 때문이다.

사실, 어른인 나도 짜증스러웠다. 전라도 사투리에 익숙하지 않으니, 한 번 읽는 것도 신경이 곤두섰다. 거기에다가, 의미 파악을 위해서 몇 번이고 거듭 읽어야 하는 대목도 자주 마주치게 되니, 그럴 수밖에.

말의 표현 방식을 활용하는 두 번째 방식은 말의 화법을 글에 적용하는 것이다. 이에 관한 흥미로운 예를 본 적이 있다. 다음을 보라.

멀고 먼 옛날에 하늘나라 대왕이시고, 하늘의 법을 이끌고, 하늘과 땅과 인간 세계를 다스리는 옥황상제에게 아들이 하나 있었어. 그런데 이 아들이 말은 안 듣고 자꾸 골치 아픈 일만 벌이는 거야. 무슨 일을 저질렀는지는 몰라.

삼천 년에 한 번씩 열리는 반도복숭아를 몰래 팔아먹었거나 벼락을 훔쳐 제멋대로 쏘아 댔을 수도 있고, 공부 안 하고 선녀들 꽁무니만 따라다녔거나 날씨를 책임지는 대신들 방에 몰래 들어가 엉뚱하게도 아프리카에 함박눈을 펑펑 내리게 했을 수도 있겠지. 혹 그런 일을 모두 다 했는지도 모르고.

12. 고재은 글, 양상용 그림, 문학동네어린이, 2004.

그렇게 철부지 같은 짓을 한 게 아닐 수도 있겠지.[13]

밑줄 친 부분을 보라. 옥황상제의 아들이 골치 아픈 일을 저질렀단다. 그런데 그것이 무슨 일인지 모른다고 딱 잡아뗀다. 그러다가 서술자는 한 걸음 물러서서 그 골치 아픈 일이 이러저러한 일이 아니겠느냐고 제멋대로 주절거린다. 좀 켕기는 바 있었는지, 자신의 지레짐작을 스스로 부정한다. 설마 그런 철부지 짓을 했을라고 하면서.

이와 같은 화법은 우리 일상 대화에서도 흔히 볼 수 있다. 말을 통해서 정보를 전달 받을 때 우리는 그 정보를 구조 중심으로 재조직하여 기억하게 된다. 그래서 그 정보의 주변부에 해당하는 세부 정보에 대해서는 잘 기억하지 못한다. 말에서 추측의 화법을 자주 구사하게 되는 것도 이 때문이다. 추측의 말은 신빙성이 떨어진다. 따라서 말에서는 번복도 자주 이루어진다. 말은 금방 허공으로 사라지기 때문에 우리는 번복 자체를 그리 부담스럽게 여기지 않는다.

글에서는 이런 화법을 좀처럼 발견하기 어렵다. 그래서 매우 신선한 느낌을 받는다. 동화에서도 말의 화법을 적극적으로 활용할 필요가 있다. 옛이야기나 판소리를 통해서 말의 화법을 익힌 다음, 그것에 입각하여 동화에 적합한 새로운 표현을 창출해 보는 것, 동화 작가라면 한번 도전할 만한 일이다.

나오며

나는 '옛이야기 미학의 동화적 변용'의 전범으로 《마당을 나온 암탉》

---

13. 한창훈 지음, 한주연 그림, 《검은 섬의 전설》, 사계절, 2005, 11쪽.

을 손꼽는 것을 전혀 주저하지 않는다. 이것만큼 '욕망의 문제적 상황'과 '그 재귀적 해소'를 잘 형상화한 동화는 아직까지 본 적이 없기 때문이다. 어쩌면 작가 자신은 펄쩍 뛸지도 모르겠다. 옛이야기의 '옛'자도 떠올려 본 적이 없다고 말이다. 그래도 상관이 없다. 작가의 무의식 속에 옛이야기의 욕망 미학과 그 욕망의 이야기 구조가 각인되어 있었을 수도 있기 때문이다.

'옛이야기 미학의 동화적 변용'을 놓고 시비가 갈릴 수 있는 것은 옛이야기의 흔적을 찾을 수 없는 일종의 녹여쓰기에 해당하기 때문이다. 이참에 '옛이야기로 동화 쓰는 세 가지 방법'에 대해서 정리를 해 둘까 한다.

첫째, '다듬어쓰기'다. 이것은 한 유형에 속하는 수많은 각편을 참고하여 그 유형의 전범이 될 만한 각편을 인위적으로 생산하는 글쓰기다. 기존 화소의 출입은 허용하지만 이야기 구조의 변개는 허용하지 않는 글쓰기다. 이 글쓰기에서 생산한 각편은 실제의 전승과 전파 과정에서는 만들어질 수 없는 이상적인 각편이다. 이 이상적인 전범 각편은 옛이야기라 하기도 뭣하고 창작 동화라 하기도 뭣하다. 그러나 옛이야기의 순수 각편과 그 지위가 같다고 말할 수는 없다. 그래서 어쩔 수 없이 동화에 귀속시키게 된다.

둘째, '뒤집어쓰기'다. 이것은 옛이야기의 이야기 구조를 뒤집어서 새로운 이야기 구조를 창안하는 것인데, 이야기 초점 뒤집기, 이야기 관여 요소 뒤집기, 이야기 관여 요소 관계 뒤집기 등으로 그 하위 유형을 세분할 수도 있다. '뒤집어쓰기'에서도 옛이야기의 흔적을 지우지는 못한다. 그 생산물은 당연히 동화가 된다.

'다듬어쓰기'는 옛이야기의 이야기 구조와 그것에 관여하는 화소에 기대어 옛이야기의 이상적인 전범 각편을 창작하는 것이고, '뒤집어쓰기'는 옛이야기의 이야기 구조를 말 그대로 뒤집어 새로운 동화를 창작하는 것이다. 형식 논리상, 옛이야기에 기대어 새 이야기를 만드는 방법은 이제 하나밖에 없다. 그것이 바로 '옛이야기 미학의 동화적 수용'이다. 옛이야기의 미학이 동화 속에 완전히 녹아들어 동화의 미학으로 거듭나는 것이다. 어떻게 보면, 옛이야기와 동화가 하나가 되는 것이라 할 수도 있다.

한때, 옛이야기는 동화라 불렸다. 창작 동화도 동화라 불렸다. 옛이야기와 창작 동화가 같은 이름으로 불렸다는 것은 둘이 그만큼 어슷비슷했다는 것이다. 그러나 지금은 아니다. 옛이야기는 옛이야기고 창작 동화는 창작 동화라는 생각을 확고하게 할 수밖에 없을 정도로 둘은 달라졌다. 당연한 귀결이다. 옛이야기는 옛어른을 위했던 과거의 이야기고, 창작 동화는 요즘 어린이를 위한 현재의 이야기니 말이다. 이제 동화라는 말에서 옛이야기라는 연상하는 경우도 드물어졌다. 그래서 굳이 창작 동화라는 말도 쓸 필요가 없어졌다. 동화가 곧 창작 동화인데, 뭘.

그러나 옛이야기와 창작 동화는 그렇게 서로 등을 돌려서는 안 된다. 동화에서는 옛이야기를 단순히 옛어른이 즐겼던 이야기로 치부할 일이 아니다. 그것은 이야기의 보고이자 이야기 구조의 보고이자 이야기 미학의 보고라서 동화가 언제든지 손을 내밀어 도움을 청할 동반자로 생각해야 한다.

마지막으로 일러둘 것이 하나 있다. 옛이야기의 동화적 변용은 동화의 지평을 확장하는 데 도움이 된다. 그런데 이 작업은 옛이야기의 현재적 의미와 가치를 확인하는 데도 도움이 된다. 옛이야기는 동화의 원천이자 버팀목임을 입증하는 것이기 때문이다. 옛이야기와 동화는 오랜만에 또 다시 어깨를 겯게 되었다.

옛이야기 그림책의 정체와 전망

옛이야기 그림책의 장르적 정체성

'옛이야기 그림책'은 옛이야기를 글과 그림으로 형상화한 작품을 일컫는 말이다. 옛이야기 그림책이 있을 수 있다면 '동시 그림책'과 '동화 그림책'도 있을 수 있다. 그런데 옛이야기 그림책과 동시 그림책과는 달리 동화 그림책은 우리에게 낯설다. 이 글은 옛이야기 그림책을 논의하기 위해서 마련한 것이지만, 이야기의 흐름상 이른바 동화 그림책이라는 것을 먼저 살펴보기로 하겠다.

동화 그림책이라는 이름을 붙일 수 있는 것은 먼저 동화로 발표한 작품을 다시 그림책으로 만들어 발표한 작품에 한할 것이다. 그런데 동화의 글텍스트는 그 자체로는 그림책의 글텍스트가 될 수 없다. 동화의 글텍스트와 그림책의 글텍스트는 그 내용과 형식은 물론이고 기능까지 큰 차이를 보이기 때문이다. 동화를 그림책으로 만들려면 어떠한 방식으로든 또 어떠한 수준으로든 텍스트를 변개하지 않으면 안 된다.

동화 그림책은 '동화인 그림책'이 아니라 '동화였던 그림책'을 뜻한다. 이것은 옛이야기 그림책은 '옛이야기인 그림책'으로, 동시 그림책은 '동시인 그림책'으로 그 뜻을 새겨도 되는 것과 대조된다. 옛이야기 그림책의 '옛이야기'는 그 자체로 하나의 독립된 각편의 옛이야기로 간주할 수 있는 것이고, 동시 그림책의 동시는 그림책 속에서도 그 원형을 그대로 보존하기 때문이다.

동화를 그림책으로 개작하는 과정에서 이루어지는 텍스트 변개는 일종의 이종판본 생산이라고 할 수 있다. 이 변개는 원저자가 하는 것이 원칙이다. 제삼자가 끼어들 수 있는 성질의 것이 아니다. 그런데 원저자에게 이 변개는 썩 내키는 것이 아니다. 원작의 변개는 원작에 대한 불만의 표현으로 읽힐 수 있기 때문이다. 동화 그림책을 찾아보기 힘든 까닭이 바로 여기에 있다.

그림책 《강아지똥》[1]의 경우는 예외다. 동화 〈강아지똥〉은 단편 동화라 단독 단행본으로 출간하지 못했고, 다른 단편 작품과 함께 묶어 동화집 형태로 출간한 것도 시간이 꽤 지나 독자들의 기억 속에 남아 있지 못했다. 〈강아지똥〉에 대한 애착이 대단했던 작가는 이를 많이 아쉬워했을 것이다. 이런 상황에서의 최선의 선택은 단독 단행본인 그림책 《강아지똥》의 출간이었다. 작가는 기꺼이 원작의 변개를 감당했다. 결과는 대성공이었다. 물론 그림책 《강아지똥》은 '동화였던 그림책'이지 '동화인 그림책'은 아니다.

이제 이 글의 관심사인 옛이야기 그림책으로 되돌아가서 그것의 장르 귀속 문제를 생각해 보자. 이번에도 논의의 편의를 위해 동시 그림책의 장르 귀속 문제를 먼저 다루기로 한다.

---

1. 권정생 글, 정승각 그림, 길벗어린이, 1996.

동시 그림책의 글텍스트 노릇을 하는 동시는 그림책에 들어오기 이전이나 들어온 이후나 그 내용과 형식에 아무런 변화가 없다. 동시 그림책의 동시는 그 자체로 동시의 장르성을 그대로 유지한다. 그런데 동시 그 자체의 내용과 형식에 아무런 변화가 없다고 하더라도, 그 동시가 그림과 어우러져 새로운 의미를 창출한다면 동시 그림책은 그림책 장르에 귀속된다. 그러나 그런 일은 생기지 않는다.

동시 그림책의 경우 글텍스트와 그림텍스트는 주종 관계가 명확하다. 그림텍스트는 글텍스트를 이해하는 데 필요한 정보를 제공하는 데 그친다. 동시 그림책의 그림은 그림책의 그림보다 동화책의 삽화에 더 가깝다. 이런 점에서 동시 그림책은 그림으로 그린 아주 친절한 동시 주석집이라고 말할 수 있다. 동시 그림책이 주로 유아용과 초등 저학년용으로 만들어지는 것도 이 때문이다. 결론은 이렇다. 동시 그림책의 장르는 동시다.

동시 그림책과는 달리 옛이야기 그림책의 장르적 정체성은 모호하다. 옛이야기는 옛이야기 그림책으로 개작되는 과정에서 반드시 텍스트의 변개가 이루어진다. 그 변개는 저본으로 선택한 옛이야기의 어떤 각편을 그림책의 글텍스트에 걸맞게 가다듬는 수준으로 이루어질 수도 있고 아예 새로운 각편을 생산하는 수준으로 이루어질 수도 있다. 그러나 중요한 것은 변개의 수준이 아니라 변개의 방향이다. 옛이야기 글텍스트가 그림텍스트와 상관없이 서사적 완결성을 지니도록 변개되었느냐 아니냐에 따라 그것의 장르 귀속 문제를 판단하는 것이 바람직하기 때문이다.

옛이야기 그림책의 그림텍스트는 동시 그림책의 그림텍스트처럼 글텍스트를 해설하는 데 그칠 수도 있다. 이 경우, 옛이야기 그림책은 비록 그림책의 꼴을 갖추고 있다 하더라도 그 장르는 옛이야기에 귀속시킬 수밖에 없다. 그런가 하면, 옛이야기 그림책의 그림텍스트가 글텍스트의 의미

론적 빈칸을 채워 글텍스트의 불확실성을 제거하기도 하고 더 나아가서는 글텍스트를 아예 배제하고 홀로 서사를 이끌어나가기도 한다. 이 경우라면, 그 장르를 그림책으로 규정하는 데 주저할 까닭이 없다.

가장 바람직한 옛이야기 그림책은 글텍스트와 그림텍스트의 조합으로 옛이야기의 새로운 각편을 보여 주는 것이다. 이러한 옛이야기 그림책은 당연히 그림책 장르에 귀속된다. 그런데 덤으로 얻는 것이 있다. 그것은 옛이야기 장르에 미치는 신선한 충격이다.

옛이야기 그림책의 등장 배경

옛이야기 그림책은 옛이야기와 그림책 양쪽 모두의 필요에 의해서 만들어진 것으로 보인다. 이 글을 쓰기 위해서 옛이야기 그림책을 뒤적거리다가 재미있는 것을 하나 발견했다. 출판사에 따라서 글을 쓴 작가의 저작권에 대한 대접이 상당한 차이를 보인다는 것이다. 글을 쓴 작가에 대한 홀대는 어쩌면 당연한 것인지도 모른다. 저본에 크게 기댈 수 있는 글텍스트의 창작과 그것과 무관한 순수 글텍스트의 창작을 같이 대우하기는 어렵지 않겠는가.

그렇다면, 출판사로서는 옛이야기는 돈과 시간을 많이 들이지 않고도 어린이에게 인기가 있는 글텍스트를 확보할 수 있는 보고로 간주할 만하다. 지난 10여 년 사이 옛이야기 그림책 시리즈를 발간하는 출판사가 속속 등장한 것도 이와 무관하지 않을 듯하다.

옛이야기 그림책을 이와 같은 상업적 전략의 산물로만 생각하는 것은 물론 편협한 것이다. 옛이야기 그림책은 문학교육적 전략의 산물로도 생각할 수 있기 때문이다. 오늘날의 어린이는 옛 어린이와는 달리 옛이야기를 향유하는 과정에서 상당한 어려움을 겪는다. 옛이야기가 어린이도 향유할 만한 가치가 있다고 확신하는 어른이라면 그 어려움을 덜어 주기 위한 노력을 하지 않을 수 없는데, 옛이야기 그림책은 그러한 노력의 하나로 기획된 것으로 볼 수 있다.

옛이야기는 말의 이야기문학이다. 그런데 말하고 듣는 이야기문학이 아니라 들려주고 들어 주는 이야기문학이다. 말하기와 듣기가 자기중심적인 것이라면 들려주기와 들어 주기는 상호작용적인 것이다. 들려주기는 청중이 듣고자 하는 것을 이야기꾼이 말하는 것이고, 들어 주기는 이야기꾼이 말하고자 하는 것을 청중이 듣는 것이다. 이는 각각 상대를 존중하고 배려하는 말하기이고 듣기이다.

옛이야기 구연 상황에서 이야기꾼이 청중의 반응을 살피면서 이야기의 내용이나 형식을 변개하는 것은 아주 흔한 일이다. 그래서 옛이야기 구연은 이야기꾼과 청중이 공동으로 옛이야기의 새로운 각편을 생산하는 작업이라고 할 수도 있다.

세상이 변했다. 이야기판 자체가 아예 사라져 버렸다. 그러나 세상이 아무리 변해도 절대로 사라지지 않는 이야기판이 하나 있다. 그것은 어른과 어린이 사이에서 형성되는 이야기판이다. 어른은 어린이한테 무엇이든 들려주고 싶어 하고 어린이는 어른한테 무엇이든 듣고 싶어 하기 때문이다. 이런 이야기판에서는 옛이야기가 아주 제격이다.

문제는 어린이를 자녀로 두고 있는 삼사십 대 어른 가운데는 옛이야기를 들려줄 수 있는 어른이 거의 없다는 것이다. 옛이야기를 들어 주었던 경험이 많지 않으면 옛이야기를 들려주기가 결코 쉽지 않다. 아마도 이른바 386세대로 일컬어지는 어른이 옛이야기를 들어 주며 어린이 시절을 보냈던 마지막 세대가 아닌가 한다. 옛이야기를 글로 읽으며 어른으로 성장한 사람은 어린이에게도 옛이야기를 글로 읽어 줄 수밖에 없다. 그런데 어른이 글로 읽어 주면 옛이야기를 듣는 어린이는 금방 싫증을 낸다.

어른이 어린이에게 책을 읽어 주는 상황을 떠올려 보자. 어른은 일단 책 속의 글자를 좇아서 그것이 지시하는 소리를 내는 데 정신을 집중해야 한다. 책에서 잠시 눈을 떼어 자신이 읽는 소리를 듣고 있는 어린이를 살필 수는 있지만 금세 다시 책으로 눈을 돌려야 한다. 어른의 읽어 주기에서 어린이가 소외감을 느끼는 것도 바로 이 때문이다. 어린이가 자신이 소외되는 상황에서 어른이 읽어 주는 옛이야기에 아무 싫증도 내지 않고 몰입한다면 그것이 오히려 더 이상하지 않을까.

들려주기에서는 어른이 처음부터 끝까지 어린이한테서 눈을 떼지 않는다. 어린이 또한 어른의 눈빛을 절대로 놓치지 않는다. 그래야만 들려주고 들어줄 이야기가 구성되기 때문이다. 들려주기에서는 어른도 어린이도 아무도 소외되지 않는다.

읽어 주기는 대개 나이가 아주 적은 아이를 대상으로 한다. 그런데 그렇게 어린아이도 어른이 읽고 있는 책을 자꾸 넘겨다보려고 한다. 이것은 아이가 자기 소외감을 극복하려는 그 나름의 노력인 것이다. 그런데 막상 책을 들여다본 아이는 그것을 어른처럼 읽을 수 없기 때문에 또 다른 소외감을 느끼게 된다.

이런 아이가 글을 줄줄 읽게 되면 어떻게 할까. 물론 자신이 직접 읽으려고 한다. 이제 어른이 소외된다. 글을 읽을 줄 아는 아이인데도 어른에게 읽어 달라고 부탁하는 아이도 있다. 이런 아이는 옛이야기에 관심이 있는 것이 아니라 어른에게 관심이 있는 것이다.

옛이야기를 글로 옮겨 적을 때는 입말로 쓰라고 권하는 사람들이 있다. 입말로 쓴 옛이야기라야 들려주는 것처럼 읽어 줄 수 있다는 것이다. 그러나 들려주는 것처럼 읽어 주는 것은 미봉책이다. 읽는이는 여전히 텍스트에 종속되어 있기 때문에 듣는 이와 능동적인 상호작용을 꾀할 수가 없고, 설사 그것을 꾀할 수 있다고 하더라도 그 결과를 텍스트에 반영할 수 없다.

어린이의 옛이야기 향유를 도와주던 사람들이 마침내 읽어 주기의 단점을 보완할 수 있는 방법을 찾아냈다. 그것은 '함께 읽기'다. 글을 아는 어른과 글을 모르는 어린이가 함께 읽을 수 있는 텍스트는 글·그림텍스트밖에 없다. 그것이 바로 옛이야기 그림책이다.

어른이 글을 읽어 주는 소리를 귀로 들으면서 어린이가 그림을 읽는 '함께 읽기'에서는 어른과 어린이의 상호작용이 꽤 활성화된다. 글과 그림의 상관관계에 대하여 말을 주고받게 되어 있기 때문이다. 이것은 자연스럽게 텍스트에 대한 평가로 이어지게 된다. 들려주고 들어 주기에서는 텍스트에 대한 평가가 새로운 각편의 생산을 추동하지만 함께 읽기에서는 그렇게까지 되지는 않는다. 물론 그러한 차이는 텍스트의 표현 매체인 말과 글·그림의 속성 차이에서 비롯되는 것이다.

옛이야기 그림책은 '읽어 주기'를 '함께 읽기'로 전환하는 데 결정적인 역할을 하였다. 옛이야기 그림책의 미덕은 이뿐이 아니다. 옛이야기는 말 그대로 옛날의 이야기고, 그것을 향유하려고 하는 어린이는 오늘날의 어린이다. 어린이와 옛이야기 사이에는 오랜 시간이 쌓아 놓은 문화적 장벽이 가로놓일 수밖에 없다. 옛이야기에는 오늘날 아예 볼 수 없는 것이나 보기가 쉽지 않은 것이 많이 나온다. 맷돌이나 부지깽이 같은 물건, 멍석말이 같은 풍습, 호랑이나 여우 같은 동물, 사또나 이방 같은 관직 등은 말이나 글로 설명하기가 까다로운 것이다. 그러나 옛이야기 그림책에서는 이런 것이 문제 되지 않는다. 그림으로 보여 주면 그만인 것이다.

지금까지 살펴본 바대로, (말로 향유되던) 옛이야기가 (글로 향유되는) 옛이야기 책으로, 다시 (글·그림으로 향유되는) 옛이야기 그림책으로 스스로 그 존재 양식을 바꾸어나갔다. 우리가, 우리의 삶이, 우리의 삶에 따른 향유 방식의 변화가 그렇게 만들었던 것이다.

옛이야기 그림책의 과제

1. 글텍스트의 과제

옛이야기 그림책의 글텍스트는 그 저본을 물론 옛이야기에서 마련한다. 저본이 되는 것은 어느 한 유형의 옛이야기의 어느 한 각편인데, 그것은 일단 재미가 있고 교훈이 내재되어 있는 것이라야 한다. 그다음에 고려할 것은 각편의 서사적 길이다. 글텍스트의 서사적 길이는 그림책의 쪽수를 결정하는데, 그림책의 쪽수는 너무 적어도 곤란하고 너무 많아도 곤란하다. 마지막으로 따져야 할 것은 각편의 회화적 적절성이다. 그림으로 그렸을 때 표현 효과가 극대화될 수 있는 내용을 많이 포함하고 있는 각편을 저본으로 고르는 것이 좋다. 이와는 반대로, 표현 효과가 극대화되기 때문에 피해야 하는 것도 있다. 이에 대해서는 따로 말하게 될 것이다.

〈팥죽 할머니와 호랑이〉 유형은 옛이야기 그림책에서 즐겨 다루는 옛이야기다. 현재 서점에서 구할 수 있는 옛이야기 그림책만 해도 보리 판 《팥죽 할멈과 호랑이》[2], 보림 판 《팥죽 할머니와 호랑이》[3], 깊은책속옹달샘 판 《팥죽할머니와 호랑이》[4], 계림닷컴 판 《팥죽 할멈》[5], 아이즐북스 판 《팥죽 할머니와 호랑이》[6] 그리고 시공주니어 판 《팥죽 할멈과 호랑이》[7] 등이 있다. 이 유형의 옛이야기가 인기 있는 까닭은, 이것이 위에서 지적한 세 가지 조건을 모두 충족할 수 있는 각편을 지니고 있기 때문이다. 상업적 득실을 따지지 않을 수 없는 출판사 처지에서 보면 그러한 유

---

2. 서정오 글, 박경진 그림, 보리, 1997.
3. 조대인 글, 최숙희 그림, 보림, 1997.
4. 초록개구리 글, 장은주 그림, 깊은책속옹달샘, 2003.
5. 김양순 엮음, 이춘길 그림, 계림닷컴, 2004.
6. 이미애 글, 김민정 그림, 아이즐북스, 2006.
7. 박윤규 글, 백희나 그림, 시공주니어, 2006.

형의 옛이야기를 무시할 수 없는 것이다.

이에서 짐작할 수 있듯이, 옛이야기 그림책은 적어도 글텍스트 측면에서는 중복과 편중을 피하기가 어렵다. 옛이야기 그림책마다 차별성을 확보하기 위한 특별한 노력을 하는 것도 이 때문이다. 시공주니어 판은 한지 인형으로 작중 인물을 표현하고 있는 그림텍스트를 보여 주는데, 이 또한 그러한 노력의 하나임은 말할 필요도 없다.

글텍스트 측면에서 차별성을 확보하는 가장 쉬운 방법은 독특한 각편을 채택하는 것이다. 호랑이가 할머니에게 밭매기 내기를 걸어 할머니를 잡아먹을 빌미를 마련하는 내용을 삽입한 보림 판과, 자신의 감자밭을 망친 호랑이를 혼내주기 위해서 할머니가 여러 가지 물건을 적절하게 활용하는 내용으로 이야기를 구성한 계림닷컴 판은 이에 관한 좋은 예가 된다. 그러나 독특한 것이 좋은 것만은 아니다. 보림 판의 밭매기 내기는 군더더기일 수 있으며, 계림닷컴 판의 할머니 주도성은 이 유형의 공통된 주제 의식을 훼손하는 것일 수 있기 때문이다.

글텍스트를 확정하는 과정에서 저본의 서사 구조를 유지할 수도 있고 변개할 수도 있다. 저본의 서사 구조를 변개하는 것은 새로운 각편을 생산하는 것이다. 그런데 독자로서는 옛이야기 그림책의 글텍스트가 자신이 미처 알지 못했던 기존의 각편인지 아니면 작가가 생산한 새로운 각편인지 판별하는 것이 쉽지 않다. 예로 든 계림닷컴 판은 새로운 각편일 가능성이 매우 높다. 그러나 나로서는 확신하지 못한다. 내가 옛이야기 자료집에서 본 기억이 없다고 해서 그것을 기존의 각편과 다른 새로운 것이라 단정할 수는 없기 때문이다.

글텍스트 작가는 이에 관한 신뢰할 만한 정보를 제공할 필요가 있다. 그것은 독자가 글텍스트를 평가하는 데도 도움이 된다. 글텍스트의 공과가 작가의 저본 선택 능력에 기인한 것인지 창작 능력에 기인한 것인지를 분명하게 알 수 있기 때문이다.

2. 그림텍스트의 과제

다들 아는 바와 같이, 옛이야기는 사건 위주로 이야기를 이끌어간다. 인물과 배경에 대해서는 사건을 전개하는 데 필요한 최소한의 정보만 제공한다. 사건의 전말은 인과관계나 전후관계라는 결절점이 있어서 기억하기가 쉬운 데 반하여, 인물과 배경에 관한 묘사는 그러한 것이 없어서 기억하기가 쉽지 않다. 그래서 굳이 묘사를 해야 할 경우에도 관용구를 가지고 상투적으로 묘사하는 것이다. 옛이야기가 기억의 부담을 줄이는 방향으로 이야기를 구성할 수밖에 없었던 것은 그것의 표현 매체가 기록·저장·재생이 불가능한 말이었기 때문이다.

물론 글과 그림을 표현 매체로 사용하는 옛이야기 그림책에서 기억 용이성을 따질 필요는 없다. 오히려 옛이야기 그림책은 옛이야기가 바로 그 기억 용이성을 고려하여 고안한 이야기 전략을 해체해야 한다. 풀어서 말하면, 사건의 서사에 초점을 맞춘 이야기를, 사건의 서사와 인물·배경의 묘사가 조화를 이루는 이야기로 전환하여야 한다는 것이다.

옛이야기 그림책에서도 글텍스트는 사건의 서사를 맡고 그림텍스트는 인물·배경의 묘사를 맡는 것이 일반적이다. 그림텍스트로도 서사가 가능하지만 그림텍스트의 본령은 묘사에서 찾을 수밖에 없다.

옛이야기에는 묘사가 쉽지 않은 대상이 적지 않게 나온다. 현실세계에서 그 모델을 찾을 수 없는 상상의 존재가 바로 그것인데, 우리가 손쉽게 들 수 있는 예가 바로 도깨비다. 도깨비의 형상이 어떠한지 우리는 잘 모른다. 도깨비의 형상에 관한 자료가 없지는 않다. 그러나 우리는 도깨비의 형상에 관한 합의된 의견을 갖지 못하고 있다. 이러다 보니, 옛이야기 그림책마다 도깨비 형상이 다 다르게 묘사된다. 공통적인 것이 하나 있는

데, 그것은 뿔이다. 그런데 우리나라의 도깨비는 뿔이 없다는 지적도 있다. 이것이 옳은 지적이라면, 그림텍스트가 독자에게 오히려 잘못된 정보를 전달하는 셈이 된다.

또 다른 예로 《반쪽이》를 살펴본다. 옛이야기 〈반쪽이〉 또한 여러 출판사에서 다투어 옛이야기 그림책으로 펴냈다. 옛이야기의 내용은 이렇다. 어느 여인이 우물에 있는 잉어 세 마리를 잡아서 구워 먹으면 아들 셋을 낳게 될 거라는 꿈을 꾼다. 그런데 고양이 때문에 두 마리 반만 구워 먹었다. 그래서 그런지 셋째 아들이 반쪽으로 태어난다.

이에 따르면, 반쪽이는 말 그대로 얼굴도 반쪽 몸도 반쪽이어야 한다. 그러나 옛이야기 그림책에서 볼 수 있는 반쪽이는 한결같이 눈·코·입·팔·다리가 하나인 반쪽이다. 물론 얼굴과 몸은 온전하다. 혐오감을 줄 수 있다는 이유로 일부러 그렇게 그린 것인지도 모른다. 그러나 이것은 분명히 잘못된 형상화다.

옛이야기 그림책에서는 노골적으로 성애를 나누거나 잔인하게 폭력을 휘두르는 대목이 많은 각편은 저본으로 삼기를 꺼리게 된다. 어른이 어린이에게 보여 줄 만한 것이 못 되기 때문이다. 어쩔 수 없을 경우, 그런 대목은 일단 글로 감당하는 방법을 생각할 것이다. 그러나 그런 대목이 이야기의 핵심과 관련된다면 말로 얼버무릴 수 없다. 그림으로 그리지 않으면 안 된다. 문제는 어떻게 그리는가 하는 것이다. 장면의 핵심을 드러내자니 너무 자극적이고 그것을 비켜가자니 너무 밋밋해지는 것, 이것은 옛이야기 그림책의 그림텍스트 작가가 맞닥뜨리게 되는 딜레마라고 할 수 있을 것이다.

옛이야기 그림책의 또 다른 가능성

지금까지 살펴본 바, 옛이야기 그림책은 태생적으로 여러 가지 딜레마를 지닐 수밖에 없으며, 그 딜레마를 극복하지 않으면 하나의 장르 또는 작품으로서 바로 설 수가 없음을 알았다. 그런데 그 딜레마를 전혀 다른 각도에서 해결하려는 시도가 있다. 이러한 시도는 글텍스트 측면에서도 이루어지고 있고 그림텍스트 측면에서도 이루어지고 있다.

《끝지》[8]는 〈여우 누이〉형 옛이야기를 새롭게 해석한 글텍스트가 돋보인다. 여우 누이인 끝지는 부모와 두 오빠를 잡아먹는데, 이 대목까지는 그 내용이 옛이야기와 다를 바 없다. 그런데 《끝지》는 여우 누이의 행위를 아버지 손에 죽은 여우 엄마의 원수를 갚기 위한 것이라고 설명함으로써 옛이야기와 거리를 둔다. 전후 사정을 알게 된 오빠 순돌이는 끝지에 대해서 양립하기 어려운 모순된 감정을 가진다. 연민과 증오가 그것이다.

《주먹이》[9]는 주먹만 한 크기로 살아가는 주먹이의 모험을 그린 옛이야기를 저본으로 삼은 옛이야기 그림책인데, 이 작품에서는 그 배경을 오늘날로 잡고 있는 점이 아주 특이하다. 이 그림책의 글텍스트 또한 옛이야기의 관습대로 "옛날 어느 마을에 한 부부가 살았는데"로 시작한다. 그런데 그 옛날의 들판에 금복주 상표의 빈 소주병이 뒹군다. 물론 이 작품에 등장하는 현대의 물건이 이것만은 아니다. 작중 인물의 옷은 말할 것도 없고 생활용품도 모두 요즘의 것이다.

사건의 무대를 '옛날'에서 '지금 여기'로 옮겨 놓은 것은 이 작품이 처

---

8. 이형진 글·그림, 느림보, 2003.
9. 서정오 글, 이영경 그림, 곧은나무, 2006.

음은 아니다. 이와 같은 배경 전환은 또 다른 《주먹이》[10]에서 먼저 선을 보였다. 다만 웅진 판 《주먹이》의 경우에는 요즘 물건으로 단정할 수 있는 것은 주먹이 아버지 주머니 속에 들어 있는 담배와 성냥뿐이라는 점이 곧은나무 판 《주먹이》와 다르다.

어떻게 보면 《끝지》의 글텍스트는 옛이야기에서 취재하고 옛이야기의 형식을 원용한 창작동화라고 할 수도 있다. 그런데 옛이야기를 과거의 구전문학에 한정할 것만은 아니다. 옛이야기는 그 특유의 형식 미학을 지닌 이야기문학이라는 점에 주목할 필요가 있다. 이를 잣대로 하여 옛이야기를 다시 규정한다면, 바로 지금 여기에서 글 또는 글·그림으로 창작한 이야기도 옛이야기 범주에 넣을 수 있게 된다. 이 지점에서 《끝지》는 《주먹이》와 연결된다.

서정오는, 옛이야기가 만들어질 당시에는 '요즘 이야기'였다고 했다. 물론 그렇다. 옛이야기는 요즘에 지은 이야기일 수도 있고 요즘에 관한 이야기일 수도 있고 요즘의 시각으로 해석한 이야기일 수도 있는 것이다. 사실 '옛날 옛적에'로 시작하면서 곧장 당대 이야기를 펼쳐 놓는 옛이야기도 드물지 않다. 《주먹이》는 '옛날'과 '지금 여기'를 동일시하였는데, 이것은 옛이야기의 서사 전통을 이어받은 것이라고 말해도 좋다.

《끝지》와 《주먹이》는 일반적인 옛이야기 그림책과는 사뭇 다르다. 그러나 그것들은 옛이야기의 장르를 해체한 것이 아니라 확장한 것이다. 그 결과 그것들은 옛이야기 그림책의 글텍스트에 내재되어 있던 딜레마를 근원적으로 해소할 수 있었다. 우리는 여기에서 옛이야기 그림책의 새로운 가능성을 엿볼 수 있었다.

---

10. 이혜리 그림, 김중철 엮음, 웅진주니어, 1998

어린이관과 어린이문학관의
전개 양상

서론

어린이문학은 어떤 방식으로든 어린이와 관련되는 문학이다. 어린이와 문학의 관련 양상은 '어린이에 의한 문학', '어린이에 대한 문학' 그리고 '어린이를 위한 문학'으로 범주화할 수 있을 것이다.

'어린이에 의한 문학'이라 할 만한 것은 기껏해야 어린이시 정도다. 이것으로는 동시나 동화를 포괄하지 못한다. '어린이에 대한 문학'은 어린이문학일 수도 있고 어른문학일 수도 있다. 그러나 이것은 어른에 대한 어린이의 관심사를 노래하는 동시나, 어른이 주인공으로 등장하는 옛이야기와 동화를 포괄하지 못한다. 이런 까닭에, 어린이문학은 '어린이를 위한 문학'으로 정의할 수밖에 없다.

어린이문학을 '어린이를 위한 문학'으로 정의하는 순간, 어린이문학은 범박한 의미의 이데올로기 문학이 된다. '어린이를 위하는 것' 그 자체가 어린이에 대한 이데올로기적 판단을 요구하는 것이기 때문이다.

교육의 경우를 예로 들어 보자. 어떤 학부모는 어린이를 정규 초등학교에 보내고, 또 어떤 학부모는 대안 초등학교에 보내고, 또 어떤 학부모는 홈스쿨링을 한다. 그런가 하면, 어떤 학부모는 어린이를 해외로 유학 보내고 또 어떤 학부모는 아예 자연 속에 던져 넣어 삶에 필요한 것을 스스로 배우게 한다.

이 모든 것이 '어린이를 위한 교육'의 이름으로 행해지지만, 그 각각은 어린이에 대한 어른의 이해·기원·요구에서 상당한 차이를 보인다. 그 차이는 어린이관과 어린이교육관의 차이라 할 수도 있고 세계관과 인생관의 차이라 할 수도 있다. 그래서 교육도 기본적으로 이데올로기적이라 하는 것이다.

문제는 어린이한테는 자신이 받게 될 교육 형태에 대한 선택권이 없다는 것이다. 어린이의 의견을 묻는 어른이나 어린이의 의견을 최우선적으로 고려하는 어른도 물론 있다. 흔치는 않다. 결국, '어린이를 위한 교육'은 어른이 생각하는 방식으로 어린이를 위하는 교육이라는 것이다.

어린이문학도 다를 바 없다. 어린이문학 또한 어른이 생각하는 방식으로 어린이를 위하는 문학이다. 달리 말하면, 어린이문학은 어린이에 대한 어른의 이해·기원·요구를 투영한 이데올로기 문학이다. 그렇다면, 어린이문학은 다음과 같이 정의할 수도 있다. 즉, 어른이 어린이를 위하는 문학이라고 생각하는 것, 바로 그것이 어린이문학이다. 물론 어린이문학관은 어른의 수만큼 다양할 것이다. 여기의 어른과 저기의 어른이 서로 생각이 다르고, 이때의 어른과 저때의 어른 역시 서로 생각이 다를 테니까.

어린이문학관은 어린이관과 문학관의 교직으로 구성될 테지만, 어린이문학관의 특성을 결정짓는 것은 어린이관이다. 어린이문학관은 문학으로 구현한 어린이관이라고 말할 수도 있다.

어린이관은 어린이에 대한 이해에서 형성된다. 어린이에 대한 이해란 당연히 어린이에 대한 과학적 이해를 가리킨다. 어린이에 대한 과학적 이해에 편차가 있다면 어린이관에도 편차가 생길 수밖에 없다. 그런데 그 과학적 이해조차도 당대의 정치적·경제적·사회적·문화적 자장 속에서 이루어진다.

어린이관이 당대의 정치적·경제적·사회적·문화적 자장 속에서 형성될 수밖에 없는 것은 어린이의 삶도 어른의 삶도 그 속에서 영위되기 때문이다. 그중에서도 가장 강력한 영향을 미치는 것은 경제적 상황이 만들어 내는 자장이다. 먹고 사는 문제는 누구한테나 가장 기본적인 관심사가 된다. 생존 자체를 걱정해야 하는 시기의 어린이관과 생활의 질에 대해서 고민하는 시기의 어린이관이 같을 수 없다. 어린이문학관도 마찬가지다.

역사적으로 어린이관과 어린이문학관은 두 번의 큰 전환을 겪는다. 첫 번째 전환은 산업 혁명이 이끌어냈다. 생산 방식의 변화는 어린이의 지위까지 바꾸어 놓았다. 두 번째 전환은 20세기에 들어와서 이루어졌다. 어린이에 관한 과학적 연구 성과의 축적으로 어린이에 대한 인식에 변화가 생겼다. 이를 토대로 하여 이 글은 어린이관과 어린이문학관의 역사적 전개 양상을 살피고자 한다.

한 가지 미리 말해 둘 것은 이런 저런 어린이관과 어린이문학관이 어느 날 문득 역사 속에 등장했다가 어느 날 갑자기 역사 밖으로 퇴장한 것이 아니라는 사실이다. 퇴장한 것처럼 보여도 퇴장한 것이 아니다. 중심부에서 주변부로 밀려났을 뿐이다. 물론 중심부로 되돌아오는 것도 얼마든지 가능하다. 그것의 출현을 이끌어냈던 역사적 상황은 반복될 수 있는 것이니까. 어린이관과 어린이문학관의 역사적 전개 양상에 대한 이해가 필요한 이유가 바로 여기에 있다.

어린이 미숙론과 성장주의 문학관

우리말 '어른'은 어원적으로 '섹스를 하는(한) 사람'을 뜻한다. '섹스를 하는(한) 사람'이란 쾌락을 즐기는(즐긴) 사람을 가리키는 것이 아니고 아기를 낳을 수 있는(낳은) 사람을 가리킨다. 한편 '어린이'라는 말을 쓰게 된 것은 그리 오래 된 일이 아니다. 그 이전에는 '아히(또는 아히)'라는 말을 썼는데, 이것은 오늘날의 '아이'에 해당한다. '아이'는 '아기'와 마찬가지로 '아지'를 어원으로 하는 것인데, 그 의미는 '새끼'다.

정리하면, '어른'은 이세를 낳을 수 있는 사람이고, '아이'는 어른이 낳은 이세다. 달리 말하면, 아이를 낳을 수 있는 사람은 어른이고, 아이를 낳을 수 없는 사람은 아이다. 보다시피, 우리 선조는 어른과 아이를 일단 그 생물학적 특성으로 구별하였다. 여기에는 범주의 중첩이 있을 수 없다. 그만큼 논리적이라 하겠다. 참 재미있는 변별이다.

조선 후기에 들어서면서 우리는 '어린이'라는 말을 쓰기 시작했다. '어린이'는 원래 '어리석은 사람'을 뜻하던 말이었다. '어린이'를 '어른'의 대립어로 쓰는 순간, '어린이'는 '나이가 적은 사람'이 되고 '어른'은 '현명한 사람'이 된다. 이것만 보면, 우리는 조선 후기에 이르러 '어린이'를 새롭게 인식하게 된 것처럼 보인다. 그러나 그렇지 않다. '아히(아히)'의 속성에 내포되어 있는 '어리석음'을 '어린이'라는 말로 표면에 드러냈을 뿐이다.

《동몽선습 童蒙先習》,《훈몽자회 訓蒙字會》,《격몽요결 擊蒙要訣》등은 조선 시대 대표적인 어린이 학습 교재였다. 제목을 보라. 한결같이 '어리석음을 일깨움'이라는 의미를 담고 있지 않은가. 그렇다면, '어른'은 이세를 낳을 수 있는 현명한 사람이고, '어린이'는 그 어른의 이세로 태어난 어리석은 사람이다.

우리말의 '어른'에 해당하는 일본어는 '오또나(おとな大人)'이고, '어린이'에 해당하는 일본어는 '고도모(こども子供)'이다. 그런데 일본어에서는 어른을 '이치닝마에(いちにんまえ一人前)'라고도 하고, 어린이를 '한닝마에(はんにんまえ半人前)'라고도 한다. '어른'이란 '온전히 한 사람의 몫을 할 수 있는 사람'이지만, '어린이'는 '한 사람의 몫을 다하지 못하고 그 반만 할 수 있는 사람'이라는 뜻이다. 결국 '어린이'는 '어른'의 반몫밖에 안 되는 사람이라는 것이다. 이때의 '몫'은 몸으로 감당해야 하는 '몫'일 수도 있고 마음으로 감당해야 하는 '몫'일 수도 있다. 일본어도 우리말과 마찬가지로 생물학적 특성과 정신학적 특성을 함께 감안하여 어른과 어린이를 구별했다.

우리말과 일본어처럼 낱말로 어른과 어린이의 특성에 대한 인식을 드러내는 다른 민족이 또 있는지는 확인하지 못했지만, 이같은 인식은 옛사람들한테는 보편적이었을 것으로 짐작된다. 어느 지역에 살았던 민족이든 같은 시기의 삶의 조건은 어슷비슷했을 것이기 때문이다.

우리말과 일본어가 보여 주는 옛사람의 어린이관은 한마디로 어린이 미숙론으로 규정할 수 있다. 어린이는 미숙한 사람이고 어른은 성숙한 사람이라는 것이다. 이와 같은 어린이관에서는 어린이의 성장은 몸과 마음의 성숙으로 이해하게 된다. 그리고 어린이의 성숙을 돕는 것을 어린이를 위하는 것으로 여기게 된다.

옛어른은 몸과 마음의 성숙을 다르게 생각했다. 몸의 성숙은 일정한 시간의 경과를 전제 조건으로 하지만 마음의 성숙에는 그런 전제 조건이 없다고 생각했다. 말 그대로 '마음먹기에 달렸다.'고 생각했다. 어린이 중에는 어른보다 더 어른스러운 어린이가 있고, 어른 중에는 어린이보다 더 어린 어른이 있다. 모든 사람의 마음의 성숙이 일정한 시간의 경과를 거쳐야 한다면 어른 같은 어린이와 어린이 같은 어른은 있을 수 없다.

옛어른의 어린이관에서는 이상적이고 모범적이고 바람직한 어린이는 다름 아닌 어른스러운 어린이였다. 이것은 우리말로도 쉽게 확인할 수 있다. 어린이를 칭찬할 때는 '어른스럽다' '점잖다' '철들다'와 같이 어른 관련어 또는 어른성의 표지로 쓰는 말을 썼고, 어린이를 꾸중할 때는 '애 같다' '천둥벌거숭이 같다' '철없다'와 같이 어린이 관련어 또는 어린이성의 표지로 쓰는 말을 썼다. 이것은 어린이교육의 지향점이 어른성의 발현에 있음을 보여 준다. 그런데 옛어른은 왜 어린이교육의 방향을 어른성 지향으로 잡았을까.

어른의 원초적 본능은 생존 본능과 종족 유지 본능이다. 보통의 경우는 이 둘 사이에서 갈등을 겪지 않는다. 그러나 삶의 조건이 생존 자체를 걱정해야 할 정도로 극도로 열악해지면 사정이 달라진다. 경우에 따라서는 어른과 어린이를 삶과 죽음의 길로 갈라 세우는 극단적인 선택을 해야 한다. 이 선택의 절대 기준은 종족 유지의 가능성이다.

어른의 죽음으로 어린이의 삶을 구할 수 있다면 어린이의 삶을 선택한다.(살아남은 어린이는 어른이 되어 대를 이을 수 있다.) 빠져나올 수 없다는 것을 알면서도 아이를 구하려고 불구덩이 속으로 뛰어드는 엄마는 드물지 않다.

6·25 직전 경비병의 눈을 피해 임진강을 건너 월남하던 가족이 있었다. 업고 있던 아기가 차디찬 강물에 발이 닿아 자지러지게 울어대자 엄마는 스스로 아기를 내려 강물 속에 빠뜨려 죽였다. 어차피 아기를 구할 방법은 없었고, 머뭇거렸다간 가족 전체의 목숨이 위태로워질 것이니 선택의 여지가 없었다 하겠다. 매우 특이한 경우지만, 어린이의 죽음으로 어른의 삶을 구하기도 하는 것이다.

어른의 죽음이 어린이의 죽음으로 이어질 것이라는 판단이 들면 어른은 자신의 죽음에 앞서 먼저 어린이를 죽음에 이르게 한다. 사실, 이것만큼 터무니 없는 것도 없다. 어른이 죽어 없어져도 어린이는 살아 남을 수 있기 때문이다.

종족 유지의 효율성을 고려한 선택도 있다. 레비 스트로스의 보고[1]에 의하면, 현대의 원시 부족이라 할 수 있는 남미 구아이쿠르족은 출산 자체를 혐오했다. 출산을 거부하기 위한 낙태, 이미 이루어진 출산을 부정하기 위한 영아 살해[2]도 거리낌 없이 행했다. 부모도 아기를 원치 않았고 부모가 속한 부족도 아기를 원치 않았다. 임신과 출산은 종족 유지 가능성을 높이는 방법이지만 효율성이 떨어지는 방법이기 때문이었다.

실제로 종족 유지에 더 크게 기여한 것은 출산이 아니라 입양이었다. 무사들이 원정을 가는 주요 목적 중 하나는 어린이를 얻기 위한 것이었다. 이때, 젖먹이보다는 기어 다니는 아기가, 기어 다니는 아기보다는 걸음마하는 어린이가 선호되는 이유는 간단했다. 어른으로 성장하는 기간이 짧기 때문이다.

우리가 눈여겨보아야 할 것은 어린이의 운명은 전적으로 어른이 결정한다는 사실이다. 많은 경우, 어른은 어린이를 위해서 자신을 희생하지만 그것조차도 어른 자신의 선택에 의한 것이다. 어른도 이런 사실을 잘 안다. 그래서 어린이더러 하루바삐 어른스러워지라고 한다. 어른이 진정으로 어린이를 위해서 어린이한테 일러 줄 수 있는 말은 오직 그것뿐이었다.

사회적·경제적·문화적 환경이 달라짐에 따라 미숙한 어린이에 대한 무시와 차별은 수그러들었지만, 반면 성숙한 어린이에 대한 찬양과 우대

---

1. C. 레비-스트로스, 《슬픈 열대》, 박옥줄 옮김, 삼성출판사, 1981, 181-182쪽 참고; 한길사, 1998 재출간.
2. 레비 브륄은, 남편과 잠자리를 하지 못할 것을 두려워하여 영아를 살해하는 원시 종족의 아내에 관한 이야기를 우리에게 들려준다. 원시 종족 사회에서는 영아 살해가 전혀 비난거리가 되지 못했는데, 왜냐 하면 어린이는 개나 다른 동물과 같은 존재로 여겨졌기 때문이라는 것이다.(佐野美津男, 《兒童文學 セミナ》, 季節社, 1979, 12쪽 참고)

가 고개를 치들기 시작했다. 어른스러운 어린이는 어른의 보호 대상에서 제외시킬 수 있을 뿐 아니라 경우에 따라서는 어른의 동료로 삼을 수 있기 때문이었다. 어른의 생산성이 그다지 높지 않았던 시기에는 어른의 반몫 이상을 감당하는 어른스러운 어린이가 환영받는 것은 당연한 것이었다.

어린이 미숙론에 대한 문학적 대응은 성장 지향적일 수밖에 없다. 성장주의 문학은 어린이한테 가르침을 주거나 깨달음을 이끌어내는 교훈적 장치를 마련하는 데 골몰했다. 어린이가 신체적으로 어른이 되는 데는 시간이 필요하지만, 정신적으로 어른스러운 어린이가 되는 데는 각성이 필요하기 때문이다.

우리의 옛이야기는 곧잘 어른보다 더 어른스러운 어린이를 주인공으로 내세웠다. 경우에 따라서는 어른을 어린이보다 더 미숙한 존재로 그리기까지 하여 어른스러운 어린이를 부각시키기도 했다.

〈삼년고개〉에서는 어리석은 할아버지를 지혜로운 어린이가 일깨워 주고, 〈사또를 혼낸 이방의 아들〉에서는 간악한 사또의 계략을 이방의 의로운 아들이 무산시키고, 〈먹으면 죽는 알사탕〉에서는 의뭉한 글방 훈장의 거짓말을 능청스러운 글방 도령이 거짓말로 맞받아친다. 이쯤 되면, 주인공 어린이는 어른스러운 어린이에 그치는 것이 아니라 영웅적인 어린이로 고양된 어린이라고 말할 수 있다.

어린이 미숙론에 바탕을 둔 성장주의 문학은 이른 시기에 그 틀을 갖추었지만 오늘날에도 여전히 많은 사람한테 매력적인 문학으로 받아들여지고 있다. 오늘날의 생존 경쟁이 그 이른 시기의 그것 못지않게 치열하기 때문이다.

이를 확인할 수 있는 상징적인 사건이 있다. 바로 타이타닉호 침몰 사건이다. 2,206명의 탑승자 중 1,503명이 죽은 타이타닉호의 비극을 숭고

한 비극으로 기억하는 사람들이 있다. 어린이들과 여자들한테 구명보트를 양보하고 기꺼이 타이타닉호와 운명을 같이 하기로 결심한 수많은 남자가 있었기 때문이다. 그런데 타이타닉호의 비극은 숭고한 비극이기도 했지만 냉혹한 비극이기도 했다.

다음은 타이타닉호 탑승객의 삶과 죽음을 수치로 나타낸 것이다.

구분		탑승자수(명)	생존자수(명)	사망자수(명)	생존자 비율(%)
남자	선원	875	189	686	21.6
	1등실	173	58	115	33.5
	2등실	160	13	147	8.1
	3등실	454	55	399	12.1
	합계	1,662	315	1,347	18.9
여자	선원	23	21	2	91.3
	1등실	144	139	5	96.5
	2등실	93	78	15	83.8
	3등실	179	98	81	54.7
	합계	439	336	103	76.5
어린이	1등실	5	5	0	100
	2등실	24	24	0	100
	3등실	76	23	53	30.2
	합계	105	52	53	49.5

남자 승선자의 신사도는 수치로도 확인된다. 남자 전체의 생존율은 여자 전체의 생존율과 어린이 전체의 생존율에 비해서 턱없이 낮은 수치를 보인다. 그러나 타이타닉호의 비극 속의 숭고함은 여기까지였다. 타이타닉호의 생존율에 관한 세부 내용을 들여다보면 타이타닉호의 비극 속에는 냉혹함이 도사리고 있음을 금방 알 수 있다.

남자 선원의 생존율(21.6%)은 남자 승객 전체의 생존율(18.9%)보다 높고, 여자 선원의 생존율(91.3%)은 여자 승객 전체의 생존율(76.5%)보다 높다. 그뿐이 아니다. 여자 전체의 생존율(76.5%)은 어린이 전체의 생존율

(49.5%)보다 높다. 심지어 1등실 남자 승객의 생존율(33.5%)도 3등실 어린이 승객의 생존율(30.2%)보다 높고, 3등실 여자 승객의 생존율(54.7%)도 3등실 어린이 승객의 생존율(30.2%)보다 높다.

일반적으로 어른은 어린이보다 돈도 많고 지식도 많고 힘도 세다. 또 평균적으로 남자는 여자보다 돈도 많고 지식도 많고 힘도 세다. 물론 어떤 어른은 또 다른 어떤 어른보다 돈도 많고 지식도 많고 힘도 세고, 어떤 어린이는 또 다른 어떤 어린이보다 돈도 많고 지식도 많고 힘도 센 부모가 있다. 타이타닉호의 비극적 상황에서 생존 가능성이 높은 사람이 누구일지는 쉽게 짐작할 수 있는 일이다. 타이타닉호의 경우, 생존 공식의 예외를 이끌어 낸 것은 남자의 신사도 정신이었지만, 그 또한 대세를 뒤집지는 못했다.

《만년샤쓰》와 《몽실 언니》가 이 시대 어린이문학의 정전으로 채택된 것은 결코 우연이 아니었다. 마음 씀씀이가 어른보다 더 어른스러운 《만년샤쓰》의 창남이, 그리고 어려서부터 아예 언니의 삶을 살아가야 했던 《몽실 언니》의 몽실이는 어른이 어른의 역할을 제대로 하지 못한 시대를 살아야 했던 어린이한테는 롤 모델이었던 것이다.

어린이 순수론과 보전주의 문학관

어른마저도 생존 자체가 힘겨웠던 시기에는 어린이는 자신의 생존을 위해서라도 어른의 반몫 정도는 해야만 했다. 그렇게 하지 못하는 어린이는 오히려 어린이답지 않은 어린이로 취급되었다. 이때는 가장 어른스러운 어린이가 가장 어린이다운 어린이가 되는 역설의 시대였다. 물론 어린이는 결코 온전한 의미에서의 어른의 반몫 노동자가 될 수 없었다. 어린이는 기껏해야 잔심부름이나 허드렛일을 할 수 있을 뿐이었다. 밭갈이나 풀무질과 같은 힘든 일은 여전히 어른의 몫이었다.

그러나 산업 혁명 시대가 도래하자 사정이 크게 달라졌다. 산업 혁명은 상품의 생산 구조를 획기적으로 변화시켰다. 생산 수단의 기계화는 체구도 작고 힘도 약한 어린이까지도 노동자 구실을 할 수 있게 했다.

물론 어린이는 어른에 비해서 생산성이 떨어졌다. 그러나 그만큼 값싼 임금으로 부릴 수 있으니 어린이를 노동자로 고용하는 것은 경제성이 있었다. 어른은 어린이를 노동자로 부릴 때는 어른으로 취급했고 임금을 지불할 때는 어린이로 취급했다. 게다가 어린이는 다루기 쉬운 노동자였다. 열악한 노동 환경도 문제 삼지 않은 순한 노동자였다. 그만큼 착취하기도 좋은 노동자였다.

그 결과, 어린이는 한편으로는 어른 노동자와 경쟁하게 되었고 다른 한편으로는 어른 자본가에게 착취당하게 되었다. 이 모든 것은 자본주의 경제 논리로 정당화되었다.

어린이의 참혹한 현실은 특히 인본주의자들의 관심을 끌었다. 이들의 지속적인 문제 제기로 어른에 의한 어린이 착취, 어린이 학대와 억압은 정치적인 이슈가 되었고, 마침내 어린이의 노동을 제한하는 법안이 마련되는가 하면 어린이를 가르치는 학교가 세워지게 되었다. 그런데 놀라운 것은 그 누구도 어린이에 대한 교육 조치를 환영하지 않았다는 것이다.

일본 메이지 초기의 일이다. 새로운 학제 발포에 따라 경찰이 어린이를 강제로 학교에 보내자, 이에 대한 반발은 경찰서에 불을 지르는 정치적 행동으로까지 발전한다. 공장주도 부모도 어린이 자신도 모두 이 교육 조항을 못마땅하게 여겼다. 공장주는 고용 비용이 늘어나는 것을 싫어했고, 부모는 자녀의 임금이 없어질 뿐만 아니라 수업료 등의 경비를 지출해야 하는 것을 싫어했다. 어린이는 부모한테 도움이 되기는커녕 부담이 되는 것이 싫어서 공장에 남아 있으려고 온갖 방법을 다 썼다. 그것이 여

의치 않아도 결코 학교로 돌아가지는 않았다. 그 대신 들판이나 길거리를 방황했다.[3]

최초의 동화로 일컬어지는 찰스 킹즐리의 《물의 아이들》이 산업 혁명 시기의 영국을 배경으로 쓰였다는 것은 그다지 놀라운 일이 아니다. 그 무렵의 어린이에 대한 어른의 학대와 착취는 문학을 하는 사람으로서는 도저히 외면할 수 없는 지경에 이르렀기 때문이다. 열악한 환경 속에서 늘 매를 맞으며 일하는 어린이 굴뚝 청소부를 주인공으로 내세운 이 동화는 1862-1863년에 잡지에 연재되었는데, 이 작품에 대한 독자들의 반응은 놀라울 정도였다. 마침내 영국에서는 어린이를 굴뚝 청소부로 고용하지 못하게 하는 법이 제정되었다.[4]

《물의 아이들》은 어른에 의한 어린이의 학대와 착취를 고발하는 동화이기도 했고 어린이를 작은 어른 또는 반어른으로 규정하는 전통적인 어린이관을 비판하는 동화이기도 했다. 일단 줄거리부터 간단히 소개하기로 한다.

굴뚝 청소부 톰은 그라임즈 아저씨와 함께 하트호버 경의 저택에서 굴뚝 청소를 하다가 길을 잃어 주인집 아가씨 엘리의 방에 들어가게 된다. 거기서 도둑으로 몰려 달아나다가 강물에 빠져 죽고 만다.

---

3. 佐野美津男, 앞의 책, 30쪽 참고.
4. 그 법은 제 구실을 하지 못했던 것 같다. 아동노동조사위원회는 "법이 있음에도 불구하고 대영제국에서는 지금도 적어도 2,000여 명의 소년들이 그들 자신의 부모에 의해 굴뚝 청소기로 판매되고 있다."고 보고한다. (칼 마르크스, 《자본 I -2》, 김영민 옮김, 이론과실천, 1987, 455쪽; 길, 2010 재출간) 법으로 어린이의 학대와 착취를 막는 것은 불가능하다는 것을 마르크스는 여러 가지 사례를 들어 역설한다. 마르크스가 어느 공장 감독관의 입을 빌려 소개한 어린이 노동자 모집 공고에는 '나이는 13세보다는 어리게 보이지 않을 것'이라는 내용이 있었다. 공장법에 따라 13세 미만의 아동은 6시간밖에 일할 수 없게 되자 이런 광고 문구가 등장한 것이다.(위의 책, 454쪽 참고)

톰은 '물의 아이'로 부활한다. 톰은 과거의 일을 모두 잊어버린다. 그러나 이기심과 욕심마저 깨끗이 사라진 것은 아니어서 다른 물의 아이를 보지 못하거나 몸에 가시가 돋기도 한다. 톰은 여러 요정들과 여선생이 된 엘리한테 가르침을 받아 순수한 영혼을 갖게 된다. 그러자 톰도 다른 물의 아이를 볼 수 있게 되고 몸의 가시도 사라지게 된다.

톰은 마침내 '아무데도없는곳의맞은편끝'에까지 가서 물 밖의 세상에서 자신을 그렇게 괴롭혔던 그라임즈 아저씨를 감옥에서 구해 내고 그리던 엘리도 다시 만나게 된다.

《물의 아이들》은 고발 동화치고는 현실에 대한 대응 방식이 지나치게 안이하다는 인상을 준다. 고아로서 핍박만 받던 굴뚝 청소부 톰이 강물에 빠져 죽었다. 어린이의 삶으로서는 비참한 삶이 아닐 수 없다. 그런데 톰은 부활한다. 그리고 물 밖의 세상에 살 때와는 비교할 수 없을 정도로 재미있게 산다. 이것은 톰의 비참했던 삶이 꼭 나쁘기만 했던 것은 아니라는 착각을 일으키게 한다.

이 지점에서 《물의 아이들》은 현실의 모순을 드러내는 고발 동화에서 현실의 고통에 대한 보상을 약속하는 종교 동화로 전환되는 듯한 느낌을 준다. 작가가 목사였다는 점을 감안한다 해도 독자로서는 아쉬움을 떨치기 어렵다.

그러나 《물의 아이들》에서 읽을 수 있는 어린이관은 그 의미가 결코 가볍다 할 수 없는 것이었다. 비록 기독교적 색채가 짙게 드리워진 것이긴 하지만 전통적인 어린이관과 크게 다른 것이었기 때문이다.

톰은 물 밖 세상에 살 때, 그러니까 땅의 아이일 때 우두머리 굴뚝 청소부가 되는 것을 꿈꿨다. 굴뚝 청소, 매질, 배고픔에서 벗어나는 것은 말할 것도 없고, 마을 술집에 앉아 술을 마시거나 카드 놀이를 하고, 멋진 옷도 입고, 조수들을 윽박지르거나 두들겨 팰 수도 있을 것이기 때문이다. 작은 어른으로 살던 톰으로서는 큰 어른이 되기를 열망하는 것은 당연한 일이었다. 그런데 톰은 물의 아이로 부활했을 때 이 꿈을 까맣게 잊어버린다. 땅의 아이일 때 톰한테서 발현되었던 어른스러움은 죽음과 부활 과정에서 사라져 버렸다고 해야 할 것이다.

《물의 아이들》의 작가한테는 어른스러움의 핵심은 사악함이고 어린이다움의 핵심은 순수함이었다. 이러한 어린이관은 어른스러움은 성숙함으로 이해하고 어린이다움은 미숙함으로 이해하는 전통 어린이관과 크게 대비된다.

물의 아이가 된 톰은 땅의 아이일 때처럼 물속 생물을 괴롭히기도 하고 통발에 걸린 바다가재를 구해 주기도 한다. 이것은 각각 사악함과 순수함이 발현된 행위로 볼 수 있는 것이다. 물의 아이로 부활한 톰은 새로 태어난 아기와 같이 어린이다움(순수함)이 도드라졌지만 가끔은 어른스러움(사악함)도 드러냈다. 그래서 작가는 톰에게 요정들과 여선생을 통해서 어린이다움을 유지하고 어른스러움을 경계하는 교육을 시킨다.

흥미로운 것은 《물의 아이들》의 어린이관에서는 순수한 어린이는 사악한 어른을 구원하기도 한다는 논리를 편다는 것이다. 순수한 영혼을 갖게 된 톰은 물속 세상에서도 감옥에 갇혔던 사악한 영혼의 소유자 그라임즈를 구해 낸다. 전통적인 어린이관에서는 어른이 어린이의 구원자 노릇을 한다면, 새로운 패러다임의 어린이관에서는 어린이가 어른의 구원자 노릇을 한다.

어린이 순수론을 구현하고자 하는 문학은 일단 어린이의 순수함이라는 것이 어떤 것인지 그것을 형상화하는 작업에 몰두할 것이다. 물론 그것은 어른이 되어서도 간직해야 할 귀한 것으로 그려야 한다. 이때 어린이의 순수함과 대비되는 어른의 사악함도 자연스럽게 형상화하게 된다.

어린이 순수론에 입각한 문학은 기본적으로 보전주의 문학을 지향한다. 순수성 보전주의는 어린이를 보호하기 위한 것임은 말할 것도 없다. 어린이가 무슨 수로 어른과 맞서겠는가. 순수성으로 사악함과 맞설 수밖에 없는 것이다.

그런데 어린이라서 순수하고 어른이라서 사악하다면, 그 순수함과 사악함은 별 의미가 없다. 어린이의 순수함은 그냥 내버려둬도 시간이 흐르기만 하면 어른의 사악함으로 바뀔 것이기 때문이다. 그렇다고, 어린이더러 어른으로 자라지 말라고 할 수는 없지 않은가.

이에 대응하기 위해서는 사악함을 순수함으로 되돌려 놓을 수 있어야 하는데, 이에 대한 논리를 마련하는 것은 어렵지 않다. 어른의 사악함은 본디 어린이의 순수함이었으니 어린이의 순수함으로 되돌리는 것이 불가능하지는 않다고 한 다음, 어린이의 지극한 순수함에는 그 되돌림의 힘이 내재되어 있다고 하면 그만인 것이다.

《모모》의 모모는 어른들이 고민이 있을 때면 찾아가는 어린 소녀다. 모모는 그냥 들어 줄 뿐이다. 그런데도 모모 앞에 선 어른들은 모두 자신이 원하는 답을 얻는다. 그 답은 모모가 주는 답이 아니라 모모로 인해서 어른들이 스스로 찾게 되는 답이다. 미하엘 엔데는 모모의 그 신비한 능력의 원천이 무엇인지 꼬집어 말하지는 않았지만 우리는 그것이 어린이의 지극한 순수함에서 비롯된 것임을 쉽게 짐작할 수 있다. 미하엘 엔데 역시 순수한 어린이는 타락한 어른의 구원자가 될 수 있음을 굳게 믿었던 것이다.

어린이 순수론도 꽤 오래 전부터 어린이관의 하나로 자리 잡았다. 동양의 유교는 어린이의 마음은 하늘의 마음이라 했고 서양의 기독교는 하늘나라는 어린이의 것이라 했다. 이러한 메시지는 오늘날에도 여전히 유용하다. 어느 시대인들 어지럽고 혼란스럽지 않았을까마는 우리가 지금 살아 숨 쉬고 있는 이 시대 또한 정의와 평화가 넘치는 시대는 결코 아니다. 어른 또한 어린이와 같은 순수성을 회복하지 않는 한, 그 어지러움과 혼란은 언제까지나 계속될 것이다. 어른의 사악함이 힘을 떨칠수록 어린이의 순수함을 그리워하는 사람이 많아지는 법이다.

그나저나, 어른이 과연 어린이의 순수함을 회복할 수 있을까. 아마도 불가능할 것이다. 보전주의 문학이 이를 몰라서 어린이의 순수함을 붙들고 있는 것이 아니다. 보전주의 문학이 진정으로 말하고 싶어 하는 것은 따로 있다. 그것은 어린이로 돌아가라는 것이 아니라 어린이를 돌아보라는 것이다. 어린이를 돌아보는 것, 그래서 자신 또한 돌아보는 것, 이것은 어른한테 결코 어려운 일이 아니다. 어른도 한때는 어린이였으니까.

어린이는 순수해서든 미숙해서든 어른이 보지 못하는 것을 볼 수 있다. 어른은 사악해서든 성숙해서든 어린이가 보지 못하는 것을 볼 수 있다. 어린이가 어른이 할 수 없는 것을 할 수 있는 것도 이 때문이고, 어른이 어린이가 할 수 없는 것을 할 수 있는 것도 이 때문이다.

보전주의 문학은 어른한테만 어린이를 돌아보라고 권하는 것이 아니다. 어린이한테도 자신을 돌아보라고 권한다. 어린이는 하루하루 어른으로 자라니까. 보전주의 문학이 궁극적으로 원하는 것은 어린이와 어른이 진정으로 더불어 사는 세상이다. 어린이가 타고난 순수성을 잃지 않고 어른이 잃어버린 순수성을 되찾을 때 그런 세상이 오겠지만 말이다.

어린이 이행론과 향유주의 문학관

옛이야기 〈청개구리〉를 모르는 사람은 없을 것이다. 다음은 그 대강의 줄거리다.

엄마가 이래라 하면 저래 하고 엄마가 저래라 하면 이래 하는 아들 청개구리가 있었다. 아들 청개구리에 대한 걱정이 지나쳤던지, 엄마 청개구리는 죽을병에 걸린다. 엄마 청개구리는 죽음을 앞두고 아들 청개구리한테 마지막 부탁을 한다. 자신이 죽으면 무덤을 강가에 써 달라고. 그러면 아들 청개구리가 무덤을 산에 써주겠지 하고 생각했던 것이다.

엄마 청개구리가 죽자 아들 청개구리는 이번만큼은 엄마 청개구리가 시키는 대로 해야겠다고 마음먹었다. 이웃의 만류에도 아랑곳하지 않고 엄마 청개구리의 무덤을 강가에 썼다. 그나저나 비가 오면 걱정이었다. 엄마 청개구리의 무덤이 물에 떠내려갈까 봐.

비만 오면 우는 청개구리의 유래담이기도 한 이 옛이야기에서 옛어른이 말하고자 했던 것은 엄마의 말을 들으려 하지 않는 어리석은 아들한테 닥친 불행이었다. 그런데 오늘날의 우리가 정작 이 옛이야기에서 읽게 되는 것은 아들의 욕구에 대한 이해가 부족한 어리석은 엄마가 아들한테 안겨다 준 불행이다. 이와 같은 상반된 해석의 빌미를 제공한 것은 다름아닌 〈청개구리〉 그 자체였다.

어린이의 미숙성을 경계하려면, 그것의 문제점을 어른의 성숙성과 대비하여 드러낼 필요가 있었다. 그런데 〈청개구리〉의 저자는 어린이의 미숙성과 어른의 미숙성을 병치시키는 바람에 어린이의 미숙성보다 어른의 미숙성이 더 눈에 띄게 되었다.

따지고 보면, 아들 청개구리는 어린이의 전형을 보여 주는 인물이다. 즉, 아들 청개구리는 우리 주변에서 흔히 볼 수 있는 일반적인 어린이를 상징적으로 보여 준다고 말할 수 있다. 아들 청개구리가 유별나서 엄마 청개구리의 말을 안 듣는 것이 아니다. 어린이는 원래 어른의 말을 잘 안 듣는다. 어른은 어린이가 하고 싶어 하는 것은 하지 못 하게 하고 어린이가 하고 싶지 않은 것은 하게 하기 때문이다.

아들 청개구리는 엄마 청개구리의 말을 듣지 않았다. 엄마 청개구리의 말을 듣지 않는 데 그친 것이 아니라 엄마 청개구리의 말과 반대되는 행동을 했다. 이것만으로도, 욕구 충족에 대한 아들 청개구리의 의지와 고집이 얼마나 대단한지, 세상의 엄마들은 금방 알아볼 것이다. 그러나 엄마 청개구리는 몰랐다. 그저 아들 청개구리가 심성이 고약하다고만 생각했다. 아들 청개구리의 욕구에 대한 엄마 청개구리의 무지, 이것이 엄마 청개구리의 첫 번째 잘못이다. 무지도 때로는 죄가 된다.

어린이의 욕구 중에는 어린이 스스로 억제하지 않으면 어른이 강제로라도 억압해야 할 것도 있다. 끓는 물에 손을 집어 넣어 보려는 욕구처럼 어린이를 위험에 빠뜨릴 가능성이 큰 것이 그러한 것이다. 그런데 그러한 욕구조차도 무조건적으로 억압하는 것은 옳지 않다. 세상을 알고자 하는 어린이의 의지와 노력을 꺾어 버리는 것이기 때문이다. 물론 펄펄 끓는 물에 손을 집어넣게 할 수는 없다. 그러나 화상이 입지 않을 정도의 뜨거운 물에 손을 넣어 보게 하는 타협책을 강구할 수는 있을 것이다.

어른은 어린이의 욕구 그 자체를 경계할 것이 아니다. 오히려 그것과 관련한 어른 자신의 지혜로운 대처를 모색할 일이다. 그런데 엄마 청개구리는 그저 걱정만 했다. 아들 청개구리의 욕구를 억압하려다 그게 잘 안 되니 방임한 것이다. 이것이 엄마 청개구리의 두 번째 잘못이다.

엄마 청개구리의 세 번째 잘못은 아들 청개구리가 달라질 수 있음을 믿지 않았다는 것이다. 자신의 죽음으로도 아들 청개구리가 달라지지 않을 것으로 예상했다.

그러나 아들 청개구리는 달라졌다. 달라질 수밖에 없었다. 엄마 청개구리의 죽음이 계기가 된 것은 분명하지만, 그것으로 아들 청개구리의 변화를 다 설명할 수 있는 것은 아니다. 아들 청개구리의 변화는 그가 욕구가 있는 존재라는 점에서 예정된 것이었다. 그래서 어린이한테 욕구는 그 어떤 것도 의미 없는 것은 없다고 하는 것이다.

어린이의 욕구는 무엇인가를 하고자 하는 것이거나 가지고자 하는 것이다. 무엇인가를 하거나 가진 어린이는 그 이전의 어린이와는 다른 존재가 된다. 적어도, 그 무엇인가를 하지 않은 어린이에서 한 어린이로, 그 무엇인가를 가지지 않은 어린이에서 가진 어린이로 변하는 것이다. 욕구는 기본적으로 변화에 대한 욕구다. 그 변화는 대개 성장을 의미한다. 퇴행으로의 변화도 없지는 않지만 그런 변화는 일반적인 것이 아니다.

아들 청개구리의 성장을 믿지 않은 엄마 청개구리는 결국 아들 청개구리를 딜레마에 빠뜨렸고 그 딜레마에서 헤어나지 못한 아들 청개구리는 평생토록 아니 대대손손 그로 인한 고통에 시달려야 했다. 엄마의 말을 안 들은 죄에 대한 벌 치고는 참으로 가혹한 벌이라 하지 않을 수 없다.

어린이의 미숙성은, 어른의 미숙성만큼 심각하지 않다. 어린이가 어린이로 살아가는 하루하루는 어른으로 자라나는 하루하루다. 당연히, 어린이의 미숙성 또한 하루하루 어른의 성숙성으로 변해간다. 어린이를 어린이로 머물러 있는 존재가 아니라 어른으로 자라나고 있는 진행형의 존재, 즉 이행기의 존재라고 말하는 것도 이 때문이다. 어린이의 미숙성은 변화 가능성이 있는 미숙성이라는 점에서 성장을 통한 변화를 기대하기 어려운 어른의 미숙성과 구별하여야 한다.

어린이의 성장 시스템은 어린이의 욕구를 동인으로 하여 작동한다. 욕구는 결핍에서 발동된다. 미숙도 결핍의 한 양태다. '미숙'은 '숙련'이 결핍된 것이니까. 이 세상의 모든 것을 다 알고 다 갖고 다 해 본 사람은 욕구라는 것이 있을 수 없다.

어린이는 미숙하기 때문에 욕구가 있는 것이고, 욕구가 있기 때문에 그것을 충족시키기 위한 노력을 하는 것이고, 그런 노력을 하기 때문에 시행착오를 겪는 것이고, 시행착오를 겪기 때문에 성장하는 것이다. 이런 관점에서 접근하면, 어린이의 성숙함도 좋게만 평가할 것이 아니다. 성장 시스템이 더 이상 작동하지 않는 어린이가 어린이로서 과연 행복한 삶을 산다고 할 수 있을지 의문이기 때문이다.

어린이의 미숙성뿐만 아니라 어린이의 순수성 또한 다른 각도에서 바라볼 필요가 있다. 이를테면, 아들 청개구리가 엄마 청개구리의 말을 거역한 것을 순수하지 않은 행동이라 단언할 수 있는지 따져 볼 필요가 있다는 것이다.

이 논의를 위해서, 먼저 '순수'의 뜻부터 확인해 보자. 국어사전은 '전혀 다른 것의 섞임이 없음' 또는 '사사로운 욕심이나 못된 생각이 없음'으로 풀이하고 있다. 그런데 어린이한테는 생존 본능이라는 것이 있다. 이것은 입장에 따라서는 생존을 위한 '사사로운 욕심'이나 '못된 생각'이라 할 수도 있는 것이다. 따라서 어린이의 인성으로서의 순수성을 논할 때는 상대적인 관점을 유지하는 것이 바람직하다. 즉, 어린이는 어른에 비해서 상대적으로 순수하다고 말이다.

절대 순수 인성이라는 것이 있다면, 그것은 무욕과 무념의 경지에 이른 인성일 것이다. 이런 인성은 어린이한테서는 결코 기대할 수 없다. 어린이는 본능을 초월할 수 없기 때문이다. 적어도 관념적으로는 절대 순수 인성에 이르는 득도나 해탈을 상정할 수 있다. 그러나 그런 득도나 해탈은 어른이라야 꿈꿀 수 있는 것이고 또 어른이라야 도달할 수 있는 것이다. 이 점을 염두에 두게 되면, 어린이와 어른의 인성을 순수성과 사악성으로 구분하는 것이 조심스러워진다.

어린이가 어른보다 상대적으로 순수하다는 것은, 어린이는 어른보다 상대적으로 욕심을 적게 부리고 잘못된 생각을 적게 한다는 것이다. 그런데 어린이의 입장에서 보면 꼭 그렇지도 않다. 어린이도 자기 깜냥에는 욕심을 한껏 부린 것이고 잘못된 생각도 한껏 한 것일 수 있다. 사실이 그러하다면, 어린이의 상대적 순수성은 어린이의 상대적 미숙성에 기인한다고 말할 수 있다. 어린이는 생각과 느낌이 자기중심적이고 근시안적이어서 욕심을 부리는 것도 잘못된 생각을 하는 것도 일정 수준을 넘을 수 없는 것이다.

거짓말의 경우를 보자. 어린이도 어른도 거짓말을 한다. 그런데 어린이는 거짓말을 많이 하지만 그 거짓말은 대개 작은 거짓말이다. 이에 반해, 어른은 거짓말을 적게 하지만 그 거짓말은 대개 큰 거짓말이다. 거짓말을 아예 하지 않은 사람이면 모를까, 거짓말을 한 사람이라면 누구나 이와 같은 거짓말의 변화를 겪었을 것이다.

눈앞의 이익을 취하거나 눈앞의 불이익을 피하는 데는 거짓말만큼 효과적인 것이 없다. 그런데 전체를 따져 보면 거짓말은 문제 해결 방법으로 결코 경제적이지 못하다. 거짓말이 들통 나지 않게 하려면 또 다른 거짓말을 해야 하는데, 그것이 보통 일이 아니다. 다만, 눈앞의 이익과 불이익에 정신이 아득해져 이런 것을 금방 머리에 떠올리지 못할 뿐이다.

어린이도 점점 작은 거짓말을 줄이게 된다. 시행착오를 통해서 거짓말의 득실을 깨닫게 되기 때문이다. 어린이는 이처럼 거짓말을 통해서도 어른으로 자란다. 어른이 되면 심성이 착해져서 거짓말을 덜 하는 것이 아니다. 한 번 하더라도 남는 것이 있는 큰 거짓말을 하려고 작은 거짓말을 참고 있을 뿐이다.

어린이는 작은 거짓말밖에 못한다. 그 거짓말도 속이 빤히 들여다보이는 어설픈 거짓말이다. 금방 들통 나는 거짓말이니 이익보다 손해가 많은 거짓말이다. 그런데도 어린이는 거짓말을 서슴지 않는다. 이것만 봐도 어린이는 미숙한 존재라 할 수 있다. 거짓말에 대한 이해 부족도 미숙은 미숙이다.

그런데 위의 이야기를 그대로 끌어다놓고 어린이는 순수하다는 주장을 펼 수도 있다. 작은 거짓말만 하는 것은 욕심이 작기 때문이고, 속이 빤히 들여다보는 거짓말만 하는 것은 절박해서 거짓말을 하기 때문이고, 손해가 나는 거짓말을 반복하는 것은 그만큼 계산적이지 않기 때문이라고 해석할 수도 있다는 것이다. 그렇다면, 어린이의 순수성은 어린이의 미숙성의 또 다른 양태라고 말할 수도 있다.

어린이는 분명 어른보다 미숙한 존재이고 또 어른보다 순수한 존재다. 그런데 어린이한테 그 미숙성과 순수성은 단지 어린이의 표지에 지나지 않는 것일 뿐이다. 어린이는 미숙하면 미숙한 대로 순수하면 순수한 대로 살아간다. 그것이 어린이의 삶이다. 어린이한테 미숙함은 결코 흠이 될 수 없고 어린이한테 순수함은 결코 자랑이 될 수 없다. 어린이라면 마땅히 그러하기 때문이다.

어린이는 언제나 어린이에 머물러 있는 존재가 아니다. 또 어린이는 하루아침에 어른으로 바뀔 수 있는 존재도 아니다. 어린이는 단지 하루하루 어린이에서 어른으로 이행할 뿐이다. 이와 같은 이행론적 어린이관에서는 어른보다 더 어른스러운 어린이나 어른에 비해서 더할 나위 없이 순수한 어린이는 어린이의 이상형으로 간주하지 않는다. 당연히, 영웅적인 어린이로 미화하지도 않는다. 그저, 어른으로의 이행이 이미 끝난 어린이거나 아직 시작도 안한 어린이라는 이유로 예외적인 어린이로 치부할 뿐이다.

어린이의 어른으로의 이행에는 개인차가 있다. 미성숙 양상도 다르고 순수 양상도 다르기 때문이다. 그러나 그 차이는 그다지 의미가 없다. 오히려 문제가 되는 것은 그 이행이 자의에 의해서든 타의에 의해서든 강제로 조정되는 것이다.

피터 팬은 스스로 영원히 어린이로 살기로 결정했다. 몽실이는 어린이면서도 어른으로 살지 않으면 안 될 운명에 던져졌다. 그들의 삶은 과연 행복했을까. 피터 팬은 평생을 같이 하는 친구가 있을 수 없는 어린이로 살아야 했고, 몽실이는 언제나 누구를 돌보는 언니로 살아야 했는데.

이와 같은 극단적인 경우가 아니라 하더라도 이행의 강제 조정은 득보다 실이 많다. 월반이나 유급이나, 어린이한테 권할 만한 것이 못된다는 것은 우리 모두가 이미 잘 알고 있지 않은가.

우리는 어린이로서도 또 어른으로서도 행복한 삶을 살기를 원한다. 그런데 어린이로서 행복하게 살지 못하면 어른으로서도 행복하게 살지 못한다. 어린이로서 행복하게 산 기억이 없다는 것만 해도 어른으로서는 불행이다. 그뿐만이 아니다. 어린이로서 불행했다는 것은 어른으로의 이행이 순조롭게 이루어지지 않았다는 것이다. 어른으로 살아갈 준비가 온전히 이루어지지 않은 삶이 어찌 행복할 수 있겠는가.

어린이가 어린이로서 행복하게 살게 하려면 무엇보다 먼저 지금 여기의 어린이를 긍정적으로 평가하여야 한다. 미숙하면 미숙한 대로 순수하면 순수한 대로 있는 그대로 즐기면서 사는 것이 어린이로서는 가장 행복한 삶이라는 것을 믿어야 한다. 이러한 믿음을 문학으로 실천하는 것이 향유주의 문학이다. 어린이 이행론에 입각한 문학은 향유주의적 색채를 띨 수밖에 없다.

향유주의 문학은 일단 지금 여기의 어린이를 있는 그대로 형상화하는 데 애를 쓴다. 이를 잘 보여 주는 것이 현덕의 《너하고 안 놀아》에 실려 있는 단편 동화들이다. 이 동화들에 등장하는 어린이는 실제의 어린이와 조금도 다르지 않다.

향유주의 문학이 온 힘을 기울이는 것은, 어린이가 지금 여기의 삶을 즐기는 것만으로도 어른으로 순조롭게 이행할 수 있음을 보여 주는 것이다. 미숙성을 일부러 외면할 필요도 없고 순수함을 억지로 붙들고 있을 필요도 없다. 미숙성과 순수성을 있는 그대로 즐기면 된다. 그러다 보면, 저절로 성숙해지고 영악해지는 것이다. 어린이는 시행착오를 통해서 자신의 잘잘못을 알게 되는 법이니까. 이런 점에서 보면, 《피노키오》는 향유주의 문학을 대표할 만한 작품으로 자리 매길 수 있다.

이쯤에서 다시 〈청개구리〉의 아들 청개구리로 눈을 돌려 보자. 아들 청개구리는 엄마 청개구리의 죽음을 계기로 성숙해졌다 할 수 있을까. 아니다. 결코 아니다. 엄마 청개구리의 유언이 뜻하는 바가 무엇인지 알아차리지 못했는데 어찌 성숙해졌다 할 수 있겠는가. 아들 청개구리는 엄마 청개구리의 죽음에 놀라 엄마 청개구리의 유언을 기계적으로 떠받든 것뿐이다. 〈청개구리〉는 어린이의 어른으로의 이행에 어른이 부적절한 방법으로 개입할 때 어린이한테 어떤 불행이 닥치는지 분명하게 보여 준다고 하겠다. 물론 향유주의 문학은 이를 경고하는 일도 소홀히 하지 않는다.

결론

우리는 지금까지 어린이관과 어린이문학관의 역사적 전개 과정을 살펴보았다. 어린이관과 어린이문학관 하나하나는 시대적 상황의 요청에 따라서 출현하였고 또 그 시대적 상황의 변화에 따라서 중심부에서 주변부로 밀려났다.

그런데 특정의 시대적 상황은 특정 개인의 현재적 상황과 유사할 수도 있다. 특정의 시대적 상황에 부응했던 어린이관과 어린이문학관이 특정 개인의 현재적 상황에 부응할 수도 있다는 것이다. 동시대의 어린이문학에서도 세 가지 양상의 어린이관과 어린이문학관이 한데 얽혀 서로 각축을 벌일 수 있는 것도 바로 이런 이유에서이다.

오늘날은 생존을 걱정할 시대는 아니다. 그래도 어디에선가는 생존과 생활의 경계를 넘나드는 어린이가 있다는 것을 우리는 잘 안다. 오늘날, 어린이를 천사로 믿는 사람은 없다. 그렇지만 어른에 비하면 어린이는 천사라는 비유에는 모두들 고개를 끄덕이게 된다. 또 오늘날에는 어린이의 인격을 대놓고 부인하거나 무시하지 못한다. 그러나 어린이를 자신의 소유물이나 장식물로 생각하는 어른을 우리는 시도 때도 없이 접한다. 이 각각의 경우는 우리가 살펴본 세 가지 양상의 어린이관과 어린이문학관이 오늘날에도 나름의 효용 가치가 있음을 분명하게 일러 준다.

그러나 한 가지는 기억할 필요가 있다. 어린이문학은 어른이 문학으로 어린이를 위하는 것을 목표로 삼는다는 것을. 물론 세 가지 양상의 어린이관과 어린이문학관 모두에서 어린이를 위하고자 하는 어른의 마음을 읽을 수 있다. 그런데 그 마음의 성격은 조금씩 다르다.

어린이 미숙론과 성장주의 문학의 경우를 보자. 이것의 요점은 어린이는 미숙하므로 성숙해지도록 노력해야 한다는 것이다. 물론 어른은 어린이를 돕지만 그 도움은 제한적이다. 기껏해야 성장에 대한 동기를 부여한다든가, 성장 방법에 관한 정보를 제공한다든가, 성장한 어린이와 그렇지 않은 어린이한테 각각 상과 벌을 내린다든가 하는 것이다. 그런데 이는 어린이의 입장에서는 상당한 압박감을 느낄 수 있는 것이다. 생존 경쟁에서 이길 수 있는 성장은 말처럼 그렇게 쉬운 것이 아니기 때문이다.

어린이 순수론과 보전주의 문학은 더 큰 문제를 내포하고 있다. 이것은 극단적으로 말하면 어린이더러 현재의 그 모습을 그대로 지켜나가라는 것이다. 그런데 어린이는 어린이로 살아가는 하루하루가 어른으로 나아가는 하루하루이기 때문에 '지금 여기'의 모습을 그대로 지켜나간다는 것은 원천적으로 불가능하다. 물론 끊임없이 '그때 거기'로 자신을 되돌리는 방법을 생각해 볼 수는 있다. 이것이 실제로 가능한 일인지 의심스럽지만, 설사 가능하다 하더라도 시도해서는 안 된다. 그것은 퇴행이기 때문이다.

사실, 어린이 순수론과 보전주의 문학이 겨냥하는 것은 어린이가 아니라 어른이다. 그것은 사악하고 영악한 어른을 비판하기 위해서 순수한, 그래서 미숙하기도 한 어린이를 끌어들이는 것이어서, 어른을 위한 어린이관이고 어른을 위한 어린이문학관이라 할 만한 것이다. 어린이도 이런 어린이관과 어린이문학관이 싫지는 않을 것이다. 어른의 구원자로 대우받는 것은 신나는 일이니까. 그러나 어린이를 어른의 교화 수단으로 삼는 것은 어른이 할 짓이 아니다.

어린이 이행론과 향유주의 문학은 어린이 스스로 자신의 삶을 주체적으로 이끌어가게 한다는 점에서 여타의 것들과 구별된다. 여기에서는 어린이의 행위는 그것이 어떠한 것이든 그 자체를 목적으로 하는 것이어야 한다고 믿는다. 다른 무엇을 위한 수단으로 삼는 것은 생각조차 하지 못한다. 어린이가 미숙함과 순수함을 한껏 즐기는 것으로써 어른으로의 느긋한 이행을 꾀할 수 있으려면 어른의 절대적인 지지가 필요한 법이다.

어른은 어린이의 자기 향유를 걱정하거나 간섭하지 않아야 한다. 그리고 어린이가 어른을 걱정하거나 간섭하지 않아도 되게 자기 앞가림을 잘하여야 한다. 어린이의 어른스러움이 필요할 정도로 어른이 나약하거나 어린이의 더할 나위 없는 순수함이 필요할 정도로 어른이 사악하다면, 어린이는 자기 향유를 꾀할 수 없다. 한마디로, 어른이 어른다워야 어린이가 어린이다울 수 있다는 것이다. 이런 이유에서, 정신적으로나 물질적으로나 안정되고 여유 있는 사회가 아니면, 어린이 이행론에 입각한 향유주의 문학은 어린이문학의 주류가 될 수 없다고 말할 수 있다.

어린이를 기르고 가르치는 부모나 교사는 어린이관과 어린이문학관에 대한 이해가 깊어야 한다. 그들은 어린이를 대신하여 특정의 어린이문학을 선택하거나 거부하는 역할을 떠맡고 있기 때문이다. 달리 말하면, 그들은 어른 작가와 어린이 독자를 이어주는 매개자인 것이다. 작가는 자신의 어린이관과 어린이문학관을 직접적으로 작품에 투사하고, 교사와 부모는 작가의 그것을 그들 자신의 그것을 잣대로 하여 평가한 다음, 그 작품을 어린이에게 전달할 것인가 말 것인가를 결정한다. 이러한 사실은, 어린이문학의 예술적 가치와 교육적 효용을 최종적으로 결정하는 것은 교사와 부모의 어린이관과 어린이문학관임을 의미한다.

2부

동화 읽기의 즐거움
또는 괴로움

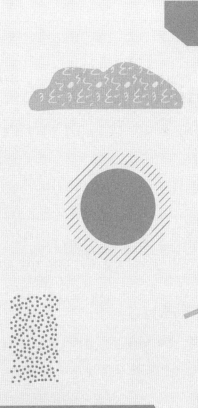

하루에 한 작품씩
: 김우경 동화 읽기 셋

들어가며

김우경 추모 특집을 기획했다는 편집자, 나한테 평론을 부탁했다. 난 주저했다. 쓰기가 어려운 글이니까. 그래도 바로 거절하지 못했다. 안 쓰기도 어려운 글이니까. 그렇게 우물쭈물 한참. 결국 쓰는 것으로 되어 버렸고.

김우경 추모 특집에 참여하기를 머뭇거린 까닭은 딱 하나다. 잘 모른다는 것. 일단 사람 자체를 잘 모른다. 나는 그를 만나 본 적이 없다. 기껏해야 통화 두 번 한 것이 다다. 어린이문학 연수 강사로 모시려고 한 번, 그가 《선들내는 아직도 흐르네》를 보내 줬을 때 고맙다는 인사를 하려고 또 한 번. 그와 나의 인연이라는 것이 이다지도 얄팍한데 내가 어찌 그를, 그의 삶을 안다 하겠는가.

나는 그의 문학도 잘 모른다. 그의 동화를 좀 읽긴 했다. 그러나 그 읽기는 책으로 묶어 놓은 것만 더듬거린 읽기라서 결코 온전한 읽기라 할 수 없다. 신문과 잡지에 발표한 작품도 있을 것이고, 미처 발표하지 못한 작품도 있을 터인데, 그런 것까지 찾아 읽는 부지런은 떨지 않았다. 때가 아니라고 생각했기에 우선순위에 둘 수 없었던 것이다. 몹쓸 병과 동행하고 있다는 소식은 듣고 있었지만, 나보다 겨우 세 살 많은 그가 그렇게 빨리 동화 쓰는 일을 그만두게 될 줄 어찌 알았겠는가.

이쯤에서 다들 짐작했겠지만, 나는, 적어도 지금으로서는, 그의 삶과 문학을 걸터듬는 작가론을 쓸 사람이 못 된다. 동화 하나 하나의 재미와 교훈에 대한 작품론이라면 또 모를까. 그런데도 편집자의 청탁을 끝내 사양하지 못한 것은 의리 때문이다.

나는 김우경의 대표작으로 《머피와 두칠이》(1996), 《수일이와 수일이》(2001), 《선들내는 아직도 흐르네》(2004)를 꼽는다. 그리고 이 세 작품을 이 시대의 대표작에 포함시키는 것도 전혀 망설이지 않는다. 이것이 진정이라면 추모 행렬에 동참할 마음을 먹는 것은 당연할 일일 터. 앞에서 말한 의리란 게 별 게 아니다. 김우경에 대한 나의 평가와 믿음을 나 스스로 저버릴 수 없다는 것이다.

쓰기도 어렵고 안 쓰기도 어려운 상황에서 선택할 수 있는 글쓰기란…. 결국 '김우경론'이 아닌 '김우경론의 여는 글'로 가닥을 잡았다. 언젠가는 누군가에 의해서 이루어질 본격적인 김우경론에 보탬이 될 글로써 나갈 참이라는 것이다. 형식이나 체계는 전혀 신경 쓰지 않기로 한다. 마음 가는 대로, 붓 가는 대로-아니, 자판 두드려지는 대로 그냥 써 내려가기로 한다.

글의 제목을, 김우경의 《하루에 한 가지씩》(2002)을 흉내 내어, 〈하루에 한 작품씩〉이라 했다. 한 작품에 대한 글을 어찌 하루에 쓸 수 있었겠느냐마는 그냥 그렇게 멋을 부려 보았다.

뒷일이 더 궁금한 《머피와 두칠이》

이오덕은 《머피와 두칠이》를 극찬했다. '우리 아동문학의 역사에서 길이 남아야 할 것'이라 표현할 정도로. 그의 추천사 일부를 인용한다.

> 이 동화는 두칠이라는 개가 중심이 되어 있는, 개 이야기입니다. 물론 개 이야기가 사람의 이야기지요. 개들이 저희들끼리 다투고 싸우고 하지만 그것은 어느새 우정으로 바뀌고, 개들은 저희들을 학대하고 학살하는 인간들과 맞서는 처지로 돌아갑니다. 그래서 잡혀간 우리 속에서 도망치게 되는데, 그런 개들의 행동이 아주 사실처럼 그려져 있어서, 과연 이 탈출이 성공할 것인가, 개들의 앞날이 어찌될 것인가 마음을 조이면서 읽게 됩니다.
> 또 이 작품은 깨끗한 우리 말로 간결하게 써서 아주 시원스럽게 읽힙니다. 우리말 우리글을 배울 수 있는 귀한 책을 한 권 얻게 되었다는 생각도 듭니다. 이야기를 펼쳐 나가면서 사람(여기서는 개)과 자연이 참으로 잘 어울리도록 그려 놓은 아름다운 문장도 읽는 맛을 한층 더 돋굽니다.

짧은 말이긴 하지만 《머피와 두칠이》의 특성을 다 짚어 내고 있다. 이렇게 감탄만 하고 있을 게 아니라 인용을 했으니 방점이라도 찍어야겠다.

동물 이야기를 통해서 사람 이야기를 하고 있다는 것, 학대받는 생명의 편에 서서 이야기를 하고 있다는 것 그리고 그 이야기를 깨끗하고 아름다운 우리말로 하고 있다는 것은 《머피와 두칠이》 말고 다른 동화를 두고도 할 수 있는 말이다. 이런 것은 다른 자리에서 다른 동화와 함께 살펴보는 것이 좋겠다.

그렇다면, 남는 것은 하나다. 저희들끼리 다투고 싸우던 개들이 그 과정에서 저희들의 진정한 적은 저희들을 학대하는 사람들이라는 것을 알게 되고 마침내 사람들로부터 달아나는 모험을 감행한다는 줄거리. 좋은 동화는 한 문장으로 요약한 줄거리에서부터 알아볼 수 있다.《머피와 두칠이》의 경우도 마찬가지다.

《머피와 두칠이》의 줄거리에서 가장 눈에 띄는 것은? 다름 아닌 작중 인격체-개를 '작중 인물'이라 하기는 좀 그렇지 않은가-의 성장이다. 그 성장은 사람으로부터 학대받는 것에서 촉발되고 사람으로부터 벗어나는 것-그것이 능동적인 탈출이든 수동적인 죽음이든-으로 일단락된다. 이 점에서 김우경은 교묘했다고 말할 수 있다. 독자, 특히 어린이 독자가 흥미를 느낄 만한 '개의 탈출 모험담'과 독자, 특히 어린이 독자한테 교훈이 될 만한 '개의 의식 성장담'을 섞어 놓을 생각을 했으니까.

모든 개가 성장할 수 있는 것은 아니다. 성장할 수 있는 개가 있고 그럴 수 없는 개가 있다. 생각이 깊고 결단력이 있는 두칠이, 친절하고 우아한 머피, 줏대가 없고 느긋한 해피, 수다스럽지만 재치가 있는 코브라 중 성장의 가능성이 가장 큰 개는 두 말 할 것도 없이 두칠이다. 우리가 이런 판단을 할 수 있다는 것이 무엇을 뜻하겠는가. 작가가 개성 있는 작중 인격체의 창안에 성공했음을 독자가 인정한다는 것이다. 작중 인격체의 이러한 이미지는 이들이 펼치는 사건 속에서 독자가 스스로 구성하게 되는데, 작가는 이를 위해서 일련의 에피소드를 치밀하게 짜 맞추어 놓았다.

이 일련의 에피소드에서 눈여겨볼 것은 작중 인격체의 상호 작용 양상 또는 영향 관계.《머피와 두칠이》의 모든 것은 새로 이사 온 머피에 대한 헉크의 짝사랑에서 비롯된다.

난폭하고 잘난 척하는 헉크. 그러나 사랑 앞에서는 한없이 소심해지는 헉크. 이런 성격의 소유자는 자신의 사랑을 위해서 주변을 못 살게 굴기 마련이다. 천방지축으로 나대는 헉크 때문에 머피를 좋아하는 내색도 하지 못했던 두칠이었지만 헉크의 횡포만은 참을 수가 없었다. 그래서 둘은 싸우게 된다. 이 싸움은 엉뚱한 결과-작가의 입장에서 보면 의도한 결과-를 낳게 된다. 주인 아들이 자신을 응원하고 있다는 것을 알게 된 헉크는 싸움을 포기해 버리는데, 헉크로서 그것은 사랑도 삶도 포기해 버리는 것이기도 했다.

우악스럽고 우직하게만 보이는 헉크가 사람을 위한 싸움만은 할 수 없다는 속 깊은 생각을 하게 되었던 것은 그와 싸움판에서 맞붙었다 졌다는 이유로 주인한테 돌로 맞아 죽은 백호의 영향이 컸다. 한참 싸우는 도중에 백호가 '우리가 왜 이렇게 싸워야 하느냐.'고 헉크에게 물었는데, 그때 헉크는 그것이 생뚱맞은 질문인 줄 알았지 싸움의 포기 선언인 줄 몰랐다. 백호는 헉크한테 지고 사람한테 죽는 방법으로 헉크한테 이기고 사람의 손에서 놓여났다는 것을 헉크는 뒤늦게 깨달았다. 백호의 죽음 이후 헉크는 개싸움 대회에서 일부러 꼴찌를 도맡았고 그래서 두칠이 동네로 팔려 왔다. 그랬던 헉크가 이제 두칠이한테 일부러 지고 또 다시 팔려 가는 길을 선택한 것이다.

백호는 헉크가 보는 데서 돌에 맞아 죽었다. 헉크는 두칠이가 없을 때 차에 실려 팔려 갔다. 그 차이 때문일까. 백호가 죽은 뒤 헉크는 완전히 달라졌는데, 헉크가 팔려 간 뒤 두칠이는 그저 그랬다. 헉크를 싹 잊어버린 것도 아니지만 사람을 믿지 말라던 헉크의 말을 늘 되씹고 있는 것도 아니었다. 헉크를 통한 두칠이의 성장은 그 정도에 지나지 않았다.

그러던 어느 날 해피가 죽었다. 아니, 사람들이 해피를 죽였다. 고기 맛을 좋게 한다고 숨이 끊어질 때까지 몽둥이로 때려서. 그 사건도 두칠이를 완전히 바꾸어 놓지 못했다. 해피가 죽어 가면서 울부짖는 소리를 듣기까지 한 두칠이었지만 그는 단지 슬퍼하고 분노했을 뿐이다.

조금 달라지긴 했다. 언젠가 숲 속에서 만난 적이 있는 가을수수깡을 찾아갔으니 말이다. 가을수수깡은 사람이 아닌 자기 자신을 주인으로 여기는 들고양이다. 가을수수깡의 부하인 북두칠성으로부터 가을수수깡이 사람들을 피해서 더 깊은 숲 속으로 들어갔다는 소식을 듣고, 두칠이는 집으로 발걸음을 돌린다. 그런데 집에서 두칠이를 기다리고 있는 것은 그를 주인 아저씨의 약으로 쓴다는 참혹한 소식이었다. 드디어 두칠이는 결심을 한다. 집을 떠나기로.

성장통이라는 것이 있다. 몸의 성장통도 있고 마음의 성장통도 있다. 몸은 성장하는 과정에서 아픔을 겪지만 마음은 아픔을 겪는 과정에서 성장한다. 또 성장통이라는 것도 다 똑같은 것이 아니다. 백호는 다른 개를 물어뜯으며 살아야 하는 자기 자신에 대한 회의에서 성장통이 정점에 이르고, 헉크는 그러한 백호의 죽음에 대한 울분에서 성장통이 정점에 이른다. 그러나 두칠이는 백호나 헉크와 달랐다. 그의 성장통을 정점에 이르게 한 것은 다름 아닌 그 자신의 죽음에 대한 두려움이었으니까.

어떻게 보면, 백호와 헉크의 성장은 이타심에서 촉발되었고 두칠이의 성장은 이기심에서 촉발되었다고 말할 수도 있다. 그러나 이타심과 이기심의 윤리적 가치를 쉽게 재단해서는 안 된다. 백호와 헉크의 이타심은 자신을 해치는 결과를 낳았고 두칠이의 이기심은 남까지 살리는 결과를 낳았지 않은가.

두칠이는 우여곡절 끝에 가을수수깡이 살고 있는 숲 속에 새로운 삶의 터전을 마련하게 되는데, 이때의 그는 더 이상 자기 자신만을 생각하는 과거의 그가 아니었다. 마음을 정하지 못한 다른 개들을 설득하기도 하고, 그를 따르는 개들을 숲으로 이끌기도 하는 가운데, 자신도 모르는 사이에 무리의 삶을 책임지는 지도자가 되어 있었던 것이다.

이오덕은 《머피와 두칠이》를 학대받는 생명의 문제를 아주 시원스럽게 잘 풀어 놓은 작품이라고 했다. 맞는 말이다. 나는 그 말에 보태고 싶은 것이 있다. 시원스럽게 잘 풀어 놓았다는 것은 학대받는 생명이 학대

받는 것을 성장통으로 삼아 학대받지 않는 생명으로 성장하는 한 양상을 보여 줌으로써 독자의 마음속에 학대의 문제를 강렬하게 각인시킬 수 있었다는 것을 뜻한다고.

참, 두칠이와 그의 무리는 앞으로 어떻게 살아갈까. 가을수수깡의 말처럼 과연 숲 속에는 사람 사는 동네보다 먹을 것이 더 많을까. 가을수수깡은 "이슬도 우리 것, 바람도 우리 것, 구름도 우리 것, 햇볕도 우리 것…." 이라며 큰 소리를 치는데, 두칠이와 그의 무리가 그런 것을 먹고 살 수는 없지 않은가.

얼마 전에 뉴스에서 본 것이 떠오른다. 제주도에는 지금 떼를 지어 떠도는 개들이 가축은 물론이고 사람까지 공격하고 있어서 골머리를 앓는다는 내용이었다. 사람의 손을 타지 않으니 야성을 되찾았고, 사람의 손에 기대지 않으니 스스로 먹을 것을 구해야 했고, 그래서 그렇게 된 모양인데…. 이것이 두칠이와 그의 무리의 미래상은 아닐지. 어쨌거나, 이 문제는 《머피와 두칠이》가 모르는 척해서는 절대로 안 되는 것이다. 《머피와 두칠이》의 속편을 기대할 수 없으니, 《머피와 두칠이》는 '대안 없는 탈출'을 그린 것이 아닌가 하는 지적을 받을 수 있겠다.

악당이 더 매력적인 《수일이와 수일이》

우리가 살고 있는 이 현실세계가 아닌 또 다른 어떤 세계를 상상해 보자. 그리고 그 세계에도 이 세계의 사람과 자연에 해당하는 그 어떤 것이 그 나름의 질서 속에서 존재한다고 상상해 보자. 그 세계에서도 이런 저런 사건이 생길 것이고, 그 사건은 그 세계의 사람 법칙과 자연 법칙에 얽혔다가 풀릴 것인데, 우리는 그것을 우리 아이들이 즐길 수 있는 이야기로 꾸며 볼 수도 있을 것이다. 그런 이야기가 바로 환상동화다.

현실세계에 관한 동화를 현실동화라 한다면, 현실세계가 아닌 상상의 세계에 관한 동화는 상상동화라 해야 할 것이다. 그런데 위에서 말한 상상의 세계는 그 나름의 사람 법칙과 자연 법칙의 지배를 받는 유기적인 세계라서 일반적인 상상의 세계와는 구별되는 세계이기에 환상세계라는 특별한 이름을 붙여 주는 것이다. 환상세계에 관한 동화라면 환상동화라 하는 것이 마땅한 것이고.

환상동화는 딜레마의 동화라 할 만하다. 현실세계가 아닌 환상세계에 관한 이야기여야 하면서 현실세계에서 살고 있는 우리 아이들을 위한 이야기여야 하기 때문에. 환상동화는 이러한 딜레마를 해결하기 위한 특별한 사유 논리를 끌어들이는데, 그것을 환상동화의 문법이라 부르기로 하자. 환상동화의 문법은 다시 둘로 나눌 수 있다. 환상 문법과 환상 서사 문법으로 말이다. 환상 문법은 환상세계를 창안하기 위한 문법이고, 환상 서사 문법은 환상세계에 관한 이야기를 현실세계에 살고 있는 우리 아이들이 즐길 수 있을 뿐만 아니라 즐길 만한 가치가 있는 이야기로 만들기 위한 문법이다.

환상 문법과 환상 서사 문법은 작가마다 그리고 작품마다 다를 수밖에 없는 개인 문법이다. 그것의 일반론을 제시할 수 없는 것은 아니지만, 그 일반론은 개인 문법의 문학성을 판단하는 준거로만 활용할 수 있을 뿐이다. 환상동화의 개인 문법을 이야기할 때 결코 빼놓을 수 없는 것이 바로 《수일이와 수일이》다.

환상세계는 현실세계로부터 이끌어낼 수밖에 없다. 우리는 무에서 유를 창조할 수 없는 인간이니까. 현실세계로부터 현실세계가 아닌 또 다른 세계를 이끌어내는 방법은 현실세계의 전도뿐이다. 현실세계를 자르고 잇고 뒤바꾸고 뒤집고 비틀어서 환상세계를 만든다는 것이다. 그래서 환상 문법을 전도의 문법이라 이를 수도 있다. 문제는 단순한 전도는 기존의 질서까지 흩트려 놓는다는 것이다. 혼돈의 세계가 환상세계일 수는 없다. 새로운 내적 질서를 형성하는 전도, 그런 전도라야 진정한 의미의 환상세계를 창조하는 전도라 할 수 있는 것이다.

《수일이와 수일이》는 현실세계의 자연 법칙 가운데 둘을 전도시켰다. 하나는, 제한적이긴 하지만, 사람과 동물의 의사소통을 가능하게 한 것이고, 다른 하나는 어떤 동물의 손톱을 먹으면 누구든지 그 동물의 모습으로 바뀌게 한 것이다. 뒤엣것이 전도의 핵심임은 말할 것도 없다. 이것은 제약성을 구현한 전도라 평가할 수 있다.

전도는 일정한 제약 속에서 이루어져야 한다. 즉, 전도의 대상은 수적으로 최소화하여야 하고 전도의 내용은 질적으로 단순화하여야 한다는 것이다. 현실세계는 유기적인 세계이다. 현실세계의 구성 요소를 단 하나만 바꾸어도 현실세계의 전체 질서는 크게 바뀐다. 만일 그 구성 요소를 둘이나 셋 또는 그 이상을 바꾼다면 어떻게 될까. 어쩌면 새로운 내적 질서를 세우는 것 자체를 포기해야 할지도 모른다. 전도의 대상이 단 하나라 할지라도 전도의 내용이 단순한 것이 아니면 그 결과 또한 앞의 경우와 별반 다르지 않게 된다. 여기서 말하는 단순화란 절대적이거나 완전무결하거나 전면적인 영향력을 가지지 않도록 하는 것을 뜻한다.

전지전능하고 무소부재한 하느님 같은 존재를 주인공으로 하는 이야기가 존재하지 않는 것도 이러한 맥락에서 이해할 수 있다. 성경이 있지 않느냐고 반문하는 이가 있을지도 모르겠다. 성경의 하느님은 물론 전지전능하고 무소부재의 절대적인 존재다. 그러나 그 하느님은 그 절대적인 힘을 우리가 알 수 없는 그 어떤 이유에서 선택적으로 사용하거나 아예 사용하지 않기도 한다. 이 또한 일종의 단순화 전략이라 할 수 있다. 소돔과 고모라의 경우가 좋은 예가 된다. 그곳의 주민을 죽음으로 내모는 데 썼던 그 절대적인 힘을 그 주민의 마음을 바꾸는 데는 쓰지 않았다. 이 예에서 볼 수 있는 것처럼, 단순하지 않은 전도라 할지라도 특정한 조건을 붙이면 제약성을 훼손하지 않을 수 있다.

현실세계의 전도에 의해서 마련된 환상세계는 당연히 명료하여야 한다. 사람 법칙이 명료해야 하고 자연 법칙이 명료해야 한다는 것이다.《수일이와 수일이》의 경우는 어떠할까. 사람의 손톱을 먹은 쥐는 사람이 된다고 했다. 얼핏 보면, 이 명제는 그 의미가 아주 명료해 보인다. 그러나 꼭 그런 것은 아니다.

가짜 수일이는 겉으로 보이는 모습만 사람과 똑같은 것이 아니다. 생각하고 느끼고 말하고 행동하는 것까지 사람과 똑같다. 학습의 결과라고 작가는 분명하게 말하고 있다. 그런데 그런 학습 능력은 사람만이 가질 수 있는 것이다. 이것은 가짜 수일이를 사람으로 볼 수 있는 근거가 된다.

가짜 수일이의 손톱을 먹은 수일이는 쥐가 되었다. 이것을 보면, 가짜 수일이는 쥐가 분명하다. 그래서 혼란스럽다. 가짜 수일이는 쥐인가 사람인가. 그냥 사람과 다를 바 하나도 없는 쥐라고 하고 말아야 하나.

들고양이는 야성을 잃지 않았기 때문에 가짜 수일이를 쥐로 되돌려 놓을 수 있다고 했다. 그런데 이 들고양이는 쥐가 된 수일이도 사람으로 되돌려 놓았다. 쥐가 된 수일이가 쥐라서 그렇게 할 수 있었던 것은 물론 아니다. 그렇다면, 들고양이가 쥐가 된 수일이를 사람으로 되돌려 놓을 수 있었던 것은 어떻게 설명해야 하는가. 겉모습이 쥐라서? 아니면, 작가가 미처 말하지 못했지만, 들고양이는 그 어떤 것이든 본래의 모습으로 되돌려 놓을 수 있는 특별한 힘을 갖고 있어서?

《수일이와 수일이》의 환상세계에서 문제 삼을 수 있는 것이 또 하나 있는데, 그것은 일관성의 결여다. 수일이의 손톱을 먹은 쥐는 수일이의 모습을 하게 되었고, 가짜 수일이의 손톱을 먹은 수일이와 수일이네 개 덕실이는 쥐의 모습을 하게 되었다. 궁금한 것은 이런 일이 왜 이들 셋한테만 일어나는가 하는 것이다. 다른 동물의 손톱을 먹게 되는 일은 동물의 세계에서는 아주 흔한 일일 것이고 사람의 세계에서도 더러 있는 일일 것인데, 《수일이와 수일이》는 이에 대해서는 아예 입을 다문다.

《수일이와 수일이》가 기대고 있는 옛이야기에서는 이 문제에 대한 대비가 있었다. 예컨대, 사람의 손톱을 먹기만 하면 아무 쥐나 사람이 되게 하는 것이 아니라 어떤 사람의 손톱을 몇 년이나 주워 먹은 특정의 쥐만 사람이 되게 했던 것이다. 물론 《수일이와 수일이》에서는 이런 장치를 도입하기 어려웠을 테고.

이를 다른 측면에서 비판할 수도 있다. 가짜 수일이는 수일이 때문에 자신의 새로운 삶이 위기를 맞게 되자 수일이를 쥐로 만들어 버린다. 이런 위기가 또 다시 닥칠 일은 없을까. 언젠가는 수일이의 부모도 가짜 수일이의 정체를 알아차릴 수 있지 않은가. 그런 일이 생긴다면 가짜 수일이는 수일이의 부모마저도 쥐로 만들어 내쫓아 버리려고 하지 않을까. 적어도 수일이만큼은 이를 걱정해야 했다. 그러나 이에 대해서도 《수일이와 수일이》는 아무 말을 하지 않는다.

지금까지 살펴본 바와 같이 《수일이와 수일이》의 환상 문법은 이런저런 허점을 가지고 있었다. 그래도 나는 《수일이와 수일이》를 우리나라 환상동화의 정점에 올려놓는 것을 주저하지 않는다. 이 정도의 허점은 용인할 수 있다. 《수일이와 수일이》의 환상 문법에 견줄 만한 환상 문법을 구현한 환상동화를 찾아보기 어려운 현실을 감안한다면 말이다. 게다가 옛이야기를 바탕으로 하여 환상동화의 지평을 확대하려고 했다는 점에서 정상 참작의 여지도 있다.

《수일이와 수일이》를 높이 평가하는 이유는 따로 있다. 그것의 환상적 서사 문법이 꽤 독창적이라는 것이다. 주동 인물인 수일이 대신 반동 인물인 가짜 수일이를 중심으로 《수일이와 수일이》의 서사를 재구성해 보면 이 점을 쉽게 확인할 수 있다.

환상적 서사 문법은 환상세계에 관한 이야기를 구성하는 문법이고 그 이야기를 현실세계에 사는 우리한테 의미가 있도록 가다듬는 문법이다. 환상세계에 관한 이야기란 환상세계의 사람 법칙 또는 인간 법칙-이를 통칭할 때는 '환상 법칙'이라 하자-에 의해서 문제가 제기되고 다른 어떤 것이 아닌 바로 그것에 의해서 문제가 해결되는 이야기라고 말할 수 있다. 문제를 제기하는 환상 법칙은 어떤 것이든 상관없다. 다만, 그것은 명료한 것이고 제한적인 것이고 일관된 것이어야 한다.

문제를 제기하는 환상 법칙은 작가가 임의로 설정할 수 있지만, 문제를 해결하는 환상 법칙은 그럴 수 없다. 문제를 제기하는 환상 법칙 그 자체 또는 그것의 내적 논리를 훼손하지 않는 범위에서 응용한 환상 법칙만 문제를 해결하는 환상 법칙으로 설정할 수 있다. 아무도 해결할 수 없는 문제 또는 누구나 쉽게 해결할 수 있는 문제는 결코 의미 있는 문제라 할 수 없기 때문에 문제 해결을 이와 같은 재귀적 해결로 제한하는 것이다. 문제를 제기하는 환상 법칙과 문제를 해결하는 환상 법칙을 전혀 다르게 설정하는 동화를 종종 보게 되는데, 이러한 동화는 몽상동화라 하는 것이 더 적절하다. 《수일이와 수일이》도 몽상동화의 혐의를 받을 수 있다. 뜬금없이 들고양이를 해결사로 끌어들인 것 때문에.

현실세계와 구별되는 또 다른 세계인 환상세계를 상상해 볼 수 있다는 것, 그것만으로도 환상동화는 어린이한테 현실적 의미가 있다고 말할 수 있다. 그러나 환상동화는 그 이상의 현실적 의미를 제공할 수 있어야 한다. 환상동화의 현실적 의미는 궁극적으로 현실세계에 대한 이해를 넓히는 데서 찾아야 한다. 환상세계는 다른 말로 하면 뒤틀린 현실세계다. 무엇이든 뒤틀어 놓으면 속에 감추어져 있던 것이 드러나게 마련이다. 현실세계도 다를 바 없다. 여기서 환상동화의 두 번째 현실적 의미를 찾을 수 있다.

현실세계의 속을 들여다본다는 것은 현실세계의 새로운 상황에 봉착한다는 것을 뜻한다. 적극적인 사람이라면 당연히 새로운 상황이 좋은 것인지 나쁜 것인지 알아보려고 할 것이다. 즉, 새로운 상황을 위기이자 기회의 상황으로 간주하고 그것에 대처하는 방법을 모색한다는 것이다. 환상동화의 세 번째 현실적 의미는, 이와 같은 문제적 상황을 설정하여 작중 인물 나아가서는 독자를 단련시키는 것, 바로 거기서 찾을 수 있다.

지금까지의 논의는, 환상동화의 환상적 서사 문법의 핵심이 환상에 의한 문제적 상황 설정과 그것의 재귀적 해소라 말하고 있다. 여기에 하나 더 보탠다면, 어린이 친연성 확보. 환상동화도 동화이기 때문에.

수일이는 쥐한테 자신의 손톱을 먹여 가짜 수일이를 만들었다. 이것은 수일이한테 기회이자 위기로 다가온다. 문제적 상황 설정이 이루어진 것이다. 그러나 기회의 시간은 짧았고 위기의 시간은 길었다. 게다가 그 위기는 다시 기회로 전활될 수 있는 것이 아니었다. 수일이한테는 그럴 능력도 없었고 그럴 생각도 없었다. 수일이가 하고 싶었던 것은 그리고 할 수 있었던 것은 그 위기를 해소하여 모든 것을 원점으로 되돌려 놓는 것이었다. 그런데 수일이의 문제 해결 방법이란 것도 그다지 매력적인 것이 못되었다. 쥐가 된 수일이가 들고양이의 힘을 빌려 진짜 수일이로 돌아온다? 너무 뻔한 스토리 아닐까.

이에 반해서, 가짜 수일이는 자신을 위기에 빠트린 바로 그 환상 법칙을 역으로 이용하여 그 위기를 기회로 전환시켰다. 자신의 발톱을 수일이한테 먹여 수일이를 쥐로 만들어 버린 것이다. 가짜 수일이야말로 문제적 상황을 재귀적으로 해소한, 환상동화의 제대로 된 주인공이라 하겠다. 《수일이와 수일이》를 악당이 더 매력적인 환상동화라 하는 것도 이 때문이다. 환상세계의 진정한 주인은 따로 있는 법이다. 주인이 된 사람은 그럴 만한 능력과 의지가 있어서 그렇게 된 것이다. 가짜 수일이한테는 그것이 있었다.

《수일이와 수일이》는 수일이를 이야기의 중심축으로 삼았다. 안타까운 일이다. 그렇다고 해서 우리 독자가 가짜 수일이를 주인공으로 삼아 이야기 자체를 재구성할 수도 없는 일이다. 가짜 수일이의 모험은 이제부터인데….

환상동화, 그것은 참으로 어려운 것이다. 현실동화에서 공력을 쌓을 만큼 쌓은 작가나 도전할 수 있는 것인 듯싶다.

우리말이 아름다운 《선들내는 아직도 흐르네》

김우경은 머리말을 통해서 《선들내는 아직도 흐르네》를 쓴 까닭을 다음과 같이 돌려서 말하고 있다.

알지요? 일본은 한때 '제국주의' 바람에 휩쓸려서 이웃 여러 나라를 짓밟고 못살게 굴었습니다. (…중략…) 지금 일본은 어떤가요? 일본은 아직도 자기네가 지난 시절에 저질렀던 잘못을 진정으로 뉘우치는 것 같지 않습니다. (…중략…) 이런 일본에게 따지고 나무라고, 그 잘못된 흐름을 바로잡아 주는 것은 우리가 저마다 자기 자리에서 나름으로 해야 할 몫이 되겠지요. 그런데 우리는 일본에 대해서도 마땅히 그래야 하지만, 한편으로 우리 안으로도 눈을 돌려 봐야 한다고 생각합니다. 예전에 일본이 우리나라를 짓밟을 때 앞잡이 노릇을 하며 일본 사람 못지않게 우리 겨레를 짓밟던 사람들, 그들이 저지른 죄를 늦었지만 지금이라도 꼭 한번은 따지고 넘어가야 되지 않을까요?

김우경은 덧붙인다. 일본을 나무라고 일본의 앞잡이한테 죄를 묻는 것은 나라 정신을 바로 세우고 부끄러운 역사를 되풀이하지 않게 하고 통일을 이루어 올바른 뜻을 펴는 당당한 나라가 되게 하는 것이라고. 구구절절 옳은 말이다. 과거는 결코 역사 속에 묻히지 않는다. 과거는 선들내처럼 아직도 현재로 흐르고 있으니까. 그리고 언제까지나 미래로 미래로 흘러갈 테니까.

그런데 하필이면 왜 동화란 말인가. 하필이면 왜 어린이한테 이런 이야기를 한단 말인가. 《선들내는 아직도 흐르네》를 펼쳐 들었을 때, 내 머리에 떠오른 첫 번째 생각이 바로 이것이었다. 일본을 나무라고 일본의 앞잡이한테 죄를 묻는 일을 해야 할 사람은 어른인데, 나라 정신을 바로 세우고 통일을 이루고 해야 할 사람은 어른인데…. 어른이 제대로 한다면 그것으로 된 것이고 제대로 하지 않는다면 어른을 다그칠 일이다. 동화를 쓸 게 아니라 소설을 쓸 일이다.

역사는 어른의 것이다. 어린이의 것은 없었다. 어린이는 모든 것을 어른에게 맡겨야 했다. 심지어 죽고 사는 것까지도. 어른은 어린이를 꾸어다 놓은 보릿자루로 취급했다. 적어도 역사에서는. 실제로, 역사가 요동을 칠 때는 어른은 어린이부터 팽개쳤다. 죽든 살든 상관하지 않았다. 역사는 언제나 어른의 편에 섰지 어린이의 편에 서지 않았다. 그런 역사를 어른은 어린이더러 소중하게 여기라고 한다. 어린이는 다가올 역사의 주역이라고 치켜세우면서. 말은 바로 할 일이다. 다가올 역사의 주역은 현재의 어린이가 아니라 미래의 어른이다.

동화를 통해서 어린이한테 역사를 이야기하려거든 먼저 어른한테 구속되고 약탈당하고 희생되던 어린이 수난사부터 이야기해야 사리에 맞는 것이 아닐까. 일본의 만행을 고발하려거든 무엇보다도 먼저 어린이에 대한 일본의 만행을 고발하는 것이 순서에 맞는 것이 아닐까. 동화는 어린이를 위한 이야기라고 어른들 스스로 입버릇처럼 말하고 있으니까.

그 다음으로 머리를 치고 지나가는 것은 하필이면 왜 위안부란 말인가 하는 것이었다. 동화로 다루지 않으면 안 되는 역사도 있을 수 있겠다. 그런 경우에는 무엇보다도 먼저 어린이를 챙겨야 한다. 역사의 무게에 짓눌리지 않도록. 이야깃거리를 선택할 때 역사적 가치와 비중보다는 어린이의 수용 가능성을 먼저 살펴야 한다는 것이다. 그런데 《선들내는 아직도 흐르네》는 위안부를 골랐다. 그것을 과연 어린이가 감당할 수 있을까. 다음을 보라. 위안부를 설명하는 대목이다.

"일본 군대는 처녀들을 뭐 할라꼬 잡아갔습니꺼?"

"선재 너는 왜 끌고 갔을 것 같니?"

누나가 도로 물었다.

"밥하고 빨래 시킬라꼬예?"

"군대에는 밥하고 빨래 따위를 하는 군인이 따로 있어."

누나가 조그맣게 숨을 몰아쉬었다.

"그라믄 와 잡아갔습니꺼?"

"일본 군인들은 전쟁을 하면서도 틈만 나면 여자들을 껴안고 싶어 했어."(107쪽)

선재는 초등학교 6학년이나 되지만 일본 군대가 처녀를 잡아간 까닭을 짐작조차 하지 못한다. 어떻게 설명해야 할지, 난감하기는 작가도 마찬가지였던 모양이다. 기껏 한다는 말이, "일본 군인들은 전쟁을 하면서도 틈만 나면 여자들을 껴안고 싶어 했어."였다. 선재는 이 말의 속뜻을 알아차릴까. 작가도 미심쩍었던 모양이다. 좀 더 풀어놓는다.

"열서너 살에서 스무 살 남짓한 처녀들이 뭐가 뭔지도 모르고 (…중략…) 끌려가서 일본 군인들한테 몸을 더럽혀야 했어. 딱딱한 나무 침대가 놓인 좁은 칸막이방 안에 갇혀서 하루에 스무 명 서른 명이 넘는 군인들한테 억지로 가랑이를 벌리고 시달려야 했지. 한 군인이 방에 들어와서 짐승처럼 껴안고 깔아뭉개는 동안 다른 군인들은 문 밖에 줄을 서서 자기 차례를 기다렸어."(109쪽)

노골적인 표현이다. 아니, 모호한 표현이라 해야 할지도 모르겠다. 성과 관련한 어른의 행위를 이해할 수 없는 어린이는 단순한 육체적인 폭력을 묘사한 것으로 받아들일 수도 있으니까. 그렇다고 여기서 더 나아가길 바랄 수는 없지 않은가. 동화가 감당할 수 있는 수준을 넘어서게 되니까. 이처럼 설명하거나 묘사하는 것도 자유롭지 못한 대상을 군이 어린이한테 들려주려고 하는 까닭이 무엇일까. 어린이가 어른이 되기를 기다릴 수는 없는 것일까.

작가는, 나와는 달리, 어린이라 할지라도, 아니 어린이라서 더더욱, 우리 민족의 아픈 역사를, 그것도 속속들이, 제대로 알아야 한다고 생각했다. 관점의 차이가 확연하다. 그런데도 그의 《선들내는 아직도 흐르네》에 대한 나의 평가는 호의적이다. 작가와 나의 거리를 상당히 좁혀 주는 이야기 전략상의 몇 가지 미덕을 가지고 있기 때문이다.

《선들내는 아직도 흐르네》는 외부 이야기가 내부 이야기를 껴안는 구조로 되어 있다. 외부 이야기는 범실 마을 아이들의 일상에 관한 잔잔한 이야기이고 내부 이야기는 같은 마을 출신의 무동 할배와 임점남 할머니의 아픈 과거 이야기인데, 그 두 이야기는 무동 할배를 매개로 하여 연결된다. 무동 할배는 아이들과 같은 마을에 살고 있고 임점남 할머니는 무동 할배의 형님한테 속아 위안부로 팔려 갔다.

무동 할배가 아이들과 같은 마을에 살고 있다지만, 그 정도의 인연으로 아이들을 무동 할배의 과거로 끌어들일 수는 없다. 할아버지란 친할아버지라 해도 아이들은 거리를 두기가 일쑤다. 하물며 비어 있는 제각에서 혼자 살고, 남의 허드렛일이나 해 주고, 말수도 적은 무동 할배임에랴. 작가는 이에 대한 대책으로 무동 할배와 아이들을 이어 줄 또 다른 한 사람과 의미 있는 한 사건을 마련해 두고 있었다. 나는 앞에서 《선들내는 아직도 흐르네》의 미덕을 운운했다. 바로 이 특별한 사람과 사건을 그 미덕 중의 하나로 봤다.

채영이 누나. 대학생일 때 범실 마을에 봉사 활동을 와서 무동 할배를 알게 된 이후 무동 할배의 부탁으로 임점남 할머니를 찾는 일로 자주 범실 마을을 찾는 신문 기자다. 채영이 누나는 아이들한테 무동 할배와 임점남 할머니의 과거를 들려주는 역할을 맡고 있는데, 앞에서 인용한 위안부에 관한 이야기를 들려주는 역할도 그중의 하나다.

작가의 계획 속에 들어 있었던 것인지 그렇지 않았던 것인지는 확인할수 없지만, 채영이 누나의 드러나지 않은 역할이 또 있다. 그것은 어른의역사와 맞닥뜨린 아이들이 떠안게 되는 부담을 덜어 주는 역할이다. 아이들한테 역사를 옛이야기처럼 느긋하게 들려주는 것은 전혀 문제가 되지 않는다. 역사적 과제니 우리의 할 일이니 하는, 듣는 이의 가슴을 압박하는 것들이 따라붙지 않기 때문이다. 그러나 그렇게 들려줄 수 있는 역사는 현재와 뚝 떨어진 먼 과거의 역사뿐이다. 무동 할배나 임점남 할머니와 같은 우리의 눈앞에 살아 있는 역사는 그 존재만으로도 우리를 짓누를 수 있는 것이다. 채영이 누나는 그런 역사와 어린이들 사이를 이어 주기도 했지만 끊어 주기도 했다. 이어 준 것은 역사이고 끊어 준 것은 그역사의 과제다. 중국 어딘가 살고 있다는 임점남 할머니를 수소문하는 것같은 과제를 채영이 누나가 떠맡고 있었기에 가능했던 끊어 주기였다. 언제나 진리로 여겨야 할 말이 있다. 어른의 것은 어른에게, 아이의 것은 아이에게.

특별한 사람이 채영이 누나라면 특별한 사건은 사과 서리 사건이다. 범실 마을의 친척집에 놀러온 도회지 아이의 부탁으로 마을 아이들은 사과 서리에 나선다. 아이들이 노린 사과밭을 마침 무동 할배가 사과밭 주인과 함께 지키고 있었다. 남의 집 허드렛일을 하여 먹는 문제를 해결하는 무동 할배인지라 어디서 무엇을 하다가 누구를 마주친다 한들 어색할 게 뭐가 있겠는가. 이와 같은 빈틈없는 설정은 계산된 것임은 말할 것도 없다.

그 다음은 우연이다. 아이들의 사과 서리가 있었던 밤이 지나자 무동 할배는 사과밭 지키는 일을 그만두었다. 그러나 아이들은 우연이 아니라고 생각했다. 사과 서리 때문에 그만두게 되었다고 믿었다. 자기들 때문에 무동 할배가 밥 먹을 데를 잃어버리게 되었다고 안절부절못했다. 마침내 아이들은 사과밭 주인한테 용서를 구하기로 한다. 아이들이 무동 할배한테 손을 내밀고 있는 것이다. 어린이 스스로 어른의 역사 속으로 한 걸음 다가서고 있는 것이다. 이쯤 되면, 이 아이들이 임점남 할머니의 소식을 인터넷으로 다시 찾아보는 장면의 설정도 자연스럽게 받아들여진다.

들려주기와 겪게 하기. 그 둘의 차이는 엄청난 것이다. 어린이 유괴 방지 교육 프로그램의 핵심은 '낯선 어른 따라가지 않게 하기'라고 한다. 그런데 그것을 말로만 들려준 어린이는 실천도 말로만 했고, 가상 상황을 통해서 겪어 보게 한 어린이는 실천도 겪은 대로 했다고 한다. 역사도 마찬가지다. 역사를 알게 하고 싶거든, 역사의 과제까지 감당하게 하고 싶거든, 들려줄 것이 아니라 겪어 보게 할 일이다.

채영이 누나가 무동 할배와 관련하여 아이들한테 쏟아낸 말은 양이나 질이나 모두 엄청난 것이었지만, 무동 할배를 대하는 아이들의 태도 변화에 끼친 영향은 아이들이 직접 계획하고 행동에 옮긴 그 알량한 사과 서리보다 못한 것이었다. 아이한테 겪게 할 수 있는 것은 그다지 많지 않지만, 아이들이 겪어 낸 것은 확실하게 아이들의 것이 된다. 들려주는 것은 아예 시간 낭비다. 내 말이 아니다. 어린이 유괴 방지 교육 전문가의 말이다.

그런데 무동 할배와 임점남 할머니한테는 미안하지만, 그들의 이야기는 진짜 재미가 없다. 내가 이러니 아이들은 더할 것이다. 오히려《선들내는 아직도 흐르네》의 맨 앞에 나오는, 선재와 을구가 냇가에서 벌이는 싸움이 더 재미가 있다. 선재한테 늘 눌려 지내는 을구를 응원하는 을구의 형 재구, 형 앞이라 기세가 올라 일부러 싸움을 거는 을구, 그걸 보고 바짝 약이 올라 전의를 불태우는 선재, 이러지도 저러지도 못하고 지켜만 보고 있는 선재의 친구 판태. 그리고 그들이 벌이는 절체절명의 한판 격투. 얼마나 싱싱하고 얼마나 건강한지.

《선들내는 아직도 흐르네》의 미덕 가운데 하나가 아이는 아이처럼 그리고 어른은 어른처럼 그렸다는 것이다. 서낭님 돌무더기 옆을 지나쳤다가 되돌아보며 염소 도둑맞지 않게 해 달라고 비는, 길앞잡이한테 토끼풀 많은 데 아느냐고 물었다가 누가 그 소리를 듣기나 했을까봐 주위를 휘휘 둘러보는, 나리꽃을 꺾으려다 찔레 덤불에 움찔하여 손을 빼면서 나리꽃한테 '찔레 덤불한테 고맙다 캐라'는 시답잖은 소리를 하는…, 시골 아이 선재가 그냥 그려진다. 선재만 그런 것이 아니다. 다른 아이들도 하나같이 개성이 넘친다. 그 아이들이 곧 전형적인 시골 아이들이다. 아이들의 경우는 그렇다. 개성이 있는 아이라야 아이의 한 전형이 된다.

선재 할머니는 또 어떻고. 선재랑 밭일을 마치고 집에 가는 길. 선재가 "수수밭 다 매서 인자 뭐 할 건데예?" 하고 묻는다. 할머니 대답. "와, 일 없을까 걱정이가? 찾으모 쌓인 게 일이다." 선재가 또 한마디. "하아, 덥다. 우리 밭은 와 이리 높은 데 있노?" 이에 대한 할머니 말씀. "니가 낭제 돈 많이 벌어서 집 가까운 데 좋은 땅 사거라."

선재 할머니는 선재의 말 한마디도 순하게 받는 법이 없다. 정작 마음에 있는 말은 하지 못하고 마음에 없는 말만 일부러 골라서 하는 삐딱한 어법, 그것은 일에 치여 고단하게 살았던, 그래서 자기 자신한테 지칠 수밖에 없었던, 그렇지만 식구들한테 미안한 마음을 떨칠 수 없었던, 바로 우리들 할머니의 어법이기도 하다. 어법 하나로 할머니의 한 전형을 그림처럼 그려냈다.

마지막으로 들고 싶은 《선들내는 아직도 흐르네》의 미덕은 아름다운 우리말이다. 작가의 표현력이 우리말을 그렇게 아름답게 만들었다고 해야 하겠지. 말맛이 착착 감긴다고 말하면 되려나. "나무가 아직 어려서 <u>얼금숭숭</u>했다." "잎과 가지 사이로 하늘이 <u>파르송송</u> 보였다." "전등불에 벌레들이 <u>왁실덕실</u> 엉겨들고 있었다."의 밑줄 친 낱말을 보라. 작가가 제 혼자 만들어낸 말인데도 우리한테 그 뜻이 환하게 읽힌다. 의성어, 의태어야 누구나 만들 수 있지만, 말의 소리까지 그 뜻을 전해 주는 이런 의성어, 의태어는 아무나 만들 수 없을 것이다.

《선들내는 아직도 흐르네》는 묘사의 교과서라 할 만하다. 묘사 대상이 다양하고, 묘사 방법이 다양하고, 묘사 효과(또는 기능)가 다양하다. 물론 묘사 그 자체도 탁월하다. 묘사 하나하나가 이미 한 편의 시다. 이 묘사만 차근차근 따져도 글 한 편은 뚝딱 쓸 수 있을 것 같다. 그러나 이제 쓸 시간도 얼마 없고 분량도 채울 만큼 채웠다. 가장 짧은 묘사, 그렇지만 가장 뛰어난 묘사 한 자락을 소개한다.

'뭐 하지?'
할 일이 없었다.

'소꼴이나 베 올까?'

할 일이 없어서, 정말 할 일이 없어서, 어쩔 수 없이 하는 일이, 일하는 일이란다. 그것도 소꼴 베는 일. 초등학교 6학년 아이가 심심해서 죽을 지경인 것을 작가는 이렇게 표현했다.

이런 《선들내는 아직도 흐르네》를 어찌 좋아하지 않을 수 있으랴.

마무리 삼아서

김우경은 1989년에 등단하여 스무 해 정도 작품 활동을 하였다. 동화를 쓰기 시작한 나이가 적은 것도 아니지만 동화를 쓴 기간이 짧은 것도 아니다. 그런데 그가 남긴 동화책은 모두 8권에 지나지 않는다.

물론 이 8권의 동화책에 실린 동화를 김우경 동화의 전부라 할 수는 없을 것이다. 《또야 너구리의 심부름》(권정생 외, 2002)에 수록된 〈묵정밭 가꾸기〉 같은 작품도 있으니까. 신문이나 잡지에 발표했다가 미처 책으로 묶어내지 못한 작품도 있을 것이고, 아예 발표조차 하지 못했던 작품도 있을 것이다. 그러나 그런 작품이 그리 많을 것 같지는 않다. 뒷부분의 삶 대부분을 몹쓸 병과 함께 해야 했던 김우경이었으니 말이다.

김우경은 과작의 작가다. 그래서 고맙다. 수십 수백 권의 동화책을 펴낸 것을 자랑으로 여기는 작가들이 적지 않다 보니, 김우경의 과작 그 자체가 고맙게 여겨진다는 것이다. 우리 아이들의 놀이터가 되고 놀이 친구가 되는 동구 밖의 커다란 느티나무. 그런 나무 수십 수백 그루를 베어서 동화책 한 권을 만든다고 생각해 보라. 흔히 아이들을 위해서 동화를 쓰고 동화책을 낸다고들 말한다. 동화야 얼마를 쓰든 무슨 상관이 있겠는가. 그러나 동화책은 가려서 냈으면 좋겠다. 아이들을 위해서라도 동화책을 내지 말아야겠다고 말하는 것도 들을 수 있기를 바란다.

김우경은 목소리가 또렷한 작가다. 물론 그 목소리는 아이들한테 의미 있는 것을 일러 주는 목소리다. 문제는 작가의 목소리만 도드라지는 동화는 잔소리 동화 또는 큰소리 동화로 전락한다는 것이다. 잔소리란 딴 게 아니다. 구구절절이 옳은 소리다. 그래서 잔소리는 곧잘 우격다짐의 큰소리가 된다. 옳은 소리라서 자신감이 차고 넘치는 것이다.《풀빛 일기》,《하루에 한 가지씩》그리고《반달곰이 길을 가다가》를 이런 잔소리 동화 또는 큰소리 동화로 규정할 만하다. 이런 동화는 독자를 마치 선생님한테 꾸지람을 받는 아이처럼 쪼그라들게 만든다. 독자를 배려하지 않는 동화를 독자가 환영할 리 없다.

'목소리만 있는 것'이 문제지 '목소리도 있는 것'은 문제가 아니다. 이 글에서 살펴본 세 작품 역시 작가의 목소리가 또렷하게 드러나지만, 독자는 별로 개의치 않는다. 그것을 들을 겨를이 없으니까. 독자의 귀는 이미 작중 인물의 산뜻한 목소리를 듣는 데 내줘 버렸으니까. 목소리를 내고 싶은 작가라면 새겨들을 말이다. 자신의 목소리와 맞서는 또 다른 목소리를 만들어 내는 것, 그것이 자신의 목소리를 살아남게 한다는 것이다.

궁금한 것이 하나 있다. 일반적으로 작가는 서툰 작가에서 세련된 작가로 진화하고, 발표하는 작품의 수준도 그렇게 진화한다. 그런데 김우경의 경우는 그렇지 않다. 김우경의 동화책을 발간 연도를 밝혀서 나열해 본다.《머피와 두칠이》(1996),《풀빛 일기》(1998),《우리 아파트》(1999),《수일이와 수일이》(2001),《하루에 한 가지씩》(2002),《반달곰이 길을 가다가》(2002),《선들내는 아직도 흐르네》(2004),《맨홀장군 한새1·2》(2012).

내가 평가한 것이 옳다면, 김우경은 좋은 작품을 쓰다가 그렇지 않은 작품을 쓰다가 또 좋은 작품을 쓰는, 상식적으로 납득하기 어려운 작가가 된다. 특히《머피와 두칠이》와《풀빛 일기》를 비교해 보면, 이 점이 분명하게 확인된다. 이 두 작품은 동물 동화의 형식을 채택했다는 점, 사람에 의한 동물 학대를 이야기하고 있다는 점, 사람한테 구속되지 않는 자유로운 동물의 삶을 추구한다는 점 등, 상당히 많은 유사점을 가지고 있다. 그러나 두 작품의 문학적 성취도는 사뭇 다르다. 이를 어떻게 설명해야 할지 난감하다. 창작 연도와 발간 연도가 서로 어긋나서 그런 것이 아닐까, 하고 추측만 해 본다. 이 추측이 맞아떨어졌으면 좋겠다. 실패작이 있어서 성공작이 있었다고 멋지게 말할 수 있을 테니까.

《수일이와 수일이》의 환상성과 현실성

환상성의 매력과 아쉬움

1. 환상성의 실마리

《수일이와 수일이》(김우경, 우리교육, 2001)를 이야기하려면 이에 앞서
'쥐좆도 모른다' 유형의 옛이야기를 먼저 이야기하여야 한다. 다음은 그
유형에 속하는 옛이야기 가운데 하나다. 이것을 읽어 보면,《옹고집전》이
머릿속에 떠오를 것이다. 그렇다.《옹고집전》은 바로 이 '쥐좆도 모른다'
이야기를 소설로 꾸며 놓은 것이다.

옛날에 한 영감이 있었는데, 이 영감은 손톱 발톱을 깎아서 아무 데나 버
렸다. 그러면 그 집에 사는 쥐가 나와 손톱 발톱을 먹었다. 여러 해 동안 영
감의 손톱 발톱을 먹은 쥐는 영감과 똑같은 모습을 한 사람으로 변했다.

하루는 영감이 사랑방에 의관을 벗어 놓고 뒷간에 갔는데, 그 사이에 쥐
가 변한 영감이 사랑방에 들어가 그 의관을 입고 집주인 행세를 하였다. 뒷

간에서 돌아온 영감과 쥐가 변한 영감은 서로 자신이 주인이라며 싸움을 벌였다. 식구들은 집안의 살림살이를 물어보아서 진위를 가리기로 했다. 그런데 진짜 영감은 아는 것이 없었고, 가짜 영감은 모르는 것이 없었다. 진짜 영감은 쫓겨났다.

빌어먹고 다니던 진짜 영감은 시집간 딸을 찾아가서 앞뒤 사정을 이야기했다. 딸은 삼족구(三足狗)를 가지고 친정에 갔다. 먼저 사당에 가서 절을 하고는 안방으로 가서 영감을 불러들였다. 영감이 방에 들어오자 삼족구를 내놨다. 삼족구는 쏜살같이 달려들어 영감의 멱살을 물었다. 영감이 죽자 큰 쥐로 변했다. 이것을 본 식구들은 모두 놀랐다.

어머니는 배가 불러 있었다. 그 배를 따 보니 쥐의 새끼가 여러 마리 나왔다. 딸은 이것을 보고 "그래, 어머니는 쥐좆도 모르고 지냈소?" 하고 물었다. 어머니는 아무 말도 못했다. 이때부터 아무 것도 모르는 것을 '쥐좆도 모른다'고 하였다.(임석재, 〈괴서(怪鼠)〉, 《한국구전설화》 전북편 I, 평민사, 1990, 209-210쪽 요약)

각편에 따라서 내용이 조금씩 다르다. 쥐가 도습의 대상으로 삼은 사람은 다양하다. 그러나 장가들러 온 새신랑이나 어린 나이에 장가를 들어 절로 공부하러 간 외아들처럼 피해자는 아내가 있는 사람으로 한정된다. 쥐를 물어 죽이는 동물로는 대부분의 각편에서 늙은 고양이를 내세운다. 그리고 쥐의 도습에 의한 변고를 해결하는 방법을 찾아내는 인물은 스님이나 도사인 것이 보통이다. 우리가 인용한 각편에서는 시집간 딸이 그 역할을 떠맡고 있는데, 이것은 조금은 어색한 설정이다.

한편 쥐의 아내 노릇을 한 어머니 또는 아내의 임신 여부는 각편에 따라서 밝히기도 하고 밝히지 않기도 한다. 이것은 '쥐좆도 모른다'는 말의 속뜻을 구체적으로 드러내기 위한 에피소드인데, 이 에피소드를 생략한다 하더라도 그 말의 속뜻이 왜곡될 것 같지는 않다. 그런데 어머니 또는 아내의 임신을 서사적으로 처리할 때 배를 가르는 것과 같은 극단적인 방법을 사용하는 각편은 드물다. 대개는 어머니 또는 아내가 홑치마만 걸친 채 펄펄 끓는 기름의 김을 아랫도리에 쐬어서 쥐의 새끼가 저절로 빠져 나오게 한다. 우리는 여기에서 옛이야기는 전승 과정에서 그 내용이 순화된다는 것을 확인할 수 있다.

《수일이와 수일이》는 '쥐좆도 모른다' 이야기가 껴안고 있는 환상의 모티프 가운데 어떤 것은 수용하고 어떤 것은 변형시키고 또 어떤 것은 전복시켰다. 사람의 손톱 발톱을 오랫동안 먹은 쥐는 그 사람과 똑같은 모습으로 바뀐다는 모티프는 그대로 받아들였다. 그런데 《수일이와 수일이》는 이 모티프를 단순히 수용하는 데 그치지 않고 이를 전복시켜서 새로운 모티프를 창안하기도 했다. 즉, 쥐의 손톱 발톱을 먹은 사람이나 동물은 그 쥐와 똑같은 모습으로 바뀐다는, 또 하나의 색다른 환상의 전제를 설정했다는 것이다.

《수일이와 수일이》의 수일이는 자기 의지에 따라서 겉모습이 자신과 똑같은 가짜 수일이를 만들어냈다. 노는 것은 자신이 하고 공부하는 것은 가짜 수일이에게 맡기기 위해서였다. 이것은 수일이가 스스로 자기에게 올가미를 씌우는 것이나 마찬가지였다. 가짜 수일이가 사람의 속내를 조금도 지니고 있지 않다면 수일이 대신에 공부하는 것을 견딜 수 없을 것이고, 사람의 속내를 조금이라도 지니고 있다면 자신에게 공부하는 것을 떠넘긴 수일이를 견딜 수 없을 것이다. 그러니까 수일이의 곤경은 예정되어 있는 것이라고 하겠다.

'쥐좆도 모른다' 이야기의 주인공은 사정이 다르다. 자신과 똑같은 모습으로 변신한 쥐에게 시달림을 받긴 하지만, 그것은 기껏해야 손톱 발톱을 아무 데나 버린 아주 작은 잘못 때문이었다. 따라서 주인공은 작은 노력만으로도 그 시달림을 떨쳐 버릴 수 있어야 한다. 작은 노력이란 쥐의 신통력을 제압할 수 있는 신통력을 지닌 도인을 찾아 도움을 구하는 정도의 노력을 뜻한다. 이야기를 그렇게 짜지 않으면 안 되는 것이, 주인공이 맞닥뜨린 불행은 주인공으로서는 어찌해 볼 수 없는 성질의 것이기 때문이다.

2. 환상 논리의 실체

《수일이와 수일이》 환상의 전제는 간단하다. 사람의 손톱 발톱을 먹은 쥐는 바로 그 사람의 모습으로 변신한다는 것이다. 환상의 전제는 아무래도 상관없다. 독자는 그저 그러려니 하고 받아들이기만 하면 되는 것이다. 독자의 관심은 오히려 전제로부터 이끌어 낸 사건과 현상의 논리적 정합성에 집중된다. 그것이 작품을 이해하는 데 관건이 되기 때문이다. 어차피 환상적 사건과 현상은 경험으로는 이해할 수 없는 것이다.

수일이는 자신의 손톱과 발톱을 쥐가 먹게 하여 가짜 수일이를 만들어 냈다. 그 가짜 수일이는 그 전에는 분명 쥐였다. 그런데 사람의 모습을 하고 있는 지금은 쥐인가 사람인가. 가짜 수일이는 수일이네 집에서 비누를 갉아 먹는다. 사람이라면 비누를 갉아 먹지는 않을 것이다. 그런데 가짜 수일이는 개도 겁내지 않고 고양이도 겁내지 않았다. 사람의 손을 타서 야생성을 잃어버린 개이고 고양이라서 겁내지 않았다고 했지만, 이것은 추측일 뿐이다. 가짜 수일이는 자신이 사람이라서 그렇다고 말한다. 그런데 수일이가 가짜 수일이의 손톱과 발톱을 먹고 쥐가 되는 사건이 발생한다. 이 사건은 가짜 수일이가 여전히 쥐라는 사실을 분명하게 뒷받침한다. 그렇다면, 가짜 수일이의 정체는 무엇이란 말인가.

작가는 이에 대해서 다음과 같은 답변을 준비해 두고 있다. "가짜 수일이가 쥐냐 사람이냐를 판별하는 것은 전혀 중요하지 않다. 쥐면 어떻고 사람이면 어떠랴. 물론 생물학적으로 따지면 그는 여전히 쥐다. 그러나 쥐라 할지라도 사람으로서 살아갈 수 있다고 생각하는 그는 정신학적으로는 이미 사람인 것이다. 가짜 수일이는 고양이를 두려워하지 않았다. 그것은 당연한 것이다. 쥐의 몸집을 하고 있는 것도 아니고 쥐의 관념에 사로잡혀 있는 것도 아니기 때문이다."

실제로, 가짜 수일이는 자신의 정체성뿐만 아니라 수일이와 덕실이의 정체성까지 철학적으로 사유할 정도로 인간화된다. 다음은 사람으로서 살아가겠다고 결심한 가짜 수일이와 그런 수일이를 설득하여 원래대로 쥐로 돌아가게 하려는 덕실이와의 대화이다.

"이봐, 너는 진짜 수일이가 아니야. 내가 알아. 너는 처음에 쥐였어!"

덕실이가 타이르듯이 말했다.

"그럼 너는 처음에 뭐였니?"

가짜 수일이가 덕실이를 보며 말했다.

"나?"

"그래! 너는 처음에 뭐였어?"

"나는 처음부터 개였지."

"아니야. 잘 생각해 봐. 너도 처음에는 개가 아니었는지 몰라. 나처럼 쥐였거나, 박쥐, 도마뱀……. 어쩌면 바퀴벌레였는지도 모르지."

"뭐, 뭣?"

덕실이는 입을 다물지 못했다.

"그러니까 너부터 바퀴벌레로 돌아가 봐. 그러면 나도 쥐로 돌아갈 테니까!"

가짜 수일이가 말했다.(98-99쪽)

가짜 수일이는 자신이 쥐였다는 사실을 인정한다. 그런데 가짜 수일이는 오히려 그러한 사실을 자신이 사람으로서 살아가는 것을 정당화하는 근거로 삼는다.

자신은 예전에 쥐였는데 지금은 사람이다. 자신에게 그런 일이 일어났다면 덕실이나 수일이에게도 그런 일이 일어났을 것이다. 즉, 덕실이와 수일이가 지금은 개이고 사람이지만 예전에는 바퀴벌레와 같은 동물이었을 것이다. 예전에 바퀴벌레와 같은 동물이었을 덕실이와 수일이가 개로서 사람으로서 살아가고 있는데, 예전에 쥐였던 자신이 사람으로서 살아가지 못할 게 뭐냐.

수일이가 자신은 처음부터 수일이었다고 말할 때 가짜 수일이가 자기도 처음부터 수일이었다고 큰소리친다. 물론 가짜 수일이의 말은 억지소리다. 그런데 앞의 논리에 따르면 수일이의 말도 억지소리다. 가짜 수일이는 수일이의 억지소리에 단지 억지소리로 맞섰을 뿐이다.

가짜 수일이는 마침내 수일이와 덕실이를 집에서 내쫓는다. 이때 마지막 호의인 양 자신이 먹다 남은 빵을 내준다. 그런데 그 빵 속에는 가짜 수일이의 손톱 발톱이 들어 있었다. 우리가 이 장면에서 읽어 내게 되는 것은 가짜 수일이의 흉측함이 아니라 처절함이다.

가짜 수일이는 누구든지 현재의 모습이 본래의 모습은 아니라고 주장했다. 그 주장의 근거로 자기 자신을 내세웠지만, 그것만으로는 아무래도 설득력이 부족했다. 자기 자신의 경우는 특수한 사례로 간주될 수 있기 때문이다. 자신의 주장을 일반화하기 위해서는 'A라는 동물의 발톱을 먹은 B라는 동물은 A라는 동물로 변신한다'고 말할 수 있어야 했다. 가짜 수일이로서는 이에 집착할 수밖에 없었다. 쥐이면서도 사람으로 살아가려면 그러한 삶을 선택한 자신에 대한 회의부터 잠재워야 했기 때문이다.

한편, 가짜 수일이로서는 수일이와 덕실이에 대해서도 신경을 쓰지 않으면 안 되었다. 수일이가 집에서 쫓겨나면서까지 자신의 정체를 밝히지 않는 것은 임신한 어머니가 충격을 받을까 봐 염려해서였다. 그러나 수일이가 언제까지나 입을 다물고 있지는 않을 것이다. 가짜 수일이는 자신이 사람으로서 살아가려면 이와 같은 내적·외적 걸림돌을 제거하지 않으면 안 된다는 것을 잘 알고 있었다. 그래서 그는 모험을 하기로 했다. 수일이와 덕실이에게 자신의 손톱 발톱을 먹여 보는 것이다. 그들이 쥐가 되기만 한다면….

3. 환상 동화로서의 아쉬움

과연 수일이와 덕실이는 쥐가 되고 말았다. 결국 가짜 수일이가 승리한 것이다. 여기까지만 보면, 《수일이와 수일이》의 환상 논리는 흠잡을 데가 없다. 그러나 그 다음이 문제다.

수일이와 덕실이가 집을 나간 것은 가짜 수일이에게 내쫓겨서가 아니었다. 가짜 수일이를 물리칠 들고양이를 찾아서였다. 작가는 수일이네 집 2층에 사는 할아버지와 할머니의 입을 빌려서, 들고양이라야 사람으로 둔갑한 쥐를 쫓을 수 있다고 말한다. 독자로서는 이를 납득하기가 어렵다. 사람의 손을 탄 집고양이긴 했지만, 가짜 수일이는 집고양이를 귀여워하기까지 했다. 어디 그뿐인가. 이런 말까지 한다.

"나도 엄마한테 고양이 한 마리 사 달라고 할까? 그런데 고양이를 뭣 땜에 키우지? 닭은 알이라도 낳아 주지만. 나 같으면 차라리 호랑이나 사자를 키우겠어. 젖소를 한 마리 키워 볼까? 우유를 얻어먹을 수도 있잖아?"(112쪽)

이러한 가짜 수일이가 들고양이를 왜 무서워하겠는가. 작가는 '지 맘대로 돌아댕기면서 뭣이든지 막 잡아먹고 사는 들고양이'라는 말로 집고양이와 들고양이의 차이를 설명하고 있다. 즉, 들고양이의 공격성에서 가짜 수일이를 내쫓을 수 있는 가능성을 보고 있는 것이다. 그러나 덕실이의 경우를 보면, 그것은 잘못된 생각이다. 가짜 수일이가 쥐로 돌아가지 않으려고 하니까, 덕실이는 못 참겠다는 듯이 이빨을 드러내고 으르렁거렸다. 그러자 가짜 수일이는 무서워하기는커녕 능청을 떤다. "히히. 나는 사람이야. 누가 너 같은 개를 겁낼 줄 아니?"라고 하면서. 작가는 사람에게 길들여진 개나 고양이는 가짜 수일이를 물리칠 수 없다고 했지만, 그것이 아니었다. 가짜 수일이는 자신을 사람이라고 생각하니까 개나 고양이가 겁나지 않았던 것이다.

한 가지 이상한 것은, 가짜 수일이는 자신의 경험에서 수일이와 덕실이를 제거하는 방법을 찾았는데, 어찌하여 수일이와 덕실이는 그들의 경험에서 가짜 수일이를 제거하는 방법을 찾지 못했는가 하는 것이다. 가짜 수일이는 자신의 손톱 발톱을 수일이와 덕실이에게 먹여서 그들을 쥐로 만들어 버렸다. 이것은 어느 누구도 써 본 적이 없는 방법이라서 가짜 수일이도 그 효과에 대해서 긴가민가했을 것이다. 그러나 수일이와 덕실이는 그들이 직접 당했기 때문에 결과를 자신해도 좋았다. 이를 테면, 덕실이의 손톱 발톱을 가짜 수일이에게 먹인다면 가짜 수일이는 개가 된다고 확신할 수 있었다는 것이다. 그러나 수일이와 덕실이는 이런 방법을 쓸 생각은 전혀 하지 못했다.

《수일이와 수일이》에서 그냥 넘어갈 수 없는 것이 하나 더 있다. 그것은 쥐가 된 수일이와 덕실이가 사람과 개로 되돌아온 사건이다. 그것은 아주 간단하게 이루어졌다.

수일이와 덕실이는 약속이나 한 듯 바위굴 쪽을 돌아보았다. 그렇게 무심코 뒤를 돌아보다가 덕실이와 수일이는 그만 뒤로 나자빠지고 말았다.

"캬아아악!"

어느 틈에 뒤로 왔는지 고양이가 눈에 불을 켜고 이빨을 드러내며 발톱을 세우고 달려들었다. 수일이는 정신을 잃어버렸다.(210-211쪽)

들고양이를 보고 기절하는 것만으로 수일이와 덕실이는 다시 사람으로 개로 되돌아올 수 있었다. 이 사건은 들고양이가 가짜 수일이를 물리치게 될 것임을 보여 주기 위하여 의도적으로 삽입한 이야기 장치라는 것은 쉽게 짐작할 수 있다. 그러나 의도가 지나쳤다. 들고양이가 가짜 수일이를 물리칠 수 있다면, 그것은 가짜 수일이가 사람으로 보이긴 하지만 기실은 쥐이기 때문일 것이다. 쥐가 된 수일이와 덕실이는 어떨까. 쥐로 보이긴 하지만 기실은 사람이고 개이지 않은가. 따라서 들고양이는 사람이 된 쥐만 물리칠 수 있든지 쥐가 된 사람과 개만 물리칠 수 있든지, 둘 중 어느 하나만 할 수 있어야 한다. 그러나 작가는 둘 다 가능한 것으로 설정했다.

《수일이와 수일이》의 환상 논리는 꽤 탄탄한 것이었다. 그동안 우리나라 환상동화에서 선보였던 환상 논리와는 아예 격을 달리한다고 평가할 수 있을 정도이다. 그래서 그런지 《수일이와 수일이》의 환상 논리에 내재된 결함은 더욱 도드라져 보인다. 아쉬운 일이다.

현실성의 폭과 깊이 : 수일이를 따라가며 읽는 주제 의식 또는 창작 의도

《수일이와 수일이》의 수일이는 방학인데도 아니 방학이라서 더욱 열심히 학원에 다녀야 했다. 수일이는 너무나 놀고 싶었다. 그래서 옛이야기에 나오는 대로 자신의 손톱 발톱을 쥐에게 먹여서 가짜 수일이를 만들고 그에게 공부하는 일을 떠맡긴다. 그러나 수일이는 이에 대한 대가를 톡톡히 치러야만 했다. 가짜 수일이의 협박에 못 이겨 집을 나와야 했고 가짜 수일이의 속임수에 넘어가 쥐로 변하기도 했다. 다행히도, 수일이는 들고양이의 도움을 받아서 원래의 자기 모습을 되찾을 뿐만 아니라 원래의 자기 자리로 되돌아가게 된다.

이것은 《수일이와 수일이》의 중심 이야기선에 초점을 맞추어 그 줄거리를 요약한 것이다. 일반적으로 작가는 중심 이야기선을 가지고 작품의 주제 의식을 구현하거나 자신의 창작 의도를 드러낸다. 중심 이야기선의 의미와 방향을 통해서 '할 말'을 들려주고, 중심 이야기선에 내재된 인과 관계를 통해서 '할 말'을 '하여도 될 말'로 들리게 하는 것이다. 환상동화의 경우, 작품의 주제 의식이나 작가의 창작 의도는 환상의 현실적 의미라는 말로 대체할 수도 있다.

《수일이와 수일이》의 중심 이야기선에서는 작품의 주제 의식 또는 작가의 창작 의도를 찾아내기가 쉽지 않다. 《수일이와 수일이》는 수일이가 집으로 되돌아가는 장면에서 이야기의 끝을 맺는다. 그 다음의 이야기는 독자의 상상에 맡겨져 있다. 그런데 독자가 상상할 수 있는 것은 수일이가 들고양이의 도움을 받아 가짜 수일이를 원래의 쥐로 변하게 하여 집에서 내쫓는 장면까지일 뿐이다. 독자는 이 너머로는 한 발자국도 더 나아갈 수 없다.

수일이는 학원 공부가 하기 싫어서 가짜 수일이를 만들었다가 죽을 고생을 했다. 이 사건에서 수일이는 무슨 교훈을 얻었을까. 이 사건 이후에 수일이는 어떤 사람으로 변했을까. 학원 공부를 하지 않으려다가 혼이 났으므로 학원에 열심히 다니게 되었을지도 모른다. 가짜 수일이를 만들었다가 혼이 났으므로 두 번 다시 가짜 수일이를 만들 생각은 하지 않게 되었을지도 모른다.

그러나 이와는 반대로 변했을 수도 있다. 학원 공부를 대신 해 주면서도 전혀 까탈을 부리지 않는 새로운 가짜 수일이를 만들어 내려고 머리를 싸매고 궁리에 궁리를 거듭하고 있을지도 모른다는 것이다. 왜냐하면, 수일이는 여전히 가짜 수일이를 만드는 방법을 알고 있고, 게다가 가짜 수일이와 대결을 벌이는 과정에서 어떤 동물이라도 다른 동물로 바꾸어 놓을 수 있다는 사실까지 알게 되었기 때문이다. 이와 같은 엄청난 마법을 어떻게 깨끗이 잊어버릴 수 있단 말인가.

이에서 알 수 있듯이, 《수일이와 수일이》의 뒷이야기는 그 어느 쪽으로도 함부로 펼쳐 보일 수가 없다. 따라서 《수일이와 수일이》의 결말은 형식적으로는 열려 있지만 내용적으로는 닫혀 있다고 말할 수밖에 없다. 결과적이긴 하지만, 이와 같은 결말로 인해서 작품의 주제 의식 또는 자신의 창작 의도가 편협한 교훈주의로 왜곡될 가능성이 원천적으로 차단되었다. 즉, 《수일이와 수일이》는 인과응보론에 입각한 권선징악의 이야기로 읽을 수 없게 되었다는 것이다.

사정이 이러하므로, 우리는 논의 초점을 주인공의 경험과 경험을 통한 변화에 맞출 수밖에 없다. 이것은 《수일이와 수일이》를 일종의 모험동화로 간주한다는 것이고, 《수일이와 수일이》의 주제 의식 또는 창작 의도를 주인공의 모험을 통한 정신적 성장에서 찾아보겠다는 것이다. 《수일이와 수일이》를 모험동화로 규정하는 데는 아무런 어려움이 없다. 이것은 주인공이 집을 떠나서 과제를 해결한 다음에 집으로 돌아오는, 모험동화의 전형적인 이야기 구조로 되어 있기 때문이다. 그런데 《수일이와 수일이》의 진정한 모험성은 환상의 문제적 상황성에서 구현된다고 말할 수 있다.

문제적 상황이란 위기이자 기회인 상황이다. 그리고 환상의 문제적 상황이란 환상에 의해서 생성된 문제적 상황을 말한다. 《수일이와 수일이》에서는 수일이와 가짜 수일이 때문에 끊임없이 문제적 상황이 만들어졌고, 수일이는 그 문제적 상황에서 언제나 위기와 기회 사이를 줄타기해야 했다. 수일이에게는 가짜 수일이 그 자체가 문제적 상황이었다. 그러니 각각의 문제적 상황에 대해서는 굳이 말하지 않아도 될 것이다.

수일이는 문제적 상황에 봉착할 때마다 최선의 선택을 하기 위해서 애를 써야 했다. 이 과정에서 수일이는 자신도 모르게 조금씩 성장한다. 가짜 수일이를 겪기 전의 수일이와 겪은 후의 수일이는 달랐다. 예전의 수일이는 자신의 문제를 제삼자에게 떠넘기거나 아예 회피했다. 가짜 수일이도 그래서 만들어진 것이 아닌가.

흥미로운 것은 바로 그 가짜 수일이가 수일이에게 자신의 일은 자신이 할 수밖에 없음을 깨닫게 해 주었다는 것이다. 남을 배려하는 마음도 달라졌다. 가짜 수일이가 사람이 갓 되었을 때 그는 두려움에 떨면서 어쩔 줄 몰라 하고 있었다. 그런 그에게 수일이는 잔인하게도 자기 대신에 학원에 가라고 등을 떼밀었다. 이랬던 수일이가 자신이 집에서 쫓겨날 위기에 빠졌는데도 엄마와 뱃속의 아기를 먼저 생각하게 되었다.

없던 자신감도 생겼다. 가짜 수일이한테 두들겨 맞은 성규가 패거리를 이끌고 수일이 앞에 나타났다. 이때만 하더라도 수일이는 그 자리를 모면하는 데 급급했다. 그러나 오래지 않아서 가짜 수일이가 싸워서 이긴 아이라면 자신도 싸워서 이길 수 있을 것이라는 당찬 자신감을 가지게 되었다. 이쯤 되면, 수일이는 오히려 가짜 수일이에게 고마움을 표시해야 하는 것이 아닌가 모르겠다. 독자가 이런 생각까지 할 수 있다는 것은《수일이와 수일이》가 획득한 현실성의 폭과 깊이가 그만큼 넉넉하다는 것을 의미한다.

이제《수일이와 수일이》의 열린 듯 닫힌 결말에 대해서 한마디를 보태는 것으로《수일이와 수일이》의 현실성에 대한 논의를 마칠까 한다. 수일이는 환상의 문제적 상황에서 위기와 기회를 넘나들면서 조금씩 성장했다. 이를 처음부터 끝까지 지켜본 작가라면 수일이를 믿을 것 같다. 수일이가 또 다른 가짜 수일이를 만든다고 하더라도 그리고 또 학원 공부를 팽개친다고 하더라도 그럴 만한 까닭이 있겠거니 하면서 그냥 지켜보기만 할 것 같다. 《수일이와 수일이》의 열린 듯 닫힌 결말의 속뜻이 바로 여기에 있을 것 같다.

환상성과 현실성의 정점 : 가짜 수일이를 사랑할 수밖에 없는 까닭

《수일이와 수일이》의 주인공은 수일이와 가짜 수일이다. 굳이 구분하자면, 수일이는 주동자고 가짜 수일이는 적대자다. 수일이는 사건의 중심에 놓여 있기 때문에 주동자라 하는 것이고 가짜 수일이는 주동자인 수일이와 사사건건 대립하기 때문에 적대자라 하는 것이다. 우리나라의 동화 작가는 대개 착한 아이를 주동자로 내세우는 경향을 보인다. 악동에게 더 많은 애정을 가져 주었으면, 그래서 악동 동화가 좀 더 풍성해졌으면 하는 것이 내가 개인적으로 가지고 있는 바람이다. 《수일이와 수일이》는 적대자가 주동자만큼이나 매력적인 동화다. 아니, 적대자가 주동자보다 훨씬 더 매력적인 동화다.

수일이는 옛이야기가 일러 주는 대로 하여 가짜 수일이를 만들어냈다. 그리고 가짜 수일이를 없애 버리는 방법 또한 옛이야기에서 빌려 왔다. 물론 조금 손질을 하긴 했다. 그런데 그 손질이라는 것은 개악에 가까운 것이었다. 옛이야기에서나 《수일이와 수일이》에서나 사람을 도습한 쥐를 물리치는 역할을 맡은 것은 고양이였다. 그러나 그 성격은 사뭇 다르다. 옛이야기 속의 고양이는 도력을 지닌 특별한 인물이 데리고 있던 고양이여서 사람을 도습한 쥐를 물어 죽이는 데 부족함이 없다고 믿을 수 있었다.

《수일이와 수일이》 속의 고양이는 단지 야생성을 회복한 들고양이에 지나지 않았다. 이런 고양이에게 특별한 능력이 있다고 믿기는 어렵다. 더욱이 작가는 그 야생성이란 것에 대해서 일관된 입장을 견지하지 못했다. 수일이가 찾아간 들고양이는 사람의 손을 탄 적이 있는 고양이였지만 쥐의 모습을 한 수일이한테서 사람의 모습을 읽어낸다. 그런데 쥐로 변한 수일이가 만났던 한 무리의 쥐는 순수한 야생성을 그대로 유지하고 있었으면서도 수일이가 사람임을 알아차리지 못했다.

이런 종류의 비판은 이미 앞에서도 했다. 그런데도 또 다시 들먹이는 데는 그만한 까닭이 있다. 《수일이와 수일이》의 환상성은 수일이가 가짜 수일이를 만들거나 제거하는 데서 구현되는 것이 아니고 가짜 수일이가 진짜 수일이를 쥐로 만들어서 제거하는 데서 구현된다는 것을 강조하기 위해서다. 가짜 수일이는 진짜 수일이한테서 자신이 무엇 때문에 만들어졌는지, 어떻게 해서 만들어졌는지 이야기를 듣게 된다. 가짜 수일이는 이를 흘려듣지 않았다.

환상의 서사 문법 가운데는 '이이제이법'이라고 이름 붙일 만한 것이 있다. 그것은 환상의 논리는 오로지 바로 그 환상의 논리로만 극복할 수 있다는 것이다. 〈삼년고개〉를 보라. 삼년고개에서 넘어진 것이 문제였는데, 그 문제를 해결하는 것 또한 바로 그 삼년고개에서 수도 없이 거듭 넘어지는 것이었지 않은가. 《수일이와 수일이》에서도 종종 그 '이이제이법'이 시원스럽게 펼쳐진다. 물론 그때는 가짜 수일이가 이야기의 중심에 자리 잡고 있을 때다. 가짜 수일이는 수일이의 찰나적인 목적을 전복시켜서 자신의 궁극적인 목표를 생성해 내고 수일이의 도식적인 방법을 전복시켜서 자신의 창의적인 방법을 고안해 낸다.

우리는 《수일이와 수일이》를 성장동화로 규정한 바 있다. 그런데 수일이의 성장은 가짜 수일이의 성장에 비하면 아무 것도 아니다. 단적인 예로, 수일이와 가짜 수일이가 정면 대결을 벌일 때 수일이는 늘 주변의 도움을 받았지만 가짜 수일이는 모든 것을 혼자 감당했다. 그래도 번번이 수일이를 이겼다. 사람이 갓 되었을 때 어리벙벙한 가짜 수일이의 모습을 기억하는 독자라면 가짜 수일이의 성장 속도가 어느 정도로 빠른지 쉽게 짐작할 수 있을 것이다.

가짜 수일이는 성장 수준도 높았다. 그것은 한편으로는 느긋함으로 나타났고 다른 한편으로는 철저함으로 표출되었다. 수일이는 가짜 수일이를 죽이려고 쥐약을 섞은 과자를 가짜 수일이에게 주었다. 물론 수일이의 계획은 수포로 돌아갔다. 가짜 수일이가 후각이 뛰어난 쥐라는 사실을 깜빡했기 때문이었다.

가짜 수일이는 진짜 수일이를 죽이려고까지는 않았다. 자신이 죽은 것은 아니니까. 그러나 당한 만큼은 갚아 주어야 했다. 그래서 쥐로 만들어 버리기로 했다. 그만큼 느긋했던 것이다. 수일이는 전혀 의심을 하지 않았다. 가짜 수일이가 그만큼 철저했기 때문이다. 집에서 내쫓는 순간에 건네준 빵을 가지고 자신에게 해꼬지를 하리라고는 꿈에도 생각하지 못했던 것이다.

수일이와 가짜 수일이의 성장 수준을 비교해 볼 수 있는 흥미로운 예가 있다. 그것은 수일이와 가짜 수일이 두 사람의 관계에 대한 각자의 철학적 설명이다. 굳이 이름을 붙이자면, 수일이의 것은 '길들이기-길들여지기 이론'이라 할 만하고, 가짜 수일이의 것은 '새것-헌것 이론'이라 할 만하다.

수일이와 덕실이는 번갈아 가며 지금까지 있었던 일을 고양이한테 모두 말했다. 그러자 고양이가 이야기를 다 듣고 나서 물었다.
"그러니까 처음에는 네가 그 쥐를 길들였는데, 이제는 그 쥐가 너를 길들이려고 한단 말이지?"

"길들인다고?"

수일이가 고양이한테 도로 물었다.

"길들인다는 말을 모르니? 자기 마음에 들도록 남을 다듬어 고치는 거."

"……."

"남을 함부로 길들이려고 하면 안 돼. 무턱대고 남한테 길이 들어도 안 되지."

"나야말로 무슨 소린지 모르겠네."

덕실이가 중얼거렸다.

"수일이라고 했지? 내가 볼 땐 네 엄마가 가장 먼저 너를 길들였어. 네 엄마가 너를 길들이고 너는 쥐를 길들이고. 맞지? 그런데 이제는 그 쥐가 거꾸로 너를 길들이려 하고, 덕실이를 길들이려 하고, 네 엄마랑 아버지까지 길들이려 한단 말이지?"

"맞아."

수일이가 땅을 보며 말했다.(213-214쪽)

인용한 데서도 드러나듯이, '길들이기-길들여지기 이론'은 수일이와 들고양이의 합작품이다. '새것-헌것 이론'은 가짜 수일이의 독창적인 작품이니, 시작부터 수일이 쪽이 기운다. 어쨌거나, '길들이기-길들여지기 이론'은 누군가에게 길들여진 사람은 바로 그 누군가를 길들이려고 할 뿐만 아니라 다른 누군가까지도 길들이려고 한다는 것으로 요약할 수 있다.

그런데 이 이론은 허점이 많이 보인다. 우선 '길들이기-길들여지기 관계'를 부정적으로만 바라보는 것부터 문제가 될 것 같다. 《어린 왕자》만 하더라도 '길들이기-길들여지기' 관계를 얼마나 아름답게 그리고 있던가. 그리고 성급한 일반화를 서슴지 않으니 이것도 마음에 걸린다. 특히 누군가에게 길들여졌기 때문에 다른 누군가를 길들이려고 한다는 진술은 납득하기가 어렵다. 또 '길들이려고 한다'와 같은 의도 표출의 언어와 '길들인다'와 같은 사실 진술의 언어를 뒤섞어서 하나의 이론을 만들어도 될까 하는 의문도 생긴다.

문득 '주인과 노예의 변증법'이 생각난다. 이는 '길들이기-길들여지기이론'으로 쉽게 변형할 수 있다. 예컨대, '내가 누군가를 길들이게 되면 나는 누군가를 길들이는 데 길들여진다'와 같은 것이다. 차라리 이와 같은 명제를 원용했더라면 더 좋았겠다.

이번에는 가짜 수일이의 '새것-헌것 이론'을 검토해 보자.

"하여튼 세상에는 새것이 너무 많이 쏟아져 나와. 너는 그렇게 안 보니? 사람들은 끝도 없이 자꾸 새것만 찾는 것 같아. 옷도 텔레비전도 자동차도 집도……. 그런데 무엇이든 사고 나면 그 때부터 그건 헌것이야, 그치?"

"……."

"안 우습니? 히히. 누구나 새것을 사지만 새것을 가진 사람은 아무도 없어. 맞지?"

"……."

수일이는 하나도 안 우스웠다.

"내가 볼 땐 학원도 그래서 생긴 거야. 사람들이 학교보다 더 새것을 찾다 보니까 생겨난 거라고! 두고 봐. 얼마 안 가서 학원보다 더 새것이 생겨날지도 몰라."

"그럼 엄마들이 아이들을 거기에도 다니게 하겠네?"

수일이가 저도 모르게 소리를 높였다.

"왜 그리 소리를 높이니? 그건 내가 걱정할 일이야. 너는 내일 떠나."

가짜 수일이가 눈빛을 싹 바꾸며 말했다. 그러고는 이불 위에 도로 벌렁 누웠다.

"마, 말 다했어? 이게 보자 보자 하니까 정말! 너는 가짜야, 너나 빨리 쥐로
돌아가!"

수일이가 자리에서 벌떡 일어섰다.

"흐흐, 나는 가짜가 아니야. 나는 새 수일이야. 그러니까 너는 헌 수일이!"

"뭐어?"

"나보다 더 새로운 수일이가 생기면 그 때 네 말대로 하지 뭐. 그 때 돌아
갈게."

가짜 수일이가 팔베개를 하고 다리를 쩍 벌린 채 말했다.(150-151쪽)

가짜 수일이의 '새것-헌것 이론'은 아주 간명하다. 정리하면 다음과 같
다. 사람들은 새것을 좋아하기 때문에 이 세상을 온통 새것으로만 채우려
고 한다. 따라서 새 수일이인 가짜 수일이가 헌 수일이인 진짜 수일이보
다 이 세상에는 더 잘 어울린다. 물론 가짜 수일이도 더 새로운 수일이가
나타난다면 헌 수일이가 될 수밖에 없으므로 이 세상에서 사라져야 한다.
여기에서 가짜냐 진짜냐는 중요하지 않다. 그것이 그렇게 중요하다면, 어
찌 새것과 헌것을 차별하겠는가. 새것도 진짜이고 헌것도 진짜인 것을.

물론 '새것-헌것 이론'은 궤변이다. 사람들 모두가 새것에 환장하지도
않고, 설사 새것에 환장한 사람이라 할지라도 자식마저 '새것-헌것'을 가
리지는 않을 테니까 말이다. 그런데도 나는 가짜 수일이의 이론을 진짜
수일이의 이론보다 더 높게 평가할 수밖에 없다. '새것-헌것 이론'에서는
수일이와 가짜 수일이의 관계가 이 세상의 모든 인간관계 속에서 해명되
고 있다. 그리고 인간의 문명에 대한 비판과 가짜 수일이 자신의 정체성
에 대한 탐색이 병행되고 있다.

한편, 이 이론에서는 가짜 수일이를 제거할 수 있는 방법을 덤으로 읽
는 즐거움도 얻을 수 있다. 가짜 수일이를 제거하고 나면 새로운 가짜 수

일이가 또 문젯거리가 될 게 뻔하지만 말이다. 그런데 그것조차도 의도적인 것이다. 가짜 수일이는 자신 또한 자신의 이론에서 예외가 되지 않는다는 것을 선언하여 진짜 수일이의 예외 인정 요구를 원천적으로 봉쇄하려는 것이었다.

지금까지 살펴본 바, 작가는 수일이보다 가짜 수일이에게 더 많은 공을 들인 것이 분명하다. 문득 궁금해진다. 작가가 가짜 수일이를 진짜 주인공으로 내세우지 않은 까닭이.

〈강아지똥〉은 과연 명작인가

서론

동화 〈강아지똥〉(1969)은 《기독교교육》의 제1회 아동문학상 수상작인데, 이 동화에 대한 작가 권정생의 애정은 남달랐다. 이 동화는 그의 첫 동화집 《강아지똥》(세종문화사, 1974)에 표제작으로 실렸을 뿐만 아니라 그의 이런저런 동화집에 거듭해서 실렸다. 누구나 자신의 성공적인 데뷔작은 소중하게 여기게 마련이다. 그런데 권정생이 〈강아지똥〉을 소중하게 여긴 데는 또 다른 까닭이 있었다.

〈강아지똥〉을 쓸 무렵, 권정생은 간호사조차 권정생의 삶을 시한부로 여길 만큼 모진 병마에 시달리고 있었다. 권정생은 '이제 죽는가 보다'고 생각하며 〈강아지똥〉을 썼다.[1] 권정생이 마지막이라 생각하며 자신의 모

---

1. 권정생·원종찬 대담, 〈저것도 거름이 돼가지고 꽃을 피우는데〉, 《창비어린이》 3권 4호, 2005, 15쪽 참고.

든 것을 쏟아서 썼던 〈강아지똥〉은 바로 그 자신의 삶과 꿈에 관한 이야기였다.

권정생한테는 삶과 문학은 동전의 양면 같은 것이었다. 삶이 곧 문학이고, 문학이 곧 삶이었다. 그의 첫 동화집 《강아지똥》의 머리글에는 이에 관한 그의 생각이 잘 드러나 있다.

거지가 글을 썼습니다. 전쟁 마당이 되어 버린 세상에서 얻어먹기란 그렇게 쉽지 않았습니다. 어찌나 배고프고 목말라 지쳐 버린 끝에, 참다못해 터뜨린 울음소리가 글이 되었으니, 글다운 글이 못 됩니다.

권정생은 자신을 '거지'라 했고, 자신의 글을 '거지가 배고픔과 목마름을 참다못해 터뜨린 울음소리'라 했다. 아마도 권정생은 사실을 있는 그대로 말한 것이리라. 이렇게 솔직하기도 쉽지 않은 일이다. 그런데 이 머리글은 그의 솔직함보다 그의 당당함이 더 돋보인다. 자신과 자신의 글에 대한 자부심이 없는 사람이라면 저런 말은 결코 할 수 없는 법이다. 그래서 인용문 속의 마지막 대목은 뒤집어 읽게 된다. '나의 글은 거지가 참다못해 터뜨린 울음소리라, 글다운 글이 되었습니다.'라고.

문제는 권정생의 이 머리글이 권정생의 문학에 대한 독자의 평가에 가이드라인 역할을 한다는 것이다. 권정생은 자신의 글을 울음소리라 했다. 그것도 그냥 울음소리가 아니다. 배고픔과 목마름을 참다못해 터뜨린 울음소리다. 그 울음소리에 대해서 과연 어느 누가 감히 그것의 문학 내적 논리를 따질 수 있단 말인가. 독자가 할 수 있는 일이란 그저 작가의 울음소리에 귀 기울이는 것뿐이다.

권정생의 삶은 워낙 고단한 것이었고, 또 그 삶 속에서 권정생이 터뜨린 울음소리는 워낙 절절한 것이었다. 독자는 빨려 들어갈 수밖에 없다.

마침내 독자는 권정생의 글이야말로 글다운 글이라 믿게 된다. 그뿐만 아니다. 독자는 권정생처럼 자신도 모르는 사이에 권정생의 삶과 문학을 동일시하게 된다.

이원수는 권정생의 삶으로 권정생의 문학을 평가한 최초의 독자다. 다음은 권정생의 동화를 추천하는 이원수의 짧은 글이다. 권정생의 첫 동화집에 함께 실려 있다.

삶의 십자가를 지고 엄청난 고난의 가시밭길을 걷고 있는 권정생 씨가 어린이들을 위해 눈물과 피로 써 놓은 이 동화들은, 우리 아동문학에서 특이한 자리를 차지하는 귀한 재산이 될 것이다. 그것은 아직도 오늘의 창작 동화들이 흔히 사치하고 안일한 공상이나 목가적인 전원의 향수를 그리고 있음에 비추어, 이 동화들은 분명 참된 세계를 열어 보여 주는 오늘의 동화 문학이라 할 수 있기 때문이다.[2]

이원수는 먼저 권정생의 동화를 '눈물과 피로 쓴 동화'라 했다. 그리고 권정생의 동화는 '우리 아동문학의 귀한 재산'이 될 거라 했다. 즉, 권정생의 동화는 권정생 자신의 피눈물 나는 삶을 절절하게 그려 놓은 것이어서 우리 아동문학의 귀한 재산이 될 거라는 것이다.

이원수의 《강아지똥》 추천사가 권정생의 문학에 대한 전기주의적 비평 경향[3]을 이끌었다면, 이오덕의 《강아지똥》 해설은 권정생의 문학에 대

---

2. 이원수, 〈눈물과 피로 쓴 동화〉, 권정생, 《강아지똥》, 세종문화사, 1974.
3. 권정생의 삶과 관련하여 권정생의 동화를 평가하는 비평의 경향에 관한 자세한 내용은, 조은숙, 〈권정생, 새로 시작되는 질문〉, 《창비어린이》 12호, 2006 및 조은숙, 〈'마음'을 가르친다는 것-동화 〈강아지똥〉에 대한 알레고리적 독해의 문제점〉, 《문학교육학》 22호, 한국문학교육학회, 2007.

한 역사주의적 비평 경향[4]을 이끌었다. 이오덕의 이 글 또한《강아지똥》
에 함께 실려 있다.

　　동화라면 으레히 천사 같은 아이들이 나오고, 그 아이들이 꿈꾸는 무지
개 같은 세계가 펼쳐지는 것으로만 알고 있는 이들에게 권정생 씨의 작품
은 확실히 이변이요, 충격일 것 같다. (…중략…) 일찍이 우리 아동문학사
에서 어느 작가도 그 속에 들어가 보지 못한, 시궁창에 버려져 짓밟힌 목숨
들의 세계가 기실은 가장 인간스런 세계요, 아름다운 사랑의 세계임을 그
는 보여 준다.[5]

다들 아는 바와 같이, 권정생은 평생을 가난과 병마와 싸우며 살았다.
그리고 그 가난과 병마는 역사의 질곡과 결코 무관한 것이 아니었다. 이
런 점에서 볼 때, 권정생의 문학을 역사주의적 관점으로 조명하는 것도
의미 있다고 말할 수 있다.
　　그런데 〈강아지똥〉의 경우에도 역사주의적 관점의 비평이 유효할까.
단지 강아지가 몸 밖으로 내보낸 똥일 뿐인 강아지똥을 '시궁창에 버려져
짓밟힌 목숨'이라 할 수 있으며, 강아지똥이 민들레의 요구에 따라 민들
레의 거름이 되어 민들레가 꽃을 피우게 되는 세계를 '가장 인간스런 세
계요, 아름다운 사랑의 세계'라 할 수 있는가 말이다. 그러나 이와 같은 원
론적인 문제 제기에 귀기울이는 역사주의 비평가는 한 사람도 없었다. 이

---

4. 역사주의 비평은 작품을 대함에 있어 그것이 마치 그 자체로서 단독적으로 완전한 것인 양 취
급할 수 없다는 것과, 그 작품과 관련되고 있는 모든 사실에 비추어서 그 작품을 보아야 한다는
신념으로 행하는 비평이다. 이때, 작가의 전기적 사실 또한 매우 중요하게 취급하기도 하는데,
이를 강조하고자 하는 용어가 바로 역사·전기주의 비평이다.(이선영,《문학 비평의 방법과 실
제》3판, 삼지원, 1996, 29쪽, 참고; 4판 2003 개정)
5. 이오덕, 〈학대 받는 생명에 대한 사랑〉, 권정생,《강아지똥》, 세종문화사, 1974, 266쪽.

유는 간단하다. 그들에게 강아지똥은 곧 권정생이고, 권정생은 그 삶 자체가 역사이기 때문이다.

〈강아지똥〉은 모든 사람으로부터 더할 나위 없는 찬사를 받았고[6] 마침내 이 시대 어린이문학의 정전으로 선정되었다.[7] 이러한 결과는 누구나 쉽게 예상할 수 있는 일이었다. 〈강아지똥〉을 '권정생의 분신'[8]으로 간주하고, 또 〈강아지똥〉을 '권정생이 강아지똥이고 강아지똥이 권정생처럼 느껴지는 동화'[9]로 인식하는 한, 〈강아지똥〉에 대한 부정적 평가는 생각조차 할 수 없는 것이기 때문이다.[10]

원종찬은, 권정생의 동화를 논의하는 어떤 글에서, 이 글에서 살펴본 《강아지똥》의 그 머리글을 인용해 놓고, 권정생을 표현하는 말로 '거지와

---

6. 이재복은 '동화 문학의 혁명'을 이룬 작품(이재복, 〈시궁창도 귀한 영혼이 숨 쉬는 삶의 한 귀퉁이〉, 《우리 동화 바로 읽기》, 한길사, 1995, 284쪽)이라 하였고, 이현주는 '한국 아동 문학의 역사에 지울 수 없는 선을 그어 놓'은 작품, '우리 한국이 세계에 내놓을 만한 격조 높은 동화 문학'(이현주, 〈동화 작가 권정생과 〈강아지똥〉〉, 이철지 엮음, 《권정생 이야기 ②》, 한걸음, 2002, 309-310쪽)이라 하였고, 원종찬은 '세계 어디에 내놓아도 빛이 날 겨레 아동문학의 꽃'(원종찬, 〈속죄양 권정생〉, 《동화와 어린이》, 창비, 2004, 250쪽)이라 하였다.

7. 《창비어린이》는 '아동문학 정전 논의의 첫걸음'이라는 기획 특집을 통하여 어린이문학 연구자 13명한테 의뢰하여 동화 정전 선정 작업을 펼친 바 있다. 〈강아지똥〉은 그중 11명으로부터 추천을 받아 〈만년 샤쓰〉, 《몽실 언니》, 〈오세암〉 등과 함께 정전 중의 정전으로 선정되었다.(창비어린이 편집부, 〈아동문학 정전 논의의 첫걸음〉, 《창비어린이》 35호, 2011, 참고)

8. 원종찬, 앞의 글, 247쪽.

9. 이기영, 〈'강아지똥' 다시 읽기〉, 어린이도서연구회 역사편찬위원회, 《권정생》, 2005, 115쪽.

10. 조은숙은 〈강아지똥〉에 대한 비판적 언급을 한 드문 예로 김상욱의 비평을 들었다. 김상욱은 〈강아지똥〉을 계몽성에 현저하게 기울어진 동화로 보았다는 것이다. 그런데 김상욱의 지적을 비판적 언급이라 할 수 있을지 의문이다. 단지 〈강아지똥〉의 미학적 특성을 강조한 말에 지나지 않는 것일 수 있기 때문이다. 조은숙도 확인했듯이, 김상욱은 〈강아지똥〉을 '눈시울이 뜨끈해지는 감동을 주는 작품'이라 하였다. 〈강아지똥〉의 계몽성이 작품의 감동을 해칠 만큼 치명적인 것이었다면 이런 고평은 할 수 없는 것이다.(조은숙, 〈'마음'을 가르친다는 것-동화 〈강아지똥〉에 대한 알레고리적 독해의 문제점〉, 문학교육학 22호, 한국문학교육학회, 2007, 각주 30 및 김상욱, 〈낮은 곳에서의 흐느낌〉, 《숲에서 어린이에게 길을 묻다》, 창비, 2002, 169쪽, 175-176쪽, 참고)

성자'보다 더 적합한 것은 없을 듯하다고 했다.[11] 원종찬은 아마도 권정생의 삶을 떠올렸을 거다. 권정생은 일생을 거지보다 더 가난하게 살면서도 성자처럼 언제나 맑은 마음으로 살았다 하니, 원종찬의 그 비유는 비유로서는 참 멋들어진 비유라 하지 않을 수 없다.

그러나 그 비유는 권정생의 삶을 이야기하는 자리라면 몰라도 권정생의 동화를 이야기하는 자리에서는 입에 올릴 것이 못 된다. '거지로 산 성자'가 쓴 동화라면 비평의 대상으로 삼는 것조차 불경스러울 수 있으니까. 이 '거지와 성자' 비유는 권정생의 동화에 대한 역사·전기주의적 비평의 한계를 극명하게 보여 준다 하겠다.

한편, 〈강아지똥〉은 어린이가 좋아할 만한 것이 아니었다. 일단 어린이한테는 어렵다. 권정생은 앞의 그 머리글에서 '(《강아지똥》에 실려 있는 동화들이) 아이들에겐 지나치게 어려운 동화일지도 모릅니다.'라는 말을 한 바 있는데, 이는 특히 〈강아지똥〉을 겨냥한 말이라 해 두고 싶다. 〈강아지똥〉이 어렵다고 하는 것은 주제가 무겁기 때문이고 사건 전개보다 심리 서술에 주안점을 두고 있기 때문이다. 사건이래봤자 인물들의 '만남-대화-헤어짐'의 반복일 뿐이다. 이런 동화는 재미도 없다.

이미 말했지만, 〈강아지똥〉은 여러 차례 권정생의 동화집에 수록되었다. 그런데 〈강아지똥〉을 표제작으로 했던 동화집은 첫 동화집뿐이었다. 〈강아지똥〉에 대한 작가의 애정에도 불구하고 어린이 독자의 반응은 신통찮았던 것이다.

〈강아지똥〉은 동화로 나온 지 30여 년 만에 그림책으로 개작되었다. 그림책 《강아지똥》(권정생 글, 정승각 그림, 길벗어린이, 1996)은 어린이 독

---

11. 원종찬, 앞의 글, 247쪽.

자는 물론이고 어른 독자한테도 많은 사랑을 받았다.[12] 그러나 그림책 《강아지똥》의 읽기가 동화 〈강아지똥〉의 읽기로 이어지지는 않았다. 그림책 《강아지똥》의 성공에도 불구하고 동화 〈강아지똥〉은 여전히 외면받았다.[13] 이것이 의미하는 바는 간단하다. 그림책 《강아지똥》의 성공은 그 자체의 미덕에 의한 것이지 원작인 동화 〈강아지똥〉의 재발견에 의한 것이 아니라는 것이다.

그런데도 그림책 《강아지똥》과 동화 〈강아지똥〉은 종종 혼동되었다. 텍스트 자체가 혼동되기도 했고, 텍스트에 대한 평가가 혼동되기도 했다. 원종찬은 동화 〈강아지똥〉을 이야기하는 자리에서, 다음과 같은 자문자답을 했다. "아이들은 〈강아지똥〉을 왜 그렇게 좋아할까. 동심을 자연의 성질이라고 본다면, 훼손되지 않은 천성을 지닌 아이들에게 '강아지'와 '똥'은 똑같이 즐겁고 친근한 대상이다."[14] 그런데 이 말은 그림책 《강아지똥》에 대해서만 할 수 있는 말이다.

동화 〈강아지똥〉을 읽는 독자는 강아지똥이라는 말에서 그 이미지를 스스로 상상해야 했다. 이때, '똥'의 더러움과 쓸모없음에 대한 통념을 떨치기가 쉽지 않았다. 그런데 그림책 《강아지똥》은 독자한테 강아지똥을 그림으로 그려 보여 줬다. 그것은 '강아지'도 아니었고 '똥'도 아니었다. 독자가 전혀 상상할 수 없었던 귀엽고 깜찍한 그 무엇, 그러니까 완전히 새로운 캐릭터인 '강아지똥'이었다.

따지고 보면, 그림책 《강아지똥》의 성공은 전적으로 그림책이라는 장

---

12. 그림책 《강아지똥》은 출간된 지 15년 만인 2011년에 100만 부의 누적 판매 부수를 기록했다.
13. 이기영은 "나는 〈강아지똥〉을 읽었다고 하는 사람 중에 동화는 읽지 않고 그림책만 읽은 사람을 생각보다 많이 만난다."고 했다.(이기영, '〈강아지똥〉 다시 읽기', 어린이도서연구회 역사편찬위원회, 《권정생》, 2005, 118쪽)
14. 원종찬, 앞의 글, 247쪽.

르적 특성에 기인한 것이다. 즉, 그림의 힘에 기댄 성공이었다는 것이다. 사실, 그림책《강아지똥》과 동화 〈강아지똥〉은 서사 내용에 있어서는 별 차이가 없다. 문제의식이나 문제 해결 방식도 그다지 다르지 않다. 그렇다면 그림책《강아지똥》의 성공도 제한적인 의미에서의 성공이라 하지 않을 수 없다.

지금까지 논의한 바를 정리하면 다음과 같다. 첫째, 동화 〈강아지똥〉은 많은 사람들이 그 문학적 의미와 가치를 높게 평가하고 있다. 둘째, 동화 〈강아지똥〉에 대한 평가는 대개 역사·전기주의적 관점에서 이루어졌다. 셋째, 동화 〈강아지똥〉의 평가에 그림책《강아지똥》의 평가가 영향을 미쳤다.

나는 동화 〈강아지똥〉은 과대평가되었다고 생각한다. 동화 〈강아지똥〉에 대한 평가는 기왕의 역사·전기주의적 비평의 오류와 그림책《강아지똥》의 대중적 성공에 의해서 왜곡되었을 가능성이 있다. 이에 관한 시시비비를 가리기 위해서, 동화 〈강아지똥〉의 작품 내적 구조를 분석하고자 한다. 동화 〈강아지똥〉에 대한 내재적 관점의 비평에서 일정 수준 이상의 문학적 성과가 확인된다면, 동화 〈강아지똥〉에 대한 기왕의 외재적 관점의 비평은 자연스럽게 그 정당성을 확보하게 될 것이다.

이 글에서 논의의 대상으로 삼은 텍스트는《권정생》(어린이도서연구회 역사편찬위원회, 2005)에 실려 있는 동화 〈강아지똥〉이다. 이것은 〈강아지똥〉의 원본 또는 원본에 가장 가까운 판본으로 보아도 좋을 것 같다.[15] 본

---

15. 권정생은 동화집《먹구렁이 기차》(우리교육, 1999; 2017 개정)의 머리말에서 이 동화집에 수록된 〈강아지똥〉을 정본으로 삼고 싶다고 말한 바 있다. 그런데 이 〈강아지똥〉은 원본과는 달리 감나무 잎의 등장 대목이 삭제된 판본이다. 어린이도서연구회 25주년 기념 자료집《권정생》에 수록된 〈강아지똥〉은《먹구렁이 기차》에 실린 〈강아지똥〉에다가 권정생이 직접 육필로 써서 보내 준 감나무 잎 이야기를 덧붙인 것이다. 이 판본을 보고 권정생이 '이제야 마음이 놓인다'고 했다 한다. 이를 고려해서인지, 어린이도서연구회 25주년 자료집《권정생》의 〈강아지똥〉에는

문에서 인용할 때는 출전 쪽수만 표기하기로 한다.

알고 보면 허술한 동화

다음은 〈강아지똥〉의 첫 부분이다. 문장 번호는 내가 붙인 것이다. 문
장과 단락의 배열은 원문 그대로다.

①돌이네 흰둥이가 누고 간 똥입니다.

②흰둥이는 아직 어린 강아지였기 때문에 강아지똥이 되겠습니다.

③골목길 담 밑 구석자리였습니다. ④바로 앞으로 소달구지 바퀴 자국이
나 있습니다.

⑤추운 겨울, 서리가 하얗게 내린 아침이어서 모락모락 오르던 김이 금방
식어 버렸습니다. ⑥강아지똥은 오들오들 추워집니다.(121쪽)

김상욱은 이 대목에 대해서 이렇게 말했다.

전반적인 배경을 몇몇 문장만으로 간략하게 또 빠르게 처리하고 있다.
짧은 배경 소개에 이어 곧장 인물이 나오기까지 거침없이 전개되고 있는
것이다. 불필요한 구석 어디 하나 없이 잘 정선된 어휘들이 이어져 어린이
문학의 표현 형식이 어떠해야 할지 유감없이 보여 주고 있다. 그리고 "강
아지똥이 되겠습니다."라는 부분에서는 쿡 하고 웃음이 나올 정도로 해학

'강아지똥 원본'이라는 타이틀을 붙여 놓았다.(어린이도서연구회 역사편찬위원회,《권정생》, 어
린이도서연구회 25주년 기념 자료집, 2005, 119쪽 참고) 한편, 자료집《권정생》의 〈강아지똥〉은
원래 어린이도서연구회에서 펴내는 월간지《동화읽는어른》2004년 7월호에 실렸던 것이다. 이
판본은《시와 동화》2015년 가을호에 재수록되었다.

적이다. 이 짧은 인용만으로도 권정생 작품의 문체적 특성을 음미하기에
는 충분하다.[16]

원종찬은 〈강아지똥〉의 첫 머리를 이 글보다 조금 더 길게 인용하고는
다음과 같은 말을 했다.

쉽고 간결한 문장, 아이 어루만지듯 가볍고 정겨운 붓질, 유치하지 않도
록 생기와 해학을 담뿍 담아낸 문체, 대화 몇 마디로 뚜렷한 성격을 생생하
게 드러내는 일품의 솜씨가 위의 예문에서 한눈에 들어온다. 도대체 우리
작가들은 동화의 문법에 서투르다. 그런데 이 작품은 일급 동화 작가의 탄
생을 알리는 것이면서, 드물게도 동화의 형식에 깊은 철학을 담고 있는 것
이다.[17]

두 사람의 논평에는 공통점이 있다. 최고 수준의 칭찬과 최저 수준의
논증이 그것이다. 두 사람 다 우리나라의 내로라하는 비평가인데….

김상욱은 〈강아지똥〉의 첫머리는 모범적인 어린이문학의 표현 형식을
보여 준다고 했다. 그런데 어린이문학에 과연 모범적인 표현 형식이라는
것이 있기나 한 것일까. 어쨌든, 그 모범적인 표현 형식이라는 것은 짧은
배경 소개, 인물의 빠른 등장, 정선된 어휘들로 이루어진단다. 이 또한 납
득이 안 가는 주장이다.

배경에 공을 크게 들이는 동화가 있는가 하면 그렇지 않은 동화가 있
다. 또 사건 현장에 인물을 바로 투입하는 동화가 있는가 하면 그렇지 않

---

16. 김상욱, 앞의 글, 169-170쪽.
17. 원종찬, 앞의 글, 248쪽.

은 동화가 있다. 어느 것이 좋고 어느 것이 나쁘다는 말을 어떻게 일률적으로 할 수 있겠는가. 그런데 김상욱은 간단한 배경 설명 뒤에 인물을 바로 등장시킨 권정생의 표현 형식—굳이 이름을 붙여야 한다면 '구성 방식'이 적절할 것 같다—을 최고라며 치켜세운다.

물론 '정선된 어휘'를 표현 형식과 관련지은 것은 얼토당토않은 것이다. 그나저나 김상욱은 〈강아지똥〉에 사용된 어휘가 정선된 것임을 어떻게 알았을까. 그 판정 기준이 궁금하다.

원종찬은 〈강아지똥〉의 이 첫머리만으로도 작가 권정생은 '일품의 솜씨'를 지닌 '일급 동화 작가'임을 알 수 있다고 했다. 그런데 그 근거로 든 것은 추상적이고 주관적이고 감성적인 자기 인상이다. '가볍고 정겨운', '뚜렷한', '생생하게'와 같은 평어를 두고 하는 말이다.

원종찬의 비약은 이에 그치지 않는다. 다짜고짜 〈강아지똥〉은 동화의 형식에 깊은 철학을 담고 있다고 말한다. 이때 '철학'이 무엇을 뜻하는 것일까. 나로서는 짐작조차 할 수 없다.

또 한 가지. 두 사람은 이 첫머리를 해학적이라 했다. 김상욱은 "강아지똥이 되겠습니다."가 해학적이라 했는데, 그것이 왜 해학적인 것인지는 말하지 않았다. 원종찬은 특정 부분을 짚어 주지도 않고 그냥 싸잡아 해학적이라 했다. 물론 근거가 될 만한 것을 전혀 제시하지 않았다.

〈강아지똥〉의 첫머리에 대해서 우리가 분명하게 말할 수 있는 것이 있긴 있다. 그것은 첫머리가 온통 어법의 측면에서 논란이 될 수 있는 문장으로 짜여 있다는 것이다.

문장 ①은 주어가 없다. 비문이다. 혹시, 시에서 더러 그렇게 하듯, 작가는 제목을 텍스트의 일부로 간주했던 것은 아닐까.[18] 물론 아니다. 제목

---

18. 권정생은 〈강아지똥〉을 처음에는 동시로 썼다.(이기영, 〈35년만에 살아난 감나무 가랑잎 이

'강아지똥'은 문장 ①의 주어로는 적절하지 않다. 그 둘을 이어서 한 문장으로 만들어 보라. 내용도 형식도 다 어색한 문장이 된다. 게다가 문장 ②를 보면 문장 ①의 주어가 '강아지똥'이 될 수 없음을 분명하게 알 수 있다. 문장 ②에 이르러서야 흰둥이가 눈 똥이 '강아지똥'으로 명명된 까닭이 드러나기 때문이다.

문장 ②는 과거 시제와 현재 시제가 혼용된 문장인데, 그 혼용이 일반적인 언어 감각으로는 자연스럽게 받아들일 수 있는 것이 아니다. 그 진술이 이루어지는 현재, 흰둥이는 '아직 어린 강아지'이기 때문이다.

문장 ②의 '강아지똥'은 그 말의 성격을 세심하게 살펴볼 필요가 있다. 국립국어원 표준국어대사전에는 표제어로 '개똥'은 올라 있지만 '강아지똥'은 올라 있지 않다. 그러니까, '강아지똥'은 '아직 어린 강아지'가 눈 똥을 강조하고자 작가가 임의로 만든 개인어라는 것이다. 작가는 이러한 사실을 전지적 작가 시점의 문장 ②를 통해서 독자한테만 알려 준다.

〈강아지똥〉의 작중 인격체 중의 하나인 흙덩이가 강아지똥을 '강아지똥'이라 부르는 것도 문제라면 문제다. 흙덩이도 처음에는 강아지똥을 '똥' 또는 '개똥'으로 지칭한다. "똥을 똥이라 않고, 그럼 뭐라고 부르니?"(121쪽)가 그것이고 "똥 중에서 제일 더러운 개똥이야."(122쪽)가 또 그것이다. 그런데 흙덩이가 강아지똥한테 세 번째로 건넨 말은 "강아지똥아."(122쪽)이다.

흙덩이가, 과연 작가가 그랬던 것처럼, '아직 어린 강아지가 눈 똥'임을 의식해서 일부러 그런 호칭을 선택한 것일까? 그러나 이런 추측은 터무니없다. '강아지똥'이라는 말은 매우 독창적인 개인어이기 때문이다. 아무래도 작가가 착각한 듯하다.

야기〉, 《시와 동화》 73호, 2015, 215쪽 참고)

문장 ③ 또한 주어가 부당하게 생략된 비문이다.

문장 ④는 '바로 앞으로'의 의미가 모호한 것이 흠이다. 강아지똥은 '골목길 담 밑 구석자리'에 있다. 구석자리 바로 앞의 소달구지 바퀴 자국에는 흙덩이가 있다. 그런데, 이어지는 내용을 보면, 흙덩이는 다가오는 소달구지에 치일까 겁을 내는데 강아지똥은 그런 걱정은 전혀 하지 않는다. '바로 앞으로'가 가리키는 둘의 거리는 얼마나 될까. 짐작하기가 쉽지 않다.

문장 ⑤는 '김'의 수식어와 서술어가 의미상의 부조화 때문에 어색해진 문장이다. '모락모락 오르던 김'의 서술어로는 '식어 버렸습니다.'보다 '없어져(사라져) 버렸습니다.'가 더 잘 어울린다. 애시당초 '김이 모락모락 오르던 강아지똥이 금방 식어 버렸습니다.'로 쓸 일이었다.

문장 ⑥은 의태어 '오들오들'의 쓰임이 잘못 되었다. '오들오들'은 추워서 몸을 심하게 떠는 모양을 나타내는 말이다. '추워지다'의 수식어로 쓸 수 있는 말이 아니다.

방금 〈강아지똥〉의 첫머리를 이끌고 있는 여섯 문장을 살펴보았다. 어느 한 문장 반듯한 것이 없다. 어법에 맞지 않는 문장 아니면 의미가 어색하거나 모호한 문장이다. 더구나 이 여섯 문장으로 엮은 도입부의 얼개도 그다지 튼실하지 못하다.

먼저 문장 ④는 이 자리에 꼭 두지 않아도 되는 문장이다. 흙덩이의 등장을 예비하는 것이라서 〈강아지똥〉 전체로 보아서는 꼭 필요한 것이긴 하지만, 강아지똥 출현의 시공간적 배경조차도 각각 한 문장으로 처리하는 간명한 도입부에 끼워 넣을 건 아니라는 것이다.

문장 ⑤의 후반부와 문장 ⑥은 서사 전개의 구실이 명료하지 않다. 강아지똥이 몸이 차가워졌다는 내용은 위의 인용문에 바로 이어서 나오는 "참새 한 마리가 포로롱 날아와-"라는 문장의 내용과 의미상 그 어떤 연관 관계도 없는 것이기 때문이다.

　문장 ⑤의 전반부와 문장 ③은 각각 시간적 배경과 공간적 배경을 보여 주는 것이므로 나란히 이어 붙였더라면 더 좋았겠다.

　〈강아지똥〉의 비문과 어색한 표현은 이밖에도 꽤 많다.[19] 어린이가 읽을 동화가 이렇게 허술한 문장으로 쓰였다는 것, 그런 동화가 명작으로 평가받는다는 것, 그 둘 다 놀라운 일이다.

알고 보면 어색한 동화

　〈강아지똥〉의 작중 인격체는 강아지똥, 참새, 흙덩이, 밭주인, 감나무 잎사귀, 닭 엄마, 민들레 등이다. 이 가운데 사고 기제와 정서 기제가 상식적인 작중 인격체는 참새와 닭 엄마뿐이다. 강아지똥을 비롯한 나머지 작중 인격체는 일반적인 통념으로는 이해하기가 곤란한 사고 기제와 정서 기제를 가지고 있어서 독자는 이들이 이끌어가는 이야기에 몰입하기가

---

19. 몇몇 예를 들어 본다.
*(흙덩이는) 용용 죽겠지 하듯이 (강아지똥을) 쳐다봅니다.(→바라봅니다)
*똥을 똥이라 않고, 그럼 뭐라고 부르니?(→하지 않고)
*또 한번 한숨을 들이킵니다.(→내쉽니다)
*해가 저물도록 혼자 웅크리고 앉아 생각해 보았습니다. 서산으로 해가 지고 날이 어두워지면서 좀더 추워졌습니다. (중복 표현)
*하늘엔 검은 구름떼가 몰려와 가득히 덮였습니다.(→ 하늘은 어디에선가 몰려온 검은 구름떼로 가득 덮였습니다.)
*아이들은 역시 잘못했을 때는 곧장 용서를 받는 것이 좋아.(→비는)
*널 들여다본 것은 행여나 우리 아기들의 점심 요기라도 될까 싶어서 본 거야.(중복 표현)
*강아지똥은 어쩌면 소름이 쫙 끼칠 만큼 무서운 말이었지만, 이내 마음을 단단히 가다듬고(주어의 부당한 생략)
*대답은커녕 더욱 얄밉다 싶습니다.(두 문장으로 분리하여 쓸 내용)
*거기서 난 아기 감자를 기르기도 하고, 기장과 조도 가꿨어. 여름엔 자줏빛과 하얀 감자꽃을 곱게 피우며 정말 즐거웠어.(나열과 연결의 층위가 부적절한 문장)

쉽지 않다.

여기서 말하는 '사고 기제'와 '정서 기제'란 말은 엄격한 의미로 쓴 것이 아니다. 전자는 '원인-결과에 관한 인지적 이해의 틀'로, 후자는 '자극-반응에 관한 정의적 이해의 틀'로 그 의미를 가볍게 새겨 줬으면 좋겠다.

강아지똥이 이 세상에 나와서 처음 맞닥뜨린 것은 참새였다. 참새는 강아지똥을 쪼아 보더니 퉤퉤 침을 뱉으며 "똥 똥 똥…. 에그 더러워!"라고 했는데, 이 자체는 별 문제가 없다. 물론 똥을 먹이로 생각한 참새라니, 좀 유별난 참새로 보이긴 한다. 그런데 더 유별난 것은 강아지똥이다.

> 강아지똥은 어리둥절했습니다.
> "똥이라니? 그리고 더럽다니?"
> 무척 속상합니다. 참새가 날아간 쪽을 보고 눈을 힘껏 흘겨 줍니다. 밉고 밉고 또 밉습니다. 세상에 나오자마자 이런 창피가 어디 있겠어요.(121쪽)

강아지똥은 자기가 똥이고 똥은 더러운 것임을, 참새가 말해 주기 전까지는 전혀 몰랐다. 그의 반문 "똥이라니? 그리고 더럽다니?"를 보면 알 수 있는 일이다. 강아지똥의 어리둥절함은 당연한 것이다.

그런데 어리둥절함이 곧장 속상함으로 미움으로 또 창피함으로 바뀌는 것은 결코 당연한 것이 아니다. 어리둥절함은 상황이 어떻게 돌아가는지 모를 때 생기는 것이고, 속상함, 미움, 창피함은 상황이 어떻게 돌아가는지 알 때 생기는 것이다. 이와 같은 간단하고도 분명한 차이가 무시될 만큼 강아지똥의 정서 기제는 제멋대로 작동한다.

서사의 순서를 따라가다 보니, 강아지똥의 독특한 정서 기제를 먼저 살피게 되었지만, 강아지똥의 사고 기제 또한 제멋대로이긴 마찬가지다.

강아지똥은 참새가 날아간 뒤 바로 흙덩이를 만나는데, 자신을 놀리는 흙덩이한테, "그럼, 너는 뭐야? 울퉁불퉁하고, 시커멓고, 마치 도둑놈같이……."(122쪽)라고 쏘아붙인다.

강아지똥은 자기가 똥인 줄도 몰랐고 더러운 것인지도 몰랐다. 암탉도 몰라보고 '걸어다니는 새님'(127쪽)이라고 불렀다. 그런데 흙덩이한테 '도둑놈같이'라는 비유를 쓴다. 도둑이라는 말은 어떻게 알았으며 그 말의 의미는 어떻게 알았을까. 참, '새-새님'의 차이와 '도둑-도둑놈'의 차이는 또 어떻게 알았을까.

방금 살펴본 예는 언어 지식의 널뛰기를 보여 주는 것이고, 이어서 살펴볼 예는 언어 논리의 널뛰기를 보여 주는 것이다.

흙덩이가 강아지똥더러 착하게 살라고 충고한 적이 있는데, 그때 강아지똥은 "나 같은 더러운 게 어떻게 착하게 살 수 있니?"(124쪽)하고 되묻는다. 작가가 강아지똥더러 일부러 이와 같은 비논리적 언어를 구사하게 했던 것은 아닐까. 강아지똥을 어린이처럼 보이게 하려고. 그러나 작가한테 그런 의도가 없었다는 것은 금방 밝혀진다.

같은 자리에서, 흙덩이가 아기 고추를 살리지 못한 것을 자책하자 강아지똥은 그것은 가뭄 탓이지 흙덩이의 잘못이 아니라 했다. 작가가 강아지똥을 어린이처럼 그리고자 했다면, 이처럼 논리 정연한 표현으로 흙덩이를 위로하는 장면은 삽입하지 않았을 것이다.

이처럼 강아지똥의 사고 기제와 정서 기제가 항상성을 유지하지 못하다 보니, 독자는 그의 성격을 종잡을 수 없게 된다. 물론 강아지똥의 성격만 그런 것이 아니다. 〈강아지똥〉의 작중 인격체는 하나같이 생각하고 느끼는 것이 독특하다. 개성적이라는 것이 아니다. 돌출적이라는 것이다.

흙덩이는 강아지똥의 멘토로 설정되었다는 사실이 믿기지 않을 만큼 그 종잡을 수 없음의 정도가 특히 심하다. 그의 말은 어디로 튈지 알 수 없는 것이고, 그 마저도 앞뒤가 맞지 않는 것이다.

흙덩이는 강아지똥을 만나자마자 다짜고짜 욕부터 퍼붓는데, 이를 두고 괜히 그래 본 거라 했다. 이것만 봐도 흙덩이는 이상한 성격의 소유자라 하지 않을 수 없다. 그런데 욕 그 자체도 문제다. "똥 중에서도 제일 더러운 개똥이야."라는 욕은, 참새라면 또 모를까, 적어도 흙덩이만은 입에 올려서는 안 되는 욕이다.

흙덩이는 원래 저쪽 산 밑 양지 밭에서 감자도 기르고 기장과 조도 가꾸며 지냈다. 그리고 그 일을 '하느님이 시키신 일'이라고까지 하면서 크게 자랑스러워했다. 정말 그랬다면, 식물을 키우는 거름으로는 똥만큼 좋은 것도 없다는 것을 잘 알 터였다. 그런 흙덩이가 똥을 더럽다 하니, 흙덩이 또는 작가의 의도와 상관없이 독자는 당혹스럽다.

다음은 또 어떤가.

그 때, 과연 저쪽에서 요란한 소달구지 소리가 들려왔습니다.

"아, 나는 이제 그만이다."

흙덩이는 저도 모르게 흐느끼고 말았습니다.

"강아지똥아, 난 그만 죽는다. 부디 너는 나쁜 짓 하지 말고 착하게 살아라."

"나 같은 더러운 게 어떻게 착하게 살 수 있니?"

"아니야, 하느님은 쓸데없는 물건은 하나도 만들지 않으셨어. 너도 꼭 무엇엔가 귀하게 쓰일 거야."

소달구지가 가까이 다가왔습니다. 흙덩이는 눈을 꼭 감았습니다.(124쪽)

흙덩이는 강아지똥이 자리 잡은 곳 바로 앞에 있었다. 어제 소달구지에 실려 가다가 그 자리에 떨어진 것이다. 지금 그 소달구지가 되돌아오고 있는데, 흙덩이는 그 소달구지의 바퀴에 치여 산산이 부서져서 가루가 될까 두려워하고 있다. 그것은 흙덩이한테는 '끝'(123쪽)인 것이고 '그만'(124쪽)인 것이기 때문이다.

이런 순간에 흙덩이는 강아지똥한테 다음과 같은 말을 한다. "하느님은 쓸데없는 물건은 하나도 만들지 않으셨어. 너도 꼭 무엇엔가 귀하게 쓰일 거야." 보다시피 '너도'라 했다. 이때의 '너도'는 흙덩이 자신이 아닌 다른 모든 존재를 전제한 것이다. 흙덩이는 자신은 '나쁜 짓'을 한 죄가 있어 귀하게 쓰이는 데서 제외되었다고 생각하고 있는 참이다.

다음은 그 '나쁜 짓'에 관한 흙덩이 자신의 고백이다.

"어느 여름이야. 햇볕이 쨍쨍 지고 비는 오지 않고 해서 목이 무척 탔어. 그런데 내가 가꾸던 아기 고추나무가 견디다 못해 말라 죽고 말았단다. 그게 나쁘지 않고 뭐야. 왜 불쌍한 아기 고추나무를 살려 주지 못했는지 지금도 가슴이 아프고 괴롭단다."(123쪽)

이것은 누가 봐도 말이 안 되는 자책이다. 강아지똥 역시 흙덩이가 잘못 생각하고 있다고 흙덩이한테 대놓고 말한다. 그러자, 작가도 켕겼는지, 흙덩이의 또 다른 '나쁜 짓'을 들추어내는데, 그게 또 문제가 된다.

정말 아기 고추나무가 못 살게 제 몸뚱이의 물기를 빨아 버리는 것이 얼마나 미웠는지 모릅니다. 마음으로는 그만 죽어 버려라 하고 못된 소리까지 했습니다. 그게 아직까지 잊혀지지 않아 흙덩이는 괴로운 것입니다.(124쪽)

이 대목에서 흙덩이의 '나쁜 짓'이 분명하게 드러난다. 이 정도의 '못

된 소리'-'저주'로 표현한 판본도 있다[20]-라면 벌을 받아도 마땅하다. 그런데 그 '못된 소리'를 하게 된 연유가 어처구니없다. 흙덩이는 제 몸 속의 물기를 아기 고추나무가 빨아 먹는 것이 미워서 그랬다는데…. 이해 불가다. 아기 고추나무를 품어 키우는 흙덩이라면 있는 물기 없는 물기 모두 짜내어 아기 고추나무한테 주려고 하지 않을까. 어차피 갖고 있어 봤자 따로 쓸데가 있는 것도 아닌데.

그런데 반전이 일어난다. 흙덩이는 소달구지 바퀴에 치여 부서지는 것이 아니라 다시 소달구지에 실려 밭으로 되돌아간다. 이 반전으로 인해서 "하느님은 쓸데없는 물건은 하나도 만들지 않으셨어."라는 그의 주장은 힘이 실리지만, "이처럼 길바닥에 버려지게 된 것을 그 (나쁜 짓의) 죄 값이라 생각했습니다."(123쪽)라는 그의 고백은 희떠운 말이 된다.

이 장면과 관련하여 확인해 둘 것이 있다. 그것은 '죽음'과 '귀하게 쓰임'에 대한 흙덩이의 기본적인 이해가 뒤죽박죽이라는 것이다.

흙덩이는 원래 식물을 품어 키우던 일을 했다. 그 일을 하려면 흙가루로 부서져야 했다. 흙이 덩이져 있으면 식물이 싹을 틔우거나 뿌리를 내리기 어렵기 때문이다. 흙덩이는 또 집 짓는 재료로 쓰일 뻔했다. 집 짓는 재료가 되려면 역시 흙가루로 부서져야 했다. 그래야 흙 반죽도 되고 흙 벽돌도 될 수 있으니까. 흙덩이는 식물을 키울 때는 즐거웠다고 했고 집 짓는 재료가 될 뻔했을 때는 기뻤다고 했다. 아마도, 자신이 귀하게 쓰인다고 생각했을 것이다.

이러한 흙덩이라면, 소달구지 바퀴에 치여 부서지고 흩어져 골목길의 흙이 되는 것도 즐거워하고 기뻐해야 하지 않을까. 맨발로 뛰노는 아이들을 위해서 귀하게 쓰이는 것이니까 말이다. 그런데 우리의 흙덩이는 소달

---

20. 권정생,《강아지똥》, 88쪽 참고.

구지 바퀴에 치여 흙가루가 되는 것을 죽음으로 여기고 울음을 터뜨린다. 독자는 흙덩이의 어느 장단에 몸을 맡겨야 할까.

이어서, 밭 임자에 대해서 이야기 좀 하자. 밭 임자는 골목길에 떨어진 흙덩이를 발견하고는 소달구지를 세운다. 그리고 이렇게 말한다. "우리 밭에 도루 갖다 놔야겠어. 아주 좋은 흙이거든."(124쪽) 이 흙덩이는 밭 임자가 집 짓는 데 쓰려고 밭에서 퍼서 가져가던 것이었다. 그런데 집 짓는 데 좋은 흙과 농사짓는 데 좋은 흙은 다르다. 집 짓는 데 가장 좋은 흙은 황토인데, 황토는 일반적으로 밭 흙으로는 좋게 평가하지 않는 것이다.

그나저나, 우리의 흙덩이는 양이 얼마 안 된다. (두 손으로) 주워 들 정도라 하니 말이다. 밭 임자는 바로 그 약간의 흙덩이 때문에 소달구지를 세웠다. 주워서 밭에 가져가려고. 밭에는 그런 게 지천인데도.

이 장면을 마련한 작가의 의도를 짐작하지 못하는 건 아니다. 그러나 현실감과 현장감도 생각할 일이다. 차라리 밭 임자가 강아지똥을 줍는 쪽으로 설정을 바꾸었으면 어땠을까. 〈강아지똥〉의 창작 당시만 해도 시골에서는 개똥을 주우러 많이들 다녔다. 거름하려고.

이제 남은 작중 인격체는 엄마 닭, 감나무 가랑잎 그리고 민들레 싹이다. 엄마 닭은 특별히 언급할 게 없으니 그냥 건너뛰고, 감나무 가랑잎의 동문서답은 뒤에서 다른 이야기를 할 때 함께 살피겠다. 여기서는, 뒤에서 적지 않은 비중으로 다루게 될 민들레 싹의 지나친 어른스러움에 대해서만 간단히 언급하고 넘어가기로 하겠다.

강아지똥이 어린이라면 민들레 싹은 아기다. 강아지똥이 한 계절 정도 먼저 세상살이를 시작했으니까 그렇게 비유해도 문제 될 거 없다. 그런데 이 둘의 성숙도는 정반대다. 이 둘이 세상에 막 나왔을 때를 기준으로 살펴보면 더 가관이다. 강아지똥은 자기가 똥이라는 것도 몰랐고 더러운 것이라는 것도 몰랐다. 그러나 민들레 싹은 자기는 언젠가는 샛노랗게 빛나는 예쁜 꽃을 피우게 된다는 것을 너무나 잘 알고 있었다. 강아지똥이 현재의 자기 정체도 제대로 파악하지 못하는 아이 같은 존재라면, 민들레 싹은 미래의 자기 가능성까지 훤히 꿰고 있는 어른 같은 존재다. 이러니, 강아지똥의 삶을 좌지우지하는 것 정도는 민들레 싹한테는 일도 아닐 수밖에.

우리는 지금까지 강아지똥, 흙덩이 그리고 민들레 싹의 말과 행동을 통해서 그들이 그다지 신뢰할 수 없는 캐릭터임을 확인했다.

강아지똥은 알 것 같은 것은 모르고 모를 것 같은 것은 알고, 또 고마워해야 할 것은 미워하고 미워해야 할 것은 고마워하는 작중 인격체였다.

흙덩이는 또 어떻고. 강아지똥의 멘토로서는 정말 자격 미달이다. 어떤 장면에서는 누가 멘토이고 누가 멘티인지 헛갈릴 정도다.

민들레 싹은 강아지똥의 자아실현을 위해서 작가가 최후의 도우미로 투입한 작중 인격체다. 민들레 싹이 어른보다 더 어른스러운 성격을 갖게 된 것도 그 역할 때문이다. 그러나 그것은 작가의 편의를 앞세운 설정이라서 독자의 공감을 얻을 수 없는 것이다.

이와 같은 어설픈 인물 설정은 주제 의식 구현에 대한 작가의 강박증에서 비롯되었다 하지 않을 수 없다. 죽음을 통한 자아실현이라는 메시지를 이야기에 담아내는 데 도움이 된다면, 작가는 작중 인격체의 인지적·정의적 수준을 조정하거나 성격의 일관성을 무시하기를 서슴지 않았으니까. 결과는 참담했다. 〈강아지똥〉은 어색하기 짝이 없는 동화로 전락했다.

알고 보면 끔찍한 동화

1. 죽음 그 자체가 화두인 동화

〈강아지똥〉은 짧은 일생이긴 하지만 강아지똥의 일생을 보여 주는 동화다. 그런데 〈강아지똥〉의 서술 대부분은, 강아지똥의 죽음이든 다른 누군가의 죽음이든, 죽음 그 자체에 초점을 맞춘다. 이러니 〈강아지똥〉을 일러 죽음으로 삶을 이야기하는 동화라 할 만도 하다. 실제로, 강아지똥이 만났던 작중 인격체 중에서 죽음과 직접적으로 관련되지 않은 것은 참새뿐이다. 흙덩이도, 감나무 가랑잎도, 엄마 닭과 병아리도, 민들레도 모두 이렇게 아니면 저렇게 죽음과 얽힌다.

강아지똥이 참새에 이어서 두 번째로 만났던 흙덩이는 처음부터 끝까지 죽음만 화제로 삼는다. 이 대화의 전체 윤곽은 이미 살펴본 바 있으므로 핵심을 짚고 있다고 생각되는 문장을 하나씩 띄워 놓고 논의를 계속하기로 하겠다.

"강아지똥아, 난 그만 죽는다. 부디 너는 나쁜 짓 하지 말고 착하게 살아라."

흙덩이가 자신은 나쁜 짓을 한 죗값으로 죽게 되었다고 여기고 강아지똥한테 착하게 살라고 말하는 대목이다. 이에 대해서 강아지똥은 자신은 더러운 것이라서 그게 불가능하다고 답한다. 물론 층위 혼동에 따른 동문서답이다.

그런데 어떻게 사는 것이 착하게 사는 것일까. 흙덩이는 식물을 품어 기를 때 한 방울 물기까지 다 짜내어 식물의 목을 축여 주지 못한 것을 두고 '나쁜 짓'이라 한 바 있다. 이에 따르면, 흙덩이가 생각하는 '착하게 살기'는 다른 이를 위해서 자기가 가진 것 모두를 기꺼이 내놓는 것일 수밖에 없다.

방금 말한 그 모든 것 속에 목숨도 포함되는지는 분명치 않다. 그러나 한 방울 물기까지 다 짜내는 것의 상징적 의미가 죽음일 수 있다는 것, 그렇게 하지 않은 죄의 대가가 죽음이라는 것, 흙덩이의 말을 들은 강아지똥이 제 목숨을 내놓는 데 전혀 주저함이 없다는 것 등으로 미루어 볼 때, '착하게 살기'의 극한은 목숨까지 내놓는 '희생적인 삶 살기'로 이해해도 될 듯하다.

　　"하느님은 쓸데없는 물건은 하나도 만들지 않으셨어. 너도 꼭 무엇엔가 귀하게 쓰일 거야."

　역시 흙덩이의 말이다. 이것은 흙덩이의 희생론이 기독교 사상에 바탕을 둔 것임을 일러 준다. 이에 따르면, 강아지똥은 그 자체로 '귀한 물건'이 아니다. 단지 '무엇엔가' '귀하게 쓰일' '물건'인 것이다. 어디에 어떻게 쓰일지는 하느님만 아실 뿐이다. 이와 같은 기독교적 도구관에서는 죽음이 다른 무엇을 위한 도구, 즉 가치 있는 희생으로 미화될 가능성이 있다. 즉 무엇엔가 귀하게 쓰이는 죽음이라면 권장될 수도 있다는 것이다.

　어쨌든, 기독교적 도구관은 어린이문학에서는 상당히 불편한 것일 수밖에 없다. 어린이를 하느님의 도구로 인식하는 한, 어린이를 독립적인 인격체 그 자체로 존중하는 일은 꽤나 복잡하고 번거로운 일이 되기 때문이다.

　놀라운 것은 흙덩이의 기독교적 희생론에 대한 강아지똥의 반응이다.

　　강아지똥은 그만 자기도 한몫 치여 죽고 싶어졌습니다.

　강아지똥과 흙덩이의 대화 장면에서 우리가 들었던 가장 터무니없는 말은, 강아지똥의 말도 아니고 흙덩이의 말도 아니다. 다름 아닌, 서술자로 등장한 작가의 말이다.

　흙덩이는 달려오는 소달구지 소리를 듣고 그만 죽는 줄 알고 무서워

눈을 감는다. 이를 본 강아지똥은 같이 죽어 주고 싶은 마음이 들었다. 왜? 물론 독자는 이 자문에 논리적으로 자답할 방법이 없다. 그냥 이리저리 추측만 해 볼 수 있을 뿐이다. 실마리로 삼을 만한 것이 있긴 있다. 그 것은 〈강아지똥〉의 작중 인격체는 거의 대부분 작가의 의도에 부합하는 말과 행동을 하는 인형 같은 캐릭터라는 것.

흙덩이를 보자. 고추나무를 죽음에 이르게 한 것, 그 죗값으로 자신이 죽음의 상황에 놓이게 된 것, 마침내 강아지똥마저 죽음에 뛰어들 생각을 한 것, 이러한 것은 누군가의 의도적인 계획에 따른 것이라 하지 않을 수 없다. 작가로부터 자유로운 독립적인 작중 인격체라면 죽음과 관련된 행위만 골라서 하는 일은 상상도 못할 것이다.

이런 점에서는 강아지똥도 도긴개긴이다. 그의 앞에 죽음과 관련된 상황만이 계속 펼쳐지는데도 그는 이를 조금도 이상하게 여기지 않는다. 물론 싫어하지도 않고 피하지도 않는다. 결국 흙덩이의 말에 따라 착하게 살기로 작정한다. 그리고 함께 죽어 주려고 마음 먹는다. 이와 같은 강아지똥의 맹목성을 설명할 수 있는 길은 하나뿐이다. 그것을 그의 운명이라 하는 것이다. 이렇게 생각하면 그 다음은 수월해진다. 그냥 술술 풀린다.

강아지똥은 자신을 향한 '더러운 똥'이라는 욕에 대해선 부끄러움·속상함·미움 같은 온갖 감정을 다 느끼던 캐릭터였다. 그러던 그가 자신의 목숨을 내놓기로 마음먹을 때는 가장 원초적인 감정인 무서움조차 느끼지 않는다. 이런 모순도 더는 문제가 되지 않는다.

강아지똥을 좀 더 지켜보자. 흙덩이가 소달구지에 실려 떠나자 강아지똥은 '난 혼자서 이제부터 어떻게 하나?'(124쪽)라며 불안해한다. 그러다 흙덩이의 말을 떠올리고는 '정말 나도 하느님께서 만드셨다면 무엇에 귀하게 쓰일까?'(125쪽) 하고 날이 저물도록 생각에 잠긴다.

강아지똥의 고민은 금방 이해가 된다. 흙덩이와 함께 있을 때는 강아지똥이 귀하게 쓰일 일이 있었다. 그것은 흙덩이를 위로하기 위해서 함께 죽어 주는 일이었다. 그런데 흙덩이가 소달구지에 실려 떠나자 강아지똥이 귀하게 쓰일 일이 없어져 버렸다. 이 문제는 강아지똥 스스로 해결할 수밖에 없다. 그래서 날이 저물도록 생각하고 또 생각해 보는 것이다.

어쨌든, 강아지똥은 자신의 고민을 스스로 해결하지 못했다. 그한테는 또 다른 누군가의 말이 필요했다. 그 누군가의 역할은 감나무 가랑잎이 맡았다. 감나무 가랑잎 또한 죽음에 대해서만 이야기하다가 죽어 버린다.

감나무 가랑잎 등장 대목은 작가가 1969년 《기독교교육》의 공모전에 투고할 때 원고 분량 조정을 이유로 스스로 삭제했던 것이다.[21] 이를 몹시 아쉬워했던 작가는 어린이도서연구회 창립 25주년 자료집의 〈강아지똥〉에서 해당 대목을 복원했다. 작가는 이 대목의 희생론에 많은 애착을 느꼈던 것 같다.

그러나 이 대목은 〈강아지똥〉에 없는 것이 차라리 더 나았다. 우선 감나무 가랑잎의 희생론은 〈강아지똥〉의 서사에서 필요 불가결한 것이 아니다. 이는 이 대목이 삭제된 그림책 《강아지똥》의 성공에서도 알 수 있는 일이다. 더욱이 이 대목은 화법이나 논리에서 적잖은 문제를 드러낸다. 이것부터 확인하기로 하자. 편의상 인용문에 번호를 붙였다.

그제서야 강아지똥은 눈을 뜨고 감나무 가랑잎을 바라보았습니다.
①"지금 겨울이잖니, 우리 모두 엄마 나무에서 떨어져 흩어졌단다."
②"겨울이면 엄마 나무에서 떨어지니?"
③"그럼, 우리가 모두 떨어져 죽어야만 엄마는 내년 봄 아기 이파리를 키

---

21. 권정생·원종찬 대담, 〈저것도 거름이 돼가지고 꽃을 피우는데〉, 《창비어린이》 3권 4호, 2005, 15쪽 참고.

우거든."

④"엄마야! 불쌍해라."

⑤"불쌍해도 어쩌지 못하는걸. 이 세상엔 누구나 한 번 태어나면 언젠가 죽는단다."

⑥"하지만, 아까 낮에 있었던 흙덩이는 죽지 않고 살아서 도로 밭으로 가는 걸 봤는데."(125-126쪽)

④를 보자. 엄마가 없는, 그래서 엄마를 한 번도 불러 보지 못한 강아지똥이 얼떨결이라 하더라도 '엄마야!' 하는 감탄사를 쓰는 것은 아무래도 어색하다. 어쨌든, ④는 부모 자식 사이 또는 형제 사이에서 일어나는 희생을 불쌍히 여기는 표현이다.

그런데 이에 대한 답 ⑤는 엉뚱한 것이라 하지 않을 수 없다. ③과 ⑤를 엮으면 이런 말이 된다. '언젠가 한 번은 죽어야 할 운명이기 때문에 누군가를 위해서 스스로 죽음을 선택하는 것이다.' 이를 어찌 말 같은 말이라 하겠는가. 한편 ⑤에 대한 반박으로 쓴 ⑥ 또한 동문서답이다. 흙덩이는 단지 죽을 뻔했을 뿐이다.

그러면, 감나무 가랑잎의 희생론은 어떨. ①을 보라. 감나무 가랑잎은, 나무를 엄마에, 잎을 아기에 비유하고 있다. 이러한 비유는 아주 흔한 비유다. 그러나 ③은 ①의 비유가 일반적인 통념에서 사뭇 벗어난 것임을 바로 일러 준다.

올해의 아기 이파리가 떨어져 죽어야 엄마 나무가 내년의 아기 이파리를 키울 수 있다고 했다. 형님 이파리는 동생 이파리를 위해서 죽어 줘야 하고 엄마 나무는 형님 이파리가 죽어 주기를 기다려야 한다는 것이다. 이런 것도 사랑이라 할 수 있는 것일까. 작가의 희생론이 얼마나 우스꽝스러운 것인지, 이 억지 비유가 잘 보여 준다.

강아지똥은 감나무 가랑잎과 헤어진 뒤 깊은 겨울잠에 빠진다. 봄은 오게 마련, 때가 되자 강아지똥은 잠에서 깨어난다. 강아지똥은 병아리들을 데리고 나온 엄마 닭을 만나는데, 아기들의 점심 요깃거리를 찾는다는 엄마 닭한테 이렇게 말한다. "점심으로 나를 먹어 주시겠다는 거죠? 좋아요. 모두 맛나게 먹어 주어요."(127쪽)

이에 대한 작가의 설명은 다음과 같다. "이런 귀여운 아기들의 점심밥이 되기 위해서 세상에 태어났다면 기꺼이 제 몸을 내어 주어야겠다고 생각했기 때문입니다."(128쪽) 참 대단한 강아지똥이다. 흙덩이와 감나무 가랑잎에 비할 바가 아니다.

흙덩이는 죽음에 대해서 이중적인 태도를 보였다. 강아지똥한테는 착하게 살려면 목숨도 기꺼이 내어놓아야 한다는 취지의 말을 하면서도 정작 자신은 죽음을 무서워하고 또 피하려고 했다. 흙덩이는 말로만 희생적인 삶을 읊어대는 존재라 할 만하다. 감나무 가랑잎의 희생론은 어떻게 보면 말잔치에 지나지 않은 것이다. 그는 피할 수 없는 죽음을 자발적인 희생으로 포장했다.

이에 반해서, 강아지똥은 자기 의지로 제 몸을 병아리의 먹이로 내놓았다. 완전한 의미의 희생이다. 그러나 이 죽음은 그렇게 대단하게 여길 것이 못 된다. 그것은 예정되고 기획된 죽음이기 때문이다. 〈강아지똥〉의 모든 것, 즉 인물·사건·배경 하나하나는 강아지똥을 죽음으로 차근차근 몰아가는 데 최적화되어 있다. 이게 말이 되는가. 사람으로 치면 어린이 정도에 해당할 강아지똥한테 이런 역할을 맡긴다는 것이.

2. 일그러진 욕망, 일그러진 삶

남을 위한 나의 죽음은 희생이다. 그런데 희생으로만 볼 수 없는 희생도 있다. 아주 극단적이긴 하지만, 희생 그 자체를 자신을 위한 것으로 설정할 수도 있어서 하는 말이다. 이런 경우, 나의 죽음은 남을 위한 희생이 되기도 하고 나를 위한 자아실현이 되기도 한다. 강아지똥이 최후에 맞게 된 죽음이 바로 이런 성격의 죽음이다.

강아지똥이 죽음과 맞닥뜨린 것은 세 번이었다. 첫 번째는 흙덩이가 밭 임자의 호의로 소달구지에 실려 밭으로 되돌아가는 바람에 실패했다. 두 번째는, 방금 보았다시피, 엄마 닭이 거절해서 실패했다. 강아지똥은 자신 의 존재 이유가 부정된 두 번째 사건에서 크게 좌절한다. 하느님을 원망하 기도 한다. "하필이면 더럽고 쓸데없는 찌꺼기 똥까지 만들 필요는 없지 않나."(128쪽) 하면서. 세 번째는 달랐다. 강아지똥이 드디어 성공한다.

엄마 닭과 헤어진 그날 밤, 강아지똥은 처음으로 하늘의 별을 보게 된 다. 이 사건은 강아지똥한테 죽음에 관한 또 다른 전기를 마련해 준다.

'영원히 꺼지지 않는 아름다운 불빛.'
이것만 가질 수 있다면 더러운 똥이라도 조금도 슬프지 않을 것 같았습 니다.
강아지똥은 자꾸만 울었습니다. 울면서 가슴 한곳에다 그리운 별의 씨 앗을 하나 심었습니다.(128쪽)

별은 아름다웠다. 강아지똥은 별을 가지면 더러운 똥이라도 슬프지 않 을 것 같았다. 왜? 별의 아름다움과 똥의 더러움이 서로 상쇄될 거니까. 그러나 별을 가지기는 불가능한 것. 강아지똥은 가슴 한곳에 별의 씨앗을 심는 것으로 만족하고 만다. 그런데 이게 무슨 말일까. '별처럼 아름다워 지고 싶은 욕망을 가슴에 품는 것으로 만족했다.'로 이해하고 넘어가기로 하자.

여기에서도 강아지똥은 갈팡질팡이다. 강아지똥은 '찌꺼기'여서 엄마 닭한테 외면당했다. 그런데 강아지똥이 정작 비관했던 것은 자신이 '더러운 똥'이라는 것이었고 그것의 보상 심리로 가지고 싶어 했던 것은 '아름다운 별'이라는 것이었다.

우리는 여기에서 강아지똥의 방향 전환을 목격하게 된다. 강아지똥은 처음에는 남을 위한 희생과 같은 의도적 '착함'으로 자신의 생래적 '더러움'을 상쇄하려고 했다. '착함'과 '더러움'은 차원을 달리 하는 것이라서, 이런 조합이 좋은 결과를 낼 리가 없었다. 그래서일까, 강아지똥은 정면으로 승부를 건다. 아름다워짐으로써 아예 더러움과 결별하겠다는 것이었다.

이 또한 방향 착오임은 말할 것도 없다. 차라리 더러운 똥에 아름다운 별만 한 가치를 부여하는 쪽을 생각해 볼 일이었다. 그것은 자신을 있는 그대로 귀하게 여기는 것이기도 하니까.

안타깝게도, 강아지똥의 욕망은 결코 충족될 수 없는 욕망이었다. 아름다운 별을 하늘에서 따오거나 가슴 한켠에서 키우는 것이 어찌 가능한 일이겠는가. 강아지똥도 이를 알았던 모양이다. 그래서 욕망을 변형시킨다. 다음을 보라.

강아지똥 바로 앞에 파란 민들레 싹이 하나 내밀었습니다.

"너는 뭐니?"

강아지똥이 내려다보고 물었습니다.

"난 예쁜 꽃이 피는 민들레란다."

"예쁜 꽃이라니! 하늘에 별만큼 고우니?"

"그럼!"

"반짝반짝 빛이 나니?"

"응, 샛노랗게 빛나."

강아지똥은 가슴이 울렁거렸습니다. 어쩌면 며칠 전에 제 가슴 속에 심은 별의 씨앗이 싹터 나온 것이 아닌가 싶었기 때문입니다.(128-129쪽)

강아지똥은 민들레 싹과 대화하는 과정에서 하늘의 별을 민들레꽃으로 대체해 버린다. 즉, 하늘의 별만큼 곱고 반짝반짝 빛이 나는 민들레꽃은 별이나 마찬가지라는 것이다. 그런데, 강아지똥은 그 민들레 싹을 일러 제 가슴 속에 심었던 별의 씨앗에서 나온 싹이라 했는데, 이것은 또 어떻게 설명해야 하나. 강아지똥이 가슴 속에 절절한 염원을 품고 있었기에 민들레 싹을 만나게 되었다고나 할까.

그러나 민들레 싹은 사악하고 교활했다. "너의 몸뚱이를 고스란히 녹여 내 몸 속으로 들어와야 해." 하고 강아지똥한테 노골적으로 자신의 거름이 되어 줄 것을 요구할 정도로 사악했고, "그래서 예쁜 꽃을 피게 하는 것은 바로 네가 하는 거야." 하고 강아지똥의 근원적인 욕망을 자극하여 이성적인 판단을 마비시킬 정도로 교활했다. 물론 강아지똥도 만만치 않았다.

강아지똥은 가슴이 울렁거려 끝까지 들을 수가 없었습니다.
'아, 과연 나는 별이 될 수 있구나!'
그러고는 벅차오르는 기쁨에 그만 민들레 싹을 꼬옥 껴안아 버렸습니다.
"내가 거름이 되어 별처럼 고운 꽃이 피어난다면, 온몸을 녹여 네 살이 될게."(129쪽)

강아지똥이 혼자 하는 말과 민들레 싹한테 일러 주는 말을 비교해 보라. 뉘앙스가 다르지 않은가. 전자는 강아지똥의 죽음을 자아실현을 위한 죽음으로 규정하게 한다. 강아지똥 자신이 꽃으로 피어나서 별이 되게 하는 죽음이니까. 이에 반해서, 후자는 강아지똥의 죽음을 희생의 죽음으로 규정하게 한다. 민들레한테서 고운 꽃이 피어나도록 민들레의 살이 되어 주는 죽음이니까.

이 장면은 〈강아지똥〉의 클라이맥스에 해당하는데, 독자가 느끼는 우울감도 이 장면에서 클라이맥스에 이르게 된다. 이유는 다음과 같다.

첫째, 강아지똥은 민들레 싹만큼이나 사악하고 교활했다. 강아지똥은 자기가 별이 되는 데만 관심이 있었다. 그런데도 마치 민들레 싹을 위해서 거름이 되어 주는 것처럼 말한다. 물론 이것은 민들레 싹한테 배운 것이다.

강아지똥의 머릿속은 이렇다. '내가 거름이 되고, 민들레가 거름을 빨아 먹고 꽃을 피운다면, 내가 꽃이 된 거나 마찬가지다. 꽃은 별이다. 그렇다면, 나는 거름이 되어 주는 것으로 바로 별이 된다.'

둘째, 강아지똥의 욕망은 일그러진 욕망이다. 강아지똥은 자신이 남들 눈에는 더러운 똥으로 비친다는 사실 그 자체를 부끄러워하고 슬퍼했다. 진정으로 자아를 찾으려 했다면 자신이 더러운 똥이라는 것을 있는 그대로 받아들이고 그것의 존재적 가치를 스스로 발견하려고 애써야 했다. 그러나 강아지똥은 그렇게 하지 않았다. 아름다운 별을 소유함으로써 더러운 똥의 이미지에서 벗어나려고 했다. 이것은 본래적인 자아를 부정하는 것이나 다름없다.

셋째, 강아지똥은 그 일그러진 욕망을 일그러진 방법으로 충족시킨다. 별을 가지고자 했던 욕망을 은근슬쩍 별이 되고자 하는 욕망으로 바꾸더니, 그 별을 민들레꽃으로 대체해 버렸다. 그리고 자신의 목숨을 내어놓는 방법으로 그 욕망을 충족시키려 한다. 이러한 것도 자아실현이라 할 수 있을지 의문이다. 결과적으로, 강아지똥의 일그러진 욕망이 강아지똥의 삶 자체를 일그러뜨렸다.

민들레 싹한테도 비슷한 말을 해 줄 수 있다. 꽃을 피우고자 하는 욕망 자체는 건강한 것이었지만, 그것을 충족시키고자 하는 방법이 추악했다. 강아지똥을 거름으로 빨아 먹으려고 강아지똥에게 죽음을 선택하도록 꼬드겼다. 강아지똥이 '자기 죽음을 통한 자아실현'을 꾀했다면, 민들레 싹은 '타자 희생을 통한 자아실현'을 꾀했다. 민들레 싹의 삶도 일그러진 삶이라 하지 않을 수 없다.

다음은 〈강아지똥〉의 마지막 대목이다.

봄이 한창인 어느 날, 민들레는 한 송이 아름다운 꽃을 피웠습니다. 샛노랗게 햇빛을 받고 별처럼 반짝이었습니다. 향긋한 내음이 바람을 타고 퍼져 나갔습니다.

방긋방긋 웃는 꽃송이엔 귀여운 강아지똥의 눈물겨운 사랑이 가득 어려 있었습니다.(130쪽)

말 그대로 한 폭의 그림이다. 아름답긴 한데 보고 있으면 괜히 서글퍼진다. 그래서일까, 이 그림은 그려서는 안 되는 그림으로 느껴진다.

강아지똥은 어린이를 연상시킨다. 강아지똥은 그 어떤 이유에서든 죽음을 선택해서도 안 되고 선택하게 해서도 안 된다. 자아실현을 위한 죽음이든 남을 위한 희생의 죽음이든, 어린이한테 의미 있는 죽음이란 있을 수 없다.

그런데 작가는 강아지똥을 죽음에 이르게 하는 것도 모자라 그 죽음을 이렇게 아름답게 그리기까지 했다. 이래서 〈강아지똥〉은 마지막 장면까지 끔찍하다는 것이다.

결론

　나는 이 글의 모두에서 〈강아지똥〉에 대한 역사·전기주의 비평의 문제점을 지적한 바 있다. 간단히 말하면, 작가의 역사·전기적 삶을 지나치게 의식하면서 작품을 평가하는 경향 때문에 작품 자체의 문학적 성과에 대한 규명이 제대로 이루어지지 않았다는 것이다. 그런데, 이 글을 마무리 짓는 자리에서 다시 생각해 보니, 〈강아지똥〉에 대한 역사·전기주의 비평의 문제점은 오히려 그 불철저함에 있었던 게 아닌가 싶다.

　〈강아지똥〉에 대한 역사·전기주의 비평은 일단 〈강아지똥〉의 주인공 강아지똥을 작가 권정생의 분신으로 간주한다. 더럽고 쓸모없는 찌꺼기 똥으로 묘사된 강아지똥에서 권정생을 읽어 내는 것이다. 누군가는 '시궁창에 버려져 짓밟힌 목숨'을 떠올렸고, 또 누군가는 '거지와 성자'를 떠올렸다. 그런데 이런 것은 아무래도 먼 훗날의 권정생과 어울리는 것이다.

　강아지똥이 권정생의 분신이라면, 그 권정생은 〈강아지똥〉을 쓸 바로 그 당시의 권정생이어야 한다. 그리고 강아지똥의 최고 관심사는 삶과 죽음의 문제에 관한 실존적인 고민이어야 한다. 권정생은 그 무렵 자신이 시한부의 삶을 살고 있는 것으로 알고 〈강아지똥〉을 쓰고 있었기 때문이다.

　이런 점을 염두에 두면, 〈강아지똥〉에서 이해하지 못할 것이 팍 줄어든다. 이를테면, 세상에 나온 지 얼마 되지 않은 강아지똥이 '어떻게 살 것인가'보다 '어떻게 죽을 것인가'에 더 골몰하는 것도 금방 이해가 된다는 것이다.

　강아지똥은 죽음을 참으로 무덤덤하게 대했다. 죽음을 무서워하지도 않았고 피하려 하지도 않았다. 소달구지 바퀴에 치여 부서져 죽는 것, 엄마 닭과 병아리들의 먹이가 되어 죽는 것, 민들레의 거름이 되어 죽는 것

등을 오히려 기꺼워하는 듯도 했다. 물론 이와 같은 초연과 달관은 종교적 수련을 통한 해탈에서 비롯된 것이 아니다. 강아지똥은 이왕이면 의미 있는 죽음을 맞고 싶어 했던 것뿐이다. 물론 자신의 죽음은 예정되어 있어 피할 수 없다는 것은 이미 알고 있었고.

강아지똥이 두려워했던 것은 '죽음 그 자체'가 아니라 '무의미한 죽음'이었다. 어쩌면 '무의미한 죽음'도 아닐 수 있다. 그냥 '무의미 그 자체'일 수도 있다. 강아지똥은 기껏해야 자신을 '더러운 똥'이라고 놀렸을 뿐인 참새와 흙덩이한테 엄청난 히스테리를 부렸다. 자신의 존재 이유가 무의미해질까 불안해서. 그리고 자신을 '찌꺼기'라며 먹기를 거부한 엄마 닭한테는 스스로 크게 상처를 입었다. 자신의 존재 이유가 무의미해졌다고 낙담해서.

강아지똥이 민들레 싹의 거름이 된 것을 두고 희생으로 볼 것이냐 아니면 자아실현으로 볼 것이냐 하는 의견 대립이 있을 수 있다. 그런데 그 죽음이 어떤 죽음이든 강아지똥한테는 아무 상관이 없다. 의미있는 죽음이라는 점에서는 마찬가지니까. 이와 같은 시각은 죽음에 대한 강아지똥의 맹목적 태도를 설명하는 데도 도움이 된다. 강아지똥은 남을 위한 죽음이든 자신을 위한 죽음이든, 남이 부탁한 죽음이든 자신이 선택한 죽음이든 상관하지 않았다. 그저 의미 있는 죽음을 원했을 뿐이다.

방금 우리는 〈강아지똥〉에 대한 역사·전기주의 관점의 비평도 꽤 유용할 수 있음을 확인하였다. 내재적 관점의 비평에서는 도저히 용인할 수 없었던 것도 그 나름의 의미 있는 기능을 수행하는 문학적 장치임이 드러나기도 하였다. 그러나 역사·전기주의 관점의 비평 또한 〈강아지똥〉의 문학적 가치를 극대화할 수 있는 비평인 것은 결코 아니었다.

분명한 것은, 역사·전기주의 관점에서는 〈강아지똥〉을 동화로 규정하기가 훨씬 더 힘들어진다는 사실이다. 의미 있는 죽음이기만 하면 그것이 어떤 죽음이든 기꺼이 받아들일 수 있는 강아지똥, 그를 어찌 어린이의 친구로 내세울 수 있겠는가. 〈강아지똥〉의 비극은, 동화일 수 없는 것이 어찌어찌하다가 동화가 되어 버린 데 있었던 것인지도 모른다.

《고양이 학교》의 교훈[1]

《고양이 학교》로 들어가며

　《고양이 학교》(김진경, 문학동네, 2001-2002)[2]의 인상적인 특징 두 가지는, 고양이를 주인공으로 삼았다는 것과 그 주인공의 활동 무대를 세계 각국의 신화와 전설로 꾸몄다는 것이다.

　고양이는 개만큼이나 사람들이 좋아하는 동물이지만 개와 달리 장편 동화의 주인공으로는 그다지 인기가 없었다. 사람과의 교감 능력이 개에 미치지 못한 탓이었으리라. 그런데 《고양이 학교》는 고양이를 주인공으로 내세웠다. 그것도 환상동화의 주인공으로 말이다. 고양이를 개보다 더

---

1. 이 글은 《고양이 학교》, 그 환상의 논리와 서사 문법〉(이지호, 《동화의 힘, 비평의 힘》, 주니어 김영사, 2004)을 수정하고 보완한 글이다.
2. 《고양이 학교》, 그 환상의 논리와 서사 문법〉을 쓸 당시에는 《고양이 학교》 2부와 3부는 출간 되지 않았다. 이 글 또한 《고양이 학교》의 1부로 그 논의 대상을 제한한다. 이 글 본문의 《고양이 학교》는 모두 현재의 《고양이 학교》 1부에 해당하는 것이다.

좋아하는 독자가 아니라 하더라도 어느 정도는《고양이 학교》에 호기심을 가질 것 같다. 주인공이 이채로운 환상동화니까. 이런 점을 생각하면 주인공에 관한 작가의 선택은 꽤 괜찮았다고 말할 수 있겠다.

《고양이 학교》의 작가는 고양이를 단순히 의인화하는 데 그치지 않았다. 사람과 대등하거나 사람보다 더 우월한 존재로 자리 매겼다. 사람을 포함한 모든 종의 운명을 고양이한테 떠맡길 생각을 했던 작가로서는 그렇게 하지 않을 수 없었다.《고양이 학교》의 고양이는 현실의 고양이와 전혀 다른 고양이어야 했는데, 우리한테는 이것부터가 환상이다. 물론 이것은 가정이고 전제다.

작가는 이집트 신화에서 어둠의 신과 싸우는 태양의 고양이를 눈여겨보았던 것 같다. 그런 고양이라면《고양이 학교》의 주인공으로는 제격일지도 모른다. 그러나 신화의 주인공은 신화세계에 최적화된 작중 인격체라서 그냥 그대로는 환상동화의 주인공이 될 수 없다. 환상세계에 최적화된 작중 인격체로 변용시키지 않으면 안 된다는 것이다. 이 변용에 필요한 가정 또한《고양이 학교》환상의 전제가 된다.

환상세계에서도 현실세계에서와 마찬가지로 주어진 전제를 논리적으로 조작하면 어떤 결과(결론)를 이끌어낼 수 있다. 달리 말하면, 주어진 환상의 전제로부터 주어지지 않은 환상의 결과를 예측할 수 있다는 것이다. 이와 같은 '환상의 전제-환상의 결과'는 그 자체가 하나의 의미 구조, 즉 환상구조가 된다. 환상구조는 그 자체가 또 하나의 전제가 될 수 있다. 당연히, 그것으로부터 또 다른 어떤 결과를 이끌어낼 수 있다. 이 과정을 몇 번만 반복하면 환상의 전제 하나로도 웬만한 이야기 하나쯤은 거뜬히 감당할 수 있는 환상세계를 구축할 수 있다.

환상동화는 환상세계에서 벌어지는 사건을 이야기로 꾸민 동화다. 환상세계는 현실세계가 아닌 그 어떤 세계를 가리키는 것이지만, 현실세계에 살고 있는 우리가 이해할 수 있는 세계이어야 한다. 환상동화의 독자는 환상세계의 주민이 아니라 현실세계의 주민이기 때문이다. 이것은 환상세계 또한 현실세계와 마찬가지로 논리적으로 작동하는 세계이어야 함을 뜻한다.

환상의 논리라고 해서 현실의 논리와 동떨어진 것이 아니다. 다만, 환상의 논리는 전제가 환상적인 것일 뿐이고, 그로부터 이끌어 낸 결과가 환상적인 것일 뿐이다. 환상의 논리는 결국 환상의 전제 설정에 관한 논리와 환상의 결과 도출에 관한 논리를 합한 것이라 할 수 있다. 왜 하필이면 이런 환상의 전제를 설정했는가, 왜 하필이면 이런 환상의 전제에서 저런 환상의 결과를 도출했는가에 대한 작가의 논리적 답변에서 독자는 작가의 환상의 논리를 파악하게 된다. 환상의 논리는 결국 환상구조의 생성 논리이자 그것의 내적 통합 원리인 것이다. 환상세계 고유의 자연 질서에 관한 법칙과 인간관계에 관한 규범 또한 환상의 논리에서 배태되는 것임은 말할 것도 없다.

환상동화에 대한 평가는 환상 그 자체에 대한 평가, 환상의 현실성에 대한 평가 그리고 서사에 대한 평가의 총합으로 이루어진다.

환상동화에 대한 평가라면 일단 그것이 창출한 환상부터 평가하는 것이 마땅하다. 환상에 대한 평가는 환상의 전제와 그것으로부터 이끌어 낸 환상의 결과에 대한 평가라 할 수 있는데, 이것은 환상세계의 유기적 통합성에 대한 평가 또는 환상세계를 통어하는 환상의 논리에 대한 평가로 이해해도 되는 것이다. 한편 환상의 현실성에 대한 평가는 환상 자체의 현실적 의미 또는 환상적 서사의 현실적 의미에 대한 평가이고, 서사에 대한 평가는 환상동화의 서사 문법적 적합성에 대한 평가이다.

그러나《고양이 학교》에서는 환상 그 자체의 비중이 워낙 커서 작품성을 평가하는 데는 환상의 평가만으로도 충분하다. 사실, 환상 자체가 옹

골지지 못하면 그것의 현실적 의미는 돌아볼 것도 없다. 환상과 그것의 현실적 의미가 논란이 된다면 그 서사는 따로 챙겨 볼 이유가 없다.

환상동화는 환상의 사유 방법으로 구성한 동화다. 환상이란 우리가 살고 있는 이 현실을 지배하는 인간 법칙과 자연 법칙을 재구성하는 특별한 상상을 가리키므로, 환상동화는 현실이 아닌 그 어떤 것에 관한 동화라고도 할 수 있다. 이 정의에 꼭 들어맞는 환상동화가 바로《고양이 학교》다.

대부분의 환상동화는 환상을 장식이나 알레고리로 활용하는 데 그친다. 즉, 현실의 어떠한 것의 특별함을 부각시키거나 현실의 어떠한 것의 의미를 설명하는 데 국한하여 환상을 쓴다는 것이다. 이러한 경우에는 작가가 환상세계니 환상의 논리니 하는 것을 생각할 필요가 없다. 아주 간단한 마법 하나면 충분하기 때문이다.

《고양이 학교》의 환상은 차원이 다르다.《고양이 학교》의 서사는 환상 그 자체에 관한 서사라 할 만하다. 사실, 환상에 대한《고양이 학교》의 기획은 참으로 놀라운 것이다. 세계 각국의 신화와 전설을 원천으로 하여 환상의 논리로 운용되는 독자적인 환상세계를 창안하려고 했고, 그 환상세계의 모든 시공간을 무대로 고양이와 인간 또는 고양이와 고양이가 모든 생명 종의 운명을 두고 격돌하는 과정을 동화적인 서사로 엮으려고 했고, 생명의 종 사이의 대립과 갈등은 오직 사랑과 믿음으로만 해소할 수 있다는 보편적인 진리를 다시 한 번 주창하려 했다. 가히 별점 다섯 개짜리 기획이라 할 만하다.

그런데도 불구하고 나는 이미 십수 년 전에 이 글의 원글을 통해서《고양이 학교》를 실패한 환상동화로 규정한 바 있다. 환상에 대한《고양이 학교》의 야심찬 기획, 바로 그것이《고양이 학교》의 발목을 잡았기 때문이다. 흔한 말로 하자면, 악마는 디테일에 있었던 것이다.

나는 예전의 그 글에서《고양이 학교》의 실패를 값진 실패라고도 하

였다. 디테일에는 악마도 숨어들 수 있지만 신도 깃들 수 있음을 염두에
두고 한 말이었다. 다시 말해서, 《고양이 학교》는 환상동화를 공부하는
이에게는 매우 흥미로운 반면교사가 될 수 있다는 것이다. 특히 환상 그
자체와 관련한 《고양이 학교》의 이런저런 시행착오는 큰 교훈이 될 것이
다. 이 수정·보완의 글이 《고양이 학교》의 환상에 한정하여 그 세부 내용
을 세심하게 들여다보려고 하는 까닭도 바로 여기에 있다.

《고양이 학교》의 환상, 무엇이 문제인가

1. 고양이의 역사

고양이의 역사는 '황금시대→암흑기→흑과 백의 시대'로 이어진다.
황금시대는 이집트 사람들이 수고양이를 태양의 신으로, 암고양이를 땅
의 신으로 섬겼던 시대다. 고양이의 황금시대는 그 옛날의 이집트 시대
와 함께 끝이 난다.(1:100-101)[3] 암흑기는 고양이가 사람으로부터 핍박을
받던 시대다. 이 시기는 사람의 기독교 신앙과 밀접하게 관련된다.(1:102-
103) 그러다 고양이와 사이가 좋은 사람들과 사이가 나쁜 사람들로 나누
어지게 되자 고양이들도 수정고양이와 그림자고양이로 나누어지는 흑과
백의 시대가 도래한다.(1:106-107)

고양이의 역사는 물론 환상에 의한 허구의 역사다. 그러나 허구의 역
사도 역사다. 각각의 시대는 시대정신이라 할 만한 것을 갖고 있어야 하
고, 또 그 앞의 시대 및 그 뒤의 시대와 시대정신의 측면에서 연속선상에

---

3. '1:100-101'은 《고양이 학교》 1권, 100-101쪽을 뜻한다. 이하의 출처도 이런 방식으로 표기한
다. 《고양이 학교》의 내용을 요약할 때 가급적 본문의 낱말과 구절을 그대로 따기로 한다. 환상
의 언어에 관한 작가의 의식을 드러내기 위함이다.

놓여 있어야 한다. 고양이의 역사에 관한 환상의 전제는 이러한 역할을 충실히 수행할 수 있는 것이어야 함은 말할 것도 없다.

황금시대가 황금시대인 까닭은 사람들이 고양이를 신으로 섬겼기 때문일 터인데, 이 시대에 도대체 무슨 일이 있었던 것일까.

인간의 곡식 창고에 살고 있는 쥐를 잡아먹으려고 모여든 리비아 야생 고양이를 이집트 사람이 길들였다. 이 고양이가 바로 이집트 집고양인데, 고양이의 조상이다. 이집트 집고양이는 위대한 일을 많이 했다. 해는 서쪽으로 지면 어둠의 세계를 지나가야 하는데, 어둠의 세계를 지배하는 어둠의 신은 큰 뱀의 모습을 하고 나타나 늘 해를 집어삼키려고 했다. 이 세상을 낮이 없는 어둠의 세계로 만들려는 것이었다. 해는 이때 고양이의 모습으로 거대한 뱀과 싸웠다. 빛을 내뿜는 해의 모습으로는 어둠의 세계를 지나갈 수가 없었기 때문이다. 마침내 태양의 고양이는 수정으로 만든 마법의 칼로 어둠의 뱀을 토막 내 버렸다. 이 태양의 고양이는 고양이의 먼 조상이다.(1:50-54 요약)

이집트의 집 고양이들은 사람들을 데리고 살면서 위대한 일들을 많이 했다. 그래서 이집트 사람들이 수고양이는 태양의 신으로, 암고양이는 땅의 신으로 섬겼다. 고양이의 역사에서는 이때를 황금시대로 부른다. (1:100-101 요약)

황금시대라는 것 자체가 《고양이 학교》에서 마련한 환상의 전제다. 이 전제는 흑과 백의 시대의 예언과 밀접하게 관련되므로 정교하게 기술할 필요가 있다. 그러나 요약문에서 알 수 있듯, 설명이 번잡하기만 할 뿐 명료하지가 않다. '이집트 집고양이-태양의 고양이-태양-태양의 신'의 상호 관계를 보라. 온통 뒤죽박죽이다.

이집트 집고양이도 고양이의 조상이고 태양의 고양이도 고양이의 조상이라 하니, 둘은 같은 존재라 해야 할 것 같은데, 과연 그래도 되는 것일까. 이집트 집고양이는 실제의 고양이고 태양의 고양이는 태양의 한 모습에 지나지 않는데…. ('태양의 고양이'라는 말을 쓸 양이었으면 '해'도 '태양'이라 했으면 좋았겠다.)

또, 두 번째 요약문은 이집트 집고양이와 태양의 신을 동일시하고 있다. 이것까지 고려하면, 위 요약문에 등장하는 모든 작중 인격체는 같은 존재의 다른 양상이라 해야 한다. 정말 그래도 되는 것일까.

독자를 당혹스럽게 하는 것이 또 하나 있는데, 그것은 난데없이 나타난 땅의 신이다. 작가는 대지의 신이 무엇을 하는 신인지, 암고양이가 어떻게 대지의 신이 되었는지는 전혀 말하지 않았다.

그런데 이 대목의 수고양이와 암고양이는 특정 수고양이와 암고양이를 말하는 것일까 아니면 이집트의 모든 수고양이와 암고양이를 말하는 것일까. 전자라 하면 그 특정 수고양이와 암고양이가 누구인지가 궁금해지고, 후자라 하면 태양의 신과 대지의 신이 수도 없이 많아도 되는지가 궁금해진다.

작가는 다른 자리에서 태양신인 수고양이와 대지의 신인 암고양이가 서로 사랑하는 사이임을 밝혔다.(2:112) 이에 의하면, 태양신과 대지의 신은 특정 고양이일 것 같다. 어쨌든 독자는 혼란스럽다.

하나만 더 지적하고 암흑기로 넘어가기로 하겠다. 작가는 이집트 집고양이가 위대한 일을 '많이' 했다고 했다. 그러나 실제로 언급한 것은 어둠의 신을 토막 낸 것 그 한 가지였다. 작가의 언어 사용이 세심함과는 거리가 있음을 보여 주는 예는 이뿐이 아니다. '태양의 신'을 '태양신'으로, '땅의 신'을 '대지의 신'으로 표기한 것도 그 한 예가 된다.

어쨌든 고양이의 황금시대는 영원하지 않았다.

옛날의 이집트와 함께 고양이의 황금시대는 사라지고 고양이의 암흑기가 도래한다. 유럽 사람들이 기독교를 믿게 되면서 고양이가 나쁘다는 생각을 하게 된 것이다. 고양이의 황금시대에 이집트에서 노예로 살던 이스라엘 사람들이 고양이를 태양의 신이나 땅의 신으로 섬기는 것을 싫어한다는 이유로 심한 벌을 많이 받았는데, 이것도 고양이에 대한 사람들의 인식 변화의 한 요인이 되었다. 이제 고양이는 마녀의 심부름꾼으로 간주되어 인간의 사냥의 대상이 되고 잡히면 불태워졌다.(1:102-103 요약)

우리는 이 대목에서 갑작스러운 공간 이동을 목격하게 된다. 이집트에서 고양이의 황금시대를 이야기하던 작가는 유럽으로 건너가 고양이의 암흑기를 이야기한다. 유럽이 암흑기일 때 이집트는 무슨 시대였을까. 이집트의 고양이는 아직 황금시대를 누리고 있었을까 아니면 유럽의 고양이처럼 암흑기를 견디고 있었을까. 어떻게 된 일인지, 작가가 말을 할 때마다 독자의 궁금증은 더 늘어난다.

다음은 고양이의 황금시대와 암흑기가 역사의 연속선상에서 규정된 것이 아님을 암시한다.

이집트 집 고양이들은 삼천 년 전쯤부터 세계 각지로 퍼져 나갔다. 그런데 유럽이 암흑기일 때 아시아는 암흑기가 아니었다. 버마의 스님들은 버어만 고양이를 신성하게 여겼다. 버어만 고양이는 신비한 힘을 가지고 있었다. (1:105 요약)

유럽이 암흑기일 때 아시아는 암흑기가 아니었단다. 암흑기가 아니었으면 무엇이었을까. 작가는 이에 대해서 분명한 답을 주지 않는다. 그런데 작중 인격체의 입을 빌려 버어만 고양이는 버마 사람들이 신성하게 여겼고 또 신비한 힘도 가지고 있었다는 말을 한다. 이 정도면 아시아의 이 시기를 버어만 고양이의 황금시대라 해도 되지 않을까.

그나저나 버어만 고양이의 신비한 힘이라는 것이 어떤 것이었을까. 작가는 이에 대해서도 말을 아낀다. 단지 일반적인 마술-'마술'은 '마법'과 같은 뜻으로 쓴 듯하다-과는 다르다고만 했다.

그런데 위 인용문의 중요성은 따로 있다. 이것은 새로 열린 흑과 백의 시대를 설명하는 도입부 노릇을 하고 있기 때문이다.

버어만 고양이들이 살던 앙코르 와트에 최초의 고양이 학교가 문을 열었고, 그 학교 수정고양이 반의 첫 학생이 바로 현재의 고양이 학교의 교장 선생님이었다. 그 교장 선생님은 천 살도 더 먹었다. 이 세상의 어떤 고양이도 교장 선생님보다 나이를 더 먹지 않았다. 앙코르 와트에 있던 고양이 학교는 현재 서울에 있다. 교장 선생님이 예언이 실현되기를 기다리며 온 세상을 돌아다니다 서울로 온 것이었다. 지금은 흑과 백의 시대다. 고양이와 사이가 좋은 사람도 있고 나쁜 사람도 있고, 고양이도 수정고양이와 그림자고양이로 나누어져 있다. 흑과 백의 시대에는 마법의 능력을 지닌 고양이들이 쌍둥이로 태어난다. 쌍둥이 중 한 마리는 수정고양이가 되고 다른 한 마리는 그림자고양이가 된다. 교장 선생님한테는 그림자고양이가 된 쌍둥이 형제가 있다.(1:106-107 요약)

작가는 버어만 고양이를 이야기하다가 갑자기 다음과 같은 연상의 나래를 편다. '버어만 고양이 → 버어만 고양이가 살던 앙코르 와트 → 앙코르 와트에 있던 최초의 고양이 학교 → 고양이 학교의 수정고양이 반 →

수정고양이 반의 첫 학생(현재, 서울에 있는 고양이 학교의 교장 선생님)' 고양이 학교를 실마리로 한 또 다른 연상의 축도 있다. 그것은 '고양이 학교 → 수정고양이 → 그림자고양이 → 흑과 백의 시대'이다.

이 두 갈래의 연상을 통해서 작가는 《고양이 학교》를 떠받칠 몇 가지 주요 환상의 전제를 제시하고 있는데, 그 구성 요소의 선후 관계나 인과 관계에 대해서는 그다지 고민을 하지 않은 듯하다. 작가가 고민하지 않으면 독자가 고민해야 한다.

이 대목의 가장 큰 문제점은 흑과 백의 시대를 말하면서 그것이 그 앞의 시대와 어떤 관련을 맺고 있는지 제대로 보여 주지 않는다는 것이다. 역사의 연속성을 믿는 독자라면 흑과 백의 시대의 도래 원인을 암흑기에서 찾을 수밖에 없다. 그런데 작가는 엉뚱하게도 사람이 고양이와 사이가 좋은 사람과 사이가 나쁜 사람으로 나누어졌다는 것, 그것만 부각시켰다. 그렇지만 그것이 흑과 백의 시대를 열었다고, 똑 부러지게 말하는 것도 아니다. 독자가 알아서 판단하라는 것 같다.

어쨌든, 독자는 다음과 같은 추론을 할 수밖에 없다. '사람이 나누어지니까 고양이도 나누어졌다. 이런 일이 일어난 때를 흑과 백의 시대라고 한다.' 그러나 이것은 독자 자신도 만족할 수 없는 추론이다. 고양이와 사람의 관계가 고양이 자체의 분열이나 분화를 결정한다는, 또 다른 전제를 가정하지 않으면 안 되는 추론이기 때문이다. 물론 작가는 또 다른 전제에 대해선 입도 벙긋하지 않는다.

그런데 흑과 백의 시대에만 사람이 고양이와 사이가 좋은 사람과 사이가 나쁜 사람으로 나누어졌을까. 황금시대에도 모든 사람이 고양이와 사이가 좋았던 것은 아니었다. 노예 생활을 하던 이스라엘 사람들은 고양이와 사이가 아주 나빴다. 암흑기에도 고양이와 사이가 좋은 사람이 있었을 가능성은 배제할 수 없다.

2. 수정고양이와 그림자고양이

우리는 앞에서 수정고양이와 그림자고양이는 쌍둥이로 태어난다는, 또 하나의 환상의 전제를 접했다. 그런데 그 환상의 전제도 그다지 명료하지가 않다. 모든 고양이가 쌍둥이로 태어난다든지, 쌍둥이로 태어나지 않은 고양이는 수정고양이도 그림자고양이도 되지 못한다든지, 양단간에 못을 박아 줘야 하는데, 《고양이 학교》는 그렇게 하지 않았다. 사실, 수정고양이나 그림자고양이에 대한 설명도 명료한 것이 아니다.

고양이는 열다섯 살이 되면 고양이 학교에 들어갈 수 있다. 그러나 모든 고양이가 고양이 학교에 입학하는 것은 아니다. 그냥 사람들과 함께 살거나, 떠돌이 도둑고양이가 되거나, 그림자고양이가 되기도 한다. 사람들에게 버려진 고양이들 중에는 사람들에게 나쁜 감정을 품는 경우도 있는데, 그런 고양이는 사람들의 나쁜 감정에 의지해서 살아가는 그림자고양이가 된다. 그림자고양이가 된다는 것은 사람들의 어두운 그림자가 된다는 것이다.(1:68-70 요약)

쌍둥이로 태어난 고양이 중에 하나는 수정고양이가 되고 다른 하나는 그림자고양이가 된다고 했다. 이것은 수정고양이나 그림자고양이가 되는 것이 타고난 운명임을 말해 준다. 어느 한쪽 고양이에 의해서 다른 한쪽 고양이의 삶이 기계적으로 결정되기 때문이다. 그런데 꼭 그런 것만도 아닌 듯하다.

사람한테 버려진 고양이 중에서 사람한테 나쁜 감정을 품은 고양이가 그림자고양이가 된다고 했다. 만일 사람한테 버려졌지만 사람한테 나쁜 감정을 품지 않는다면 어떻게 될까. 답은 '그림자고양이가 안 된다.'다. 이것은 쌍둥이 고양이 바이킹과 토토를 염두에 두면서 한 자문자답이

다.(2:82-92)

　작가는 태양의 고양이를 설명하는 자리에서, 태양의 고양이는 쌍둥이가 없는 고양이라고 말한다.(2:102) 그리고 덧붙인다. 쌍둥이 형제가 없다는 건 그림자고양이가 된 쌍둥이 형제가 없다는 것이라고.(2:104) 이것은 쌍둥이 고양이라도 그림자고양이가 되지 않을 수 있음을, 그리고 그림자고양이 형제가 없는 고양이라도 수정고양이가 될 수 있음을 뜻한다. 이것은 흑과 백의 시대에 관한 환상의 전제에 어긋나는 것임은 말할 것도 없다. 독자는 이런 장면과 맞닥뜨릴 때마다 작가의 환상의 논리에 의구심을 갖게 된다.

　한편, 이 대목에서도 서술상의 문제점을 지적할 수 있다. 그림자고양이에 관한 작가의 진술 중에 '사람들에게 나쁜 감정을 품는 것'과 '사람들의 나쁜 감정에 의지하는 것'이라는 게 있다. 이 둘은 그 의미가 같은 것인가 다른 것인가. 또 '사람들의 어두운 그림자가 된다'는 것이 있는데, 이것의 의미는 무엇인가. 잘 잡히지 않는다.

　작가는《고양이 학교》곳곳에서 수정고양이는 태양의 고양이 쪽에 서 있는 고양이고, 그림자고양이는 어둠의 신 쪽에 서 있는 고양이임을 독자한테 환기시킨다. 수정고양이는 태양의 고양이처럼 수정 마법을 쓴다는 것, 그림자고양이는 어둠의 신처럼 뱀의 이미지로 등장한다는 것 등이 대표적이다. 그런데 작가는 각각의 계열성이 어떻게 확보되었는지 제대로 설명하지 않았다. 독자로서는 수정고양이와 그림자고양이의 연원을 알 수 없으니, 그것들의 조건이나 자격 같은 것도 알 수가 없다. 이것은 심각한 문제다. 작가가 어떤 고양이를 수정고양이라 할 때, 그 고양이를 왜 수정고양이라 하는지, 독자가 이해할 수 없기 때문이다.

　고양이 학교에는 수정고양이 반이라는 것이 있다. 반명을 엉터리로 짓지는 않았을 터, 이 반에 속해 있는 고양이는 모두 수정고양이일 것이다.

그런데 수정고양이라서 수정고양이 반에 배정된 것인지 수정고양이 반에 배정되었기 때문에 수정고양이라 했는지 분간하기가 쉽지 않다.

> 양말고양이는 등받이에서 상체를 일으켜 세우더니 성스러운 의식을 거행하듯 수정돌을 들여다보았어요. 고개를 갸웃거리기도 하며 알 수 없는 말을 혼자서 중얼기리기도 했어요. 버들이는 아까부터 깔고 앉은 꼬리가 뻐근해져서 이제 그만 가 보라는 말만 기다렸어요.
> "그래, 너는 수정고양이 반에 가는 게 좋겠구나."
> 양말고양이가 한참 만에 고개를 들고 말했어요.(1:37)

교장 선생님은 버들이를 수정고양이 반에 배정했다. 수정돌로 행한 성스러운 의식 같은 것이 과연 무엇일까. 작가가 자세한 내용을 일러 주지 않으니 독자가 상상의 나래를 펼 수밖에. 혹시, 교장 선생님은 버들이가 수정돌과 교감할 수 있는지, 그래서 수정 마법을 배울 수 있는지, 그것을 살펴본 것은 아닐까. 수정 마법은 수정고양이반 학생들만 배우는 마법이라고,(3:80) 아무한테나 가르쳐 주는 마법이 아니라고,(3:26) 작가가 여기저기서 말한 바를 떠올리면 그렇게 짐작할 수도 있을 것이다.

그런데 작가는 자신이 설정한 환상의 전제를 스스로 위반하여, 수정고양이 반 학생이 아닌 바이킹, 스라소니, 기둥이도 수정 마법을 배우도록 한다.(3:20, 3:69) 수정 마법은 수정만 들고 있으면, 그리고 마법의 주문만 욀 수 있으면 누구나 부릴 수 있는 마법이었다. 이것은 수정 마법 능력이 수정고양이의 조건이나 자격이 되지 않는다는 것을 뜻한다.

그렇다면, 수정고양이는 수정고양이 반의 학생을 가리킨다고 말할 수밖에 없다. 또, 이러한 수정고양이라면 그림자고양이와 쌍둥이로 태어나야 할 까닭도 없다. 사실, 수정고양이 반 학생의 그림자고양이 형제에 대한 서술이 전혀 없다. 버들이는 아예 쌍둥이 형제가 없고, 메산이는 쌍둥이 형제가 있는지 없는지도 아예 언급되지 않고, 러브레터는 쌍둥이 형제가 있긴 하지만 그는 그림자고양이가 아니었다.

3. 고양이와 사람

고양이는 한때 사람으로부터 신으로 떠받들렸던 황금시대를 구가하기도 했고 그러다 사람으로부터 수난을 당했던 암흑기를 거치기도 했다. 지금은 고양이한테는 흑과 백의 시대다. 고양이가 수정고양이 계열과 그림자고양이 계열로 나누어져서 대립하고 갈등하는 시대라는 것이다. 그런데 사람 때문에 암흑기를 겪었던 고양이가 왜 사람과 바로 싸우지 않고 사람의 운명을 놓고 자기네끼리 싸우는 것일까. 이에 대한 답을 그림자고양이가 해 준다.

그림자고양이의 우두머리인 블랙캣은 고양이와 사람의 싸움은 이미 이천 년 가까이 진행되었다 하면서 다음과 같은 말을 한다.

> "인간들이 가장 먼저 공격한 생물 종이 고양이다. 인간들은 고양이들을 사냥해서 마녀들과 함께 불태웠지. 그때부터 인간과 다른 생물 종들 간의 전쟁은 시작된 거야. 스타파와 알라딘 같은 배반자가 없었다면, 우린 오래전에 이 전쟁에서 승리했을 것이다."(2:57-58)

블랙캣은 고양이의 적이 사람임을 분명히 했다. 그림자고양이가 수정고양이와 싸우는 것은 스타파(고양이 학교의 현 교장)와 알라딘(고양이 학교의 수정고양이반의 현 담임)을 비롯한 수정고양이가 고양이를 배반하고 사람의 편에 섰기 때문임도 분명히 했다. 이 지점에서 독자는 적잖이 안도하게 된다. 흑과 백의 시대의 고양이 내부의 대립과 갈등의 본질뿐만 아니라 흑과 백의 시대를 암흑기의 연속선상에서 이해할 수 있게 되었기 때문이다.

블랙캣의 주장은 명분이 있다. 고양이는 모든 생명의 종을 대표해서 사람과 전쟁을 한다는 대의를 내세웠다. 사람이 다른 생명의 종을 멸종시키므로 모든 생명의 종이 더불어 살아가기 위해서는 사람을 멸종시킬 수밖에 없다는 논리를 폈다. 물론 이에도 허점은 있다. 블랙캣은 사람이 다른 생명의 종을 멸종시킴으로써 인드라의 구슬 그물을 망가뜨렸다고 비난했다. 그런데 사람 또한 다른 생명의 종과 마찬가지로 인드라의 구슬 그물의 한 부분을 이룬다. 사람의 멸종 또한 다른 생명 종의 멸종과 마찬가지로 인드라의 구슬 그물을 망가뜨릴 것이다.

수정고양이는 블랙캣의 이와 같은 논리적 허점을 파고들어, 블랙캣은 사람보다 더 오만하다고 비난하면서,(2:65) 블랙캣의 계획은 인드라의 구슬 그물을 아예 무너뜨리는 결과를 가져올지도 모른다고 반박한다.(3:26) 사람과 다른 생물 종들 사이에 전쟁이 시작되면, 그 전쟁은 양쪽 모두 땅 위에서 사라질 때까지 끝나지 않을 것이기 때문이란다.(5:123)

그러나 이 반박은 공허하다. 사람과 다른 생물 종들 사이의 전쟁은 이미 사람에 의해서 시작된 것이기 때문이다. 블랙캣의 전쟁은 사람이 일으킨 전쟁을 종식시키기 위한 전쟁일 뿐이었다.

사실, 흑과 백의 시대 주역은 블랙캣과 같은 그림자고양이여야 했다. 그랬더라면,《고양이 학교》의 환상성은 최소한의 현실성을 획득할 수 있었다. 사람을 멸종시키든 멸종시키지 못하든, 사람의 독선과 오만을 적나라하게 폭로할 수 있었다는 것이다.

그런데 수정고양이가 그 주역의 자리를 꿰찼다. 오로지 예언에 의해서. 그 예언은 암흑기와 흑과 백의 시대를 분리하는 예언이었고, 수정고양이의 활약을 명분 없는 활약으로 전락시킨 예언이었고, 나중에 밝혀지지만, 고양이 종족의 황금시대도 열지 못한 예언이었고, 결과적으로 사람에게 그 어떤 죄도 묻지 못하는 예언이었다.

이제, 그 예언이라는 것을 좀 더 자세하게 살펴보기로 하겠다. 예언의 핵심은 이렇다. '언젠가 쌍둥이 형제를 갖지 않는 마법의 고양이가 나타나 다시 새로운 황금시대를 연다.'(1:109)

생각해 보라. 흑과 백의 시대는 암흑기의 기억에서 자유로울 수 없는 시대다. 이러한 시대에서 고양이가 기대하는 새로운 황금시대란 사람의 억압과 학대에서 벗어나서 사람과 새로운 관계를 형성하는 시대일 것이다. 이런 맥락에서 볼 때, 그 마법의 고양이는 사람과의 대립과 갈등을 극복하는 데 온 힘을 쏟는 영웅이어야 한다.

그러나 예언에서 말하는 마법의 고양이는 그런 영웅일 수 없었다. 그는 다름 아닌 태양의 고양이였기 때문이다. 태양의 고양이가 새로운 황금시대를 여는 방법은 정해져 있다. 그 먼 옛날처럼 어둠의 신인 아포피스를 토막 내야 했고 그러기 위해서 아포피스를 추종하는 그림자고양이를 없애 버려야 했다.

이에서 알 수 있듯이, 수정고양이가 주역인 흑과 백의 시대는 암흑기에서 배태될 수밖에 없었던 필연의 시대가 아니라 예언에 의해서 도래하도록 예정된 우연의 시대였다는 것이다. 그렇다면 암흑기에 있었던 고양이와 사람의 대립과 갈등이 흑과 백의 시대에 이르러서 고양이 내부의 대립과 갈등으로 바뀐 것 또한 운명으로 여길 일이다.

그나저나, 마법의 고양이가 가져온다는 황금시대가 그 먼 옛날의 황금시대와 같은 것인가 다른 것인가.《고양이 학교》5권 말미에《고양이 학교》2부를 예고하는 듯한 광고 같은 글이 덧붙여져 있는데, 거기에 '인간을 포함한 모든 생물 종이 자연과 더불어 조화롭게 사는 황금시대'라는 구절이 있다.

그런데 작가는 《고양이 학교》 본문에서 새로운 황금시대를 이렇게 똑 부러지게 규정한 적이 없다. 단지, 여기저기서 어렴풋이 암시했을 뿐이다. 이것은 참 불친절한 서술이다.

새로운 황금시대는 흑과 백의 시대의 절대 화두였다. 그것은 《고양이 학교》의 독자한테도 절대 화두가 되는 것이었다. 수정고양이도 그림자고양이도 또 독자도 그걸 붙들고 이야기선을 따라 줄달음칠 수밖에 없는 것이었다. 따라서 황금시대의 개념은 작가가 서술자나 작중 인격체를 통해서 선명하게 밝혔어야 마땅한 것이었다.

보다시피, 새로운 황금시대는 고양이가 사람으로부터 신으로 섬김을 받던 먼 옛날의 황금시대와는 전혀 다른 것이었다. 그런데도 작가는 먼 옛날의 태양의 고양이와 아포피스를 다시 불러냈다. 다시 불려나온 태양의 고양이와 아포피스 때문에 수정고양이는 역사의 연속선상에서 튕겨 나갔고 블랙캣은 이념이 뒤틀어져 버렸다.

천 년 전에 있었던 1차 고양이전쟁 때 블랙캣은 그림자고양이만 이끌고 고양이 학교로 쳐들어갔다.(1:70-74) 비록 일식의 도움으로 수정 마법이 약해진 틈을 노렸긴 했지만 아포피스와는 전혀 상관없이 전쟁을 치렀다. 수정고양이 또한 큰 피해를 입긴 했지만 태양의 고양이 도움 없이 자력으로 블랙캣을 사로잡았다. 이 전쟁은 명실상부한 고양이전쟁이라 할 만한 것이었다.

그런데 그로부터 천 년이 지나 벌어지는 2차 고양이전쟁은 엄격하게 말하면 신의 전쟁이었다. 전쟁의 주역은 태양의 고양이와 아포피스였고, 수정고양이와 그림자고양이는 각각 그들의 조력자에 지나지 않았다. 적어도 마츄는 그렇게 생각했다.

마츄는 예언에 따르면 그림자고양이여야 하는데, 스스로 그림자고양이기를 거부한 고양이다. (그의 쌍둥이 형제가 고양이 학교 수정고양이반의 전설적인 영웅 마챈이다.) 그렇다고 수정고양이를 자처한 것도 물론 아니다.

태양의 고양이와 아포피스가 최후의 결전을 벌일 때, 마츄는 아포피스의 왼쪽 눈에 수정돌을 박아 태양의 고양이가 아포피스를 토막 내는 데 도움을 주었고, 아포피스가 어둠의 덩어리로 변해 물러나자 양말고양이의 등을 수정돌로 찌르고 수정동굴을 무너뜨려 수정고양이들을 전부 묻어 버리려고 했다.(5:157-168) 마츄는 그 이유를 다음과 같이 말했다.

> "어리석은 데라. 난 처음부터 네 부하가 아니었어. 나는 수정고양이들도 싫어하지만 그림자고양이들도 싫어한다. 모두 쓸데없는 짓들만 하고 있지. 황금시대? 태양의 고양이? 아포피스의 세상? 나는 그런 것들을 믿지 않아. 아니, 그게 사실이라 해도 우리 고양이들과 무슨 상관이란 말인가? 중요한 것은 고양이들의 비참한 현실이야. 나는 고양이들을 강하게 만들 것이다. 아포피스의 힘을 빌리면, 우리는 다시 아포피스를 모셔야 해. 나는 그게 싫다. 고양이들의 힘으로 고양이들의 세상을 만들 거야."(5:164-165)

마츄의 등장으로 《고양이 학교》는 새로운 국면을 맞게 된다. 마츄는 고양이의 힘으로 고양이의 세상을 만들자고 제안한다. 수정고양이와 그림자고양이는 똑같이 비난받아야 한다고 목소리를 높인다. 그들은 신의 앞잡이 노릇에 급급할 뿐 고양이의 비참한 현실에는 눈을 감고 있다고 질책한다.

수정고양이반 학생들은 아포피스를 물리치기 위해서 자신들의 수정마법을 포기해야 했고,(5:112-118) 블랙캣(데라)을 비롯한 그림자고양이들은 아포피스한테 자신들의 몸을 빌려주어야 했다.(5:148) 그러나 태양의 고양이나 아포피스나, 황금시대나 아포피스의 세상이나, 고양이의 삶과는 무관한 것이라는 점에서 서로 다를 바 없다고, 마츄는 힘 주어 말한다.

수정고양이는 마츄를 비판한다. 고양이들을 위한 세상을 만드는 척하면서 결국 마츄 자신을 위한 세상을 만들고자 하는 것이라고.(5:165) 그러나 이 비판은 논점 일탈의 오류가 있다. 마츄의 대의 그 자체를 겨냥한 것이 아니기 때문이다.

어쨌든 그 비판은 맞받아치기가 간단한 비판이다. 마츄가 꿈꾸는 세상이 설사 마츄 자신을 위한 세상이라 할지라도 그것은 마츄라는 고양이를 위한 세상이기 때문이다. 아무려면 신을 위한 세상에 비할까.

지금까지 논의한 것만 해도, 흑과 백의 시대의 예언이라는 것은 이미 만신창이가 되었다. 그러나 그 예언의 어처구니없음은 아직 끝나지 않았다. 예언에 의하면, 태양의 고양이가 아포피스를 토막 내면 태양의 길이 열리고 황금시대가 온다고 했다.(2:67) 결과는? 아니었다.

아포피스를 토막 냈지만 태양의 길은 열리지 않았고 황금시대도 오지 않았다. 기가 막힌 건 그 이유를 엉뚱한 데서 끌어왔다는 것이다. 더 기가 막힌 건 그 새로운 이유를 해소하기 위한 또 다른 과제를 제시했다는 것이다. 무너진 태양의 길을 다시 열어야 한단다.

태양의 길이 무너진 이유가 뭔지 아니? 고양이와 사람들이 태양의 길을 믿지 않게 되었기 때문이야. 반대로 많은 고양이와 사람들이 태양의 길을 믿게 되면, 태양의 길은 다시 열리지. 그러니까 태양의 길을 다시 열기 위해서는 먼저 고양이와 사람들의 마음을 얻어야 한다.(5:181)

다른 것은 다 그만두고 한 가지에 대해서만 묻기로 하겠다. 고양이와 사람들의 마음을 얻는다는 것이 무엇을 뜻하는가. 고양이와 사람들의 마음을 얻으려면 어떻게 하여야 하는가. 그런데 난데없이 왜 사람들의 마음까지 얻어야 한다고 하는가. 또 그 일은 누가 해야 하는가. 작가가 대답한 것은 마지막 질문뿐이다. 고양이 학교 수정고양이반의 어린 고양이들이라는 것이다. 앞에서 언급한 바 있는,《고양이 학교》2부 예고편 격인 작가의 덧말에는 다음과 같은 내용이 들어 있다.

> 고양이 학교가 끝났습니다. 우리의 수정고양이들이 고양이 학교를 떠났습니다. 하지만 그들의 모험은 아직 끝나지 않았습니다. 닫힌 태양의 길을 되살려, 인간을 포함한 모든 생물 종이 자연과 더불어 조화롭게 사는 황금시대를 열기 위해 수정고양이들은 더 큰 모험의 길에 나섭니다.

《고양이 학교》는 고양이끼리 치고받고 싸우는 이야기로 끝을 맺었다. 사람을 포함한 모든 생물 종이 조화롭게 살 수 있는 방법에 대해선 고민하는 시늉도 하지 않았다. 이제 모든 것은 저 어린 수정고양이들이 감당해야 한다.

작가는 도대체 무엇 때문에 태양의 고양이를 먼 옛날 신화 속에서 다시 불러냈을까. 태양의 길도 열지 못하고 그래서 새로운 황금시대도 열지 못하는데. 차라리 처음부터 어린 수정고양이들한테 모두 맡겨 버렸더라면 더 좋은 결과를 얻지 않았을까.

그래도 아포피스를 토막 내지는 않았느냐고 태양의 고양이를 역성들어 줄 독자가 있을지도 모르겠다. 물론 아포피스를 토막 낸 건 태양의 고양이다. 그런데 그것은 태양의 고양이의 힘만으로 해낸 일이 아니었다. 양말고양이의 말을 들어 보자.

"아포피스의 밤에 우리를 구하는 건 아주 평범한 일일 수도 있어. (…중략…) 어미인 모리가 아기 고양이들을 사랑하는 마음, 민준이와 세나가 모리의 갓 태어난 고양이들을 사랑하고 보호하는 마음 같은 것 말일세. 아무리 대단한 수정마법이라도 결국엔 그런 마음을 지키기 위해 있는 것이지. 거꾸로 수정 마법의 위기를 헤치고 나가는 힘 역시 그런 평범한 마음에서 나올지도 몰라."(5:94-95)

실제로, 태양의 고양이가 아포시스를 물리칠 때, 결정적인 역할을 한 것은 평범한 고양이 모리와 평범한 인간이 되어 버린 민준이와 세나였다. 모리는 새끼를 낳았고 민준이와 세나는 이를 사랑스럽게 바라보았다. 이 정경에 대한 버들이의 기억이 인드라의 구슬 그물을 복구해서(5:145-146) 태양의 고양이가 아포시스를 물리칠 수 있었다.

이 장면은《고양이 학교》의 독자를 혼란에 빠뜨린다. 예언이 궁극적으로 강조하고자 했던 것이 이와 같은 평범한 사랑이라면, 태양의 고양이니 고양이의 혼이니 태양의 길이니 인드라의 구슬이니 하는 것들을 도대체 왜 끌어들였단 말인가. 만일 작가의 화두가 사랑이었다면, 예언 자체가 이를 강력하게 암시하고 있어야 했다. 그리고 사랑에 대한 기억이 아니라 사랑 그 자체로 주어진 문제를 해결하는 서사를 꾸렸어야 했다.

《고양이 학교》는 이 우연이 단순한 우연이 아님을 입증하려고 또 다른 무리수를 둔다. 모리가 새끼를 낳은 것을 특별히 주목하는 것에는 그만한 이유가 있음을 보여 주려고 또 다른 우연을 개입시킨다. 즉, 모리의 새끼들은 태양의 땅에서 태어났는데, 태양의 땅에서 태어난 고양이는 아름다운 세상을 만든다는 전설이 있다는 것이다. 이것은 물론 난데없는 추가 예언이다.

그런데 그 태양의 땅은 바로 고양이의 혼인 민준이가 사는 집이 있는 곳이란다.(5:65-66) 그건 그렇고, 태양의 땅은 또 뭔가. 땅 밑으로 물이 흐르지 않는 땅이 태양의 땅이라는데, 그게 도대체 어떤 땅이길래 그렇게 대단한 고양이가 태어난다는 것일까. 태양의 길과는 어떤 관계일까, 이것도 궁금해진다.

위의 장면에는 요약 때문에 감추어진 우연도 있다. 인드라의 구슬 그물을 집중해서 생각하는 것만으로도 아포피스의 공격을 무력화시킬 수 있다는 것을 버들이가 그냥 우연히 알아낸 것을 두고 하는 말이다.(5:132) 그런데 이것은 또 어떻게 이해해야 하나. 정신을 집중하는 것만으로도 아포피스의 마법을 물리칠 수 있다는 것인가.

4. 아포피스

먼저, 아포피스에 관한《고양이 학교》의 설명을 보자.

아포피스는 태양을 삼켜 버리려는 어둠의 신이다. 이천 년 만에 돌아오는 아포피스의 날엔 일식이 일어난다. 그날 아포피스와 그림자고양이들의 힘은 아주 커지고, 반면에 수정은 빛을 잃고 수정고양이들은 힘이 약해진다. 아포피스의 날에서 한 달이 지난 후에 찾아오는 밤이 아포피스의 밤이다. 태양의 고양이와 고양이의 혼이 태어나는 시기도 아포피스의 때와 관련이 있다.(2:106-107 요약)

아포피스의 날에는 이 세상에 없는 것들이 돌아온다. 죽음의 문이 열린다. 아포피스는 이 세상에 없는 것들의 신, 즉 이 세상을 없애려고 하는 파괴의 신이다.(3:48-49 요약)

아포피스의 밤은 일곱 개의 별이 일직선으로 서는 밤 열두 시부터 시작된다. 월식도 일어난다. 빛은 힘을 잃고 어둠은 고삐가 풀린다. 수정은 완

전히 눈을 감고 이천 년 만의 깊은 잠에 빠진다. 수정 마법의 힘도 완전히 잠든다.(5:98-105 요약)

아포피스는 태양을 삼켜 버리려는 어둠의 신이란다. 그렇다면, 그 옛날에 태양의 고양이가 수정으로 만든 마법의 칼로 토막 냈던 거대한 뱀이 바로 아포피스였다는 것이다. 작가는 아포피스를 '이 세상에 없는 것들의 신' 또는 '파괴의 신'이라고도 했다. 아마도 이집트 신화를 상기했던 것 같은데, 이로 인해서 이야기가 쓸데없이 번잡해질 수 있다는 것은 생각하지 못했던 것 같다.

작가는 이 세상에 없는 것들이 돌아오는 것을 보여 주려고 민준이네 학교를 쓰레기로 덮어 버렸다.(3:86-91) 모든 생명 종의 운명을 걸고 태양의 고양이와 싸움을 벌이는 아포피스가 쓰레기를 몰고 등장한다? 아포피스의 모양새가 말이 아니다. 악역도 품격이 있어야 하는 법이다.

작가는 죽음의 문이 열렸음을 보여 주려고 죽은 자를 소환했다. 그런데 죽은 자로서 돌아온 자는 세나의 오빠뿐이었다.(3:109-112) 이것은 괜한 의문을 불러일으킨다. 왜 하필이면 세나의 오빠였을까 하는. 한편 아포피스를 파괴의 신이라 한 것도 문제가 될 수 있다. 아포피스가 원하는 것은 이 세상을 없애는 것이 아니라 어둠의 세계로 바꾸는 것이기 때문에.(5:96)

이제부터 아포피스에 관한 환상의 전제들을 하나씩 검토하기로 하자. 무엇보다도, 흑과 백의 시대 아포피스와 황금시대의 아포피스는 어떠한 관계에 놓여 있는 것인지 궁금하다. 황금시대의 아포피스가 이집트 신화의 아포피스와 같은 것이라면, 그는 날마다 죽었다 부활하는 존재다. 그걸 기억하고 있는 독자는 아포피스가 이천 년 만에 돌아온다는 것이 무엇을 의미하는지 잘 파악이 안 된다. 이에 대한 작가의 깔끔한 정리가 있었더라면 좋았겠다.

그런데 아포피스는 왜 꼭 이천 년마다 이 세상에 돌아오는 것일까. 아포피스는 일식이 일어나는 아포피스의 날에 돌아옴의 전조를 보이고 정작 돌아오는 것은 월식이 일어나는 아포피스의 밤이다. 혹시 한 달 간격으로 일식과 월식이 생기는 것은 이천 년에 한 번뿐이기 때문은 아닐까. 물론 이것은 독자의 짐작일 뿐이다.

문득 또 다른 의문이 든다. 일식과 아포피스는 상관성이 깊다. 이집트 신화에서는 아포피스가 태양을 삼킬 때 일식이 일어난다고 믿었으니까. 그럼 월식은? 월식과 아포피스의 상관성도 이집트 신화를 공부하면 알 수 있을지도 모르겠다.《고양이 학교》를 읽으려면 이집트 신화를 먼저 읽어야 하는 걸까.

작가는 아포피스의 출현 주기에 대해서는 그 어떤 단서도 내놓지 않았지만 출현 장소에 대해서는 그럴 듯한 설명을 붙여 놓았다. 아포피스가 수정동굴에 나타나는 것은 수정동굴이 태양의 길의 동쪽 끝이기 때문이라는 것이다. (태양의 길의 서쪽 끝은 그림자동굴이다.)(5:179-180) 태양의 길은 아포피스가 태양을 삼키려고 기다리는 길이니, 이것은 아귀가 딱 들어맞는 설명이다. 그러나 아쉽게도 이 설명은 다른 설명과 충돌한다.

수정동굴이 태양의 길의 동쪽 끝이고 그림자동굴이 태양의 길의 서쪽 끝이라면, 그 두 동굴이 온전한 한, 태양의 길도 온전해야 한다. 아포피스가 출현할 때까지 그 두 동굴은 아무 이상이 없었다. 따지고 보면, 아포피스가 수정동굴에 나타나는 것 자체가 태양의 길의 위기일 것이다. 그 위기는 태양의 고양이가 아포피스를 토막 냄으로써 해소될 것이고. 그런데 정작 수정동굴을 무너뜨린 것은 마츄였다. 다시 말하면, 마츄가 태양의 길을 무너뜨렸다는 것이다. 그것도 태양의 고양이가 아포피스를 토막 낸 직후에. 그런데 작가는 다른 자리에서 이런 말을 한다. 고양이와 사람들이 믿지 않게 되어서 태양의 길이 무너졌다고.

우리는 방금 월식과 아포시스의 관련성에 대한 궁금증을 토로했지만 그 궁금증은 일곱 개의 별과 아포시스의 관련성에 대한 궁금증에 비할 바가 아니다. 작가의 무심함은 여전했다. 작가는 이와 관련한 그 어떤 정보도 제공하지 않는다.

어쨌든 일곱 개의 별이 일직선으로 서는 밤이라면 보름밤 아니면 그믐밤이다. 아포피스가 어둠의 신이니 차라리 그믐밤을 아포피스의 밤이라고 했어야 하지 않을까. 그런데도 월식이 일어나는 보름밤을 아포피스의 밤이라 한 것은 일식이 일어나는 날을 아포피스의 날이라고 한 것과 짝을 맞추기 위해서일 것이다.

이런 것도 좀 살펴봤더라면 좋았겠다는 생각이 들었다. 즉, 일곱 개의 별이 일직선으로 서고 월식이 일어나는 밤이라면 결코 밤하늘에서 별들이 겹쳐지는 것을 볼 수 없다. 해와 지구 그리고 달을 제외한 다른 세 개의 별이 해의 뒤나 달의 뒤에 늘어서기 때문이다. 그런데 민준이와 세나는 밤하늘을 올려다보고는 별들이 겹쳐져 있는 것을 발견한다.(5:135)

아포피스의 밤에 대해서 하나만 더 이야기하자. 아포피스의 밤에는 수정이 이천 년만의 깊은 잠에 빠지기 때문에 수정 마법도 힘을 잃는다고 했다. 그런데 수정 마법의 칼은 바로 그 아포피스의 밤에 완성된다. 아포피스와 싸우던 하얀 호랑이—태양의 고양이의 또 다른 모습이다—가 칼을 바닥의 수정돌에 대자, 칼이 수정 마법의 칼이 되는 것이다. 비록 아포피스의 밤이 거의 끝나가는 시점에 일어난 일이라고는 하지만,(5:160) 아무래도 어색하다.

5. 태양의 고양이와 고양이의 혼

흑과 백의 시대는 처음부터 끝까지 온통 예언에 휘둘린 시대였다. 작가도 이 시기를 '예언이 실현되기를 기다리는 시기'(1:107)라 하였다. 이제 그 예언의 주인공, 태양의 고양이와 고양이의 혼을 만나 보기로 하자.

고양이의 혼은 할 일을 많이 남긴 채 죽은 고양이들이란다. 어둠의 신이나 그림자고양이들과 싸우다가 할 일을 다 못 하고 죽은 거야. 그래서 인간으로 태어나서도 그 할 일을 못 잊고 고양이 때의 기억에 묶여 있는 거지.(2:101)

예언에는 태양신이었던 수고양이와 대지의 신이었던 암고양이가 고양이의 혼으로 태어난다고 되어 있지. 그리고 그때 태양의 고양이가 출현한다고 말이다.(2:102)

두 예언이 좀 다르다. 이 둘을 엮어서 예언을 재구성해서, 태양신과 대지의 신이 어둠의 신과 싸우다 할 일을 못하고 죽은 것으로 이해해도 되는 것일까. 알 수 없는 일이다. 예언에 의하면 태양신과 대지의 신은 태양의 길이 사라져서 죽게 되었을 뿐이다.(2:114) 어둠의 신과 싸우다 죽었다는 내용은 《고양이 학교》어디에도 나와 있지 않다.

고양이의 혼은 사람으로 태어난다고 했다. 그런데 왜 하필이면 사람으로 태어나는 걸까. 이에는 그만한 이유가 있어야 하지 않을까.

작가는 묘족을 끌어들였다. 천 년 동안 수도 생활을 하던 몽고의 아르시라는 사람이 고양이로 변했는데, 이 아르시의 후손이 묘족이라는 것이다. 그리고 묘족이 언젠가 인간 세계와 고양이 세계 사이에서 중요한 일을 한다는 전설을 슬쩍 집어넣었다. 고양이의 혼은 사람으로 태어날 때 묘족으로 태어난다는 것이리라. 한국인도 몽고족이니 한국의 소년과 소녀가 묘족일 가능성이 있다고 했다.

그렇다면 또 물을 수 있다. 고양이의 혼은 왜 묘족으로 태어나는가. 고양이로 변했던 조상을 됐다는 것이 도대체 어떤 의미를 가지는가. 사람이 곧 고양이고 고양이가 곧 사람이라는 것을 뜻하기라도 한단 말인가. 이에 대한 대답 역시 작가한테서는 들을 수 없다.

　그런데 고양이 혼의 태어남이라는 것도 그 의미가 분명치 않다. 민준이는 태양신이었던 고양이의 혼이다. 그는 '내 안에 다른 누군가 사는 것 같아.'라고 말한 적이 있다.(2:121) 이로 미루어 보면, 고양이의 혼이 사람으로 태어난다는 것은 고양이의 혼이 사람의 몸에 깃든다는 것이다.

　사람으로 태어난 고양이의 혼은 고양이의 기억에 묶여 있다. 그래서 고양이의 혼은 자폐아와 비슷해 보인다.(2:101) 고양이의 혼을 확인하는 주문이 예언서에 기록되어 있는데,(2:111) 고양이의 혼이 깃든 사람한테 이 주문을 들려주면 그 사람은 정상적인 사람의 말을 하게 된다. 세나는 그 주문을 듣고 정상적인 사람의 말을 했다.(2:23) 그 주문이 고양이의 혼과 세나를 분리시켰다.

　어쨌든, 고양이의 혼은 사람한테서 빠져나오기도 하는 듯하다.《고양이 학교》에는 이런 말도 나온다. "민준이와 세나를 무엇 때문에 노리겠어요? 민준이와 세나에게선 이미 태양신 고양이와 대지의 신 고양이가 빠져나왔는데."(5:94) 그러면 고양이의 혼이 빠져나간 민준이와 세나는 이제 사람의 혼으로 살아가는 것일까. 민준이와 세나한테서 빠져나온 고양이의 혼은 어디 있는 것일까.

　민준이와 세나가 죽음의 나라에 들어갈 때 혼만 들어갔다. 민준이와 세나의 몸은 그대로 남아 돌처럼 굳어 있었다.(3:116-117) 죽음의 나라에 들어간 혼이 고양이의 혼이라면 민준이와 세나라는 사람의 혼은 어디로 갔기에 그들의 몸이 그렇게 죽은 듯이 굳어 버린 것일까. 사실, 민준이와 세나한테서 고양이의 혼과 사람의 혼은 구분하기가 쉽지 않다. 작가가 이 둘의 관계를 좀 분명히 해 줬더라면 하는 아쉬움이 있다.

한편, 민준이는 아주 어릴 적엔 고양이의 기억에 갇혀 있었지만 자라면서 그 기억에서 풀려났다고 했다.(2:104) 민준이한테는 누구도 고양의 혼을 확인하는 주문을 들려준 적이 없었다. 민준이는 어떻게 고양이의 기억에서 풀려났던 것일까. 어차피 이런 의문에 대한 답은 기대할 수 없다.

이제 태양신과 대지의 신 그리고 태양의 길의 상관관계를 살펴보기로 하자.

예언서에 따르면, 태양신과 대지의 신은 영원한 생명을 가지고 있었지만, 갑자기 태양의 길이 사라져서 죽게 되었다. 그런데 태양신인 수고양이와 대지의 신인 암고양이는 서로 사랑하는 사이였다. 둘은 죽을 때 서로 영원의 약속을 남겼다. 대지의 신이 태양신에게 한 약속의 말은 '나는 영원히 그대 눈동자 속에 있으리.'고, 태양신이 대지의 신에게 한 약속은 말은 '내가 그대를 어둠 속에서 구하리라.'였다. 태양신의 말은 막혀 버린 태양의 길을 반드시 열어 대지의 신에게 영원한 생명을 되찾아 주겠다는 뜻이 담겨 있다. 태양의 길이란 서쪽으로 진 태양이 동쪽으로 가기 위해 밤새 지나가는 길이다.(2:112-115 요약)

영원한 생명을 가진 태양신과 대지의 신이 죽게 되었다. 태양의 길이 사라졌기 때문에. 작가는 독자에게 숨 돌릴 틈도 주지 않고 두 가지 과제를 한꺼번에 던진다. 하나는 '태양의 길이 사라졌다.'라는 암호를 푸는 것이고, 다른 하나는 태양신과 대지의 신이 태양의 길의 있고 없음에 따라서 신으로서의 영원한 생명이 왔다 갔다 하는 까닭을 찾는 것이다.

태양의 길이 사라졌단다. 왜 사라졌을까. 어둠의 신이 태양을 삼키지 못하니까 아예 길을 삼켜 버린 것일까. 아니다. 그 이유는 전혀 엉뚱한 데 있었다. 그리고 태양의 길이 사라진 후 태양은 어떻게 되었을까. 태양은 밤이어야 할 시간에도 갈 길이 없어서 서쪽 하늘에서 서성이고 있을까. 그런데 왜 지금은 밤이 찾아오는가. 태양의 길을 아직 찾지 못했는데.

양말고양이는 태양의 길은 현실 밖의 어떤 공간에 있다고 했다. 그리고 현실 밖의 공간이 많이 무너져 버렸다고 했다. 사람들이 현실 밖의 공간을 믿지 않게 되었기 때문이란다. 그나마 조금이라도 남아 있는 것은 고양이처럼 그걸 믿는 동물들이 있기 때문이라고 했다.(4:136)

이것은 완전히 엉뚱한 소리다.《고양이 학교》의 환상세계는 오로지 인간의 믿음에 의해서만 구성된다고 말하는 것이나 다름없고, 인간의 믿음을 얻지 못해 사라져 가는 환상세계의 초월적 존재가 바로 그 인간의 운명을 걸고 싸움을 벌인다고 말하는 것이나 다름없기 때문이다.

또 궁금한 것은 태양신의 정체다. 태양과 태양신은 같은 존재인가 아닌가. 태양의 길이 사라져서 태양신이 죽었다고 하는 걸 보면, 태양과 태양신은 같은 존재인 것도 같다. 이렇게 말하면 그 다음은 편하다. 태양이 없어져서 대지도 죽을 수밖에 없었다는 논리를 세울 수 있으니 말이다. 그러나《고양이 학교》에서 태양의 소멸을 말한 적은 한 번도 없었다.

태양신의 약속이라는 것도 이해 불가다. 태양의 길이 사라져 죽어 버린 태양신이 무슨 수로 태양의 길을 다시 열어 대지의 신을 살리겠다는 것인가. 일단 태양신 자신부터 살아나야 하지 않을까. 그런데 어떻게?《고양이 학교》는 편한 길을 걸었다. 태양신은 그냥 살아났다. 민준이 스스로 자폐증에서 벗어났다 하지 않았던가.

민준이와 세나에 깃들어 있던 고양이의 혼이 죽음의 세계에 들어갔다 나온 것은 또 어떤가. 설마, 이것을 두고 죽음에서 다시 살아난 것이라 한 것은 아닐 테지. 어쨌든, 태양의 길은《고양이 학교》이야기가 끝이 나도록 다시 열리지 않았다. 태양신과 대지의 신은 다시 살아나지 못해야 하는 것이 아닐까.

《고양이 학교》에는 태양의 길을 그린 지도 반쪽이 있었다.(4:97) 그리고 나머지 반쪽은 그림자고양이인 아리바바가 가지고 있었다. 태양의 길지도는 누가 만들었을까. 그것이 왜 반쪽으로 찢어졌을까. 고양이 학교와 아리바바는 각각 그 반쪽씩을 어떻게 손에 넣었을까. 역시, 이에 대한 작가의 언급은 전혀 없다.

어쨌든 아리바바가 가지고 있었던 반쪽 지도도 양말고양이의 손에 들어온다. 아리바바의 부하인 그루가 그 지도를 빼돌려 자신의 쌍둥이 형제인 우체통고양이에게 건네준 것이다.(4:108) 아포피스의 때가 지나자, 양말고양이는 버들이에게 양피지 두 장으로 된 지도를 내놓는다.

태양의 길 지도는 달빛과 별빛과 수정 빛을 받으며 살아나는데, 오직 은하수 아래에서만 제대로 볼 수 있다. 그것은 태양의 길은 하늘의 은하수와 한 쌍을 이루는 땅 속의 길이기 때문이라고 양말고양이가 말한다. 태양의 길에도 저 은하수처럼 큰 강물이 흐른다고 했다. 태양의 길 지도는 태양의 길의 입구들이 지금 현실 공간의 어디에 있는지 나타내 준다. 지도에는, 수정동굴이 태양의 길의 동쪽 끝이고, 그림자고양이의 동굴이 태양의 길의 서쪽 끝으로 나타나 있었다. 그런데 동쪽 끝과 서쪽 끝이 무너져 있었다. 수정동굴은 파괴되었기 때문이고, 그림자동굴은 이동 중이기 때문이라는 것이다. 태양의 길은 고양이와 사람들이 태양의 길을 믿지 않아서 무너졌다고 했다. 따라서, 태양의 길을 다시 열기 위해서는 먼저 고양이와 사람들의 마음을 얻어야 한다.(5:177-181 요약)

태양의 길에 대한 예언을 알고, 태양의 길 지도 반쪽을 가지고 있었다면, 무엇보다도 먼저 해야 할 일은 태양의 길 지도의 나머지 반쪽을 찾는 일이 아니었을까. 그림자고양이는 그러한 노력을 했다. 그러나 어찌된 영문인지, 수정고양이는 전혀 그러한 시도를 하지 않았다.

이상한 것은 또 있다. 지도에서 태양의 길이 무너져 있는 것은 수정동굴이 파괴되었고 그림자동굴이 이동 중이기 때문이라고 했다. 그런데 고양이와 사람들이 믿지 않아서 무너졌다는 말도 한다. 이 둘을 어떻게 관련지어야 하나.

이에 따르면, 그 옛날에 태양의 길이 사라졌던 것도 고양이와 사람들이 그것을 믿지 않았던 것이 이유가 된다. 그렇다면, 사라졌던 태양의 길이 어찌하여 수정동굴에서 그림자동굴에 걸쳐서 다시 나타나게 되었다는 말인가. 고양이와 사람들이 다시 그것을 믿게 되었던 것일까. 어쩌면, 작가는 '사라졌다'와 '무너졌다'라는 단어의 차이로 이러한 모순을 해결하려고 했을지도 모르겠다. 태양의 길에 대한 믿음이 없어지자 그것은 사라졌고, 태양의 길 입구를 파괴시켰기 때문에 그것은 무너졌다고 말이다. 알 수 없는 일이다.

어쨌든 태양의 길 지도는 수정고양이의 손에 있다. 태양의 길이 이동한다고 하더라도 새로운 위치는 지도에 나타날 것이다. 그렇다면, 그 지도를 보고 찾아가면 되지 않을까. 태양의 길을 직접 찾아내는 것과 고양이와 사람들의 마음을 얻어서 그것을 되찾는 것은 어떠한 차이가 있을까.

태양의 고양이를 태양신과 대지의 신이었던 고양이의 혼이 돕는다는 설정도 어색하다. 아포피스와 블랙캣의 관계를 생각해 보면 더욱 그렇다. 블랙캣은 그림자고양이다. 그렇다면, 태양의 고양이를 돕는 것은 수정고양이라야 짝이 맞는다. 수정고양이와 그림자고양이가 쌍둥이로 태어난다는 전제를 생각하면 더욱 그렇다.

물론 수정고양이가 태양의 고양이를 돕지 않는다는 것은 아니다. 그러나 태양의 고양이의 핵심 도우미는 사람이었다. 그러니까 사람으로 태어난 고양이의 혼이었다는 것이다. 고양이의 혼은 전생에는 고양이였다. 그러나 신으로 떠받들리던 고양이였다. 수정고양이나 그림자고양이와는 그 위상이 다른 것이다.

마침내 태양의 고양이와 고양이의 혼이 누구인지 밝혀지게 된다. 태양의 고양이는 버들이와 러브레터이고 고양이의 혼은 민준이와 세나였다. 그런데, 어찌하여 태양의 고양이가 수고양이인 버들이와 암고양이인 러브레터 둘로 나타날 수 있단 말인가. 늘 그랬듯이, 작가는 이에 대해서 묵묵부답이다. 고양이의 혼이 둘이므로 태양의 고양이도 둘이어야 한다고 기계적으로 끼워 맞췄던 것은 아닐까.

이어서 고양이의 혼이 태양의 고양이를 어떻게 돕는지를 알아보자. 버들이로부터 자신과 세나가 고양이의 혼이라는 사실을 전해 들은 민준이는 세나에게 그 약속의 말을 하게 된다. 민준이는 그 말을 하는 순간 자기 안에서 다른 누군가가 깨어나는 느낌을 받는다. 그러나 세나는 아무 반응을 보이지 않았다.(2:115-133) 그런데 위기의 순간을 맞자, 세나도 그 약속의 말을 민준이에게 했다. 그 순간, 세나와 러브레터의 몸에서 희미한 형체가 빠져나가 버렸다. 죽음의 나라로 들어간 것이다. 이때, 민준이는 영혼이 빠져나간 세나의 귀에 대고 그 약속의 말을 한다. 그러자 민준이와 버들이 또한 죽음의 세계로 들어간다.(3:113-117)

이 대목에서도 여러 가지 문제를 지적할 수 있다. 예언에 따른다면, 세나는 아니더라도 민준이는 스스로 그 약속의 말을 기억해 내어야 한다. 그리고 민준이 스스로 세나를 알아볼 수 있어야 한다. 그런데《고양이 학교》에서는 버들이가 민준이에게 모든 것을 일러 준다. 결국 태양의 고양이가 고양이의 혼을 깨우는 셈이다.

태양의 고양이와 고양이의 혼은 예언에 없었던 죽음의 나라를 여행한다. 결과적으로 이 여행은 의미 있는 여행이 된다. 수정 마법을 완성하는

데 큰 도움이 된 나뭇가지를 얻는 여행이었으니까. 그런데 그 여행은 당사자들이 영문도 모르고 시작한 여행이었다. 누가 무엇 때문에 그들을 죽음의 나라로 던져 넣었는지 그들 자신은 짐작조차 할 수 없었다. 말 그대로 그냥 던져졌다. 물론 독자도 그 이유를 모른다.

죽음의 나라에 던져지자마자 그들은 과제를 부여받는다. 태양의 고양이가 대지의 고양이를 죽음의 나라에서 데리고 나가야 한다는 것이었다. (이미 지적했지만, 《고양이 학교》에는 오타 또는 착각에 의한 잘못된 표기가 더러 있다. 과제 중에 제시된 '태양의 고양이'는 당연히 '태양신 고양이'이어야 한다. '대지의 신 고양이'를 '대지의 고양이'로 표기하다 보니 그렇게 된 것 같다.) 흥미롭다고 해야 할까, 그 과제를 알아낸 것은 태양의 고양이인 버들이었다. 그는 그냥 알게 되었다. 많은 목소리가 그에게 그냥 일러 줬기 때문이다.(3:127) 버들이가 수행해야 할 과제도 아닌데. 버들이에게 말했다는 그 많은 목소리가 무엇인지는 따지지 않기로 하자. 어차피 알 수 없는 일이니.

러브레터는 세나와 함께 던져졌고, 버들이는 민준이와 함께 던져졌다. 어느 한쪽이 다른 한쪽을 돕게 만들려는 것이리라. 그런데 돕는 쪽은 태양의 고양이였다. 러브레터는 죽음의 세계에서 잠들어 버려서 세나를 전혀 돕지 못했지만 말이다.(4:32) 그러고 보니 이상하다. 러브레터는 죽음의 세계에 왜 간 것일까. 어쨌든 이것은 애초의 예언과 어긋난다. 태양의 고양이가 고양이의 혼을 도운 다음에야 고양이의 혼이 태양의 고양이를 돕는 것이 되니까.

애시당초 태양의 고양이가 죽음의 세계에 들어간 것부터가 문제다. 고양이의 혼이야 원래 영원한 생명을 잃어버린 태양신과 대지의 신이니 죽음의 세계로 다시 불려 갔다고 하면 그만이다. 그러나 태양의 고양이는 그럴 수 없다. 어둠의 신을 죽여 버린 것이 태양의 고양이가 아니던가. 그러한 태양의 고양이가 죽음의 세계로 불려 간다는 것을 어떻게 이해하여야 하는가.

어찌된 일인지, 이들을 따라서 죽음의 세계까지 들어온 그림자고양이와 수정고양이가 있었다. 아리바바와 마첸이 그들이다. 아리바바는 고양이 학교의 학생으로 변신하고 있었던 블랙캣의 부하였고, 마첸은 그 옛날 고양이 학교의 학생이었는데, 순례 여행을 떠났다가 천 년 만에 돌아왔다. 아리바바는 이리로 변신하여 버들이 일행을 공격했고, 마첸은 매가 되어 이리를 쫓아 버렸다.(3:129) 죽음의 세계도 별 게 아닌 모양이다. 누구든지 마음만 먹으면 갈 수 있는 곳인 것을.

어쨌든, 마첸은 버들이와 민준이를 따라다니면서 계속 돕는다. 용의 촛불에 취해 잠들려고 할 때 깨워 주었고, 검은 무사 곤이 지키는 곳을 지나가게 하려고 그의 과거를 들려주어 눈물을 흘리게 했다. 눈물을 흘리고 난 곤은 한 가지 사실을 더 알려 준다. 수명국에서 불새를 데리고 나오지 않으면서도 실제적으로는 불새를 데리고 나와야 죽은 자를 죽음의 나라 밖으로 불러낼 수 있다고. 버들이와 민준이는 이 문제를 우연히 해결하게 된다. 불새가 나무를 쪼자 불덩이가 쏟아져 나오는 것을 보고, 나뭇가지가 비밀의 열쇠임을 알게 되었던 것이다.(3:132-152)

《고양이 학교》는 용·곤·불새를 죽음의 세계를 지키는 초월적 존재로 설정해 놓았다. 우리가 알고 있는 신화적 이미지로는, 이들은 죽음의 세계와는 전혀 어울리지 않는다.

그리스 로마 신화에 나오는 죽음의 세계에다가 동양 신화의 초월적 존재를 단순 결합시킨 것에 지나지 않아서 새롭다기보다는 생소하다는 느낌이 든다. 이와 같은 독특한 조합을 선보이고자 했다면 이에 걸맞은 환상의 전제를 먼저 설정했더라면 좋았을 것이다.

6. 수정 마법과 그 밖의 마법

고양이 학교의 교장 선생님은 양말고양이다. 그는 그림자고양이의 우두머리인 블랙캣과 쌍둥이 형제다. 고양이 학교에는 세 반이 있다. 그중의 하나인 수정고양이반 담임은 털보고양이다. 그의 쌍둥이 형제는 야생고양이반 학생인 조조로 변신하고 있었던 아리바바다. 양말고양이와 털보고양이는 이미 그의 정체를 알고도 모른 척했다.(2:98)

고양이 학교에는 밤의 모임반도 있다. 꼬깜고양이가 담임이다. 그는 1인 2역을 하는데, 그의 또 다른 얼굴은 울트라고양이다. 울트라고양이는 야생고양이반 담임을 맡고 있다. 울트라고양이도 그의 본모습이 아니었다. 마첸의 쌍둥이 형제인 마츄, 그것이 바로 꼬깜고양이의 진짜 정체였다.

그런데 양말고양이나 털보고양이는 이러한 사실을 몰랐다. 마츄의 마법이 아리바바보다 훨씬 뛰어났다 하더라도 오랜 세월 동안 함께 지냈을 양말고양이까지 그 정체를 몰랐다는 것은 납득하기 어렵다. 왜냐하면 버들이와 같은 신출내기 수정고양이도 고양이 학교에 들어오자마자 조조에게서 그림자를 느낄 수 있었으니까.(1:58)

고양이 학교 학생들은 모두 마법을 배우는 것 같다.(1:135) 이들이 공통적으로 배우는 것은 마술노래다. 이것은 자기 자신의 몸을 바꾸는 마법인데, 마법 가운데 가장 초보적인 마법이다.(1:119-132)

그런가 하면 반마다 따로 배우는 마법도 있다. 이 마법은 원칙적으로 다른 반 학생에게는 가르쳐 주지 않는 것으로 되어 있다.(3:80) 밤의 고양이반 학생은 한꺼번에 많은 물건을 옮기는 비희 마법을 배운다.(3:80-82) 그런데 《고양이 학교》에는 야생고양이반 학생만이 배우는 마법은 전혀 나타나 있지 않다.

수정고양이반 학생은 수정 마법을 배운다. 수정으로 부리는 마법은 세

가지다. 하나는 마술노래를 부르며 수정으로 어떤 것을 가리키면 그것을 원하는 대로 변하게 하는 마법이다.(3:27) 마술노래가 자신을 바꾸는 것이라면 수정 마법은 상대방을 바꾸는 것이다.

다른 하나는 수정고양이반 학생이면 하나씩 갖고 있는 수정 속에 누군가 들어오면 시작되는 마법인데,(2:75) 그 누군가는 주인이 위급할 때면 수정 밖으로 나와서 주인을 도와준다.《고양이 학교》는 이 두 가지 마법을 똑같이 수정 마법이라고 하여 독자를 혼란스럽게 한다.

마지막 하나는, 아포피스의 밤에 잠이 든 수정 마법을 깨우기 위해서 수정을 깨뜨려서 부리는 마법이다. 이 마법을 쓰고 나면 수정 마법은 더 이상 쓸 수 없다.(5:114-118)

태양의 고양이가 이용하는 수정 마법도 있다. 그것은 아포피스의 밤에 수정동굴의 바닥에 있는 수정에 칼을 대는 것이다. 그러면 아포피스를 벨 수 있는 수정 마법의 칼이 완성된다.(5:160)

수정 마법, 그중에서 두 번째 수정 마법은 수정고양이반 학생만 부릴 수 있는 것이어야 한다. 그렇게 제한하지 않을 바에는 굳이 수정고양이반을 다른 고양이반과 구분할 필요가 없으니까 말이다. 그러나 작가는 그렇게 하지 않았다. 양말고양이는 야생고양이반 학생인 바이킹과 스라소니에게도 무슨 이유에서인지 수정을 주어서 수정 마법을 배울 수 있도록 한다. 단, 그들에게는 수호자의 맹세를 시킨다.

수호자의 맹세는 태양의 고양이를 지키는 수호자가 되는 맹세다. 옛날에 태양의 고양이는 여러 수호자와 함께 밤의 세계를 여행했는데 세상의 모든 수정 마법을 익히고 있었다. 수호자의 맹세는 먼저 세상에서 가장 아름답다고 생각하는 것을 마음 속에 떠올리는 것으로 시작된다. 바이킹은 세 개의 단단한 뿌리로 공처럼 둥근 이 세계를 감싸고 있는 물푸레나무 이그드라실을 떠올리고, 스라소니는 가지에 열 개의 해를 매달고 있는 뽕나무 부상수를 떠올린다. 그러자 양말고양이는 무슨 일이 있어도 이그드라실과 부상수를 지키겠다고 맹세하라고 한다. 그것이 바로 태양의 고양이를 지키는 거라고 하면서. 이들이 맹세를 끝내자, 양말고양이는 수정 속에 물푸레나무와 뽕나무의 영혼이 각각 들어와서 살게 될 거라고 말한다.(3:11-20 요약)

수호자에 관한 이야기는 바이킹과 스라소니에게 수정고양이와 동등한 지위를 부여하기 위하여 덧붙인 것으로 보인다. 태양의 고양이로 볼 때, 수호자는 굉장히 중요한 역할을 하는 존재다. 그러나 태양의 고양이를 소개할 때는 쏙 빼놓았다. 그래서 《고양이 학교》를 읽는 것이 어렵다. 《고양이 학교》의 서사는 그때그때 필요하면 끼워 넣는 식의 서사가 아닌가 하는 생각이 들기도 한다.

수호자는 이미 모든 수정 마법을 익히고 있었다고 했다. 그렇다면, 수정 마법을 이미 터득한 고양이라야 수호자가 될 수 있지 않을까. 그러나 작가는 그렇게 생각하지 않았다. 수호자의 맹세를 통해서 수호자가 되어야 수정 마법을 터득할 수 있도록 했다. 문제는 수호자의 맹세가 수정 마법 터득의 필요충분조건이 아니었다는 것이다. 바이킹과 스라소니의 수정에 물푸레나무와 뽕나무의 영혼이 들앉게 되는 것은 한참 뒤의 일이었다. 그것도 버들이가 죽음의 세계에서 가져온 나뭇가지의 힘을 빌린 것이었다.

이그드라실은 북구의 신화에 나오는 나무고, 부상수는 중국의 신화에 나오는 나무다. 본문에도 설명되어 있듯이, 이그드라실은 세계를 지탱하는 나무고, 부상수는 해를 띄워 올리는 나무다. 이들이 태양의 고양이를 수호하는 역할을 맡는다는 것은 본말이 전도된 것이다. 이런 까닭에 다양한 신화를 하나로 통합하여 환상세계를 창조하는 것이 쉽지 않다는 것이다.

수정 마법을 가장 먼저 터득한 고양이는 메산이다. 그가 마음에 그늘이 없고 순박해서 그렇다는 것이다.(2:75) 이건 이상하다. 메산이가 수정 마법을 얻을 무렵에는 바이킹과 스라소니는 수정을 가지고 있지 않았기 때문에 수정 마법을 터득할 수 있는 고양이는 수정고양이반 학생뿐이다. 그런데 뒤에 태양의 고양이로 밝혀지는 버들이와 러브레터도 수정고양이반 학생이다. 그렇다면, 태양의 고양이는 마음에 그늘이 있고 순박하지 않다는 것인가.

메산이의 수정 마법은 우연히 이루어진다. 메산이의 수정에 들앉은 것은 천 년 묵은 산삼인 메산이다.(2:73) 메산이는 산삼 메산이를 꼬맹이라 부른다. 메산이가 한약방에서 산 적이 있었다는 것, 그래서 한약방 할아버지가 메산이라는 이름을 지어 주었다는 것을 매개 고리로 한 설정이 분명하다. 그러나 이것은 지나치게 안이한 설정이다.

바이킹은 물푸레나무가 지탱하는 세계의 신인 오딘의 전사가 되기를 염원한 고양이였고,(2:86-91) 스라소니는 쓰레기 매립지에 사는 할아버지로부터 들은 뽕나무에 마음을 다 뺏긴 고양이였다. 이것과 비교해 보라.(4:68-73) (북구의 신인 오딘의 전사가 되려고 했던 바이킹과 중국의 신수인 부상수를 보는 것이 꿈이었던 스라소니가 이집트의 태양의 고양이의 수호자가 된다는 것도 우스운 이야기다.)

버들이와 러브레터의 수정 마법은 예언과 관련된다. 버들이와 민준이는 죽음의 세계에서 나뭇가지를 가지고 나왔다. 민준이가 그 나뭇가지를 비비자 불새가 나타났고, 불새의 붉은빛이 민준이와 세나의 가슴에 닿자, 민준이와 세나의 가슴에서 줄무늬가 진 하얀 고양이가 빠져나와 연기처럼 변해서 버들이와 러브레터의 수정 속으로 들어갔다.(4:36) 마침내 버들이와 러브레터의 수정 마법이 완성된 것이다.

이미 말한 바 있듯이, 바이킹과 스라소니의 수정 마법 또한 그 나뭇가지의 도움으로 이루어진다. 물푸레나무와 뽕나무가 죽음의 세계인 수명국에서 온 것이기 때문에 가능한 일이었다.(5:114) (이그드라실과 부상수가 죽음의 세계에 있다는 것은 정말 상상하기 힘든 것이다. 더욱이,《고양이 학교》스스로 부상수는 동해에 있다고 말한 바 있다.)

그런데 그렇게 될 것이라는 것을 바이킹과 스라소니는 느낌으로 알았다.(4:57) 물론 이것은 예언에 없는 사건이다. 이처럼《고양이 학교》는 독자의 예측 가능성을 전혀 고려하지 않는다.

이번에는 최후의 수정 마법을 점검해 보자. 아포피스의 밤에 고양이 학교 학생들은 모두 수정을 깨뜨린다. 메산이의 수정에서는 꼬맹이가 나오고, 버들이와 러브레터의 수정에서는 태양신 고양이와 대지의 신 고양이가 울부짖으며 나온다. 그리고 바이킹과 스라소니의 수정에서는 이그드라실과 해나무가 나와서는 긴 칼 만한 크기로 줄어든다. 바이킹과 스라소니는 이 칼로 아포피스와 직접 싸운다.(5:116-118) ('해나무'라는 말은 '부상수'를 가리키는데, 여기에서 처음 사용되었다.)

태양신 고양이와 대지의 신 고양이는 그 모습을 여러 가지로 바꿀 수 있을 뿐만 아니라 서로 합체하기도 한다. 그림자동굴에서는 둘은 각각 안개나무로 바뀌는가 했더니 마침내 합쳐서 하나가 된다. 그러다가 하얀 고양이가 되기도 한다.(5:84-85) 그런가 하면, 아포피스와 싸울 때는 대지의 신 고양이는 하얀 안개로 풀리면서 안개 속에서 새벽빛을 띤 대지의 모습으로 나타나기도 한다. 이 대지의 빛은 태양신 고양이, 꼬맹이, 이그드라실과 해나무까지 안개로 녹여 품어 버린다.(5:132-133)

버들이도 직접 이 변신 경쟁에 뛰어들기도 한다. 버들이는 하얀 호랑이가 된다. 그러자 꼬맹이, 이그드라실과 해나무 그리고 대지의 신 고양이가 하얀 호랑이를 향해 날아간다. 하얀 호랑이는 이그드라실과 해나무를 합쳐서 하나의 큰 칼을 만들고, 대지의 신 고양이와 꼬맹이를 가슴 속에 품어서 하나가 된다. 아포피스의 밤이 끝날 무렵, 하얀 호랑이는 칼을 수정동굴의 바닥에 있는 수정돌에 대어 수정 마법의 칼로 완성시킨다.(5:154-160)

이 대목과 관련하여 몇 가지 문제를 지적한다. 우선 태양신 고양이와 대지의 신 고양이가 그 모습을 바꾸고 서로 합체하기도 하는 것이 생뚱스럽다. 특히, 안개나무로 모습을 드러내는 것은 도무지 이해할 수가 없다. 그 변신이 어떠한 점에서라도 태양과 대지와 관련이 있어야 할 텐데, 그렇지 못하기 때문이다.

대지의 신 고양이가 대지의 빛으로 변신하는 것은 일단 받아들일 수 있다. 그러나 그 속으로 태양신 고양이가 안개가 되어 녹아들어 간다는 것은 어떻게 설명해야 할지 난감하다. 게다가 대지의 고양이와 직접적인 관련성이 없는 꼬맹이, 이그드라실 그리고 해나무까지 대지의 빛과 합체하듯이 녹아들 때는 황당하기까지 하다.

이그드라실과 해나무가 칼이 된다는 것, 그래서 바이킹과 스라소니의 무기가 된다는 것, 그것들이 서로 합체하여 큰 칼이 된다는 것, 그래서 하얀 호랑이의 무기가 된다는 것, 마침내 수정 마법의 칼이 된다는 것 등등도 전혀 납득되지 않는다. 이그드라실과 해나무에서는 칼과 연결되는 신화적 이미지를 전혀 발견할 수 없다. 물론 이 두 개의 나무가 하나로 합체한다는 것도 전혀 납득할 수 없는 것이다.

합체할 만한 것을 합체시키는 것이 마법이라는 것을 《고양이 학교》는 전혀 고려하지 않고 있다. 이 장면을 보면, 양말고양이가 바이킹과 스라소니에게 이그드라실과 해나무를 지키겠다는 맹세를 하게 한 까닭이 궁금하다.

마지막으로, 버들이가 하얀 호랑이로 변신한 것에 대해서 말해 보기로 한다. 버들이는 태양의 고양이니까, 자신이 원하는 대로 변신할 수 있다고 해 두자. 그런데 이상한 것은 버들이와 같은 지위를 가지고 있는 러브레터는 전혀 변신을 하지 않는다는 것이다.

또 하얀 호랑이도 엉뚱하다. 태양의 고양이는 말 그대로 고양이의 모습을 한 태양이지 않는가. 고양이와 호랑이는 같은 고양잇과 동물이라서 둘을 서로 이어 붙인 것일까. 그것도 아니라면, 단지 힘세고 날랜 동물의 상징으로 호랑이를 채택한 다음, 그것에 신성성을 부여하기 위해서 털빛을 하얗게 칠한 것일까. 역시, 작가가 도움이 될 만한 정보를 주지 않으니, 우리는 혼자 고민할 수밖에 없다.

버들이가 하얀 호랑이로 변신한 다음부터 태양신 고양이가 이야기의 전면에서 사라진다. 혹시, 하얀 호랑이로 변신한 것은 버들이가 아니라 태양신 고양이가 아닐까? 하얀 호랑이의 가슴 속으로 대지의 신 고양이가 녹아들어 가는 것을 보면 그것이 더 설득력 있어 보인다. 하긴, 그렇게 말해도 어색하긴 마찬가지다. 왜냐하면 꼬맹이 또한 하얀 호랑이의 가슴 속으로 녹아들어 가기 때문이다.

최후의 수정 마법은 수정을 깨뜨리는 것이고, 수정을 깨뜨리면 다시는 수정 마법을 쓸 수 없다고 했다. 이것은 수정 마법의 수정은 특별한 것임을 의미하는 것이다. 그런데 하얀 호랑이는 수정동굴의 바닥에 굴러다니는 수정으로 수정 마법의 칼을 만든다.

독자는 어느 쪽을 따라야 할까. 수정고양이는 가지고 있던 수정을 깨뜨렸으므로 다시는 수정 마법을 쓸 수 없다고 생각해야 할까, 아니면 하얀 호랑이처럼 수정동굴의 수정을 얻어서 새로 예전처럼 수정 마법을 쓸 수 있다고 생각해야 할까.

《고양이 학교》에는 수정 마법 이외에도 여러 가지 마법이 나온다. 이

가운데는 실소를 짓게 하는 마법도 있다. 물의 신 공공의 이름을 부르는 것만으로 불의 공격을 막아 낸 민준이의 마법을 두고 하는 말이다.(5:139-140) 이때의 민준이는 이미 고양이의 혼이 빠져나가서 평범한 사람이 되어 버린 뒤다. 이런 민준이가 마법을 부리는 것도 엉뚱하지만 그 마법이란 것이《고양이 학교》에서 전무후무한 양태의 것이라는 것도 엉뚱하다.

마첸이 아포피스와 싸울 때 불새로 변신한 것은 또 어떤가.(5:155) 다른 것은 몰라도 불새로 변신하게 해서는 안 되는 것이다. 불새가 어떤 새인가. 죽음의 세계에 있는 수명국에 빛을 밝혀 주는 새다. 그리고 그 불새는 수명국의 나뭇가지를 비벼야 불러낼 수 있는 새다. 그런데 마첸은 가볍게 불새로 변신한다. 이렇게 해도 되는 것일까. 수명국의 불새와 마첸의 불새가 같은 것인지 다른 것인지, 독자가 크게 고민할 텐데.

심각한 것은 이와 같은 혼란은 마첸의 마법에 국한되지 않는다는 것이다.

환상에 관한 《고양이 학교》의 역설적 교훈

1. 환상은 단순하게

환상은 현실이 아닌 그 어떤 것인데, 그것은 일종의 가정된 사건·사물·현상이다. 현실이 아닌 그 어떤 것은 현실의 인간 법칙 또는 자연 법칙 중의 어느 하나 이상을 뒤집어놓는 데서 생성된다. 그런데 하나를 뒤집으면 그 하나만 바뀌는 것이 아니다. 그 하나와 연계된 모든 것이 바뀐다.

남자와 여자를 보라. 이 둘은 애초에는 단지 성염색체 하나가 달랐을 뿐이다. 그러나 그로부터 파생된 다름은 양적으로나 질적으로나 쉽게 상상할 수 없을 정도가 된다. 남자는 여자로, 여자는 남자로 바뀌는 마법의 물약이 있다고 해 보자. 이 물약의 마법은 구체적으로 어떻게 실현될까.

성별만 바꾸는 것일까. 아니면 그것과 관련된 다른 것도 바꾸는 것일까. 외모라든가 옷이라든가.

일단 성별만 바꾸는 것이라 해 보자. 성징은 어떻게 구현할 것인가. 가슴을 나오게 해야 한다고 하자. 어떤 모양으로? 어느 만큼의 크기로? 이에서 알 수 있듯, 환상은 그것이 무엇이든 본래적으로 복잡한 것이다. 그래서 환상은 구조적인 단순성을 꾀할 필요가 있다.

《고양이 학교》의 작가는 이와 같은 일반론에 흔들리지 않았다. 복합 구조의 환상이 아니면 감당할 수 없는, 이른바 스케일이 큰 환상동화를 염두에 두고 있었기 때문이다.

《고양이 학교》를 관류하는 이야기는 고양이 내부의 대립과 갈등에 관한 이야기다. 물론 그 대립과 갈등은 고양이와 사람의 새로운 관계 설정을 둘러싼 대립과 갈등이다. 작가는 이에 관한 환상의 전제를 고대 이집트 신화에서 마련했다.

그런데 《고양이 학교》는 이야기의 무대를 고대 이집트라는 특정 시기의 특정 장소에 국한시키지 않았다. 시간적으로는 고대에서 중세와 근대를 거쳐 현대에 이르고 공간적으로 이집트에서 유럽과 동남아를 거쳐 한국에 이르는, 장구하고도 광대한 무대를 펼쳐 놓았다.

문제는 이것이 시공간의 단순한 확장에 그친 것이 아니라는 것이다. 시간과 장소에 따라서 고양이와 사람의 대립과 갈등 또는 고양이 내부의 대립과 갈등을 서로 다른 양상으로 전개하였다. 당연히, 이를 뒷받침할 환상의 전제도 각각 따로 마련하지 않으면 안되었다. 작가는 세계 각국의 신화와 전설에 주목했다.

사실, 환상의 전제는 그 수가 많고 적음을 시비할 것은 아니다. 환상의 전제 하나하나 그 의미가 명료하고 서로 유기적으로 잘 결합하는 것이라면 그 수가 전혀 문제가 되지 않기 때문이다. 그러나 다수의 환상의 전제를 제대로 통제한다는 것이 말처럼 그렇게 쉬운 일이 아니다. 환상은 구조적으로 단순하게 설정하는 것이 바람직하다고 말하는 데는 그만한 까닭이 있는 것이다.

환상의 전제 하나는 그 자체로 하나의 환상구조를 형성한다. 환상의 전제가 많다는 것은 기본 단위의 환상구조가 많다는 것이다. 그것들을 유기적으로 통합하여 하나의 독자적인 환상세계를 구축하는 것은 결코 쉬운 일이 아니다. 정교하고 치밀한 환상의 논리를 세워야 함은 말할 것도 없다. 그러나 이러한 작업은 환상의 전제 자체가 튼실할 때나 순조롭게 진행되는 것이다.

《고양이 학교》의 경우 모호한 환상의 전제가 적지 않았다. 작가는 이를 해결하려고 그때그때 새로운 환상의 전제를 추가하기도 했지만, 결과적으로 볼 때 오히려 환상의 전제들 사이의 모순만 더 도드라지게 했을 뿐이었다.

《고양이 학교》의 작가는 작품의 상당 부분을 환상과 관련한 서술에 할애하지 않을 수 없었는데, 그 서술로 인해《고양이 학교》의 환상은 더 번잡스러워졌다. 악순환이었다. 이로 인해서 사건의 얽힘과 풀림에 관한 순수 서사에 관한 서술은 상대적으로 많이 빈약해졌다.

2. 환상은 명료하게

환상은 현실이 아닌 그 어떤 것을 작가가 머릿속에서 가정한 것이라서 작가 자신도 그것을 명료하게 인식하지 못하는 경우가 있다. 그런데 작가가 명료하게 인식한 환상이라 하더라도 독자가 명료하게 인식하지 못하는 환상도 있을 수 있다.

다음을 보라. 이른바 마술노래의 주문이다.

"아콩카구아아구카콩아" 주문을 외우고

왼쪽 뒷다리로 왼쪽 귀밑을

1과 4분의 3번 긁으면

몸이 큰 바위만 하게 되지.(1:123)

짧은 주문이다. 그런데도 의미가 모호한 대목이 둘이나 된다. "1과 4분의 3번 긁으면"과 "큰 바위만 하게 되지."가 바로 그것이다. 앞엣것은 환상 자체에서 비롯된 모호함이고 뒤엣것은 언어에서 비롯된 모호함이다. '4분의 3번'이라는 언어가 지시하는 바는 의심의 여지가 없는 것이지만 그러한 횟수로 긁는다는 것은 있을 수 없는 일이다. 한편, '큰 바위'는 어느 정도로 큰 바위를 가리키는지 분명하지 않은 것이다.

그러나 환상의 모호성과 환상의 언어의 모호성은 언제나 이렇게 쉽게 구별할 수 있는 것이 아니다.《고양이 학교》의 '이집트 집고양이-태양의 고양이-태양의 신-태양'의 상관관계에 대한 독자의 혼동과 혼란을 떠올려보라. 이것은 환상 자체의 모호함에 기인하는 것일까. 아니면 그것을 기술한 환상의 언어의 모호함에 기인하는 것일까. 판단하기가 쉽지 않다.

다음을 보자. 이른바 '예언'의 한 대목이다.

"흑과 백의 시대에는 마법의 능력을 지닌 고양이들이 쌍둥이로 태어난단다."(1:107)

한 줄의 문장으로 나타낼 수 있을 만큼 간단한 예언인데도, 이에 대해서 독자는 여러 가지 의문을 가질 수 있다. 흑과 백의 시대라서 쌍둥이 고양이가 태어나는 것일까. 아니면 쌍둥이 고양이가 태어나는 시대라서 흑과 백의 시대 하는 것일까. 흑과 백의 시대에만 마법의 능력을 지닌 고양이가 쌍둥이로 태어난다는 것일까. 다른 시대에도 마법의 능력을 지닌 고양이가 태어났는데 다만 쌍둥이로 태어나지는 않았다는 것일까. 그것도 아니면, 다른 시대에는 마법의 능력을 지닌 고양이가 아예 태어나지 않았다는 것일까.

이와 같은 의문은 예언의 모호성에 대한 문제 제기임은 말할 것도 없다. 물론 그 모호성이 환상 자체에 내재된 모호성인지 환상의 언어에 의해서 덧입혀진 모호성인지는 분간할 수 없다. 그런데 방금 살펴본 모호성은 몇 마디의 추가 진술로 간단하게 해소할 수 있는 것이다. 이런 점에서 볼 때 크게 문제가 되는 것은 아니라 할 수 있다.

환상 자체를 정교하게 다듬어야 해소되는 모호성도 있다. 예컨대, 수명에 관한 모호성이 그것이다. 양말고양이와 블랙캣 그리고 마첸과 마츄는 다른 고양이와 달리 터무니없이 오래 산다. 양말고양이는 천 살이 넘었고, 그 양말고양이가 수정고양이반 담임일 때 마첸이 학생이었다고 하니, 마첸의 나이도 만만치 않을 것이다. 물론 그들과 쌍둥이인 블랙캣과 마츄 또한 마찬가지이다. 스무 살이 넘은 우체통고양이가 나이가 많은 축에 든다고 했으니, 이들의 장수는 이례적인 것이다. 이와 같은 이례성에 대한 의문은 모호성에 대한 의문과 다를 바 없다. 역시 작가의 보충 설명이 필요한 것이다.

추가 진술이 기존 환상의 모호성을 해소하는 것이 아니라 기존 환상을 모순에 빠뜨리는 경우도 있다. 우리가 이미 살펴보았듯이, 작가는 마법의 능력을 지닌 고양이 중에는 쌍둥이로 태어나지 않은 고양이(버들이)도 있다고 했고, 또 쌍둥이로 태어난 고양이 중에는 마법의 능력을 지니지 못한 고양이(러브레터의 쌍둥이 형제)도 있다고 했다. 이러한 추가 진술은 위의 예언과 상충하는 것이다.

환상동화의 작가는 환상의 언어뿐만 아니라 일반 언어의 명료성에 대해서도 신경을 많이 써야 한다. 일반 언어의 모호성 때문에 환상의 모호성이 증폭되기도 하기 때문이다.

《고양이 학교》에 등장하는 환상의 존재는 이름에 관형격 조사 '의'가 들어 있는데, 바로 이 '의' 한 글자 때문에 독자는 환상의 존재를 변별하는 데 상당한 어려움을 겪는다. 다음을 보라. "버들이와 러브레터는 예언에 따라 다시 돌아온 태양의 고양이고, 민준이는 태양의 신이었던 고양이의 혼이고, 세나는 대지의 신이었던 고양이의 혼인데, 태양의 고양이는 고양이의 혼의 도움을 받게 된다." 이 문장의 의미를 바로 이해할 수 있는 《고양이 학교》의 독자가 과연 얼마나 될까. 태양의 고양이와 고양이의 혼은 그 자체가 상당히 모호한 존재다. 그런데 그 이름까지 어슷비슷하니 그 모호한 정도가 더 커지는 것이다.

나는 《고양이 학교》를 논의하는 중에 종종 작가의 서술상의 불친절을 지적하곤 했다. 이는 환상의 명료성 확보를 위한 작가의 언어적 노력을 강조하고자 한 것임은 말할 것도 없다.

3. 환상으로는 문제 제기만

흔히, 동화는 개연성 있는 허구라고 한다. 환상동화라고 해서 예외일 수 없다. 환상도 일종의 허구임이 분명하고, 환상에도 개연성을 따질 수 있기 때문이다. 다만 그 개연성은 현실세계의 개연성이 아니라 환상세계의 개연성이라는 점만 다를 뿐이다.

개연은 일정 정도 우연을 포함한다. 그러나 허용되는 우연이 있고 허용되지 않는 우연이 있다. 문제 제기를 위한 우연은 얼마든지 허용된다. 예컨대, 로또의 당첨으로 친구 사이의 우정에 금이 가는 상황은 설정할 수 있다는 것이다. 그러나 문제 해결을 위한 우연은 어떠한 경우에도 허용되지 않는다. 빚보증으로 친구 사이의 우정에 금이 갔는데, 로또 당첨으로 우정을 회복되었다는 식의 이야기는 이야기로서의 가치가 없다는 것이다.

환상도 마찬가지다. 문제 제기를 위한 환상은 그것이 무엇이든 허용되지만 문제 해결을 위한 환상은 어떠한 경우에도 허용되지 않는다. 환상에 의한 문제 제기는 현실을 뒤집거나 비틀어 감추어진 현실의 문제를 드러내는 것인 데 반해, 환상에 의한 문제 해결은 현실에서는 가능하지 않은 방법으로 문제를 해결하는 것이기 때문이다.

이와 같은 관점에서 보면,《고양이 학교》의 이른바 '예언'이라는 것은 좀 아쉽다. '예언'의 요지를 다시 한 번 정리해 둔다.

언젠가 쌍둥이 형제를 갖지 않는 마법의 고양이가 나타나 다시 새로운 황금시대를 연다.(1:109 요약)

우리가 이미 알고 있다시피, 이 예언은 결과적으로 거짓이었다. 새로운 황금시대는 열리지 않았으니까. 절반만 참인 것은 전체적으로는 거짓이다.《고양이 학교》의 작가가 흑과 백의 시대를 예언이 실현되기를 기다리는 시기(1:107)라 한 바 있는데, 이 또한 결과적으로 거짓이었다. 그렇다면, 독자의《고양이 학교》읽기는 거짓을 쫓는 허망한 여행에 지나지 않게 된다.

예언이 참이었다고 가정해 보자. 그러면《고양이 학교》는 예언이 실현되는 과정을 서사로 보여 주는 동화가 되었을 것이다. 이 경우, 작가가 독자한테 보여 줄 수 있는 것은 마법의 고양이가 어떤 고양이인지 또 어떻게 나타나는지, 새로운 황금시대는 어떤 시대인지 또 어떻게 열리는지에 관한 작가 자신의 환상뿐이다.

물론 환상동화를 읽는 재미 중의 하나가 환상 그 자체의 경이로움을 경험하는 것이다. 그러나 환상을 통해서 현실의 이면을 들여다보는 경이로움을 함께 경험할 수 있다면 환상동화를 읽는 재미는 배가될 것이다.

예언은 거짓이어서는 안 된다. 환상에 기반을 두고 서사를 짜 올리는 환상동화가 그 기반을 스스로 무너뜨려서는 안 되기 때문이다. 그렇다고 예언이 참이 되는 방향으로 서사를 짜 올릴 수도 없다. 환상동화의 품격이 크게 떨어질 테니까. 이런 딜레마는 작가가 자초한 것이나 다름없다. 예언을 문제 제기의 수단으로 삼았더라면 이런 딜레마에 봉착하는 일은 없었을 것이다.

예언을 문제 제기의 수단으로 만드는 방법은 의외로 간단하다. 일단 예언은 실현되게 해야 하니까, 마법의 고양이가 나타나서 새로운 황금시대를 열게 한다. 그리고 마법의 고양이가 연 황금시대를 새로운 문제의 시대로 만들어 버리는 것이다.

그 다음은 작가의 고유 영역이라 더 말하지 않아도 되겠지만, 일례를 들어 볼 수는 있다. 즉, 새로운 황금시대라는 것은 마법의 고양이만을 위한 황금시대였음을 드러내고, 마법의 고양이의 정체를 구원자에서 억압자로 재규정하고, 수정고양이의 지위를 마법의 고양이의 조력자에서 응징자로 격상시키는 것이다. 이와 같은 환상동화에서는 독자는 환상을 즐기는 가운데 환상 속의 현실도 즐길 수 있게 된다.

환상동화에서 환상이 문제 제기의 수단으로 쓰이지 않는 것도 문제지만 그것보다 더 큰 문제는 환상이 문제 해결의 수단으로 쓰이는 것이다. 《고양이 학교》에는 우연에 의한 문제 해결이 굉장히 많다. 그런데 그 우연은 대부분 환상과 관련된 우연이다. 결국 《고양이 학교》의 우연에 의한 문제 해결은 환상에 의한 문제 해결이었던 것이다. 이에 관한 사례는 이미 적지 않게 이야기한 바 있으니, 여기서는 재론하지 않기로 한다.

《고양이 학교》를 나오며

이 글의 첫머리에서 밝힌 대로, 이 글은 십수 년 전에 썼던 어떤 글의 수정·보완본이다. 말하고자 하는 바가 달라진 것은 아니지만 글 자체를 거의 새로 쓰다시피 했으니, 나는 《고양이 학교》에 대한 장문의 글을 두 번씩이나 쓴 셈이 된다.

이 글의 원글이 실렸던 책이 출판사의 사정으로 일찍 절판되었다는 것, 이 글의 원글에 사실 관계에 어긋나는 진술이 포함되어 있었다는 것, 그것 때문에 이런 수고를 자청한 것이 아니다. 가장 중요한 이유는 《고양이 학교》에서는 환상동화에 관한 그 어떤 이론서에서도 기대할 수 없는, 환상에 관한 실제적인 교훈을 얻을 수 있다는 것을 다시 한 번 강조하기 위함이었다.

지난 십여 년 사이에 《고양이 학교》는 1부 5권, 2부 3권, 3부 3권, 세계 편 3권으로 완간되었고, 중국, 일본, 대만, 프랑스, 폴란드 등 해외에서도 번역본이 출간되었다. 작가는 이 작품으로 우리나라 작가로서는 처음으로 프랑스 아동 문학상인 앵코룝티블 상을 받기도 했다.[4]

이것은 《고양이 학교》가 그 나름의 매력이 있는 환상동화임을 적지 않은 독자가 인정했음을 보여 준다. 그런데 《고양이 학교》에 환호하는 독자는 대개 어린이 독자인 듯하다. 사실 《고양이 학교》에는 어린이 독자를 겨냥한 것으로 보이는 것이 적지 않다. 고양이가 주인공인 것, 화려하고 장엄한 마법과 수수하고 익살스러운 마법을 다채롭게 보여 준 것, 엉뚱하고 발칙한 장면이나 에피소드를 심심치 않게 등장시킨 것 등이 바로 그것이다.

---

4. 《위키 백과 한국어판》 참고.

문제는 어린이 독자를 끌어 들이려다 어른 독자를 내치게 되는 수도 있다는 것이다. 예컨대, 수업 시간의 발 털기나 민준이 학교의 쓰레기 소동은 분명 어린이 독자의 관심을 끌 만한 것이었다. 그러나 어른 독자는 이에 대해서 거부감을 느끼지 않을 수 없었다. 고양이 학교라 하더라도 과연 수업의 집중도를 떨어뜨릴 게 뻔한 발 털기를 허용할까, 쓰레기의 귀환을 제대로 보여 주려면 민준이 학교의 쓰레기 소동만 이야기해서는 안 되는 것 아닌가 하는 의문을 품게 된다는 것이다.

　사실 《고양이 학교》는 어른 독자한테는 읽기가 상당히 힘겨운 환상동화다. 어린이 독자는 부분의 독자성에 관대하기 때문에 부분 그 자체의 흥미성만으로도 읽기의 동력을 유지할 수 있다. 어른 독자는 다르다. 전체에 유기적으로 통합된 부분의 독자성만 인정할 뿐이다. 어른 독자로 하여금 한 편의 긴 글을 읽게 하려면 부분과 부분의 연계성 속의 흥미성을 확보하지 않으면 안 된다. 그런데 《고양이 학교》의 환상적 서사는 부분과 부분이 복잡하면서도 모호하게 얽혀 있어서 그 줄거리를 요약하는 것조차 힘이 든다.

　그러나 《고양이 학교》의 환상에 대한 야심찬 기획은 어른 독자의 성원을 받을 만한 것이었다. 《고양이 학교》가 어른 독자를 불러들인 것도 바로 그 환상이었다. 문제는 다름 아닌 바로 그 환상이 기껏 불러들인 어른 독자를 돌려세운다는 것이다. 나는 《고양이 학교》의 작가한테는 적어도 '환상은 단순하게'라는 말만큼은 하고 싶지 않다. 제대로 된 복합 구조의 환상과 그것에 관한 이야기를 기대해도 될 것 같기 때문이다.

　《고양이 학교》는 언젠가는 개정판을 낼 것으로 예상한다. 바로잡아야 할 오기 또는 오자도 있고 가다듬어야 할 표현도 있으니까. 그때 환상과 관련한 문제를 정비하는 개작도 고려했으면 한다. 동화, 특히 환상동화는 어린이 독자의 전유물이 아니다. 영화로 만들어져서 큰 성공을 거뒀던 동화에는 공통점이 있다. 어린이 독자 못지않게 열렬한 어른 독자를 가진 동화라는 점이 바로 그것이다. 어린이와 어른이 나란히 앉아《고양이 학교》영화판을 감상하는 날도 언젠가는 오지 않을까.

《빨간 머리 앤》의 매력

너무나 완벽한 어린이, 빨간 머리 앤

《빨간 머리 앤》의 주인공 앤 셜리. 앤은 사랑스럽다. 앤을 지켜본 사람이면 누구라고 할 것 없이 모두 앤한테 푹 빠져 버렸다. 작품 속에 있든 작품 밖에 있든, 어른이든 아이든. 예전에도 그랬고 지금도 그렇다. 아마, 앞으로도 그럴 것이다.

이러한 앤이라면 어린이의 이상형으로 내세울 만하다. 사실, 앤은 모든 면에서 너무나 완벽한 어린이다. 앤의 '막역한' 친구 다이애나의 친척인 배리 할머니는 이를 다음과 같이 멋들어지게 말한 바 있다. 앤은 무지개같이 여러 가지 색깔을 지니고 있고, 보여 주는 색깔마다 다 예쁘고, 게다가 남들이 자신을 사랑하게 만든다고.(루시 모드 몽고메리, 김경미 옮김,《빨간 머리 앤》2권, 시공주니어, 1996, 198쪽)[1]

---

1. 이후의 인용에서는 이 책의 권수와 쪽수만 본문에 적기로 한다.

빨간 머리, 주근깨투성이, 말라깽이. 앤의 생김새를 묘사하는 데는 이 세 낱말이면 충분하다. 누가 봐도 예쁘다는 생각은 하지 못할 얼굴이다. 그런데 앤은 날카롭고 단호한 턱, 명랑하고 생기 넘치는 커다란 눈, 귀엽고 감정이 풍부한 입, 그리고 넓고 둥근 이마도 가지고 있었다.

작가는 '식별력 있는 별난 관찰자'라면 이러한 것을 보고 앤의 몸에는 평범하지 않은 영혼이 깃들어 있다고 단정할지도 모른다고 했다.(1권 26 쪽) 솔직하고 자존심이 세고 열정이 넘치고 다정다감하고 상상력이 풍부한 앤의 영혼은 말 그대로 결코 평범하지 않은 영혼인 것이다.

앤은 말이 많았다. 그런데 앤의 수다는 모든 사람을 매료시켰다. 사내 아이를 입양할 예정이던 매슈 아저씨와 마릴라 아주머니가 마음을 바꾼 것도 앤의 이른바 평범하지 않은 영혼의 수다 때문이었다. 여기에서는 일단 '평범하지 않은 영혼'만 살펴보기로 한다.

앤은 속에 있는 생각과 느낌을 감출 줄 몰랐다. 말이나 행동으로 꼭 표현했다. 이웃으로 지내게 된 린드 부인이 첫 만남에서 자신의 겉모습을 흉보자 "예의도 없고 무례하고 감정도 없는 사람"이라 비난한 것이나, 똑같은 잘못을 저지른 열두 명의 아이들 가운데 자신만 야단치고 거기에다가 남자아이 옆에 앉으라는 벌까지 내린 필립스 선생에 대한 항의로 '그 남자'가 있는 학교에는 더 이상 다니지 않겠다고 선언한 것만 봐도 앤의 솔직한 표현이 어느 정도인지 알 수 있다. 이 때문에 앤은 무례하다는 소리를 듣기도 했다. 그러나 좋은 점도 있었다. 믿음이 가는 아이라는 평판도 얻었으니까.

앤은 하고 싶은 것은 하지 않으면 안 되는 아이였다. 이러한 아이는 잘못과 실수를 거듭하게 마련이다. 앤 또한 그랬다. 그러나 앤은 같은 잘못과 실수를 반복하지 않았다. 앤에게는 잘못과 실수에서 교훈을 얻을 수 있는 지혜가 있었고, 교훈을 마음에 새겨 자신을 절제할 수 있는 의지가 있었다.

앤은 자존심도 강했다. 그 자존심은 앤을 위험에 빠뜨리기도 했다. 큰 소리 한 번 쳤다가 지붕의 마룻대 위를 걸어야 했고, 그러다 떨어져 죽을 뻔했다. 앤은 침대에 누워서도 그 알량한 자존심을 버리지 않았다. 자신을 그렇게 만든 친구가 찾아왔을 때 최대한 반갑게 맞아 주었다. 그 까닭을 앤은 이렇게 말했다. "제게 마룻대를 걸어 보라고 한 걸 미안하게 생각할 테니까요."(2권 66쪽)

앤의 자존심은 앤의 버팀목이었다. 앤은 그러한 자존심이 있었기에 일찍이 고아가 되어 남의집살이를 하면서도 솔직하고 당당하고 열정적일 수 있었다. 어디 그뿐인가. 퀸스의 학생이 될 수 있었고, 에이버리 장학금을 받아 대학생이 될 수도 있었다. 그러나 앤은 그 장학금을 포기했다. 매슈 아저씨가 없는 초록 지붕 집에 눈이 멀어 가는 마릴라 아주머니를 혼자 내버려 두는 것 또한 자존심이 허락하지 않는 것이기 때문이었다.

앤에게는 허영심도 있었다. 앤은 "난 똑똑한 것보다 예쁜 게 더 좋아"(1권 163쪽)라고 거침없이 말할 수 있는 아이였다. 이제 갓 입양된 주제에 퍼프 소매가 달린 드레스가 하나쯤은 있어야 한다고 마릴라 아주머니께 고집을 부린 것이나, 제 코가 예쁘다는 말을 듣고는 한없이 우쭐거린 것은 앤의 허영심을 잘 보여 주는 예다.

물론 그 허영심 때문에 낭패를 보기도 하였다. 빨간 머리를 검게 물들이려고 행상에게 염색약을 샀는데, 그것이 가짜였던 모양이다. 빨간 머리는, 앤의 말대로 하면, 그것보다 열 배는 더 나쁜 초록 머리가 되었고 결국 눈물을 흘리며 자를 수밖에 없었다.

이런 정도의 허영심은 앤 또래의 아이에게는 아주 흔한 것이다. 오히려 눈여겨볼 것은 다음과 같은 허영심이다. 앤은 제 원래 이름 '앤'이 멋없다며 자기가 새로 지은 이름 '코델리아'로 불러 달라고 했다. 그게 우아한 이름이라는 것이다. 굳이 '앤'으로 부르겠다면 '앤(Ann)'에다가 '이(e)'를 붙여서 길게 발음해 달라고 했다. 그렇게 불러야 고상하게 들린다는 것이다.(1권 46-47쪽) 이쯤 되면, 허영심마저도 매력적인 앤이라 하지 않을 수 없다.

앤의 수다, 그 매력의 비밀

"여자들은 확실히 마음에 들지 않았고, 어린 여자아이들은 특히 더 그랬다."(1권 31쪽) 이런 말을 한 매슈 아저씨가 앤을 만난 지 얼마 되지도 않아서 앤의 수다를 들으며 즐거워하고 있었다. 마음이 꽤 불편한 상태였는데도 말이다.

매슈 아저씨와 그의 여동생 마릴라 아주머니는 농사일을 거들 사내아이를 입양할 예정이었다. 그런데 정작 매슈 아저씨 앞에 나타난 것은 여자아이 앤이었다. 앤을 다시 고아원으로 돌려보내야만 했다. 숫기가 없는 매슈 아저씨는 이런 사실을 앤에게 전하는 일을 마릴라 아주머니에게 떠넘길 생각으로 앤을 집으로 데려가던 중이었다.

마릴라 아주머니는 매슈 아저씨만큼 그렇게 빨리 앤에게 빠져들지는 않았다. 그러나 많은 시간이 걸린 것도 아니다. 다음은 마릴라 아주머니의 고백이다. "나 참, 저 애가 온 지 겨우 3주밖에 안 됐는데, 꼭 항상 여기 있었던 것만 같아요. 이 집에 저 애가 없는 건 상상할 수 없어요. (…중략…) 솔직히 고백하자면, 저 애를 데리고 있자던 오라버니 말을 듣기 잘했다 싶어요. 저 애가 점점 좋아져요."(1권 135쪽)

매슈 아저씨와 마릴라 아주머니만 앤을 좋아했던 것이 아니다. 앤을 흉보다가 앤한테 된통 당했던 린드 부인은 '앤은 회초리를 들고 야단을 쳐야 할 아이'라고 말했다. 그런데 이튿날 앤의 사과를 받자 마릴라 아주머니에게 앤이 마음에 든다고 말한다.

앤의 친구 다이애나의 친척인 배리 할머니는 또 어떤가. 앤과 다이애나는 배리 할머니가 누워 있는 줄도 모르고 침대로 뛰어들었다가 배리 할머니를 크게 놀라게 하였다. 화가 몹시 난 배리 할머니는 다이애나 집에 하루도 더 못 있겠다며 짐을 쌌을 뿐만 아니라 다이애나한테 음악 레슨비를 주기로 했던 것도 취소했다. 그러나 배리 할머니는 결국 앤과 다이애나를 용서했다. 앤이 가끔 놀러 와서 얘길 해 주는 조건으로.

이 모든 마법 같은 일을 앤은 말로 이뤄 냈다. 앤의 말은 꼬리를 물고 끊임없이 이어진다. 수다가 그런 것이다. 그러면 앤의 수다를 좀 세심하게 듣고 그 매력이 무엇인지 알아보기로 하자. 다음은 앤이 매슈 아저씨를 역에서 만나 초록 지붕 집까지 가면서 늘어놓았던 수다 가운데 일부이다.

초록 지붕 집의 매슈 커스버트 아저씨죠? 만나서 정말 반가워요. 혹시 아저씨가 데리러 오지 않을까봐 걱정하면서, 아저씨가 오실 수 없는 갖가지 상황을 상상하고 있었어요. 만약 오늘 밤에 아저씨가 데리러 오지 않는다면, 기찻길을 따라 내려가 저 모퉁이에 있는 커다란 양벚나무 위에서 밤을 지낼 생각이었어요. 저는 하나도 무섭지 않아요. 하얀 벚꽃이 활짝 핀 나무에서 달빛을 받으며 잠자는 것도 멋진 일이잖아요? 대리석으로 꾸민 홀에서 묵는다고 상상할 수도 있을 거예요. 그렇죠? 그리고 아저씨가 오늘 밤에 못 오신다고 해도 내일 아침에는 틀림없이 오실 거라고 생각했어요.(1권 27쪽)

인사말치고는 너무 길지 않은가. 그런데 이해할 만하지 않은가. 앤은 매슈 아저씨를 기다리는 동안 불안에 떨었다. 자기를 데리러 오지 않을까

봐. 입양을 앞둔 고아로서는 그럴 수밖에 없었을 것이다. 그런데 매슈 아저씨가 나타났다. 얼마나 반가웠겠는가. '만나서 정말 반가워요.'는 빈말이 아니다. 그 아래의 말은 그것이 진심에서 우러난 인사말이었음을 보여 준다.

이 대목에서 눈여겨볼 것은, 앤은 상대에게 자기가 하고 싶은 말을 다 하면서도 상대가 부담을 느끼지 않게 하는 화법을 구사한다는 것이다. 매슈 아저씨는 약속 시간에 늦었다. 앤은 걱정스러웠고 무서웠다. 무엇이든 속에 묻어두지 못하는 앤은 이를 꼭 지적해야 했다.

그런데 앤은 매슈 아저씨를 공격하지 않는다. 오히려 매슈 아저씨가 빠져나갈 수 있는 길을 마련해 준다. 늦는 데는 그럴 만한 사정이 있을 거라는 둥, 늦긴 해도 아주 안 오지는 않을 거라는 둥, 기다리다 낭만적인 밤을 보내는 것도 멋진 일일 거라는 둥, 매슈 아저씨가 오히려 고마워할 만한 말만 골라 해 준다.

매슈 아저씨가 앤을 어찌 좋아하지 않을 수 있겠는가. 그의 말대로, 앤은 혼자서 이야기를 하며 상대한테 군이 똑 부러진 대답을 요구하지도 않는, 배려심 많은 아이인 것을. 물론 매슈 아저씨도 알고 있었다. 그것은 상대를 기분 상하지 않게 나무라는 앤만의 방법이라는 것을.(1권 31쪽)

매슈 아저씨가 주뼛거리며 미안하다고 말한 다음 앤에게 가방을 달라고 했다. 그러자 앤은 그것을 실마리로 또 수다를 늘어놓는다.

어머, 제가 들게요. 무겁지 않아요. 이 세상에 있는 제 물건이 몽땅 이 가방 안에 있지만 무겁지는 않아요. 그리고 정해진 대로 들지 않으면 손잡이가 빠져 버려요. 그러니 손잡이 잡는 비결을 아는 제가 드는 게 낫죠. 아주 낡은 가방이거든요. 아, 아저씨가 와 주셔서 너무 기뻐요. 양벚나무 위에서 자는 것도 멋있겠지만요. 한참 가야 하죠? 스펜서 아줌마 말로는 12킬로미

터 정도 떨어져 있다던데, 저는 드라이브를 좋아하니까 잘됐어요. 아아, 아저씨의 가족으로 함께 사는 건 너무 좋을 것 같아요. 저는 누구의 가족이 되어 본 적이 없거든요, 진짜 가족 말예요. 고아원은 끔찍해요. 저는 넉 달밖에 살지 않았지만 그걸로 충분해요. 아저씨는 고아원에서 지내 본 적이 없을 거예요. 그러니 그 곳이 어떤 덴지 모르시겠죠. 아저씨가 상상도 할수 없을 만큼 나쁜 곳이에요. 스펜서 아줌마는 이런 식으로 말하는 건 못된 짓이라고 했지만, 제가 일부러 못되게 굴려고 하는 말은 아니에요. 그걸 모른다면 나쁜 아이가 되는 건 아주 쉽지요. 안 그래요? 사람들은 좋아요, 고아원 사람들 말예요. 하지만 고아원에서는 고아들밖에 상상할 거리가 없어요. 이런 상상을 하면 아주 재미있는데요, 아저씨 옆에 앉아 있는 여자아이가 사실은 공작님의 딸일 수도 있다는 상상 말예요. (…중략…) 저는 밤마다 자리에 누워 그런 상상을 했어요. 낮에는 그럴 시간이 없으니까요. 그래서 이렇게 말랐나 봐요. 저, 지독히도 말랐죠, 그렇죠? 제 몸은 뼈다귀밖에 안 남았어요. 전 팔꿈치가 옴폭 들어갈 만큼 포동포동하고 멋있는 저를 상상하는 게 너무 좋아요.(1권 28-29쪽)

매슈 아저씨와는 달리 마릴라 아주머니는 처음에 앤의 수다를 못마땅하게 여겼다. 말이 너무 많다는 것이고 그것은 결코 장점이 될 수 없다는 것이었다. 그러나 마릴라 아주머니도 인정한 것이 있다. 말하는 품이 무례하거나 속되지는 않다는 것이다.(1권 70쪽) 인용한 대목에서도 이를 확인할 수 있다.

먼저 화제를 정리해 보자. '낡은 가방→만남의 기쁨 재확인→초록 지붕 집과의 거리→새 가족에 대한 기대→고아원 생활에 대한 회상→말라깽이가 된 사연'

어떤가 자유분방한 연상에 의한 무질서한 화제 전환의 연속으로 보이지 않는가. 그러나 그렇지 않다. 그 속을 찬찬히 들여다보면, 각각의 화제가 촘촘하게 얽혀 있음을 금방 알 수 있다.

이 수다는 '만남의 기쁨'을 털어놓았던 앞의 수다에 이어진 것이다. '낡은 가방'에 관한 이야기는 가방을 들어 주겠다는 매슈 아저씨의 말에 대한 화답으로 삽입된 것에 지나지 않는다. 그러나 이것은 '고아원 생활에 대한 회상'을 이끌어내는 단초가 된다.

앤의 고아원 생활은 고단했던 모양이다. 앤으로서는 이를 꼭 이야기해야 한다. 동정심을 유발하기 위해서가 아니라 새 가족을 얻게 된 기쁨을 강조하기 위해서다. 그런데 앤은 고아원의 고단한 생활을 에둘러 표현했다. 낮에는 상상에 빠져들 시간조차 없었다고 했다. 해야 할 일이 그만큼 많았던 것이리라. 게다가 먹는 것도 신통찮았던 것 같다. 앤은 잠잘 시간에 상상을 즐겨서 말라깽이가 되었다고 했지만 그걸 곧이들을 사람은 아무도 없다. 그러한 고아원이니 들고 나올 짐이라고는 낡은 가방 하나 채울 것도 안된다.

앤이 직설적인 표현을 안 한 것은 아니다. 그러나 서둘러 수습한다. 스스로 꾸짖는 방식으로. 어디 그뿐인가. 고아원은 끔찍한 곳일지는 몰라도 고아원을 운영하는 사람들은 좋은 사람들이라고 추어주는 배려도 잊지 않는다.

앤의 수다는 솔직하면서도 무례하지 않다. 이는 앤의 성격에서 비롯된 것으로 보인다. 앤은 자신의 생각이나 느낌을 속에 가둬 놓지 않지만 그것을 왜곡하지도 않는다. 그러나 자신에게 솔직한 것이 상대에게는 무례한 것일 수도 있는 법이다. 앤 또한 이를 잘 알고 있어서 앤은 자기 생각이나 느낌, 그에 관한 자기 말에 대해서 스스로 책임을 지려 한다. 제 말을 들어 주는 사람뿐만 아니라 제 말에서 화제가 된 사람까지 배려하는 앤 특유의 화법이다.

이에 관한 좋은 예가 있다. 마릴라 아주머니가 앤을 되돌려 보내려고 스펜서 아주머니한테 데리고 가며, 앤을 키워 준 분들이 잘 보살펴 주었는지를 묻자, 다음과 같이 답한다.

> 아, 그 분들은 저한테 잘해 주려고 했어요. 될 수 있는 대로 잘해 주려고 했다는 걸 알아요. 누군가 저한테 잘해 주려고 애쓰기만 한다면 항상 잘해 주지 않더라도 괜찮아요.(1권 70쪽)

이 말을 들은 마릴라 아주머니는 더 묻지 않았다. 물론 알고자 했던 것은 다 알게 되었기 때문이리라. 그러나 아주머니가 몰랐던 것이 하나 있다. 아주머니의 질문은 앤으로서는 대답하기가 쉽지 않은 것임을. 자신을 키워 준 두 아주머니를 나쁘게 말할 수도 없는 일이고, 그렇다고 마릴라 아주머니에게 거짓으로 말하거나 무안하게 말할 수도 없지 않은가.

앤이 이 대답을 하기 전에 얼굴이 갑자기 붉어졌는데, 마릴라 아주머니가 그것을 보았다면 앤의 딜레마를 이해했을 것이다. 그러나 앤은 두 아주머니가 자신에게 잘해 주려 했음을 강조하는 방법으로 그 딜레마에서 간단하게 벗어난다. 이 장면에서 돋보이는 것은 앤의 화법보다는 마음 씀씀이다. 마릴라 아주머니는 이런 앤을 보고 무례하거나 속되지 않으며 고상하다고 생각하게 된다.

앤의 수다에서 두 번째로 눈여겨볼 것은 다채로우면서도 어지럽지 않은 화제를 구사한다는 것이다. 앤은 수다의 화제를 일단 자신이 보고 듣고 겪은 데서 찾는다. 그러나 그것은 앤에게 화제의 씨앗일 뿐이다. 앤은 자신의 상상력으로 그것을 싹 틔워 각양각색의 아름다운 꽃으로 피어나게 한다. 앤이 잠시도 입을 다물 수 없었던 것도 그에게는 말할 것이 너무나 많기 때문이다.

앤의 수다는 화제 전환이 빠른데도 듣는 이는 쉽게 그 수다의 줄거리를 잡을 수 있다. 이는 앤의 수다가 내적으로 통합되어 있기 때문이다. 앤이 이 화제에서 저 화제로 건너뛰면서도 그것들을 서로 촘촘하게 엮어 내는 것을 보면 앤의 이야기 구성 능력이 남다르다고 말할 수밖에 없다.

앤의 상상과 그 상상의 실재화

다음은《빨간 머리 앤》에서 찾을 수 있는 앤의 상상력에 관한 첫 번째 자료이므로 다시 한 번 인용하기로 한다.

초록 지붕 집의 매슈 커스버트 아저씨죠? 만나서 정말 반가워요. 혹시 아저씨가 데리러 오지 않을까봐 걱정하면서, 아저씨가 오실 수 없는 갖가지 상황을 상상하고 있었어요. 만약 오늘 밤에 아저씨가 데리러 오지 않는다면, 기찻길을 따라 내려가 저 모퉁이에 있는 커다란 양벚나무 위에서 밤을 지낼 생각이었어요. 저는 하나도 무섭지 않아요. 하얀 벚꽃이 활짝 핀 나무에서 달빛을 받으며 잠자는 것도 멋진 일이잖아요? 대리석으로 꾸민 홀에서 묵는다고 상상할 수도 있을 거예요. 그렇죠? 그리고 아저씨가 오늘 밤에 못 오신다고 해도 내일 아침에는 틀림없이 오실 거라고 생각했어요.(1권 27쪽)

앤의 상상력은 참 놀랍다. 매슈 아저씨가 늦을 수밖에 없는 상황을 갖가지로 상상한다거나 달빛이 쏟아지는 양벚나무 위를 은은한 조명이 비치는 대리석 홀로 상상하는 것은 아무나 할 수 있는 것이 아니다.

앤은 자신이 상상한 것을 몸으로 직접 느끼기도 한다. 앤이 자신의 상상을 실감나게 설명하거나 묘사할 수 있는 것도 이 때문이다. 그렇다고 해서 앤이 상상세계와 현실세계를 혼동하는 것이 아니다. 앤은 단지 필요에 따라서 상상세계를 현실세계와 분리하거나 통합할 뿐이다.

앤은 먼저 매슈 아저씨가 제 시간에 올 수 없는 상황을 상상하고, 그 상상 속의 상황을 실제 상황으로 간주한 다음, 이를 굳게 믿어 버린다. 이제 앤은 안도할 수 있다. 아저씨가 제 시간에 오지 않는 것은 오기 싫어서가 아니라 올 수 없어서라고 자신을 설득할 수 있기 때문이다. 아저씨가 내일 아침에는 틀림없이 올 거라고 확신할 수 있는 것도 이 같은 자기 설득에 따른 것이다.

또 앤은 양벚나무 위에서 밤을 새는 것도 오히려 멋진 일이라고 하는데, 이렇게 생각할 수 있는 것 또한 그곳을 대리석으로 꾸민 홀로 느낄 수 있기 때문이다.

상상의 실재화는 앤에게 일종의 방어 기제다. 앤이 고단하고 팍팍한 현실에서도 밝고 맑게 살아갈 수 있었던 것은 결코 우연이 아니다. 앤 스스로 이렇게 말한 바 있다. "거기-해먼드 아주머니 집을 가리킴-는 무척 외로운 곳이었어요. 제게 상상력이 없었다면 도저히 그곳에서 살 수 없었을 거예요."(1권 68쪽)라고.

앤은 상상의 친구도 가지고 있었고, 그들과의 추억을 진심으로 소중하게 여겼는데, 이 또한 앤이 기죽지 않고 살아가는 방법 중 하나였다. 그러나 앤이 상상의 친구에 탐닉하는 것은 아니었다. 앤의 말을 빌면, "진짜 친구를 사귀고 나면 꿈속의 조그만 아이들한테 만족할 수가 없"(1권 196쪽)는 것이다.

이제 앤의 상상과 그 상상의 실재화가 지닌 실제적인 힘을 살펴보기로 한다.

앤이 마릴라 아주머니한테서 자신이 초록 지붕 집에서 원하던 아이가 아니라는 말을 듣고 절망하던 날, 앤은 밥도 먹지 못하고 울면서 잠자리에 들었다. 잠자리에서 막 일어난 앤은 어제의 끔찍한 기억이 되살아나서 괴로웠다. 그런데 창밖으로 보이는 초록 지붕 집의 아침은 참으로 아름다웠다. 이렇게 아름다운 곳에 살 수가 없다고 생각하자 앤은 더 괴로웠다.

앤은 이곳에 살 거라는 상상으로 그 괴로움에서 벗어나고자 했지만 그것은 애시당초 가당찮은 것이었다. 앤 자신의 말마따나, 그것은 명백한 사실에 위배되는 상상이니까.

앤이 활기를 되찾은 것은 초록 지붕 집의 창에서 바라본 아침 풍경의 아름다움 때문이었다. 초록 지붕 집의 아침 풍경은 원래 아름다웠는지도 모른다. 작가 또한 "이곳은 앤이 꿈꾸던 어떤 곳보다 아름다웠다."고 직접 말하지 않았던가. 그러나 그 아름다움은 앤의 상상을 거쳤기 때문에 앤한테 완벽한 아름다움이 될 수 있었다. 앤은 저 멀리 보이는 덤불 속의 고사리와 이끼와 온갖 숲 속 식물들도 머릿속에 그릴 수 있었고, 마을을 끼고 흐르는 시냇물의 즐거운 웃음소리도 창가에 앉아서 들을 수 있었다. 그것도 마치 눈으로 직접 보고 귀로 직접 듣는 것처럼.

앤의 상상력은 원체 남다른 것이었고 초록 지붕 집은 앤의 상상을 한껏 부추기는 곳이었다. 작가의 말을 빌면, "여기-초록 지붕 집을 가리킴-는 상상할 수 있는 여지가 있었다."

앤의 상상은 초록 지붕 집의 아침 풍경에서 아침 그 자체로 옮겨간다. 아침에 대해서 상상할 것이 무지무지 많은 앤에게 아침은, 특히 맑은 날의 아침은 정말 재미있는 것이다. 이토록 아름답고 재미있는 아침에는 절망의 구렁텅이에 빠질 수 없는 법이다. 그래서 앤은 배고픔도 느낄 수 있었고 밥 먹은 다음에는 설거지도 할 수 있었다. 물론 이 같은 상상이 초록 지붕 집에 살 수 없는 슬픔을 없애 주지는 못했지만 꿋꿋하게 견디게는 해 주었다. 사실을 이야기하자면, 앤의 상상은 그 이상의 힘을 발휘했다.

이 '작은 몽상가'를 지켜본 마릴라 아주머니는 자신도 모르게 이렇게 중얼거린다. "저런 애는 평생 듣도 보도 못했어. 오라버니 말처럼 재미있는 아이야. 나도 벌써 얘가 이제 무슨 얘기를 할까 기다려지잖아. 저 애는 나한테도 마법을 걸 거야. 오라버니한테처럼 말야."(1권 62쪽)

결국 마릴라 아주머니는 앤이 초록 지붕 집에 살도록 허락하는데, 이는 마법에 걸렸기 때문이라고 말할 만한 일이었다. 이와 같은 감화력의 원천은 바로 앤만이 할 수 있었던 상상과 그 상상의 실재화였다. 이런 관점에서 본다면, 앤의 상상과 그 상상의 실재화는 다른 사람에게 감화력을 발휘하여 앤이 이 세상에서 살아가면서 맞닥뜨리게 되는 어려움을 덜어주었다고 말할 수도 있다.

앤의 상상이 앤을 곤경에 빠뜨리기도 했는데, 이러한 상상의 유일한 예가 '유령의 숲'에 관한 상상이다. 앤과 앤의 친구 다이애나가 보기에 시내 건너편의 가문비나무 숲은 너무 평범했다. 그래서 둘은 아주 끔찍한 이야기를 상상하기로 한다.

바로 이맘때쯤에 하얀 옷을 입은 여자가 두 손을 꽉 쥐고 울부짖으며 강가로 걸어가고 있었어요. 가족 중에 죽음을 눈앞에 두고 있는 사람이 있을 때 그 여자가 나타나죠. 그리고 한가한 황야 한구석에는 살해당한 어린애의 유령이 나타나요. 그 유령이 뒤에서 점점 다가와 차가운 손가락을 갖다대는 거예요.(2권 34쪽)

이리하여 가문비나무 숲은 '유령의 숲'이 된다. 그런데 앤과 다이애나는 그들이 상상해 낸 이야기에서 두려움을 느낀다. 특히 밤에. 유령은 캄캄할 때 다니니까. 이처럼 상상의 실재화는 역기능을 발휘하기도 했다. 앤은 이 상상 때문에 벌을 받기도 하고 꾸지람을 듣기도 한다. 앤은 이 사건을 통해 상상에도 나쁜 것이 있음을 깨닫게 된다.

어떤 점에서 보면, 앤만큼 행복한 아이도 없다. 앤 스스로는 상상력이 풍부했을 뿐만 아니라 자신이 상상한 바를 실제로 느낄 수 있을 만큼 감성도 풍부했다. 그리고 앤의 주변 사람은 앤의 아름다운 상상에는 스스럼없이 동참하고 아름답지 않은 상상에는 따끔한 충고를 아끼지 않았다. 앤이 훌륭한 숙녀로 성장할 수 있었던 데는 다 그만한 까닭이 있었던 것이다.

앤의 언어 감각

앤의 수다를 들어 본 사람이면 앤의 언어 감각이 남다르다는 것을 금방 알아챈다. 작가는 앤의 언어 감각을 다양한 양상으로 보여 주는데, 이를 하나 하나 확인하는 것도 《빨간 머리 앤》을 읽는 재미 중 하나다.

앤의 언어 감각을 판단할 수 있는 첫 번째 자료는 앤의 낱말 의식이다. 앤이 구사한 낱말을 모아 보면 그 목록이 꽤 길어질 것이 틀림없다. 물론 앤이 자신의 낱말 목록에 들어 있는 낱말을 모두 정확하게 이해하고 있는 것은 아니었다. 그러나 앤은 자신이 아는 것과 모르는 것을 정확하게 인식하고 있었는데, 이는 앤 자신의 낱말 목록을 확충하는 데 크게 도움이 되었다.

예컨대, 앤은 '설화 석고·기병대·미디안·단두대' 같은 낱말은 그 뜻을 잘 모르면서도 읽거나 쓰는 것을 즐겼다. 그러나 모른다는 사실만큼은 잘 알고 있었기에 좀 시간이 걸리긴 했지만 결국은 그 뜻을 알게 되었다. '설화 석고'의 경우, 앤은 그 낱말을 입에 올린 지 2년이 지나서야 그 뜻을 제대로 이해하게 되었다.(2권 92쪽)

앤의 낱말 의식은 참 유별난 것이었는데, 그에 따르면 낱말에도 거창하고 멋지고 감동적인 것이 따로 있다. 앤은 '무한하고 영원하고 불변하

시며'와 같은 말이 멋진 말이고 장엄한 말이라 하였고(1권 81쪽), 또 '근사하다'는 멋진 표현이라 하였다.(1권 154쪽)

사실, 앤에게는 '거창한 말·멋진 말·감동적인 말·장엄한 말'은 같은 것이었다. 이러한 말의 공통점은 어린아이가 일상생활에서 흔히 쓰는 말이 아닌 말이라는 것이다. 굳이 분류한다면, 추상적이고 관념적인 말, 화려하고 아름답고 번잡한 말 그리고 격식의 말이나 어려운 말이 이에 해당한다.

앤은 이런 거창하고 멋지고 감동적인 낱말을 배우는 데 아주 열심이었다. 시험공부를 하느라고 친구가 빌려준 책을 보지 못함을 안타까워한 적이 있었는데, 그 이유는 간단했다. 그 책에 감동적인 낱말이 많이 나온다는 말을 들었기 때문이다.(1권 204쪽) 이와 같은 낱말 의식은 앤의 언어 구사 능력을 크게 끌어올리는 원동력으로 작용했을 것이 틀림없다.

앤은 이른바 그 거창한 말을 사용하다가 사람들의 비웃음을 사기도 했다. 모르긴 해도, 애 같지 않다는 이유 때문이었을 것이다. 앤은 이렇게 항변한다. "생각 자체가 거창하다면 그 생각을 표현하는 데 거창한 낱말을 쓰는 게 당연하지 않아요?"(1권 32쪽)라고.

그러나 어른한테는 이런 항변조차도 웃음거리가 된다. 앤은 자신이 어른이 아니라서 그런 대접을 받는다고 생각한다. 그래서 "항상 여자아이들에게 어른 대접을 하며 얘기할 거"라고 결심한다.(1권 216쪽)

아이가 언제나 아이로 머물러 있는 것은 아니다. "큰다는 건 정말 기쁜 일이에요, 마릴라 아줌마. 어른 대접을 받는다는 것만으로도 너무 좋아요."(1권, 216쪽)라고 했던 앤이 15살이 되자 이렇게 말한다.

어쩐지 이젠 거창한 말은 쓰고 싶지가 않아요. 제가 그렇게 원하긴 했지만, 이제는 거창한 말을 해도 될 만큼 컸다는 게 참 애석해요. (…생략…) 짧

은 말에 익숙해지고 보니 그게 훨씬 낫다는 걸 알게 되었어요.(2권 157쪽)

우리 어른더러 들으라고 한 말 같다. 이를 화두 삼아 어른으로서 아이를 어떻게 대할 것인가, 하는 문제를 생각해 보는 것도 좋을 것 같지만 그냥 넘어가기로 한다. 앤의 언어 감각을 이야기하는 자리에는 어울리지 않기 때문에.

앤의 언어 감각은 낱말의 음성 심리학적 이해에서도 확인할 수 있다. 앤은 마릴라 아주머니한테 자신을 우아한 이름인 코델리아라고 불러 달랬다가, 그것이 통하지 않자 Ann이 아니라 품위 있게 들리는 Anne으로 불러 달라고 부탁한다.(1권 46~47쪽) 자기 이름의 발음에 대한 앤의 집착은 상상을 뛰어넘는 것이었다. 필립스 선생님이 앤의 이름을 Ann으로 쓰기만 했는데도, 앤은 자신의 영혼이 학대를 받았다고 생각한다.(1권 167쪽) 앤은 심지어 아버지의 이름이 제데디어가 아닌 월터였음을 다행스럽게 생각한다.

앤은 이런 아이였다. 장미는 다른 이름이었어도 향기가 날 거라는 말은 믿을 수 없다고 하는 아이였다.(1권 66쪽)

앤의 언어 감각이 가장 돋보이는 것은 이름 짓기에서이다. 앤은 이름이 없는 것에는 이름을 새로 지어 주고, 이름이 있는 것이라 하더라도 그것이 마음에 들지 않으면 다른 이름으로 바꾸어 버린다. 초록 지붕 집에 있는 사과향 제라늄에게는 보니라는 이름을 새로 지어 주었고(1권 61쪽), 고아원에 있던 여자아이 헵지버 젠킨스에게는 로잘리아 드비어라는 새 이름을 지어 준다.(1권 38쪽) 앤은 초록 지붕 집으로 오는 도중에도 동네 이곳저곳의 이름을 제멋대로 바꾸어 놓는다.

마지막으로, 앤은 낱말의 미묘한 의미 차이도 금방 알아차렸다는 것을 말해 두기로 한다. 예컨대, "보기 좋다구요? 어머 보기 좋다는 말만으로는 부족해요. 아름답다는 말도 적당하지 않고요. 그 낱말로는 충분하지 않아요. 아, 경이롭다. 그래요. 경이롭다예요."(1권 38쪽)에서도 볼 수 있듯이, 앤은 특정의 사건·현상·사물에 가장 적합한 낱말을 찾아서 쓰려고 하는 아주 좋은 버릇을 가지고 있었다.

어른이 되어서도 기대되는 앤

지금까지 살펴본 것은 열한 살의 앤일 뿐이다. 앤은 열다섯 살이 되면서 겉모습부터 달라진다. 어느 화가로부터 "무대에 있는 저 아름다운 티치아노 머리의 여자아이가 누구지? 저 애 얼굴을 꼭 그리고 싶은데."(2권 182쪽)라는 찬사를 들을 정도로 사람들 눈길을 끌게 된다.

성격도 많이 차분해졌다. 하얀 레이스가 달린 드레스를 입은 어느 여자아이가 앤이 들으라는 듯 큰 소리로 앤을 '시골 촌뜨기'니 '촌스런 미인'이니 하며 옆 사람에게 떠벌려 대도 그저 죽을 때까지 그 여자아이를 미워할 거라고만 생각할 뿐이다.

허영심도 사라졌다. 앤은 자기 자신을 있는 그대로 사랑하게 되었음을 다음과 같이 말했다. "난 나 자신 외에는 어떤 사람도 되고 싶지 않아. 평생 동안 다이아몬드의 위로를 받지 못한다고 해도, 난 진주 목걸이를 한 초록 지붕 집의 앤으로 아주 만족해. 매슈 아저씨가 분홍색 드레스를 입은 여자의 보석보다 훨씬 더 귀한 사랑을 이 진주 목걸이에 담아 주셨다는 걸 난 알거든."(2권 183쪽)

어른이 생각하는 어린이의 이상형 또는 완벽한 어린이는 예쁘고 착하고 부지런하고 얌전하고 똑똑한 어린이가 아니다. 물론 밉고 악하고 게으르고 부산하고 어리석은 어린이도 아니다. 어느 한쪽으로 치우친 어린이는 어린이답다는 말을 절대로 듣지 못한다. 잘못과 실수만 해도 그렇다.

그런 것을 전혀 하지 않는 어린이나 그런 것만 하는 어린이나, 어린이답지 않다는 말을 듣기는 마찬가지라는 것이다.

어린이는 언제나 어린이로만 살아가는 것이 아니다. 언젠가는 어른으로 살아가야 한다. 그래서 어른은 어린이의 이상형 또는 완벽한 어린이가 갖추어야 할 조건으로 어른다운 어른으로 성장할 수 있는 가능성을 추가한다. 그런데 그런 것은 따로 생각할 필요가 없다. 어린이로 잘 살기만 하면 어른으로도 절로 잘 살게 되기 때문이다.

그래도 이것은 다시 한번 강조해 두고 싶다. 앤을 그렇게 훌륭한 숙녀로 키운 것은 8할이 그 자신의 잘못과 실수라는 것을.

앤은 잘못과 실수를 달고 살았다. 그러나 그것은 결코 고의적이거나 악의적이거나 이기적인 것이 아니었다. 그래서 앤의 잘못과 실수는 어른이 감당할 수 있었고 인내할 수 있었다. 또 앤이 저지르는 잘못과 실수는 언제나 새로운 것이었다. 이를 걱정하는 마릴라 아주머니에게 앤은 이렇게 말한다. "한 사람이 할 수 있는 실수에는 분명히 한계가 있어요. 제가 그 끝까지 간다면 전 더 이상 실수를 하지 않겠죠."(2권 51쪽)

《피터 팬》을 읽는 즐거움

즐거움 하나 : 작가의 이야기꾼 기질

1. 어린이와 함께 만든 이야기, 《피터 팬》

피터 팬과 그의 친구의 활약상을 독자에게 들려주는《피터 팬》[1] 속의 이야기꾼은 서울의 파고다 공원에서 흔히 볼 수 있는 할아버지 이야기꾼을 연상시킨다. 아,《피터 팬》속의 이야기꾼이 할아버지라는 것이 아니다. 다만 전형적인 이야기꾼이라고 말하고 싶었을 뿐이다. 요즘은 이야기꾼이 흔치 않아서 파고다 공원의 할아버지 이야기꾼을 잠시 끌어들였던 것이니, 오해가 없었으면 한다.《피터 팬》을 지은 제임스 매튜 배리(1860-

---

1. 이 글에서 논의 대상으로 삼은 판본은《피터 팬》(제임스 매튜 배리 원작, 김정미 옮김, 육근영 그림, 아이들판, 2003)이다. 이 번역본에는 〈켄싱턴 공원의 피터 팬〉과 〈피터와 웬디〉가 실려 있는데, 이들은 자매편이라 할 만하다. 이러한 까닭에,《피터 팬》의 어떤 부분을 인용할 때는 작품 이름을 별도로 밝히지 않고, 책의 인용 쪽수만 드러내기로 한다. 이 글은 전적으로 위 번역본에 대한 신뢰를 바탕으로 하여 쓰인 것이다.

1937)가 얼마나 대단한 이야기꾼인지는 앞으로 자연스레 밝혀질 것이다.

《피터 팬》에 실려 있는 두 가지 이야기 가운데 하나인 〈켄싱턴 공원의 피터 팬〉의 첫머리부터 살펴보기로 한다.

피터 팬의 모험을 이해하려면 먼저 켄싱턴 공원을 잘 알아야 한답니다. 켄싱턴 공원은 런던에 있죠. 그래요, 왕이 살고 있는 바로 그곳이랍니다. 데이비드가 정말로 아파 보일 때가 아니라면, 우린 매일 켄싱턴 공원으로 나갔어요.(10쪽)

'우리'란 데이비드와 '나'를 가리킨다. 데이비드는 열두 시부터 한 시까지 낮잠을 자야 하는 어린아이다.(10쪽) '우리'는 거의 매일 켄싱턴 공원에서 산책을 한다. 켄싱턴 공원을 둘러보면서 거기에서 일어났던 사건을 하나하나 떠올리고 그 사건 각각에 대한 생각과 느낌을 끊임없이 늘어놓는다.

작가가 이렇게 작중 상황에 직접 개입하여 사설을 늘어놓는 것은 우리한테는 익숙한 이야기 전략이다. 그렇다. 이것은 판소리에서 즐겨 사용하는 이야기 전략이다.

'우리'는 〈켄싱턴 공원의 피터 팬〉의 작중 인물이기 때문에 구체적인 사건에 관여하기도 한다. 공원의 의자 하나하나 다 앉아 보는 살포드 노인에게 어떤 노인을 데려다주기도 하고,(20쪽) 자신의 알을 훔쳐 간 범인으로 '우리'를 지목하는 작은 방울새의 의심을 풀어 주지 못하자 결국 주먹으로 눈물을 훔치며 공원을 떠나기도 하고,(21쪽) 꽃으로 변해서 숨어 있는 요정을 찾기 위해서 꼼짝도 않고 꽃밭을 응시하기도 하고,(52쪽) 온기가 남아 있는 '요정의 링'을 함께 발견하기도 한다.(56쪽)

그러나 '우리'의 가장 중요한 역할은 다름이 아니라 〈켄싱턴 공원의 피터 팬)이라는 이야기 자체를 만들어 가는 것이다.

이쯤에서 우리가 어떤 식으로 이런 것들을 알아냈는지 짚고 넘어갈게
요. 먼저 내가 데이비드에게 알고 있는 것을 이야기해 줍니다. 그런 다음에
는 데이비드가 내게 이야기해 주지요. 그러면 나는 데이비드가 덧붙인 것
들을 보태서 다시 이야기하고, 그렇게 해서 데이비드의 이야기라 해야 할
지, 내 것이라 해야 할지 더 이상 분간할 수 없는 이야기가 하나 완성됩니
다.

예를 들어 이 피터 팬 이야기에서도, 단조롭고 도덕적인 잣대가 반영된
이야기는 대개 내가 떠올린 것이고(전부 그렇다는 건 아니랍니다. 피터 팬
이라는 소년이 단호한 정의파니까요), 새였던 시기의 아기들의 방식이나
습성에 대한 재미있는 이야기들은 대개 데이비드가 기억해낸 것이랍니다.
관자놀이를 힘껏 눌러 곰곰이 생각해 얻은 기억 말예요.(23-24쪽)

먼저 '우리'가 알아낸 '이런 것들'이 무엇인지부터 설명해야겠다. 피터
팬은 태어난 지 7일째 되는 날, 인간이 되기를 포기하고 창문으로 탈출해
켄싱턴 공원으로 날아가 버렸다.(23쪽) 그때부터 피터 팬은 나이를 먹지 않았
다.(23쪽) 작가는 그 까닭을 분명하게 밝히고 있지 않지만, 아무래도 피터
팬이 새도 아니고 인간도 아닌 '반쪽이' 또는 '어중이'가 되어 버렸기 때
문인 듯싶다.(30쪽)

새는 알에서 깨어나면 곧 인간이 되기 위해서 날아간다.(31쪽) 물론 모
든 새가 다 그렇다는 것은 아니다. 새의 왕인 솔로몬이 허락한 새만 그렇
다.(37쪽) 그런데 어린아이가 죽으면 그 영혼은 집제비가 된다.(101쪽) 그
러니까, 새는 죽어서 어린아이가 되고 어린아이는 죽어서 새가 되는 것이
다. 만일 새도 아니고 어린아이도 아닌 중간치가 존재한다면? 그러한 존

재는 그 어떤 것도 아니기 때문에 또 다른 어떤 것도 될 수가 없다. 물론 죽을 수도 없다. 피터 팬을 두고 하는 말이다.

문제는 '이런 것들'을 '우리'가 어떻게 알아내었느냐 하는 것이다. 인용문에 따르면, '나'는 '나'가 알고 있는 것을 데이비드에게 알려 주고, 데이비드는 자기가 알고 있는 것을 '나'에게 알려 주다 보니, 마침내 그 모든 것을 '우리'가 알게 되었다고 한다.

데이비드가 알고 있는 것이란, 아기들은 인간이 되기 전에 새였기 때문에, 처음 몇 주 동안은 아주 제멋대로 굴고, 또 날개가 있었던 어깨 쪽이 아주 가려워지고, 그래서 집을 떠나 나무 꼭대기로 돌아가고 싶어 한다는 것이다.(23쪽)

이것은 데이비드가 처음부터 알고 있던 것이 아니었다. 데이비드가 어릴 적 기억을 되살려 알아낸 것인데, '나'가 데이비드의 관자놀이를 힘껏 눌러 주지 않았다면 데이비드는 아무 것도 알아낼 수 없었을 것이다. '나'는 독자에게 이렇게 말한다. "관자놀이에 손을 대고 힘껏 누르면 누구나 그런 기억을 떠올릴 수 있답니다."(23쪽)

그런데 좀 이상하다. '나'는 이와 같은 놀라운 비법을 어떻게 알 수 있었을까. 또 그 놀라운 비법을 왜 자기 자신한테 사용하지 않았을까. 자신의 관자놀이를 힘껏 누르면 혼자서 모든 것을 다 알 수 있을 텐데 말이다.

이쯤에서 《피터 팬》의 작품 외적 이야기 상황을 잠시 끌고 들어와야겠다. 《피터 팬》은 제임스 매튜 배리가 그의 친구인 실비아와 아더 르웰린 데이비스 부부의 다섯 아이들에게 들려준 이야기를 동화로 고쳐 쓴 것으로 알려져 있다. 피터 팬의 '피터'라는 이름은 그 다섯 아이 가운데 한 아이의 이름을 딴 것이 거의 확실하다고 한다. 그렇다면 〈켄싱턴 공원의 피터 팬〉에 등장하는 '데이비드'는 그 다섯 아이의 성씨인 '데이비스'를 흉내 내어 지은 이름일 수도 있겠다. 이런 추정이 허용된다면, 피터 팬과 데이비드는 《피터 팬》의 작중 인물이면서 동시에 《피터 팬》에 관한 이야기를 제임스 매튜 배리로부터 듣는 현실세계의 청자로 간주할 수도 있겠다.

이야기를 듣는 사람은, 특히 자기 자신을 모델로 한 주인공에 관한 이야기를 듣는 어린이는 그냥 잠자코 귀만 기울이지 않는다. 끊임없이 이야기에 개입하고 간섭하려고 든다. 굳이 말로 표현하지 않아도 된다. 표정만으로도 충분히 그럴 수 있다.

두루 알다시피, 이야기 상황에서 화자는 절대로 청자를 무시하지 못한다. 청자가 딴청을 피우는 순간 화자는 말문을 닫아야 하기 때문이다. 이러한 까닭에, 화자는 청자의 반응에 따라서 그때그때 이야기를 줄였다 늘였다 엎었다 뒤집었다 하게 된다. 구연 상황에 참가한 청자를 일러 말없이 말을 하는 화자라 하고, 구연된 이야기를 일러 화자와 청자가 함께 꾸려 나가는 작품이라 하는 것도 그래서 타당하다.

〈켄싱턴 공원의 피터 팬〉에서 '나'가 데이비드의 관자놀이를 누를 수밖에 없었던 까닭은 자명해진다. 피터 팬의 이야기를 함께 만들자면 그렇게 하여야 하는 것이다.

'피터 팬' 하면, 하늘을 나는 피터 팬은 말할 것도 없고 환한 빛을 발하는 요정 팅커 벨과 갈고리손을 휘두르는 후크 선장 그리고 그들이 한데 엉켜 싸우는 꿈의 섬 네버랜드를 누구나 쉽게 연상하게 된다. 이에 관한 이야기가 바로 〈피터와 웬디〉인데, 이 이야기에서는 〈켄싱턴 공원의 피터 팬〉 속 데이비드는 할 일이 없다. 데이비드의 역할은 '나'와 힘을 모아 피터 팬에 관한 이야기를 만드는 것이지, 피터 팬과 함께 활극을 벌이는 것이 아니기 때문이다.

그러나 '나'에게는 〈피터와 웬디〉의 이야기를 독자에게 들려주어야 할 임무가 남아 있기 때문에 아직은 퇴장할 수 없다. 〈피터와 웬디〉에서, 데이비드는 아예 사라지고 '나'는 목소리로만 남는 이유가 바로 여기에 있다.

2. 《피터 팬》의 이야기 전략

《피터 팬》은 제임스 매튜 배리가 데이비스 부부의 다섯 아이에게 말로 들려준 이야기를 글로 다시 쓴 것이라고 했다.

말로 한 이야기를 글로 다시 쓰는 데는 세 가지 방법이 있다. 첫째 방법은 말의 소리를 문자로 그대로 옮겨 적는 것인데, 그렇게 적은 글은 글 모양을 한 말로 볼 수밖에 없다. 둘째 방법은 말에서 뜻을 챙긴 다음 그 뜻을 글로 번역하는 것이다. 이러한 글에서는 말의 흔적을 전혀 찾을 수 없게 된다.

마지막 방법은 말의 소리를 문자로 옮겨 적되, 말의 뜻이 서로 어긋나는 부분을 보완할 수 있는 내용을 글로 써서 따로 채워 넣는 것이다. 말의 고유 특성이라고 할 수 있는 부분의 독자성은 그대로 유지하면서 그것의 결합인 전체의 비유기성을 해소하는 방법이다. 이 마지막 방법을 창작 방법으로 채택한 동화를 일러 말의 이야기 전략을 구사한 동화라 한다. 이러한 동화의 좋은 예가 바로 《피터 팬》이다.

《피터 팬》에서 네버랜드가 어디에 있는지를 따져보는 것은 흥미롭다. 네버랜드와 관련한 몇 가지 진술은 제임스 매튜 배리가 부분의 독자성뿐만 아니라 전체의 유기성을 어떻게 확보하고 있는지를 잘 보여 주고 있기 때문이다.

피터 팬은 웬디의 집에서 "두 번째 모퉁이에서 오른쪽으로 꺾은 다음, 아침이 될 때까지 곧장 앞으로" 날아가면 네버랜드에 닿는다고 말한다.(156쪽) 그런데 네버랜드로부터 웬디의 집이 있는 영국으로 올 때 "피터 팬은 항해 지도를 뜯어보면서, 날씨가 이대로만 계속된다면 6월 21일경에는 포르투갈 앞바다의 아조레스 군도에 닿을 수 있겠다고 계산"하고는 '그렇게 되면 날아야 할 시간을 크게 줄일 수 있을 거'라고 말한다.(316쪽)

피터 팬의 이 두 가지 진술은 양립할 수 없다. 첫 번째 진술은 상징적이고 환상적인 데 반해서 두 번째 진술은 구체적이고 현실적이라는 것만 봐도 그렇다. 그런데 각각의 진술은 그 나름의 타당성을 지닌다. 웬디의 집에서 네버랜드로 갈 때는 날아갈 수밖에 없다. 어차피 네버랜드는 어디에 있는지 모르니, 또 어느 방향으로 얼마나 날아가든 그게 문제가 될 리 없으니, 피터는 제멋대로 말하고 말았던 것이다.

네버랜드에서 웬디의 집으로 돌아올 때도 그 당시의 상황을 고려하지 않을 수 없다. 그 당시의 상황이란 후크 선장과 그 부하들을 물리친 피터 팬과 그 친구들이 해적선을 차지해 버린 상황을 가리킨다. 이런 상황에서라면, 피터 팬은 해적선을 이용하는 방법을 제안할 수밖에 없다.

해적선을 버릴 수는 없었냐고? 그럴 수는 없다. 해적들과 싸우는 것조차도 놀이로 여기는 피터 팬이 아니었던가. 해적선을 버리기보다는 차라리 해적이 되려고 했을 것이다. 그런데 배를 타고 웬디의 집 앞까지 올 수는 없다. 그러니 어딘가에 배의 닻을 내린 다음 하늘로 날아올라야 한다. 피터 팬은 그 어딘가를 포르투갈 앞바다의 아조레스 군도라 말한다. 사실, 닻을 내릴 곳은 아무 데라도 좋은 것이다. 독자들이 알아들을 만한 곳이면 되는 것이다.

피터 팬의 이 두 가지 진술은 상황적 조건에 따라서 말의 논리가 어떻게 달라지는지를 잘 보여 준다. 문제는 이 두 가지 진술을 한꺼번에 늘어놓으면 독자가 혼란을 겪게 된다는 것이다.

《피터 팬》의 이야기꾼은 이를 글의 논리로 해소해 버린다. 즉, 네버랜드는 아이들 마음의 지도에나 나타나는 곳이라고 둘러대어,(112쪽) 상황적 조건에 따라 서로 엇나게 된 말을 바로잡아 버린다.

3. 이야기꾼으로서의 작가의 능청

《피터 팬》의 작가는 능청스럽기 짝이 없다. 사실과 어긋나거나 사리에 맞지 않는 말을 천연덕스럽게 하지만, 그것이 밉지가 않다. 왜냐하면, 그 것은 듣는 이를 즐겁게 해 주기 위한 것임을 듣는 이 자신이 알기 때문이다.

"공원에서 뒤뚱거리며 위태롭게 걷고 있는 아기들은 아빠에게 유모차를 뺏겨 버려 할 수 없이 걸음마를 시작했을 가능성이 크죠."(17쪽)와 같은 터무니없는 전도나 "요정들은 이거 아니면 저거여야 합니다. 몸집이 작아서 한 번에 단 한 가지 감정밖에 가질 수가 없거든요."(170쪽)에서 볼 수 있는 지나친 단순화나 "웬디는 너무 충격적이어서 자신도 모르게 외치고 말았어요. '엄마를 모르다니!' 그리곤 만약 애완용 해적을 가질 수 있다면 스미를 선택하고 싶다는 생각을 했죠."(223-224쪽)와 같은 엉뚱한 발상을 보라. 오직 말 그 자체의 재미를 추구하는 작가의 이야기꾼 기질을 누구든지 금방 알아차릴 수 있다.

그런데 작가의 능청 중의 능청으로 들 수 있는 것은 따로 있다. 그것은 현실과 환상을 뒤섞어 놓고도 시치미를 뚝 떼는 것이다.

공원으로 통하는 문이 하나만 있는 건 아니지만, 우리는 하나의 문으로만 들어갑니다. 그 문 바로 바깥에는 풍선을 한아름 안고 있는 풍선 아줌마가 울타리를 꼭 붙들고 앉아 있어요. 한순간이라도 울타리를 놓으면 날뛰는 풍선들에 매달려 휙 날아가 버릴 참이라, 꼼짝도 않고 앉아 있는 그 아줌마의 얼굴은 늘 긴장으로 불그레했습니다. 예전에 있던 풍선 아줌마가 날아가 버려서 지금의 풍선 아줌마가 새로 온 건데, 데이비드는 옛날 풍선 아줌마를 걱정하면서도 날아가는 모습을 직접 보지 못했다고 무척 아쉬워했죠.(10-11쪽)

달링 부인은 모든 것을 반듯하게 정돈하길 좋아했고, 달링 씨는 이웃사람들에게 뒤지지 않게 살고 싶었기 때문에, 당연히 유모를 들이게 되었습니다. 아이들에게 먹일 우유 값 대는 것도 벅찼기 때문에, 부부는 나나라는 이름의 꼼꼼한 뉴펀들랜드 개를 유모로 삼았죠. 달링 씨네 집에 들어오기 전까지 나나는 딱히 주인이 없었어요. 나나를 처음 만나게 된 곳은 켄싱턴 공원에서였는데, 그곳에서 나나는 종일 유모차 안의 아기들을 들여다보면서 시간을 보냈답니다. 나나는 항상 아이들을 소중하게 생각했어요. 그래서 딴짓을 하며 아기를 소홀히 보는 유모가 있으면, 집까지 쫓아가 주인에게 불평을 늘어놓았습니다. 그런 탓에 다른 유모들에게 미움을 사긴 했지만, 유모로서는 정말 딱 맞지 않습니까.(109-110쪽)

흥미로운 것은, 작가의 대리인인 화자의 능청에 작중 인물 또한 적극적으로 맞장구를 치고 있다는 사실이다. 풍선을 파는 아줌마가 풍선에 매달려 날아가 버렸단다. 이게 도대체 말이나 되는 소리인가. 그러나 데이비드는 말이 되고 안 되고를 따질 겨를이 없다. 하늘로 날아간 풍선 아줌마를 걱정하느라고, 그리고 그 모습을 보지 못한 아쉬움을 달래느라고 마음에 여유가 없기 때문이다. 그러니까 데이비드는 어린이인 것이다.

그러면 독자는? 독자가 작가의 능청을 받아주는 것은 데이비드처럼 어리기 때문이 아니라 화자의 능청에 맞장구치는 천진난만한 데이비드를 발견하는 기쁨이 있기 때문이다.

나나라는 이름을 가진 개를 웬디와 그 동생들의 유모로 받아들이는 달링 부부의 능청은 또 어떤가. 나나는 말이 났으니 말이지 정말 보통 유모 개가 아니다. 아이들을 목욕도 시키고 학교에도 데려다주고 아이들의 옷가지를 챙겨 주기도 한다. 이것이 어찌 달링 부부가 주도했던 것이겠는가. 작가의 능청을 달링 부부가 능청스럽게 받아들인 것이지.

달링 부부의 능청은 다른 유모들에게로 전염된 듯싶다. 나나를 미워함으로써 나나를 훌륭한 유모개로 인정하는 능청을 부리고 있으니 말이다.

《피터 팬》은, 현실세계에 있을 것 같지 않은 인물이나 사물이, 현실세계에서 일어날 법하지 않은 사건이나 현상을 일으키는 것을 이야기로 꾸민 환상동화다. 그런데 《피터 팬》의 이야기꾼은 현실세계를 바로 환상세계로 바꾸어 버리는 능청을 부린다. 이는 환상세계라는 것이 현실세계와 동떨어진 엉뚱한 세계가 아니라 현실세계의 은유이고 상징이라는 것을 말하기 위한 이야기 전략으로 보인다.

이에 대해서는 《피터 팬》의 환상성을 논의하는 자리에서 좀 더 자세하게 살필 수 있을 것이다.

즐거움 둘 : 환상의 논리로 풀어 보는 피터 팬의 비밀

1. 사람도 아니고 새도 아닌 어중이 피터 팬

피터 팬은 사람으로 태어난 지 일주일만에 자기 방의 창문을 빠져나와 켄싱턴 공원으로 날아갔다. 사람의 아기는 원래 새였기에 누구든지 아주 어릴 때는 새의 삶을 살았던 켄싱턴 공원으로 되돌아가고 싶어 한다. 그것은 일종의 본능이라 할 만하다. 그렇지만, 그렇게 할 수 있는 아기는 거의 없다. 집에서 달아나려고 하면 엄마가 붙들기 때문이다. 창가로 기어 나가는 아기를 그냥 두고 볼 엄마가 어디 있겠는가.

그러나 피터 팬은 달랐다. 아니, 피터 팬의 엄마는 달랐다. 피터 팬의 엄마는 피터 팬이 창문으로 다가가서 지붕 위로 훌쩍 날아오르는 것을 눈치채지 못했다.

켄싱턴 공원에 도착한 피터 팬은 자신이 새라고 생각했다. 피터 팬이 집에서 켄싱턴 공원까지 날아올 수 있었던 것도 그 때문이었다. 새로 여겼기 때문에 날 수 있다고 믿었고, 그래서 날 수 있었다. 그러나 피터 팬이 자신을 지극히 사랑해 주었던 엄마까지 잊어버린 것은 아니었다. 사람의 아기로 일주일이나 살았는데, 어찌 엄마라는 존재를 모르겠는가. 마침내 피터 팬은 집으로 돌아가겠다고 새의 왕인 솔로몬에게 말한다.

이 순간, 피터 팬은 자신이 아직도 날 수 있는지 의심하게 된다. 그것은 자연스러운 것이다. 피터 팬이 집에 있는 엄마를 그리워한다는 것은 아직 사람의 아기라는 것이다. 사람의 아기가 어찌 하늘을 날 수 있단 말인가. 그러나 피터 팬이 하늘을 날 수 없게 된 것은 사람의 아기라서가 아니라 바로 그 의심 때문이었다.

날 수 없다면, 날아서 들어온 켄싱턴 공원의 작은 섬에서 빠져나갈 수가 없다. 그래서 솔로몬은 피터 팬이 평생 그 섬에서 살아야 한다고 말한다. 그리고 덧붙이기를, 우스꽝스러운 사람의 몸으로 날 수 있는 방법을 가르쳐 주겠단다. 새의 삶을 살았던 기억 때문에 사람의 몸으로 켄싱턴 공원을 찾았던 피터 팬은 사람의 몸으로 새처럼 살아야 할 운명을 맞이하게 되었다.

피터 팬은 자신이 새였음을 기억하다가 또 사람의 아기였음을 기억하다가 결국은 새도 아니고 사람도 아닌 '반쪽이' 또는 '어중이'가 되는 불행을 맞는다. 신이 사람에게 내린 선물 가운데 하나가 망각 능력이다. 잊어야 하는 것, 그것도 깡그리 잊어버려야 하는 것도 있는 법이다. 피터 팬의 불행은 잊어야 할 것을 잊지 못한 데서 비롯되었다. 그러나 피터 팬의 불행은 그것으로 끝나지 않았다.

2. 너무나 쉽게 잊어버리는 피터 팬

살아가기 위해서는 잊지 말아야 하는 것도 있는 법인데, 피터 팬은 어중이가 된 뒤로는 너무나 쉽게 모든 것을 잊어버린다. 피터 팬은 웬디와 그 동생들에게 하늘을 똑바로 날아가는 법은 가르쳐 주었지만 하늘에서 멈추는 법은 가르쳐 주지 않았다.

그것만이 아니다. 자신과 함께 네버랜드로 날아가고 있는 웬디와 그 동생들마저도 기억하지 못한다. 피터 팬은 이에 대해서 다음과 같이 말한다. "그래, 웬디 내가 널 잊어버린 것처럼 보이거든 계속해서 '나 웬디야.'라고 말해 줘. 그러면 기억날 테니까."

웬디는 네버랜드에서 돌아온 뒤에도 일 년에 한 번씩은 대청소를 하기 위해서 네버랜드로 날아갔다. 그러나 어느 해부턴가는 피터 팬이 웬디를 데리러 오지 않았다. 그 약속조차도 잊어버린 것이다.

피터 팬은 왜 그리도 기억력이 형편없을까. 그 까닭은 그가 어중이라는 데서 찾을 수 있을 것 같다. 피터 팬은 사람의 나이로는 겨우 일주일이다. 그는 더 이상 나이를 먹지 않는다. 사람이 아니니 사람의 나이를 먹을 수 없다. 시간의 흐름이 피터 팬 자신에게는 비껴갔다. 이게 사실이라면, 피터 팬은 어떤 것도 할 수 없어야 한다. 시간이 멈춘 자리에서는 어떤 변화도 일어날 수 없기 때문이다.

그러나 환상의 논리는 환상의 이야기를 위한 것이지 환상의 논리 그 자체를 위한 것이 아니다. 피터 팬이 아무 것도 할 수 없다면 작가는 피터 팬에 관한 이야기를 더 이상 들려줄 수 없다. 따라서 이 대목에서는 편법을 써야 한다. 그것은, 피터 팬에게 생각하고 말하고 행동하는 것은 허용하되, 그것과 관련된 피터 팬의 기억을 최소한으로 줄여 버리는 것이다. 아예 기억하지 못하도록 할 수는 없다. 그 또한 이야기의 전개를 불가능하게 하기 때문이다.

피터 팬은 몸이 더 이상 자라지 않는다는 점에서는 《양철북》의 오스카를 연상시키고, 영원히 죽지 않는다는 점에서는 《트리캡의 선물》의 터크 가족을 떠올리게 한다. 그러나 피터 팬의 불행은 오스카나 터크 가족의 불행에 비할 바가 못 된다. 오스카나 터크 가족은 키가 자라지 않거나 몸이 늙지 않았지만 마음의 나이는 먹었다. 그래서 경험의 누적이 가능했고, 그것을 통해서 자신의 불행을 충분히 알아차릴 수 있었다. 그러나 피터 팬은 그렇지 않았다. 그는 끊임없이 같은 행동을 반복하면서도 그런 사실조차 모르고 지낸다. 다음을 보라. 《피터 팬》의 마지막 내용이다.

마가레트가 자라서 어른이 되면 그녀에게도 딸이 생기겠죠. 그러면 그 딸이 피터의 다음 어머니가 되어 줄 것입니다. 그렇게 해서 이 모든 일이 반복되고 또 반복될 것입니다. 어린아이들이 쾌활하고 순수하고 거침이 없는 한, 계속해서 말입니다. (345쪽)

마가레트는 제인의 딸이고, 제인은 웬디의 딸이다. 피터 팬에게는 엄마가 필요했다. 그래서 웬디를 네버랜드로 데려갔던 것이다. 그런데 웬디가 어른이 되자, 피터 팬은 제인에게 자신의 엄마가 되어 달라고 했고, 제인이 어른이 되자 마가레트에게 자신의 엄마가 되어 달라고 했다.

피터 팬에게는 웬디나 제인이나 마가레트나 또 마가레트의 딸이나 그 딸의 딸이나 별반 다르게 생각되지 않는다. 그에게는 오직 엄마를 필요로 했던 태어난 지 일주일밖에 안된 아기의 기억만 있고, 엄마 노릇을 해 주었던 어린 소녀에 대한 기억만 있다.

이런 피터 팬이기에 네버랜드를 떠난 웬디를 다시 찾았을 때는 그가 바다에 빠뜨려 죽인 후크 선장은 물론 그의 수호 요정이었던 팅커 벨까지도 까맣게 잊어버렸다. 어쩌면 다행인지도 모른다. 그런 것들을 하나하나 다 기억하고 있었더라면, 피터 팬은 영원히 어린이로서 살아가야 하는 자신의 운명을 말 그대로 영원토록 괴로워했을 테니까.

3. 어린이면서 어른이고, 어른이면서 어린이인 피터 팬

그런데 우리를 혼란스럽게 하는 것이 있다. 피터 팬에게는 어른의 그림자가 잔뜩 드리워져 있다는 것이다. 피터 팬은 사람의 나이로 일주일밖에 안 되었다고 작가가 말했지만, 켄싱턴 공원에서 피터 팬이 무엇을 어떻게 했는지를 잘 알고 있는 우리로서는 그 또한 믿기가 어렵다.

피터 팬은 켄싱턴 공원 안에 있는 섬에서 빠져나오기 위해서 개똥지바귀들에게 자신이 탈 만한 둥지를 만들어 물이 스며들지 않도록 진흙을 칠해 달라고 부탁한다. 피터 팬은 그냥 부탁한 것이 아니다. 솔로몬에게서 얻은 5파운드짜리 지폐에서 6펜스에 해당하는 크기의 종이를 떼어 내어 임금으로 지불한다. 이를 어찌 일주일 된 갓난아기의 행동으로 볼 수 있단 말인가.

피터 팬은 집을 떠난 뒤 두 번째로 엄마를 찾아왔다가, 창문이 굳게 닫혀 있고, 그 위에 창살까지 세워져 있는 것을 보고는 켄싱턴 공원으로 되돌아간다. 이를 두고 작가는 직접 다음과 같이 말한다.

> 불쌍한 피터! 우리 모두는 엄청난 실수를 저지릅니다. 보세요, 두 번째 기회가 왔을 때 우리가 어떻게 하는지를! 솔로몬이 옳았습니다.―대부분의 사람들에게 두 번째 기회란 없습니다. 창문에 도착할 때면, 이미 문은 닫힌 뒤입니다. 쇠창살이 삶을 가로막고 있기까지 하지요.(67쪽)

피터 팬이 실수를 한 것은 사실이다. 피터 팬의 엄마가 창문을 닫아걸고 그 위에 창살까지 세운 것은 피터 팬이 돌아오지 못하도록 하기 위한 것이 아니라 다시는 아기를 잃어버리지 않기 위한 것임을 피터 팬은 미처 깨닫지 못했다.

그런데 피터 팬의 실수에 대한 작가의 시선은 너무나 살벌하고도 냉혹하다. 태어난 지 일주일밖에 안 된 갓난아이를 그렇게 심하게 꾸짖을 수는 없는 것이다. 따라서 우리는 달리 생각할 수밖에 없다. 작가는 피터 팬을 갓난아기로 여겼던 것이 결코 아니라고 말이다.

피터 팬에게서 어른의 속성을 발견하기란 어렵지 않다. 어른의 언행으로 볼 수밖에 없는 언행을 수도 없이 거듭한다. 많은 예를 들 것도 없다. 피터 팬이 켄싱턴 공원에서 만난 마이미를 대하는 태도를 살펴보는 것만으로 충분하다.

마이미는 네 살이다. 그런데 마이미도, 작가의 평가에 따르면, '여자들만의 모순적인 방식'으로 말할 줄 안다. 즉, 성숙한 여인처럼 말할 줄 안다는 것이다.

《피터 팬》의 등장인물은 정도의 차이는 있지만 어른과 어린이의 속성을 모두 갖고 있다는 공통점을 지니고 있다. 후크 선장만 해도 그렇다. 웬디를 잡아다가 자신을 포함한 해적들의 엄마로 삼으려는 계획을 꾸미는 후크 선장을 어찌 어른다운 어른이라 할 수 있겠는가.

어쨌든, 피터 팬과 마이미는 서로 사랑을 느끼게 된다. 피터 팬은 마이미에게 어중이가 되어 켄싱턴 공원에서 자신과 함께 살자고 제의한다. 이쯤 되면, 피터 팬과 마이미는 성인 남녀와 다를 바 하나 없다.

마이미가 약간 몸을 떨면서 물었어요. "당연히, 가끔…… 아주 가끔은 엄마를 만나러 가도 괜찮겠죠? 엄마에게 영원히 작별 인사를 해야 하는 건 아니겠죠? 그런 건 전혀 아니겠죠?" "오, 아니야." 그렇게 대답했지만, 마음속으로 피터는 그렇게 되기 쉬우리라는 것을 알고 있었습니다. 그녀를 잃게 될지도 모른다는 두려움을 느끼지 않았다면 솔직하게 말해 줬을 테지요. 하지만 피터는 마이미가 너무 좋아서 그녀 없이는 살 수 없을 것 같았죠. '때가 되면 그녀도 엄마를 잊게 될 거야. 그리고 나와 행복하게 살게

되겠지.' 그는 그렇게 스스로를 위로하면서 걸음을 재촉했어요.(95-96쪽)

피터 팬은 마이미를 속인다. 그 속임수도 예사로운 것이 아니다. 어린 이에게 가장 중요한 존재라고 할 수 있는 엄마와 떼 놓으려고 하는 것이 기 때문이다. 자신의 엄마를 스스로 외면한 피터 팬이기에 가능했던 속임 수임은 말할 것도 없다.

피터 팬은 자기 합리화에도 능숙하다. 자신의 욕망 때문에 마이미를 붙들어 두려고 하면서도, 그것이 결국은 마이미를 행복하게 해 줄 것이라 고 스스로 위로한다. 결국 피터 팬은 마이미를 돌려보내고 마는데, 그렇 게 마음을 바꾼 까닭도 참으로 어른스럽다. "아, 마이미! 네가 돌아갈 수 있다고 생각하는 한, 널 데려가는 건 옳지 않아!"

이쯤에서 피터 팬이 어찌하여 어른의 속성을 지니게 되었는지를 알아 보지 않을 수 없다. 피터 팬은 분명 사람으로서는 일주일밖에 살지 않은 갓난아이에 지나지 않는다. 그렇다면, 피터 팬이 지니고 있는 어른의 속 성은 사람이 되기 전의 새였을 때 또는 사람으로 자라나기를 포기하고 어 중이가 되었을 때 얻게 된 것이라고 하여야 한다. 그런데 새는 알에서 깨 어나자마자 사람이 되려고 날아간다고 했으니 어른스러워질 만한 시간적 여유가 없고, 새도 아니고 사람도 아닌 어중이는 시간의 흐름에서 벗어나 있으니 어른다움을 배우기가 참으로 어렵다. 도대체 어떻게 된 것일까.

《피터 팬》의 작가는 두 가지 가능성을 제시한다. 하나는 피터 팬은 사 람이 되기 전에 새의 삶을 어느 정도 살아서 어른 새의 속성을 몸에 지니 게 된 새였을 수 있다는 것이다. 켄싱턴 공원으로 되돌아온 피터 팬이 자 신을 새로 여기고 있는 것을 그 증거로 들 수 있다. 이것은 오직 피터 팬 만이 사람으로 자라기를 포기하고 어중이가 된 까닭도 설명할 수 있는 장 점이 있다.

다른 하나는 피터 팬이 어중이가 된 뒤에 새의 왕인 솔로몬에게서 어른 새처럼 살아가는 방법을 배웠을 수 있다는 것이다. 어중이라도 어느 정도는 자기 경험을 기억할 수 있으니, 전혀 불가능한 것은 아니다.

그러나 그 어느 쪽도 사람으로서의 어른이 아니라 새로서의 어른이 되는 것을 보여 줄 뿐이다. 피터 팬이 사람 사이에서 잠시나마 어른 흉내를 내긴 하지만 금방 어린이로 되돌아가는 것도 이 때문인 것으로 보인다.

피터 팬과 마이미의 뒷이야기를 더 들어 보자. 엄마를 찾아간 마이미는 피터 팬에게 부활절 선물로 염소 인형을 선물한다. 그리고 요정들에게 그 염소 인형을 진짜 염소로 변신시켜 달라고 부탁하라는 편지를 쓴다. 지금도 피터는 매일 밤 그 염소를 타고 멋지게 피리를 불면서 돌아다닌다고 한다. 마이미도 그렇고 피터 팬도 완전한 어린이로 되돌아간 것이라고 생각해도 될 만한 에피소드다.

네버랜드의 피터 팬과 웬디 사이에서도 이러한 예를 찾을 수 있다.

"아, 여보." 난로 곁에서 불을 쬐고 앉아, 아이들 양말을 뒤집어 꿰매고 있는 웬디를 바라보며 피터가 말했어요. "하루의 힘든 일이 끝난 저녁, 난로 곁에 앉아 쉬면서 곁에서 노는 어린아이들을 지켜보는 것보다 더 큰 즐거움은 없을 거야." "행복해요, 피터. 그렇지 않아요?" 웬디가 지극히 만족해하며 대답했습니다. "피터, 컬리의 코가 당신을 꼭 닮은 것 같아요." "마이클은 당신을 꼭 닮았지." 웬디는 피터에게 다가가 양손을 어깨 위로 얹으며 말했어요. "사랑하는 피터, 이제까지 난 최선을 다해 이런 대가족을 이끌어 왔어요. 여기서 바뀌었으면 하고 원하는 건 없죠?" (247-248쪽)

웬디는 어른의 속성이 매우 강한 어린이였다. 피터 팬과 그 일당의 엄마 노릇을 하기 위해서 네버랜드로 온 것부터가 그것을 잘 말해 준다. 그런데 이게 웬일인가. 피터 팬과 웬디는 다정한 부부 같지 않은가. 아들과 엄마 같던 두 사람이 남편과 아내처럼 행세하고 있다.

그러나 그것도 잠시였다. 어른 노릇을 하던 피터 팬은 금세 어린이로 돌아간다. 웬디의 물음에 피터 팬은 불안해하며 움츠린 채 말한다. "이건 그냥 그런 척하는 것뿐이야. 그렇지, 웬디? 내가 저 애들의 아버지인 척하는 거지?" 지금 피터 팬은 조금 전에 단지 어른 놀이를 했을 뿐이라고 둘러대고 있는 것이다. 그러면서 덧붙인다. "타이거 릴리도 똑같았어. 그녀도 내게 뭔가가 되고 싶다더니, 그게 우리 엄마가 되는 것은 아니래." 그리고 또 말한다. "어쩌면 팅커라면 내 엄마가 되어 주고 싶어 할지도 몰라." 피터 팬은 웬디가 어른 놀이를 즐기는 것이 아니라 진정 어른으로 성장하기를 바란다는 것을 전혀 이해하지 못하고 있다.

웬디가 네버랜드를 떠나는 것은 필연이다. 네버랜드의 다른 아이들도 마찬가지다. 그들도 웬디와 마찬가지로 어른으로 성장하고 있거나 성장하기를 바라고 있기 때문이다. 그들이 스스로 떠나지 않았다면, 피터 팬의 손에 죽었을지도 모른다. 피터 팬은 아이들이 자라면 규칙에 어긋난다고 해서 솎아 내었다고 하니 말이다.

피터 팬은 외톨이가 될 수밖에 없는 운명이다. 영원히 어린이로 살아야 하기 때문에 어떤 어린이와도 영원한 친구가 될 수 없는 것, 그것이 피터 팬의 또 다른 불행이다.

즐거움 셋 : 《피터 팬》, 1902년의 소설에서 2003년의 영화까지

1. 거듭 쓰일 수밖에 없는 《피터 팬》

2003년에 미국에서 제작한 P. J. 호건 감독의 영화 〈피터 팬〉이 '피터 팬 탄생 100주년! 원작에 가장 충실한 어드벤처'라는 현란한 광고 문구와 함께 2004년 벽두에 우리나라에서 그 선을 보였다.

한 가지 먼저 짚어 둘 것은, 이 영화가 '피터 팬 탄생 100주년' 되는 해에 제작되거나 개봉된 것은 아니라는 것이다. 피터 팬이 세상에 처음 그 모습을 드러낸 것은 1902년에 출간된 제임스 매튜 배리의 성인 소설《작은 흰 새》에서였다. 이 소설에는 밤에만 켄싱턴 공원에 모습을 드러낸다는 피터 팬에 관한 이야기가 삽입되어 있는데, 1906년에 출간된《켄싱턴 공원의 피터 팬》은 바로 그 이야기를 따로 떼 내어 놓은 것이다.

호건의 〈피터 팬〉을 '피터 팬 탄생 100주년 기념작'이라고 말하는 것이 전혀 부당한 것만은 아니다. 왜냐하면,《피터 팬》이 연극 무대에 처음 올려진 때가 바로 1904년이기 때문이다. 그러나 1904년에 연극 무대에서 첫선을 보였던 〈피터 팬〉은 호건 감독의 〈피터 팬〉처럼 다시 태어난 또 하나의《피터 팬》일 뿐이다.

《피터 팬》은 여러 번 다시 태어났다. 배리가 죽은 뒤로 소설이나 동화로는 다시 태어날 수 없었지만, 연극이나 영화로는 수도 없이 거듭 태어났다. 이 모든 〈피터 팬〉은 결코 똑같은 〈피터 팬〉이 아니었다. 물론 원작과도 달랐다. 영화의 경우《피터 팬》의 판본은 크게 두 가지로 나눌 수 있다. 하나는 배리의《피터와 웬디》를 재구성하여 새로운 〈피터와 웬디〉를 창작한 것이고, 다른 하나는《피터와 웬디》의 후일담을 겨냥하여 또 다른 〈피터 팬〉을 창작한 것이다.

앞엣것을 대표할 만한 것으로는 둘을 들 수 있는데, 이미 언급한 바 있는 호건 감독의 〈피터 팬 Peter Pan〉과 해밀턴 러스크·클라이드 제로니미·윌프레드 잭슨이 공동으로 감독한 1953년의 디즈니 만화 영화 〈피터 팬 Peter pan〉이다. 뒤엣것 또한 두 작품만 예로 들기로 한다면, 그 후보로는 단연 1991년에 스티븐 스필버그 감독이 만든 일반 영화 〈후크 Hook〉와 2002년에 로빈 버드 감독이 만든 디즈니 만화 영화 〈피터 팬

2: 리턴 투 네버랜드 Perter Pan In Return To Never Land〉를 꼽을 수 있다.

《피터 팬》만큼 거듭 창작된 작품도 흔치 않을 것이다. 그런데 그 빌미는 다름 아닌 배리 자신이 제공했다. 앞의 글에서 이미 말한 바 있듯이, 《피터 팬》은 이야기꾼의 구연 방법, 다시 말해서 화자와 청자가 함께 이야기를 꾸며 가는 방법으로 창작한 것이다. 이러한 창작 방법은 장면의 효과를 극대화하는 데 초점을 맞추기 때문에 이야기 자체는 일관성과 통일성을 결여하게 될 가능성이 매우 높아진다.

《켄싱턴 공원의 피터 팬》과 《피터와 웬디》만 해도 그렇다. 두 작품은 같은 것에 대해서 다르게 말하는 부분이 적지 않다. 이를 요정과 관련된 사건이나 현상 그리고 네버랜드의 주민에 한정해서 확인하도록 해 보자.

피터 팬은 하늘을 날 때 요정의 도움을 받아야 했다. 그런데 《켄싱턴 공원의 피터 팬》에서는 요정이 피터 팬의 어깨를 간질여 주자 하늘을 날게 되는 데 반하여, 《피터와 웬디》에서는 피터 팬 스스로 요정의 몸에서 떨어져 나온 요정 가루를 몸에 묻히고 하늘을 난다.

요정의 태어남과 죽음만 해도 그렇다. 《켄싱턴 공원의 피터 팬》에서는 요정의 태어남에 대해서 다음과 같이 말한다. 요정은 갓 태어난 아기가 처음으로 터뜨린 웃음이 부서져서 생긴 수백만의 웃음 조각이 사방으로 흩어질 때 태어난다는 것이다. 이것은 그 자체로 참으로 아름답고 우아한 발상이라고 평가하지 않을 수 없다. 그래서 그런지, 《피터와 웬디》에서도 이와 똑같은 말을 반복한다.

《켄싱턴 공원의 피터 팬》에서는 요정의 죽음에 대해서는 아예 언급하지 않는다. 그럴 만한 이유나 계기가 전혀 없었기 때문이다. 이와는 달리 《피터와 웬디》에는 요정의 죽음에 대한 언급이 여러 번 나온다. 그런데 그것은 요정의 존재를 믿게 하기 위한 협박조의 언급이다. 웬디에 대한 피터 팬의 다음과 같은 경고는 이를 잘 보여 준다. "아이가 '난 요정을 믿지 않아'라고 말할 때마다, 어딘가에서 요정이 하나씩 쓰러져 죽게 돼."

《피터와 웬디》에서는 요정이 정말로 죽어가는 사건도 일어난다. 그런데 피터 팬의 수호 요정을 자처하는 팅커 벨이 죽어 가게 된 것은 요정의 존재를 부인하는 어린이 때문이 아니라 피터 팬을 구하려고 피터 팬 대신 마셔 버린 후크 선장의 독 때문이었다. 피터 팬과 싸우는 후크 선장의 비열함을 드러내는 데는 이보다 더 적절한 사건을 찾기 어렵겠지만, 요정의 죽음과 관련한 환상 논리의 측면에서 보면 이보다 더 우스꽝스러운 사건도 생각하기 힘들다.

사실, 아기의 첫 웃음에서 태어나는 요정이 어린이의 부인으로 죽는다는 것도 억지스럽긴 하다. 태어남과 죽음은 동전의 양면 같은 것이어서 서로 다른 논리선상에서 설명하면 안 되는 것이기 때문이다. 그러나 이에 대해서는 그럭저럭 참을 만하다. 아기와 함께 태어나는 요정이라서 아기가 요정을 부인할 정도의 어린이로 자라게 되면 죽는다고 둘러댈 수도 있으니까 말이다.

그러나 요정은 독을 마셔도 죽는다고 설정한 것은 참으로 납득하기 어렵다. 요정이 이래도 죽고 저래도 죽는다면, 요정을 죽게 할 수 있는 방법 자체가 그다지 의미가 없어지기 때문이다. 그러나 배리는 환상 논리의 일탈을 두려워하지 않았다. 이미 말한 바와 같이, 장면의 효과를 극대화하는 것이 그에게는 더 중요했기 때문이다.

배리는 또 한 번 환상 논리의 비약을 감행한다. 그것은 죽어 가는 팅커 벨을 살리는 장면에서 이루어진다. 피터 팬과 후크 선장의 대결 구도에서 팅커 벨은 죽어 가야 했다. 그러나 팅커 벨은 다시 살아나기도 해야 했다. 팅커 벨이 죽어 버리면 웬디와 그 동생들은 부모님이 계시는 집으로 돌아갈 수가 없기 때문이다.

피터는 팅커 벨을 살리기 위해서 네버랜드 꿈을 꾸고 있는 어린이들에게 묻는다. "너희들 요정을 믿니?"라고, "만약 너희들이 믿는다면, 손뼉을 쳐 봐."라고. 많은 어린이가 손뼉을 쳐 주었다. 물론 치지 않은 어린이들도 있었다. 또 몇몇 어린이들은 요정 같은 게 어디 있느냐며 야유를 보냈다. 그래도 팅커 벨은 살아났다. 배리는 요정의 태어남에 관한 환상 논리를 요정의 되살아남에 관한 환상 논리로 확장했던 것이다.

이번에는 네버랜드의 주민에 대해서 살펴보자. 네버랜드에서 살고 있는 사람은 크게 세 부류로 나눌 수 있다. 피터 팬과 그의 부하 노릇을 하는 어린이들, 후크 선장과 해적들 그리고 인디언 부족이다. 인디언 부족이야 원래부터 거기서 살았던 사람들이라고 하면 그뿐이지만, 어린이들과 해적들은 그렇게 간단하게 생각하고 넘어갈 수가 없다.

《켄싱턴 공원의 피터 팬》은 네버랜드의 존재 자체를 아예 언급하지 않는다. 네버랜드는 《피터와 웬디》에서 처음 소개되는 환상세계다. 그런데 《피터와 웬디》에서는 피터 팬이 대부분은 네버랜드에서 살지만 가끔은 켄싱턴 공원에서 지낸다는 말을 한다.

네버랜드의 어린이들은 켄싱턴 공원에서 온 어린이들이라고 《피터와 웬디》는 피터 팬의 입을 빌어 설명한다. 즉, 그들은 유모가 한눈을 팔 때 유모차에서 떨어져 버린 아이들인데, 7일 내로 원래 자리로 돌아가지 못해서 네버랜드로 보내졌다는 것이다. 게다가 《피터와 웬디》에서는, 웬디의 어머니인 달링 부인의 기억을 통해서, 아이들이 죽으면 떠나는 길이 무섭지 않도록 피터 팬이 어느 정도 같이 가 준다는 이야기를 독자에게 하기도 한다.

유모차에서 떨어져 버린 아이들에 관한 《켄싱턴 공원의 피터 팬》의 설명은 이와 조금 다르다. 여기에도 유모차에서 떨어진 아기들에 관한 이야기가 나오지만, 그 아기들은 그냥 죽고 죽은 뒤에 그냥 피터 팬에 의해서 땅에 묻힌다.

네버랜드의 어린이에 관한 《켄싱턴 공원의 피터 팬》과 《피터와 웬디》의 이야기를 조합해서 읽으면 다음과 같은 결론에 이르게 된다. 즉, 켄싱턴 공원에서 사고로 죽은 어린이들은 피터 팬의 안내에 따라서 네버랜드로 가서 살게 된다는 것이다. 그러나 이러한 결론은 《피터와 웬디》의 서사 구조를 파탄에 빠뜨릴 수 있다. 웬디와 그의 동생은 네버랜드에서도 계속 자랄 뿐만 아니라 네버랜드를 떠나 집으로 돌아 와서도 계속 자라는, 그래서 마침내 어른이 되는 정상적인 어린이들이기 때문이다.

《피터와 웬디》에서 소개한 달링 부인의 기억은 말 그대로 《켄싱턴 공원의 피터 팬》에 대한 기억이라고 할 수 있다. 그런데 배리는 그것을 아예 제거하지도 않았을 뿐만 아니라 그것에 구애받지도 않았다.

후크 선장과 해적들 또한 그 정체가 의심스럽긴 마찬가지다. 《피터와 웬디》의 여기저기서, 후크 선장과 해적들은 웬디와 마찬가지로 현실세계에서 살았던 사람들임을 배리는 강력하게 암시한다. 더욱이 해적들은 피터 팬의 칼에 수도 없이 목숨을 잃었고 후크 선장의 총에 걸핏하면 죽어 넘어졌기 때문에, 일정한 수를 유지하기 위해서는 그 뒷자리를 메울 또 다른 해적들이 현실세계에서 끊임없이 네버랜드로 들어와야 한다. 그런데 어린이도 아닌 어른인 그들이 왜 네버랜드로 들어왔으며 또 어떻게 들어왔을까.

배리는 이에 대해서는 아무 말도 하지 않는다. 어쩌면, 굳이 말할 필요가 없었는지도 모른다. 네버랜드의 후크 선장 일당과 인디언 종족은 스스로 그 존재 이유를 갖지 못하기 때문이다. 그들은 오로지 피터 팬의 싸움 대상, 즉 피터 팬의 놀이 대상으로서만 의미가 있을 뿐이다.

지금까지 논의한 바를 정리하면, 《피터 팬》은 결국 미정형의 상태에서 배리의 손을 떠났다는 것이다. 배리는 《피터와 웬디》를 통해서 《켄싱턴 공원의 피터 팬》의 여러 가지 문제를 해결하려고 했다. 그런데 그것이 또 새로운 문제를 낳게 되었다. 배리의 후계자들이 또한 배리와 똑같은 길을 걸었다. 연극에서든 영화에서든, 그들은《피터와 웬디》의 엉성한 환상 논리와 매끄럽지 못한 서사 구조를 정교하게 다듬으려고 했다. 그러나 그들 역시 그 과정에서 적지 않은 잘못을 저지르게 된다. 이제 그 실상을 살펴본다.

2. 〈피터 팬〉 영화의 성과와 한계

호건 감독의 〈피터 팬〉은 광고 문구와는 달리 원작과 상당한 차이를 보인다. 이를테면, 웬디의 숙모가 웬디의 숙녀 수업을 떠맡게 된다든지, 네버랜드가 우주 공간 저 너머에 떠 있다든지, 웬디의 동생 존과 마이클이 네버랜드에 도착하자마자 인디언 추장의 딸 타이거 릴리와 함께 후크 선장에게 붙잡혀 암흑의 성에 갇힌다든지, 이들을 구하려고 피터와 함께 암흑의 성에 몰래 들어간 웬디가 후크 선장을 엿보고는 그 남성미에 반해 버린다든지, 팅커 벨이 질투심 때문에 피터 팬의 비밀을 후크 선장에게 알려 준다든지, 웬디 일행이 요정 가루를 잔뜩 뿌린 해적선을 타고 하늘을 날아서 집으로 돌아온다든지 하는 것들은 원작에 없는 내용들이다. 이 가운데 팅커 벨의 배반이나 하늘을 나는 해적선에 관한 아이디어는 러스크 감독의 만화 영화 〈피터 팬〉에서 차용한 것이다.

그러나 이러한 것들은 그리 중요하지 않다. 원작의 환상 논리나 서사 구조를 결정적으로 변개하는 것이 아니기 때문이다. 다만, 네버랜드를 우주 속에 자리 잡게 했다든지, 그래서 하늘을 나는 해적선을 타고 집으로 돌아오게 한다든지 한 것은 원작에서 모호하게 처리한 네버랜드의 좌표를 환상세계의 시공간에 선명하게 설정하려는 노력이기 때문에 높게 평가할 만하다.

호건 감독의 〈피터 팬〉을 '에로틱한 《피터 팬》'으로 평가하는 시각도 있는 모양이다. 이를 겨냥한 듯한 광고 문구도 눈에 띈다. '어른을 위한 로맨스로 거듭난 《피터 팬》'이 그것이다. 글쎄다. 나로서는 그렇게 말하고 싶지 않다. 그러한 분위기를 자아내려고 애쓴 흔적이 역력하지만, 그래봤자 그것이 얻을 수 있는 효과는 지엽적인 것에 지나지 않기 때문이다.

호건 감독의 〈피터 팬〉에서 정작 주목할 것은 따로 있다. 피터 팬이 웬디와 함께 네버랜드로 돌아오자 네버랜드는 얼어붙었던 땅이 녹고 암흑에 휩싸여 있던 하늘은 밝은 햇살로 가득 찬다. 그런가 하면, 피터 팬이 죽어 가는 팅커 벨을 안고 슬픔의 눈물을 흘릴 때 네버랜드는 먹구름이 끼고 번개와 천둥이 번쩍인다. 이것은 피터 팬과 네버랜드가 동일시되고 있음을 뜻하는데, 후크 선장도 이를 잘 이해하고 있다. 후크 선장은 네버랜드의 하늘과 땅을 보고 피터 팬이 있는지 없는지 기쁜지 슬픈지를 짐작한다. 이것은 매우 흥미로운 환상의 논리다. 일단 네버랜드의 성격을 분명하게 드러내 주는 장점이 있다.

《피터와 웬디》는 네버랜드를 여러 가지로 설명하고 있어서 오히려 그 실체가 모호해졌다. 날아서 갈 수도 있고 배를 타고 돌아올 수도 있는 곳이라 했으니, 현실세계에 실제로 존재하는 환상세계라 할 수도 있다. 그런가 하면, 어린이의 마음속에 들어 있다고 하고 어린이에 따라서 그 모습이 다르게 나타난다고 하는 것을 보면, 어린이의 욕망 속에 존재하는 환상세계라 할 수도 있다. 어디 그뿐인가, 네버랜드에 있는 피터 팬이 네버랜드 꿈을 꾸는 어린이들과 이야기를 할 수 있다고 했으니, 네버랜드는 어린이의 꿈속에 존재하는 환상세계라 할 수도 있다. 네버랜드를 죽음의 세계로 볼 수도 있다. 거기는 유모차에서 떨어지고도 일주일이 지나도록 부모를 만나지 못한 아이들이 가는 곳이라고 했으니 말이다.

그러나 호건 감독의 〈피터 팬〉처럼 네버랜드와 피터 팬을 동일시하기란 쉽지 않다. 네버랜드가 피터 팬 자신이라면, 피터 팬이 죽는 순간 네버랜드도 파괴된다. 따라서 네버랜드의 그 어떤 존재도 피터 팬을 해칠 수 없다. 그렇다면 피터 팬 또한 네버랜드의 그 누구도 해칠 필요가 없다. 그저 해칠 듯이 으르렁거리며 싸움을 즐기기만 하면 되는 것이다. 그러나 피터 팬은 그렇게 하지 않았다. 그의 가장 훌륭한 놀이 상대인 후크 선장을 악어의 밥이 되게 했다. 이것은 피터 팬과 네버랜드를 결코 동일시할 수 없는 결정적인 증거가 된다.

그밖에도 몇 가지 더 지적할 수 있다. 네버랜드가 피터 팬 자신이라면, 켄싱턴 공원에서 부모를 잃어버린 아이들을 굳이 네버랜드로 데려올 필요가 없다. 그리고 팅커 벨이 죽어갈 때 네버랜드 밖의 어린이들에게 도움을 청할 필요도 없다. 아이들이 필요하다면 그냥 만들어 버리면 되고, 팅커 벨을 살리고 싶으면 그냥 살리면 되기 때문이다.

호건 감독의 〈피터 팬〉에서 그냥 지나칠 수 없는 게 또 하나 있는데, 그것은 후크 선장으로 하여금 하늘을 나는 비밀을 알아차리도록 한 것이다. 이리하여 원작을 기억하고 있는 관객이 경악할 만한 사건이 벌어진다. 어른이면서도 사악하기 짝이 없는 후크 선장이 피터 팬과 마찬가지로 하늘을 날 수 있게 된 것이다.

후크 선장은 이 비밀을 역이용하기도 한다. 피터 팬에게 웬디와 다른 어린이들이 집으로 돌아가려고 한 것은 피터 팬을 사랑하지 않기 때문이라고 하여 피터 팬이 낙담하게 만든다. 행복한 생각을 더 이상 할 수 없게 된 피터 팬은 더 이상 날지 못하고 후크 선장 앞에서 쓰러진다. 물론 이 위기는 낭만적으로 극복된다. 웬디가 달려 나가 피터 팬에게 입맞춤하며 사랑한다고 속삭이는 것이다.

《피터와 웬디》에 따르면, 행복한 생각을 한다고 해서 하늘을 날 수 있는 게 아니었다. 피터 팬조차도 요정 가루를 묻혀야만 하늘을 날 수 있다고 했다. 어린이라야 하늘을 날 수 있다는 제한을 두지도 않았다.

그런데 네버랜드에서 돌아온 웬디와 그 일행들이 하늘을 날지 못하게 된 까닭을 설명할 때는 이와 다른 말을 한다. 그들 자신이 날 수 있다는 것을 더 이상 믿지 않아 날 수 없다는 것이다. 먼 훗날 웬디는 그의 딸 제인에게 이렇게 말한다. "사람들은 자라면 나는 방법을 잊어버리게 돼. 왜냐하면 어른들은 더 이상 쾌활하지도 순수하지도 않기 때문이지. 그리고 용기도 없어지고. 오로지 쾌활하고 순수하고 거침없는 사람만이 날 수 있단다."

호건 감독은 그의 〈피터 팬〉에서 《피터와 웬디》를 정면으로 뒤집어 버렸다. 그것은 어떤 점에서는 정당하고 또 어떤 점에서는 부당하다. 사실, 후크 선장은 나이가 많아서 어른으로 보일 뿐이지 하는 짓을 보면 영락없는 어린이다. 후크 선장이 잔인하고 못됐다고 하지만 피터 팬도 그에 못지않다. 따라서 후크 선장이 피터 팬처럼 하늘을 난다고 해서 크게 이상할 것은 없다.

호건 감독의 전략은 일단 극적 반전을 일으키는 데는 성공했다고 평가할 수 있다. 후크 선장은 언제나 피터 팬에게 패배했다. 이를 한 번쯤은 뒤집어야 할 필요가 있다. 늘 이기기만 하는 주인공에게 관객은 금방 싫증을 내기 때문이다. 사실, 이 장면과 관련한 아이디어 또한 러스크 감독의 만화 영화 〈피터 팬〉에서 빌려 온 것이다. 러스크 감독은 피터 팬의 자존심을 건드려 스스로 날지 않고 후크 선장과 대결하도록 만들었다. 그런데 이와 같은 개작은 원작의 이야기 정신을 크게 훼손하는 것이다.

《피터와 웬디》로 돌아가 보자. 후크 선장은 피터 팬과의 최후의 결전에서 큰 혼란을 겪는다. 자신은 여태 행실이 나쁜 녀석과 싸워 왔다고 생각했는데, 그렇지 않은 것을 알게 되었기 때문이다. 상황이 점점 나빠지자, 후크 선장은 피터 팬을 죽이는 대신 피터 팬의 나쁜 행실을 보는 것을 마지막 소원으로 삼는다. 결국 후크 선장은 소원을 이룬다. 피터 팬이 자신을 발로 차서 바다에 떨어뜨리게 한 것이다. 후크 선장은 악어의 입 속으로 떨어지면서도 "나쁜 행실이야!" 하고 피터 팬을 비웃는다.

이번에는 러스크 감독의 만화 영화 〈피터 팬〉을 살펴보기로 하자. 이 만화 영화에 대해서는 두 가지만 언급하기로 한다. 하나는 웬디의 네버랜드 여행 시간에 관한 것이고 다른 하나는 후크 선장의 최후와 집 잃은 어린이들에 관한 것이다.

먼저 앞엣것부터 이야기해 보자. 웬디와 그의 두 동생이 피터 팬을 따라서 창문을 통해서 하늘로 날아올라 런던의 시계탑에 이른 것이 오후 8시 4분경이다. 그런데 피터 팬이 시계 바늘 위에 올라서는 바람에 오후 8시 15분경이 되어 버린다. 이를 어떻게 이해하여야 할까.

이번에는 웬디와 두 동생이 네버랜드에서 집으로 돌아온 시간을 보자. 밤 11시 1분경이다. 물론, 웬디가 떠난 바로 그날 밤이다. 웬디가 집에 돌아온 직후, 파티에 참석하러 갔던 부모가 돌아와서 아이들 방으로 올라가는 것도 바로 그 시각이다. 그렇다면, 웬디가 네버랜드에서 보냈던 그 수많은 날들은 현실세계의 시간으로는 세 시간이 채 되지 않는 셈이 된다.

환상세계의 시간과 현실세계의 시간이 서로 어긋나는 것은 있을 수 있는 일이다. 그러나 《피터 팬》에서만큼은 시간의 흐름을 그렇게 어긋나게 해서는 안 된다. 피터 팬이 왜 영원히 나이를 먹지 않는 어린이가 되어 버렸던가. 집으로 돌아갔더니 창문이 닫혀 있었기 때문이 아니었던가. 현실세계에서의 부재, 그것은 《피터 팬》에서 제기하고자 하는 모든 문제의 원인일 뿐만 아니라 그 문제를 해소하는 방법이기도 하다.

《피터와 웬디》에서는 웬디의 부모는 결코 창문을 닫지 않는다. 언제까지나 돌아오기를 기다린다는 것을 상징적으로 보여 주기 위한 것이다. 이런 점에서 볼 때, 웬디가 집을 떠난 동안 부모가 납득할 수 있을 정도로만 시간이 흐르게 한 러스크 감독의 발상은 원작의 문제의식을 크게 훼손한 것이라고 하지 않을 수 없다.

《피터와 웬디》 그리고 호건 감독의 〈피터 팬〉은 이야기의 끝이 같다. 후크 선장은 악어에게 잡아먹히고 그 부하들은 모두 칼에 찔리고 바다에 떨어져 죽고, 웬디와 그의 두 동생 그리고 네버랜드에 살던 집 잃은 어린이들은 웬디의 집으로 돌아온다. 그러나 피터 팬은 혼자 네버랜드로 다시 떠난다.

《피터와 웬디》에서는 그 이후 피터 팬이 일 년에 한 번씩은 웬디를 찾아왔고 또 웬디도 그를 따라서 네버랜드에 다녀오곤 했다. 그러나 호건 감독의 〈피터 팬〉은 그날 이후 웬디는 다시는 피터 팬을 만날 수 없었다고 했다.

그러고 보니, 피터 팬의 후일담이 너무 궁금해진다. 싸움을 벌일 후크 선장도 없고 명령을 내릴 어린이들도 없는 네버랜드에서 피터 팬은 무엇을 하고 있을까. 영화를 만드는 감독들도 이 문제를 어떻게든 해결하고 싶었던 모양이다. 러스크 감독은 아주 간단한 방법을 채택한다. 후크 선장은 악어에게 끝없이 쫓기게 하고 해적들은 보트를 타고 달아나게 만든다. 그리고 웬디의 집까지 데려왔던 집 없는 어린이들은 아직 어른이 될 준비가 안 되었다는 이유를 내세워 다시 네버랜드로 데려간다. 피터 팬과 네버랜드를 웬디와 그의 두 동생이 오기 전으로 완전히 되돌려 놓은 것이다. 이와 같은 문제 해결이 결코 바람직한 것은 아니다. 이에 대해서는 다시 말하기로 한다.

피터 팬의 후일담을 본격적으로 다루는 작품이 바로 스필버그 감독의 〈후크〉와 버드 감독의 만화 영화 〈피터 팬 2: 리턴 투 네버랜드〉이다. 〈후크〉는 《피터와 웬디》의 새로운 판본이라기보다 패러디 판본이라고 말할 수 있다. 피터 팬이 아닌 후크의 이름을 따서 영화의 제목을 삼은 것만 봐도 그 의도를 어느 정도는 짐작할 수 있다.

〈후크〉에서는 웬디의 딸이 모이라라는 이름으로 불린다. 그는 《피터와 웬디》에서의 웬디의 딸 제인처럼 피터 팬을 따라 네버랜드로 갔다 오곤 한다. 그런데 〈후크〉에서는 피터 팬이 모이라를 따라 현실세계로 나온다. 그리곤 모이라와 결혼도 하고 변호사도 된다. 이제 할머니가 된 웬디에게 피터 팬과 모이라는 고아 병원을 지어 주는데, 그 병원을 개원하는 날 후크 선장이 나타나서 피터 팬의 자녀들을 납치해서 네버랜드로 가 버린다.

이때 팅커 벨이 나타나서 피터 팬을 네버랜드로 데려가지만 피터 팬은 옛날의 그가 아니었다. 팅커 벨은 후크로부터 사흘의 말미를 얻는다. 피터 팬은 집 잃은 어린이들의 도움으로 옛날의 기억을 되찾고 다시 후크 선장과 목숨을 건 싸움을 벌인다. 결과는? 뻔하지 않겠는가. 피터 팬은 자신의 자녀들을 무사히 구출하여 다시 현실세계로 나온다.

〈후크〉의 가치는 그것이 《피터 팬》을 패러디한 작품이라는 데서 찾을 수밖에 없다. 그런데 그 패러디의 의도가 너무나 빤히 들여다보이는 것이라서 아무런 감흥을 불러일으키지 못한다. 다만, 동심을 대표하는 피터 팬은 무미건조한 어른이 되고, 사악한 어른의 상징이었던 후크가 피터 팬의 동심을 일깨우는 자극제가 되는, 뒤바뀐 역할 분담이 눈길을 끌 뿐이다.

상황 설정만 하더라도 도대체가 말이 안 된다. 〈후크〉가 《피터와 웬디》의 후속작이든 아니면 패러디한 것이든 그것의 이야기 상황은 《피터와 웬디》에서 빌려올 수밖에 없는 것이다. 그러나 〈후크〉는 그렇게 하지 않았다. 필요에 따라서 이미 죽어 버린 팅커 벨과 후크 선장도 다시 살리고, 떠나 버렸던 집 없는 어린이들도 네버랜드로 다시 데려왔다. 〈후크〉는 단지 《피터 팬》의 명성에 기댄 흥행물에 지나지 않는다고 평가해도 결코 지나치지 않을 듯싶다.

버드 감독의 만화 영화 〈피터 팬 2: 리턴 투 네버랜드〉은 러스크 감독의 만화 영화 〈피터 팬〉의 속편이다.

2차 대전, 남편이 전쟁터로 나간 후 웬디는 공습이 끊이지 않는 런던에서 두 자녀를 데리고 홀로 산다. 웬디의 딸 제인은 12살에 불과하지만 공습의 공포와 아버지의 떠남으로 인한 상실감 때문에 웬디가 들려주는 네버랜드를 믿지 않는다.

그러던 어느 날, 후크 선장이 하늘을 나는 해적선을 타고 나타나 제인을 납치해서 네버랜드로 데려간다. 피터 팬을 유인하기 위해서 웬디를 잡아간다는 것이, 현실세계의 시간 흐름에 무감각했던 후크 선장이 착각하여 제인을 잡아가게 된 것이다.

과연, 피터 팬과 팅커 벨 그리고 집 잃은 아이들은 제인을 구출하기 위해서 다시 후크 선장 앞에 모습을 드러낸다. 그런데 정작 문제가 되는 것은 제인이 자신이 날 수 있다는 것을 믿지 않는다는 것이다. 제인이 현실세계로 돌아가려면 혼자서 날아가야 하는데, 그것이 불가능해졌다. 그뿐만 아니다. 요정의 존재를 믿지 않는 제인 때문에 팅커 벨이 서서히 죽어간다. 물론 결말은 해피엔딩이다.

〈피터 팬 2: 리턴 투 네버랜드〉은 러스크 감독의 〈피터 팬〉에 기반을 둔 것이기 때문에 상황 설정에서는 무리를 범하지 않을 수 있었다. 이 만화 영화에 우리가 눈길을 줄 만한 것은 문제의 원인과 그 원인을 해소하는 임무를 현실세계에서 살아가는 제인에게 전적으로 떠맡기고 있다는 것이다. 그러나 이 만화 영화 또한 그리 높게 평가할 수는 없다. 《피터와 웬디》의 후일담이긴 하지만, 그것이 〈피터 팬〉을 마무리 짓는 삼부작의 마지막 작품이라기보다는 《피터와 웬디》에서 볼 수 있었던 피터 팬의 모험을 등장인물만 바꾸어 다시 한 번 펼쳐 보이는 데 그치고 있기 때문이다.

3. 《피터 팬》의 새로운 판본에 대한 기대

《켄싱턴 공원의 피터 팬》은 피터 팬이 인간의 아기로서 살아가기를 거부하고 인간도 아니고 새도 아닌 어중이로 거듭 태어나는 것을 그렸다. 그리고 《피터와 웬디》는 피터 팬이 현실세계의 켄싱턴 공원을 떠나 환상 세계인 네버랜드로 들어간 것으로 전제하고, 현실세계와 환상세계의 대결, 다시 말하면 어른이 되는 것을 마다하지 않는 웬디와, 어린이로 영원히 남으려는 피터 팬 사이의 갈등을 그렸다. 《피터와 웬디》를 피터 팬과 후크 선장의 대립축에서 해석하는 것은 원작의 의도를 잘못 읽는 것이라고 말할 수 있다. 후크 선장은 오히려 피터 팬과 웬디의 대립과 갈등을 부추기는 보조 인물에 지나지 않는다.

피터 팬은 한 번은 승리했고 한 번은 패배했다. 어른이 되기를 거부하고 영원히 어린이로 남기로 작정한 대로 살았다는 점에서는 성공했지만, 다른 어린이들도 자신처럼 그렇게 살도록 설득하지 못했다는 점에서는 실패했다.

물론 배리는 피터의 승리 또는 성공을 축하하지 않는다. 그는 자신이 낼 수 있는 가장 차가운 목소리로 그 승리 또는 성공을 비판한다. 우리는 아직도 기억한다. 피터 팬이 자신의 엄마와 완전한 결별을 선언하는 대목에서 배리가 작중 상황에까지 개입하여 얼마나 큰 목소리로 피터 팬을 나무랐는지.

이번에는 반대로, 작가가 가장 들뜨고 흥분된 목소리로 작품 세계에 개입한 경우를 보자.

난 정말로 달링 부인에게 아이들이 목요일까지는 돌아올 거라고 말하고 싶어 안달이 납니다. 하지만 그렇게 되면 웬디와 존과 마이클이 기대했던 것들을 완전히 망쳐 버리게 되겠죠? 아이들은 배를 타고 오면서 내내

떨 듯이 기뻐하는 엄마, 기쁨의 탄성을 지르는 아빠, 자기들을 먼저 안아 보려고 펄쩍펄쩍 뛸 나나의 모습을 그리며 기대에 부풀어 있더군요. (…중략…) 어쨌든, 그렇게 해 봤자 고맙다는 말 한 마디 듣지 못할 거예요. 어차피 달링 부인이라면 아이들에게서 그런 즐거움을 빼앗았다고 우리를 나무랄 테니 말예요.(317쪽)

작가의 차가운 목소리는 부모에게 등을 돌리는 피터 팬에 대한 경고였다. 작가의 흥분된 목소리는 보다시피, 부모의 품을 다시 찾는 웬디에 대한 찬사였다. 앞엣것은 어른으로 자라기를 거부하는 어린이에 대한 훈계였고, 뒤엣것은 어른으로 자라고 있는 어린이에 대한 격려였다.

피터 팬도 집을 떠났고, 웬디와 그 동생들도 집을 떠났다. 그런데 피터 팬은 끝내 집으로 돌아가지 않았지만 웬디와 그 동생들은 결국에는 집으로 돌아갔다. 어디 그뿐인가. 집을 잃어 버려서 어쩔 수 없이 피터 팬과 함께 살아야 했던 어린이들조차도 웬디의 집으로 들어가 살기로 했다. 이와 같은 상반된 결과가 생긴 까닭이 무엇일까.

피터 팬과 피터 팬의 엄마는 서로 오해했다. 피터 팬이 스스로 집을 떠났는데도 피터 팬의 엄마는 피터 팬이 창문으로 떨어졌거나 누군가에게 잡혀 갔다고 여겼다. 원인에 대한 오해는 결과에 대한 오해의 씨가 된다. 피터 팬의 엄마는 피터 팬의 동생이 또 다시 피터 팬처럼 사고를 당할까 걱정하여 창문을 닫아걸고 창살을 세웠는데, 피터 팬은 엄마가 자기를 집에 들이지 않기 위해서 그랬다고 제멋대로 생각한다. 어린이와 어른은 이렇게 서로에 대해서 너무 몰랐다.

그러나 웬디와 웬디의 엄마는 달랐다. 웬디는 엄마가 자신을 끝까지 기다린다고 믿었기에 오히려 엄마를 놀라게 해 줄 계획까지 세우게 된다. 또 웬디의 엄마는 어떤가. 그것에 오히려 맞장구를 치고 나선다. 웬디는 어른을 알고 있었고, 웬디의 엄마는 어린이를 알고 있었던 것이다.

《피터 팬》의 작가는 확신한다. 어린이와 어른은 결코 다른 종족이 아니라고. 어린이에게는 어른의 속성이 내재되어 있고, 어른에게는 어린이의 속성이 늘 꿈틀거리기 때문에, 얼마든지 뒤섞여 살 수 있다고 믿는다. 어린이는 어른처럼 그려지고 어른은 어린이처럼 그려진《피터 팬》의 등장인물에서 우리는 작가의 그런 믿음을 읽을 수 있다. 피터 팬의 끔찍한 운명에도 불구하고《피터 팬》에서 어린이와 어른의 관계를 우리가 우호적으로 전망할 수 있는 것도 그 때문이다.

여러 차례 지적했듯이,《피터 팬》은 그 환상 논리나 서사 구조가 상당히 엉성하다. 그런데도 누구도《피터 팬》을 낮게 평가하지 않는다. 왜 그럴까. 한 가지 이유는 이미 말한 바 있다.《피터 팬》의 엉성함은 장면의 효과를 극대화하기 위해서, 다시 말해서 최고의 흥미성을 확보하기 위해서 부분의 독자성을 의도적으로 강화한 결과라는 것이다.

다른 이유 한 가지는《피터 팬》의 강렬한 주제 의식에서 찾을 수 있다. 어린이와 어른의 관계를《피터 팬》만큼 잘 그려 낸 동화를 찾기란 거의 불가능하다.

그러면,《피터 팬》의 새로운 판본을 꿈꾼다면 무엇을 지향하여야 할까. 이에 대한 답변은 이미 한 것이나 다름없다. 즉, 원작의 메시지를 훼손하지 않는 범위 내에서 그것의 환상 논리와 서사 구조를 좀 더 정교하게 보완하는 방향을 지향하여야 한다는 것이다. 서두를 것은 없다. 전승 과정에서 수많은 이야기꾼의 입을 거쳐 완결본을 얻게 되는 옛이야기처럼, 언젠가는《피터 팬》도 완결본을 얻게 될 것이기 때문이다.

물론《피터 팬》의 패러디도 나쁘지는 않다. 그러나 그것은 뒤로 미루는 것이 좋다. 지금은《피터 팬》을 제대로 가다듬는 것이 더 시급하기 때문이다.

덧붙이자면,《피터 팬》은《피터와 웬디》의 후일담을 원치 않을 듯하다. 왜냐 하면, 웬디가 현실세계로 돌아간 뒤 피터 팬은 아무도 없는 유배지 같은 네버랜드에서 어른이 되기를 거부한 대가를 치르며 쓸쓸하게 살아 갈 것을 누구나 쉽게 예상할 수 있기 때문이다.

피터 팬은 네버랜드를 어린이의 천국으로 생각했다. 그래서 집을 잃어 버리고 자신을 찾아온 어린이들이라 할지라도 어른으로 자라고 있으면 서슴지 않고 내쫓았다. 어른의 몸을 하고 있다는 이유만으로 마음은 어린이인 후크 선장마저도 잔인하게 해치워 버렸다. 그렇게 해서 그가 얻은 것은 무엇인가. 말 그대로, 영원히 죽지 않고 어린이로만 그것도 외로이 홀로 살아가야 하는 형벌뿐이다.

그래서 디즈니의 〈피터 팬〉은 끔찍하다 하는 것이다. 저 불쌍하기 짝이 없는 피터 팬을 터무니없이 아름답게만 그리고 있으니 말이다.